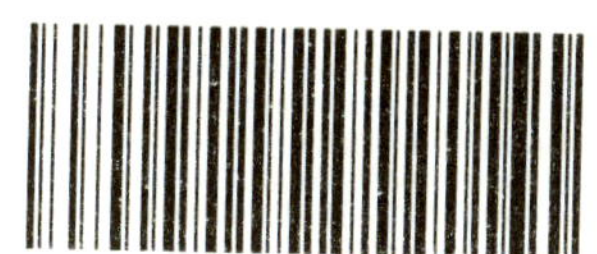
GW01605659

La mala suerte

MARTA ROBLES

LA MALA SUERTE

ESPASA

ESPASA NARRATIVA

Espasa, sello editorial de Editorial Planeta, S. A.

Primera edición: septiembre de 2018
Cuarta edición: julio de 2024

Diseño de cubierta: © Planeta Arte & Diseño
Imagen de cubierta: © Kevin Vanderberghe_GettyImages

Preimpresión: MT Color & Diseño, S. L.

Depósito legal: B.17.590-2018
ISBN: 978-84-670-5266-4

Espasa, en su deseo de mejorar sus publicaciones, agradecerá cualquier sugerencia que los lectores hagan al departamento editorial por correo electrónico: sugerencias@espasa.es

www.espasa.com
www.planetadelibros.com

Impreso en España/Printed in Spain
Impresión: Unigraf, S. L.

Editorial Planeta, S. A.
Avda. Diagonal, 662-664
08034 Barcelona

El papel utilizado para la impresión de este libro es cien por cien libre de cloro y está calificado como **papel ecológico**

A todos los desaparecidos y también a sus seres allegados, siempre examinados hasta el último detalle, como si fueran culpables de su propio sufrimiento. Y a todos los que, sin estar desaparecidos, un día se dan cuenta de que no son quienes son y de que viven una vida que no es la suya.

Y a Ramón, Miguel y Luis. Mis cómplices, mis informadores. Mis hijos…

Una gota de sangre vale más que cien litros de amor.
ANÓNIMO

Niños blancos, niños negros, todos tienen la sangre roja.
ANÓNIMO

1

La noche de las cigarras

31 de julio de 2015

Nunca se sabe cuándo un día puede ser diferente a los demás y cambiarlo todo. El reloj del iPhone de Lucía Peña marcaba las tres de la madrugada. No era demasiado tarde para una noche de verano. Sabía que sus amigos permanecerían de fiesta hasta que saliera el sol, pero ella estaba agotada y prefería marcharse. Llevaba tres días acostándose al amanecer, fumando sin parar, bebiendo mucho y durmiendo muy poco. Era mejor irse. Sin decir adiós. Y, de paso, librarse de una vez de ese plasta insoportable empeñado en toquetearla desde que la recogiera a las nueve y media de la noche en Costa de los Pinos. Qué error aceptar ir con él a Cala Ratjada. Debía de creerse que eso le confería algún derecho. Por suerte, accedió a devolverla a su casa al pedírselo, sin reclamarle nada más. Así que podía darse por satisfecha. O eso creía hasta que…

—¿Pero qué haces? —preguntó, dando un respingo en el asiento mientras retiraba la mano que avanzaba por su muslo hacia su sexo, por debajo de la cortísima falda de su minivestido—. ¡Te he dicho que no! ¿No me has oído? ¿Cuántas veces tengo que repetírtelo para que lo entiendas…?

El chaval frenó en seco y detuvo el coche en mitad de la carretera.

—Bájate —ordenó con frialdad—. Ya estoy harto.

—¿Cómo dices? —preguntó ella incrédula.

—Que-te-ba-jes-del-co-che —repitió él, sin mirarla y pronunciando cada sílaba con extremada lentitud—. ¿Acaso eres tú ahora quien no entiende?

En cuanto Lucía descendió del vehículo y cerró la puerta, el chico desapareció a gran velocidad. Ella no se asustó. Tampoco estaba tan lejos de casa. A un kilómetro todo lo más. Y aquella zona era muy tranquila. Mucho mejor caminar sola que aguantar que aquel imbécil intentara meterle mano por enésima vez. Estaba algo mareada. Los chupitos siempre la dejaban K.O. Si se empeñaba en bebérselos era para no ser menos que sus amigas, capaces de empapuzarse de cualquier líquido de alto octanaje. Gasolina, si se daba el caso. La tenue luz de una luna, afortunadamente llena, apenas rompía la oscuridad del camino; pero ¿y qué? A ella nunca le atemorizó la oscuridad. El recuerdo de sus peores escenas vividas siempre le llegaba perfectamente iluminado por los halógenos del enorme salón de la casa familiar de La Moraleja, ahora más que destartalado. Ese era el lugar que solían elegir sus padres, de casados, para decirse lo que se les pasara por la cabeza. Cualquier cosa. Cualquier barbaridad afilada como un cuchillo y que doliera tanto como una puñalada. En el catálogo de horrores que escogían para lanzarse a la cara en sus reiteradas discusiones siempre aparecían ellos: Lucía y Carlos. Los dos hijos del matrimonio. Ella, Lucía, la mayor, ahora con dieciocho años recién cumplidos y una sonrisa permanente en los labios, y el irritante Carlitos, cuatro años menor, siempre ajeno a todo y pegado a la pantalla de la Play, sin atender a nada que no fueran los movimientos de los personajes de los videojuegos. No parecían hermanos ni por el carácter ni por el físico. Lucía tenía los ojos azules, líquidos, casi transparentes, la piel de alabastro imposible de dorar al sol y una melena de diosa mitológica con mechones infinitos y ondas suaves, en la que se entreveraban un rubio dorado, del color de la miel de romero, y otro mucho más claro, casi blanco. Su hermano era moreno, de piel oscura y ojos negros. Ni la pupila se le distinguía. El chico se parecía a su padre. Y ella… no se parecía a nadie. Su madre, rubia también, pero de mentira, y de ojos achinados color avellana, hablaba de una bisabuela en su Chile natal… Algo de eso sería, por parte materna, y algo habría también en la paterna, si se hacía caso a Mendel. Sin antecedentes de ojos azules y pelo rubio en ambos progenitores sería imposible que ella los tuviera, así que… Dejó de pensar en su familia por un momento. A los misteriosos ruidos de la noche se unió el del motor de un automóvil que se acercaba despacio. Debía de haberla visto. Se giró por si era alguien conocido.

—Eh, belleza, ¿te llevamos a alguna parte?

La chica echó un vistazo al interior del vehículo. Tres chicos solos. Se fijó en el brazo del conductor, que asomaba por la ventanilla, tatuado con el dibujo de… ¿un demonio? Tal vez Hades… Un malvado, en todo caso. A Lucía le gustaban los tatuajes, incluso los oscuros e inquietantes, pero aquel no le resultó tranquilizador. Y menos en mitad de la noche… Aunque le parecía familiar. ¿Lo había visto antes?

—Vamos —insistió el propietario del brazo tatuado—, súbete y antes de dejarte en casa nos tomamos la última en el David. Seguro que tú vives por allí, ¿a que sí?

Lucía no respondió a la pregunta. No se fiaba y no quiso dar pistas.

—Gracias, prefiero caminar. No tengo prisa… —dijo sin dejar de hacerlo a buen ritmo.

—Son las tres de la mañana. No es hora para que una chica tan guapa pasee sola por la carretera…

Lucía se inquietó, pero disimuló la zozobra con una sonrisa.

—Gracias otra vez —rechazó sin detenerse—. Me conozco bien esta zona y el camino. Aquí nunca pasa nada... —pronunció la última frase con cierto vértigo en el estómago, al tiempo que cogía su móvil y escribía un WhatsApp como si haciéndolo estuviera más protegida: «Virginia, tengo un coche pegado al culo, con tres pavos dentro... Me está entrando un canguis que no veas...».

—Como quieras —zanjó el chico tatuado antes de pisar el acelerador a fondo e irse dejando un ruido monstruoso tras de sí.

La chica se relajó un poco. Por un momento creyó que... Continuó caminando. Hacía mucho calor. Las cigarras cantaban pese a no ser su hora y era tal la humedad que tenía la piel cubierta de perlas de sudor. Se sacudió un poco la pesada melena y la notó húmeda. En cuanto llegara a casa, pondría el aire acondicionado a tope, si es que funcionaba. También la casa de Mallorca estaba hecha un desastre. Desde la separación de sus padres, cuatro años atrás, el odio y las continuas disputas y revanchas entre ellos repercutían en la vida cotidiana de los hermanos. No le hubiera importado alejarse de todos, largarse a un lugar remoto y mandar a la familia a la mierda. A punto estuvo de hacerlo justo después de que pasara lo que pasó, también en el bien iluminado salón de su casa. Por suerte, desde entonces hasta ahora, todo había cambiado. Al menos ella había cambiado. Se sentía mejor. Casi bien. Aunque tuviera que aguantar a Carlos espiándola constantemente para informar a su padre y a sus padres utilizándolos a ella y a su hermano como armas arrojadizas en su guerra particular.

De nuevo se aproximaba un automóvil. «Esto está más transitado a esta hora de lo que imaginaba», pensó Lucía.

El vehículo circulaba despacio. Al acercarse un poco más a ella, reconoció al conductor.

—Pero ¿qué haces aquí? —preguntó entre la sorpresa y la alegría—. ¡No te esperaba!

—Bueno —respondió él—, pasé por Cala Ratjada y alguien me dijo que te llevaban a casa. Me sorprendió que quisieras irte tan pronto. Supuse que pasaba algo y… aquí estoy. Anda sube.

La chica se montó en el coche sin dudar.

2

¿DÓNDE ESTÁ LUCÍA?

Amanda se levantó por la mañana con cierta resaca. Se había ventilado ella solita dos botellas de vino blanco, pero ¿qué otra cosa podía hacer en aquel lugar lleno de familias perfectas, con sus hijos perfectos sin un solo espacio en el que conocer a alguien o tomar una copa? Años atrás, cuando su marido y ella aún eran una pareja feliz a ojos de todos, la cosa era distinta. Se pasaba el día de casa en casa y de fiesta en fiesta... Desde la separación estaba muy sola. Y la soledad pesaba. No cabía duda de que aquellos matrimonios que tanto le bailaban el agua en otros tiempos eran amigos de su marido, pero no suyos, aunque un día lo creyera... Por si fuera poco, la casa, antes impoluta, ahora estaba destruida. Tenía el césped descuidado, la piscina turbia, las paredes de las habitaciones desnudas, los colgadores de las cortinas oxidados, los muebles destrozados y polvorientos... El paraíso de antaño ahora era un rincón inhóspito al que ella regresaba por imposición de sus hijos, que tenían allí amigos de toda la vida y algunos primos. Pero ella siempre estaba sola. Cualquiera se atrevía a aparecer con el acompañante de turno. Porque había habido alguno desde la separación, e incluso antes; pero no los hubiera expuesto jamás a la mirada escrutadora de todas aquellas familias felices... ¿Cómo era eso que se decía al principio de *Ana Karenina*? «Todas las familias felices se parecen unas a otras; pero todas las infelices lo son cada una a su manera». La suya no había sido feliz nunca. Su manera específica para vivir en la infelicidad era la de tantos matrimonios: la falta de amor desde el principio. No por su parte, sino por la de él, que se casó con ella sin quererla. «Mientras estaba en la cama contigo, pensaba en otra», le dijo tras la noche nupcial. Ella, con veintiún años, un matrimonio recién estrenado, un amor devoto y la familia en Chile, no supo qué responder. O qué preguntar. Porque, si no la quería, ¿para qué se había casado con ella, si no tenía nada que ofrecerle?

Veinticinco años después, aún desconocía la respuesta.

Miró por la ventana de la casa, bien situada, aunque no en primera línea como las de los más afortunados, y se dejó conquistar por el brillo del mar durante un momento. Luego se cubrió con un viejo batín de seda estropeado por la humedad y se dirigió a la cocina para prepararse un reconfortante café. En el sofá de la casa, frente a una pequeña pantalla de televisión, dormido, estaba Carlitos. Su hijo. Debió de quedarse jugando a la Play al volver del puerto, donde se reunían los adolescentes por la noche, y acabó vencido por el sueño allí mismo. Intentó no despertarlo, pero la torpeza del vino de más de la noche anterior la hizo tropezarse y golpearse a continuación contra la puerta de la cocina.

—¿Has vuelto a beber, mamá? —dijo el chico tras alzar la cabeza como un periscopio y ver cómo su madre se restregaba la frente con la palma de la mano para mitigar el dolor después del choque.

—No, Carlos —mintió ella—. Ni una gota, te lo juro. Lo que pasa es que aún estoy medio dormida…

—Pues son las doce de la mañana…

—Bueno, también estabas dormido tú y, por lo que se ve, tu hermana… Ve a su cuarto a despertarla y desayunemos todos como una familia, ¿quieres?

—¿Y qué vamos a desayunar, mamá? La nevera está vacía…

—Pues cojo el coche y me acerco al Spar en un momento…

—En el súper tenemos una cuenta que no veas. Un día de estos nos van a decir que ya no nos fían…

Su madre, superada por la situación, no aguantó más y estalló.

—¡Pues díselo a tu padre! —gritó sin poder controlarse—. ¡No ves que cada vez me pasa menos dinero! ¡Quiere ahogarme! ¡Que os vayáis con él! ¡Que me dejéis sola! ¡Que me muera de hambre y de asco…! —Amanda se colocó ambas manos sobre la cabeza. Parecía que le fuera a reventar. Respiró profundamente, intentó tranquilizarse y añadió en un tono más mesurado—: Anda, hijo, ve a despertar a Lucía. Por favor. Y nos vamos a desayunar a casa de Pedro…

—¿Pedro? —preguntó él—. ¿Ese nuevo novio que te has echado? Yo no voy.

—Por Dios, Carlos, no me exasperes. Es un amigo. Nada más. ¿Tampoco te parece bien que tenga amigos?

Pronunció las últimas frases casi en un deliberado susurro. Los gritos no le ayudaban nada a paliar el intenso dolor de cabeza habitual tras una noche de solitaria borrachera. Y, además, no quería volver a discutir con su hijo, al que sabía que, en los últimos tiempos, su padre había convertido en una especie de policía delator al que le pedía que estuviera al tanto de todos sus actos.

Un manipulador, eso era el cabrón de Javier. Pero si se creía que iba a acabar con ella con la presión del dinero y de los niños, estaba muy equivocado. De momento, los chicos estaban a su lado por mucho que él se empeñara en lo contrario. Y conseguiría más cosas. Seguro. Era cuestión de armarse de paciencia y de que él no la pillase en ninguna nueva falta.

—Despierta a tu hermana, hijo —pidió su madre intentando esbozar una sonrisa—. Y pasemos un buen día hoy todos juntos. Por favor.

Carlos obedeció a su madre y se dirigió con cara de pocos amigos al cuarto de su hermana. La enchufada de ella, dormía en la mejor habitación de la casa, la del baño dentro. Ni siquiera la de sus padres, que ahora ocupaba solo su madre, lo tenía; pero la de Lucía sí, claro, cómo no. Se notaba que era la preferida de mamá... Abrió la puerta del dormitorio sin llamar, gritando su nombre.

—Lucíaaaaaa, tíaaaaa, despierta de una vez, que son las doce y nos vamos a desayunar con mamá...

Nadie contestó.

Había tanta ropa sobre la cama de su hermana que Carlos no acertaba a ver si estaba dormida bajo aquel follón de trapos, así que decidió revolverlos por si acaso.

—Lucía, joder, ¿dónde estás? —preguntó, tanteando la ropa.

Tampoco hubo respuesta.

La cama, bajo todo aquel desorden, estaba perfectamente hecha. No parecía que nadie hubiera dormido en ella; aunque ahora que nadie venía a limpiar, los hermanos preferían no meterse entre las sábanas con tal de no tener que arreglarlas después... Carlos miró al lado de la cama por si hubiese llegado con varias copas de más y se hubiera caído, pero tampoco la encontró. Lucía no parecía estar en ninguna parte de la habitación, así que seguro que había pasado al baño. El chico abrió la puerta y entró gritando de nuevo el nombre de su hermana.

—Lucíaaaaa, tíaaaaa...

Silencio.

Carlos revisó el cuarto de baño de arriba abajo: abrió el armario de los albornoces, descorrió la cortina de la ducha, miró detrás de la puerta... Estaba vacío.

Salió en busca de su madre, corriendo, asustado. Era muy raro que Lucía no estuviera allí. Y él no se llevaba bien con su hermana, pero... era su hermana. Por un momento pensó que igual se había marchado. Sin decirle nada a nadie; pero luego recapacitó. No. Lucía no era así.

Y menos después de «aquello»... ¿O sí? Un escalofrío le recorrió la columna. Estuvo apenas un instante sin moverse y luego echó a correr hacia el cuarto de su madre.

—¡Lucía no está, mamá! —dijo, golpeando nerviosamente con los nudillos en la puerta del baño de su madre.

Amanda abrió de inmediato.

—Pero ¿qué estás diciendo, hijo? —preguntó alarmada—. ¿Cómo no va a estar? ¡No puede ser!

—No está, mamá, te lo juro —insistió el chico con la voz temblorosa.

La mujer corrió al cuarto de su hija, gritando su nombre.

—Lucíaaaaa, Lucíaaaaa, no me hagas bromas, cariño. ¿Dónde estás?

Aunque Amanda, desesperada, revolvía los montones de ropa, los tiraba al suelo, abría y cerraba la puerta del baño, miraba en los armarios y no cesaba de repetir el nombre de su hija, estaba claro que Lucía no estaba allí.

—No está, Carlos —dijo, abrazándose al chico con los ojos húmedos y una visible inquietud.

El niño tardó unos minutos en contestar. Él también estaba angustiado, pero sabía que su madre lo estaba aún más y que le tocaba consolarla.

—No te preocupes, mamá, seguro que se ha quedado a dormir en casa de alguien...

Ambos sabían que no. A Lucía le gustaba salir, entrar, pero no dormir fuera de casa... Además, después de «aquello» que hizo que sus vidas saltaran por los aires y de alguna manera fue el detonante de la separación de sus padres, era mucho más estricta en su comportamiento. Sobre todo, porque no podía evitar un sentimiento de responsabilidad, de culpa, de creerse la responsable de haber llevado a su familia al precipicio. Aunque, tal vez por eso..., ¿podría Lucía haberse ido para alejarse de aquel infierno invivible en el que sus padres habían convertido la vida de los dos hermanos?

—¿Has mirado tu móvil, mamá? ¿Tienes algún WhatsApp suyo? —preguntó el niño.

Amanda sacó el teléfono mientras él lo hacía también. En ninguno de los dos aparatos había noticia alguna de Lucía.

—Llamemos a sus amigos —propuso el chico.

—Solo tengo el número de Marina… —balbuceó Amanda, sollozando como una niña, al tiempo que buscaba el teléfono de la amiga de su hija en la agenda del suyo y lo marcaba.

—Marina, soy la madre de Lucía. No ha pasado la noche en casa. ¿Está contigo? ¿Sabes dónde está?

3

El caso de la chica desaparecida

Julio de 2017

El calor de aquel julio en Madrid no era el de siempre, por más que hubiera quien se obcecara en negar el cambio climático. Aunque otros veranos se temiera por el agua tras muchos meses sin lluvia, la sequía era otra cosa. Habitual en España entera a temporadas. Y también en Madrid. Pero ese calor capaz de reventar termómetros que derretía hasta las ganas no era normal. Roures estaba a punto de volverse loco. «No se puede vivir en el asfalto sin aire acondicionado», pensó. Cuando creyó que ya no podría aguantar más, que se deshidrataría poro a poro, como tantos viejitos de su edad —«No hagáis bromas, que voy a cumplir sesenta y dos tacos de almanaque», solía decir a los amigos, presumiendo de unos años poco visibles en él—, empezó a llover con una furia disparatada y no cesó en dos días. En uno de sus artículos de *El País*, Juan Cruz escribió que llovía como en Macondo y Roures, al leerlo, no pudo evitar una sonrisa de complicidad. Acababa de recuperar sus libros, después de tapizar toda la casa de estanterías. Cualquiera que entrara en su modesto pisito creería que se encontraba en la guarida de un bibliotecario melómano o de un melómano bibliotecario. Ni cuadros, ni fotos. Nada que no fueran discos —vinilos, naturalmente— o libros adornaban los endebles muros del pequeño recibidor, el minúsculo saloncito, el diminuto despacho y el dormitorio, algo más grande en comparación con el resto de los cuartos, pero también de reducidas dimensiones. Dos años había tardado en organizarse, tras su ruptura con Belinda. El caso de Artigas lo tuvo muy entretenido al principio, durante más de un año, y tocado tras su resolución, por alguna de las pérdidas; pero luego volvió a sus asuntos de bragueta con normalidad. Las infidelidades seguían siendo muy rentables para los detectives privados. Y le divertían más que los temas de empresa o de seguros, que también daban de comer a su gremio. Sobre todo, porque seguían siendo cuantiosas y resolviéndose con suma facilidad. A veces pensaba que los infieles cometían las torpezas con premeditación y alevosía. Para que los pillaran *in fraganti*, vamos. Y en ocasiones era así, no cabía duda. De hecho, había amantes que volvían evidentes sus relaciones, a través de algún tipo de estrategia, con el propósito de lograr que la mujer o el marido adúlteros, objeto de su interés, abandonaran a sus parejas o que estas le o la echaran de casa. Pero tal comportamiento solía ser poco efectivo. En la memoria pública quedaba aquel episodio ya antiguo de Marta Chávarri y Alberto Cortina: el descubrimiento «por sorpresa» de su «historia de amor», que precipitó la separación de la bisnieta del conde de Romanones y nieta del marqués de Santo Floro, de Fernando Falcó, marqués de Cubas, y, a su vez, la de Alberto Cortina de Alicia Koplowitz, propietaria junto a su hermana Esther de la millonaria empresa Construcciones y Contratas, donde el infiel trabajaba. Una vez divorciados todos, sin remedio, tras ocupar el asunto múltiples portadas de revista, Chávarri, que según las malas lenguas había filtrado la noticia a la prensa, se casó con Cortina como quería; pero el matrimonio duró un suspiro. Cuatro años más tarde, él se divorció de ella y conoció a Elena Cué, el amor de su vida, con quien contrajo matrimonio después de cinco años de esplendoroso noviazgo. Esa historia era pública y tenía ingredientes muy sustanciosos para los devoradores de chismes porque, para cerrar el círculo, el exmarido de Chávarri contrajo matrimonio con la hermana de Alicia Koplowitz, exmujer de Alberto. Así que en el relato se mezclaban el poder, el dinero, los títulos nobiliarios, las bajas pasiones... Parecía un argumento de película, diferente a los demás, pero, en realidad, todos los de cuernos eran muy similares. Y cuando se descubrían, solía ser porque uno de sus protagonistas quería que saliera a la luz, no por casualidad. Por eso o porque algún imbécil presumido —casi siempre era el varón— no resistía la tentación de contarlo, de no negarlo o de darlo a entender con una estúpida sonrisa de autocomplacencia... Si los maridos o mujeres de los «culpables» se decidían a encargar una investigación, solía ser porque alguien les obsequiaba una pista irrebatible o porque sus cónyuges les planteaban una separación urgente, alegando una repentina falta de amor que todos sabían que existía desde hacía años y que no podía ser causa concreta, así porque sí, de nada. Los escamados cornudos no se atrevían a hacer ellos mismos los seguimientos que les conducirían a la verdad en un periquete, por puro bochorno. Y menos mal, porque si no los detectives especializados como él se quedarían sin ese trabajo tan fácil de resolver y sobre todo de cobrar, gracias a esa urgencia que compartían quienes encargaban la investigación con los investigados de que todo terminase cuanto antes y no se hablara más del asunto.

Seguía lloviendo sin tregua. Roures no tenía tarea pendiente tras haber resuelto con éxito el caso del último lío de la mujer del propietario de una cadena de restaurantes con un actor de segunda categoría. Como de costumbre, el marido le había pagado de inmediato. Más por su silencio que por el descubrimiento. Porque no se separó de ella. En absoluto. Solo ordenó que le pegaran a él una paliza monumental y a ella le leyó la cartilla. Pobre. No sabía que esa mujer era carne de cañón. Si no estaba con aquel, estaría con otro, pero de ninguna manera en su casita esperando a que llegara su maridín.

A punto estaba de llamar a su amigo, el inspector Prieto, para invitarle a comer una tortilla con callos en Casa Perico, cuando sonó el teléfono.

—¿Detective Roures? —preguntó una voz femenina al otro lado de la línea.

—¿Quién pregunta por él?

—Soy Amanda Varela. ¿Le suena mi nombre?

Roures se encendió un cigarrillo e inhaló el humo, como siempre con fruición. Luego lo soltó acompañado de un par de toses y contestó:

—Cómo no, señora Varela. Es usted más conocida que la Preysler, dicho sea con todo el respeto.

—Lástima que no lo sea por cuestiones tan felices como las de ella —repuso la mujer con rapidez. Y añadió—: Necesito verlo, señor Roures.

—¿Para algo que me pueda adelantar? —inquirió el detective.

—¿En serio me lo pregunta? ¿Usted qué cree?

—Tiene razón —aceptó el detective—. Está claro el tema que nos va a ocupar... No es mi especialidad, pero...

—Le aseguro que hay mucho de su especialidad en lo que le voy a contar —zanjó ella.

—Bien. No tengo oficina con letrero de detective. Imagino que lo sabe. Así que la puedo recibir en el despacho de mi casa o acercarme a donde me diga.

—Preferiría que tomáramos algo en un sitio discreto. La formalidad de un despacho de investigación me asusta un poco —repuso Amanda.

—Mi despacho no es como los de los detectives de las películas, créame. Pero como quiera. Si le apetece que nos veamos en un sitio cursi de verdad, acaban de reabrir el Comercial. Ni sombra de lo que fue y ahora comer es un atraco, pero un café seguro que se puede pagar. ¿Le parece bien?

—El de la Glorieta de Bilbao, ¿verdad? —preguntó. Y añadió sin esperar respuesta—: Perfecto, sí. ¿Puede ser hoy mismo? ¿A las siete de la tarde?

—No hay problema, nos encontramos allí... Si es que el cielo no se desploma sobre nuestras cabezas.

—Empezamos mal, detective, si le tiene usted miedo a cuatro gotas de lluvia... —zanjó ella antes de colgar.

«Vaya —se dijo Roures—, una mujer de las que no han leído a Astérix o que no tiene sentido del humor... Aunque en su situación, a decir verdad, yo tampoco estaría para muchas bromas». Marcó el número de Prieto.

—¿Dígame?

—Soy Roures, Paco, ¿es que nunca miras la pantalla del móvil a ver quién te llama?

—«A veces sí, a veces no», como la canción aquella de Julio Iglesias, ¿recuerdas? —bromeó el comisario.

—Pues no, la verdad. Julio Iglesias no está precisamente entre mis cantantes favoritos...

—Ja, ja, ja... No sé por qué, pero me lo imaginaba... ¿Qué pasa, Roures?

—Que te quiero invitar a comer para celebrar un caso resuelto. ¿Hace una tortilla con callos y una ensaladilla de Moscú en Casa Perico?

—Hace, hace... Pero a las tres, que tengo un poco de papeleo que despejar.

—Hecho. Te veo allí entonces. Y..., oye, si puedes, cuéntame algo que me refresque la memoria sobre la investigación de la desaparición de Lucía Peña. ¿Llegasteis a barajar la posibilidad de que la pudiera haber captado alguna red de trata de mujeres?

—En realidad, no —contestó el policía, cambiando de tono—. Aunque sigue habiendo muchos cabos sueltos en esa investigación. La lleva la UCO. Lo que pasa es que, desde que el juez del juzgado de Manacor archivó el caso, hace más de un año, ya no tiene prioridad. Solo te puedo decir que ellos creen que está muerta, casi desde el principio. Pero por pura intuición, no hay evidencias. Y está claro que también podría ser una muerta viviente que trabajara en un club de cualquier lugar del mundo sin que nadie se enterase, eso es cierto... De todos modos, lo más raro de ese caso es la familia, ¿no crees?

—Bueno, te lo contaré mañana. He quedado esta tarde con la madre amantísima.

—¿La de a Dios rogando y con el mazo dando? Porque para mí que esa reza mucho, pero luego su vida tiene poco de ejemplar.

Roures hizo una pausa antes de contestar y esbozó una sonrisa con amago de carcajada que se hizo sonora al otro lado del teléfono.

—¿Sabes que el verdadero significado de ese refrán es el contrario? La acepción primitiva recomendaba a los que creen en Dios encomendarse a Él, pero haciendo todo lo que estuviera en su mano para lograr lo que pretendían...

—Joder, Roures, te lo sabes todo, tío —dijo el inspector con cierta sorna—. Das un poco de grimilla...

—Cuestión de años. Nada más. Ya sabes que más sabe el diablo por viejo...

—... que por diablo —cortó Prieto—. Sí. Hale, métete los refranes por donde te quepan. Nos vemos a las tres.

Roures se sentó frente al ordenador. Aún le quedaba una hora para encontrarse con su amigo y no tardaría más de cinco minutos en llegar al restaurante. No estaba mal repasar la información sobre la familia Peña Varela. Como bien decía Prieto, ninguno de los progenitores parecía trigo limpio...

Solo con poner el nombre y apellido de la niña, la pantalla se llenaba de noticias de todo tipo sobre su caso. La desaparición en Mallorca cerca de uno de los lugares más exclusivos de la isla, donde jamás se había producido ninguna desgracia —todo lo más, el robo de alguna moto de agua o alguna tabla de pádel surf, en el pequeño puerto situado a los pies del único hotel de la zona—, había causado auténtica conmoción. Nadie hubiera imaginado que en aquel paraíso de pinos, mar cristalino y apenas algarabía podía suceder nada malo. Por las fotos, el lugar parecía no solo bellísimo, sino muy tranquilo. Un sitio donde las familias pudientes se divertían reuniéndose en sus maravillosas casas con salida al mar, e incluso a veces con pequeños puertos o amarres propios, y donde el lujo consistía en el deporte, la propia calma y poder disfrutar de la naturaleza con discreción. Ninguna casa era en exceso llamativa. Como mucho, la que un día compartieran Pedro J. Ramírez y Agatha Ruiz de la Prada y que desde hacía unos meses, tras abandonarla él por una letrada más joven, ya solo le pertenecía a ella, por lo que seguro que seguía manteniendo aún las tumbonas rosa fucsia que tanto salieron en la prensa cuando la gente del pueblo, pura gleba para ellos, se coló en la tan lujosa como ilegal piscina del entonces director de *El Mundo* y la diseñadora de moda.

Según las informaciones sobre la familia, que recogían con detalle periódicos y revistas, el padre de la chica desaparecida había veraneado allí toda su vida. De niño iba con sus padres a la enorme casa familiar, en primera línea de mar, que se vendió tras la muerte del patriarca, y luego a otra no tan espectacular que él mismo compró para disfrutar de las vacaciones con su propia familia. La misma casa donde pasaban ese verano aciago de la desaparición su exmujer y sus hijos.

Se había escrito mucho sobre la pareja, pero los verdaderos motivos del divorcio de los Peña Varela no estaban muy claros. A tenor de todo lo publicado sobre ellos, lo único indiscutible era que el matrimonio se desgastó hasta romperse. Como tantos. Desde casi el mismo día de la desaparición de Lucía, sus padres se acusaron mutuamente de todo: infidelidad, irresponsabilidad, manipulación, coacción, malos tratos.

Ninguno de los dos salía agraciado en el retrato. Pero tampoco sus vástagos, a quienes la separación no debió de sentarles nada bien... Intuía que la crisis también pudo contribuir a desbaratarlo todo, siendo él un tipo dedicado al negocio de la construcción. Seguro que ganó mucho dinero en los tiempos de esa burbuja que luego explotó dejando a tantos damnificados al borde de la quiebra.

Miró las fotos de Lucía con detenimiento. Era una preciosidad de chavala. Parecía más nórdica que española. Guapísima. Quizás un poco delgada de más, pero como tantas chicas de ahora obsesionadas por guardar la línea. Por lo que se contaba en la prensa, la niña había sufrido una depresión severa tras la ruptura de sus padres. Incluso se señalaba que el hermano menor tenía «ciertos» problemas de conducta, ligados a su adicción a los videojuegos. Eso último salía en las primeras informaciones sobre el caso y luego desaparecía para «proteger su intimidad». ¡Qué despropósito!

El hermano de Lucía aparecía en alguna instantánea, con el rostro pixelado. Por lo que se veía detrás del desenfocado, eran opuestos. El chico debía de ser del estilo del padre: un moreno inquietante... No le gustaba cómo miraba ese hombre. Ni el rictus de su cara. Aunque tampoco el rostro de la madre parecía el de una persona del todo confiable. En aquella familia había gato encerrado. A ver qué le contaba ella por la tarde... Antes, a comer.

Tras la comida con Prieto, Roures se encaminó a su casa. Le dolía la cabeza, como de costumbre. Necesitaba tomarse una Neocibalena y echarse una siesta. No la perdonaba a menos que fuera indispensable. Con veinte minutos le bastaba, pero sin ellos estaba roto y más cuando comía como Carpanta. Procuraba cuidarse, pero... cada día le costaba más la disciplina de los abdominales. Tampoco tenía el aliciente específico de una mujer a la que cautivar.

Estaba muy sereno en ese aspecto. Aunque la serenidad, ya lo decía Benedetti, no era «el mejor de los estados posibles e imposibles». Era cierto, como señalaba el poeta, que a veces demasiada calma pudría, pero, en aquellos días, entretenido como estaba con sus casos, sus lecturas y su música, ni siquiera echaba de menos lo bueno que era «estar adentro del entrevero». Decidió encenderse un cigarrillo antes de tumbarse y ponerse un disco al momento. Eligió *Lost & Found*, uno muy melódico de Jimmy Scott, el intérprete que cantaba más lento del mundo. Mientras escuchaba la música y disfrutaba del humo del tabaco, se le vino a la cabeza la mirada candorosa de Lucía Peña. Le recordaba a alguien, pero ¿a quién? Cerró los ojos y, de pronto, empezaron a lloverle imágenes de un tiempo muy lejano. Correspondían a uno de los episodios más crueles vividos durante sus guerras: la masacre de Vukovar. En el inicio de la guerra de los Balcanes los reporteros hacían lo que querían. Nadie les impedía grabar nada. Nadie pensaba aún que la información era otra arma de guerra. Más tarde todo cambiaría, pero entonces, en las primeras matanzas entre hermanos, conseguir las imágenes más sensacionales, que luego darían la vuelta al mundo, solo exigía tener poco respeto al riesgo y olvidar que las balas podían dejar un agujero no solo en la cabeza de los combatientes, sino también en las de los informantes. Por eso tuvo la oportunidad de ser testigo de un horror difícilmente olvidable, en un lugar que no distaba más de dos horas en avión de Madrid y donde los soldados tenían el mismo aspecto que los corresponsales. Era imposible que borrara por completo de su memoria aquellos ochenta y siete días de asedio contra la ciudad de Vukovar, en el este de Croacia, donde los serbios arrasaron una población atrapada sin medicinas, alimentos ni agua, mientras el mundo observaba estupefacto, como si de una película se tratara, sin mover un dedo. Fue la primera ciudad importante europea destruida por completo tras la Segunda Guerra Mundial. Una batalla feroz. En algún diario se contó cómo a niños de entre cinco o seis años, enloquecidos bajo la lluvia diaria de bombas, el pánico les blanqueó el cabello por completo… Tras aquella batalla tan desigual y terrible, a los refugiados asediados por las fuerzas serbias no les quedó más remedio que reunirse en el hospital, cuando los soldados tomaron el control de la ciudad; el mismo lugar donde, casi desde el inicio de la contienda, los heridos hacinados se repartían el agua con cucharas y luchaban contra la disentería y la gangrena. Los serbios les prometieron no solo seguridad, sino también que en cuanto alcanzaran un acuerdo con el gobierno croata serían evacuados por el Ejército Popular yugoslavo; pero tal promesa no se cumplió.

Los refugiados fueron trasladados a una antigua granja de cerdos en una localidad cercana llamada Ovcara. Algunos, los que tuvieron más suerte, fueron golpeados y abandonados antes de llegar, en medio del bosque… A los restantes los tomaron como prisioneros, los torturaron y los fusilaron. Como eran tantos y había que esconder el oprobio, por si acaso, tuvieron que enterrarlos con topadoras en fosas comunes, a todo correr. Las mujeres, como siempre, se llevaron la peor parte y, además de ser testigos del sufrimiento de sus hijos y maridos, fueron violadas salvajemente, reiteradas veces, antes de ser asesinadas. No recordaba el número de muertos hasta entonces, pero sí que los desplazados superaron los treinta mil y que de los que llegaron a aquella granja —cuatrocientos, según unos, y doscientos, según otros— solo pudieron ser identificados ciento noventa y cuatro. Lo que sí tenía grabado en la memoria eran las caras de algunos muchachos con los que compartió aquel horror y que no salieron vivos de la contienda, porque tenían edad de combatir y carecían de un carné de prensa; pero en especial el rostro angelical de una enfermera de ojos claros, con la que apenas pudo hablar por signos mientras grababa su trabajo y que le dio un beso fugaz en la mejilla para agradecerle un paquete de chicles. Por entonces, Roures ya tenía muchas historias en la mochila y no era un jovenzuelo, contaba treinta y seis años, pero aquel beso ingenuo de esa chica de mirada limpia le hizo pensar en el amor, la familia y todas esas cosas que explotan en las guerras y que cuando forman parte de la normalidad impulsan a los hombres a estar guapos e incluso a ser buenos… Cuando volvieron a tomar imágenes del hospital, tras la marcha de los refugiados, encontraron a la chica casi despedazada, con los muslos encharcados en sangre y un tiro limpio en la frente. Los rasgos de su cara, ahora lo veía claramente, eran muy similares a los de Lucía Peña.

Apagó el cigarrillo y se dispuso a dormirse en compañía de la voz lentísima de Scott, implorando a su conciencia que no le diera el coñazo ni le recordara nada más de Vukovar. Al despertar le tocaría centrarse en otra desaparición, que podía ser menos sangrienta que todas aquellas de la ciudad croata, pero no menos dolorosa.

4

AMANDA VARELA

Desde que el café Comercial reabriera sus puertas, Roures no lo había pisado. Solo ver los precios de su carta en internet le echaba para atrás. Además, al menos desde lejos, sentía como si le hubieran robado su sabor característico de antaño para convertirlo en un sitio como tantos otros. Demasiado puesto, con muchas pretensiones y poca alma. De todos modos, quería darle una oportunidad. O tal vez, dársela a sí mismo. La última vez que pisó aquel café fue ese primer día que quedó con Katia Kohen. Y recordarla aún le dolía. Si hubiese podido evitar su muerte, lo habría hecho, pero… Estaba claro que, según avanzaba la vida, más arrepentimientos se le quedaban a uno prendidos en el estómago, que era ese lugar que se rebelaba contra el «todo vale» de algunos seres humanos. De su pasado de guerra tenía una colección de motivos para el remordimiento; y por lo que parecía, en su presente de paz iba a seguir acumulándolos. Antes de entrar, parado frente al famoso KGB, el kiosco de prensa de la Glorieta de Bilbao, miró el toldo negro con el letrero de «CAFÉ COMERCIAL» en mayúsculas y le dio rabia que no fuera rojo como el anterior. «Un inmovilista, eso es lo que eres tú», se dijo mientras empujaba la puerta giratoria, ahora brillante e impecable, extrañando, sin poder evitarlo, aquellos días en los que estaba desvencijada. Una vez dentro, todo le pareció demasiado lustroso, colocado, poco natural. Ahora para acceder al salón, tras la barra atiborrada de exquisiteces, era obligatorio detenerse en un mostrador, a la americana, desde el que los camareros repartían las mesas. Ya en esa parte del local donde tantas horas pasara tiempo atrás, reparó en las nuevas tapicerías de las sillas y las bancadas, imitando el aire de las antiguas. El cartel luminoso con esa frase «Bibir es beber con los que viven», de Rafael Soler, aquel poeta que fuera un asiduo del Comercial, y los retratos enmarcados de otros ilustres que pasaron un día por el café original, como Gabriel Celaya, Luis García Berlanga o Francisco Umbral, por todos los rincones, recordaban con demasiada precisión un pasado que parecía fuera de su sitio... Los mármoles jaspeados de la barra y las mesas eran los de siempre, pero al igual que las lámparas, estaban tan limpios y brillantes que parecían distintos y le hacían sentirse lejos de aquel espacio, del que antes sentía que formaba parte. En todo caso, se alegraba de la reapertura. Recordaba que Katia le dijo en aquella primera cita suya que le gustaba el Comercial. Se tomaría una birra en honor de la argentina, en compañía de la señora Varela a quien estaba deseando conocer. Le provocaba una enorme curiosidad esa mujer. Y más aún el motivo de su llamada. Se sentó en la misma esquina desde la que un día observó a Katia recorriendo el local hasta alcanzar su mesa, para poder revisar, como entonces, a la protagonista de su cita de aquel día. Eran las siete menos cinco. Debía de estar a punto de llegar. No había mucha gente en el café. Ni rastro de los escritores de antaño. Por lo que había leído en internet, los dueños se habían comprometido a habilitar un espacio para tertulias literarias y presentaciones de libros, pero eso no significaba que fueran a volver los autores gloriosos como José Hierro, Caballero Bonald, Ángel González o Arturo Pérez-Reverte... Algunos habían muerto y a otros, como al académico, ya era más fácil encontrarlo bajo la emblemática cúpula del lujoso hotel Palace que en los antiguos cafés literarios, por muy remodelados que estuvieran. En su lugar había algún grupo de amigas de edad indeterminada, un par de parejas de viejitos nostálgicos y dos o tres mujeres solas. Era julio y Madrid empezaba a vaciarse, así que no se podía pensar que fuera un fracaso que el nuevo café Comercial no estuviera abarrotado. Alzó la mano para avisar al camarero —joven y nuevo, no le conocía de nada— y cuando llegó le pidió una cerveza.

—Para mí una Coca-Cola Zero —dijo una voz femenina con un levísimo acento, casi imperceptible, imposible de determinar, desde detrás del chico, que parecía más un modelo que un mozo.

«Pero ¿de dónde ha salido?», se preguntó Roures, mientras ella estaba ya a punto de sentarse, sin haberle dado la oportunidad de poder observarla desde su rincón estratégico, como pretendía.

—Amanda Varela, supongo —dijo después el detective—. Si no lo es, se parece mucho a la mujer de la tele…

—Lo soy, claro —admitió ella, tomando asiento finalmente—. ¿O acaso se le sientan las mujeres a la mesa sin haber quedado con usted?

—No la he visto llegar. ¿De dónde ha salido? Y sobre todo, ¿cómo me ha reconocido? —quiso saber el detective.

—Usted también tiene un pasado televisivo, señor Roures. De guerras y de hace mucho tiempo, es cierto; pero algo de entonces aún queda en la red. ¿No me ha buscado usted a mí en internet? —preguntó Amanda, para contestarse después a sí misma—: Seguro que sí. Pues yo a usted también. Y… estaba sentada en esa mesa —dijo, señalándola con el dedo índice y mirándole con cierta sorna—. Llegué pronto para poder estudiarle en la distancia… ¿No es eso lo que hacen los detectives? No quería que jugara con ventaja: usted me ha visto mucho en la tele en la actualidad. Yo solo he visto algunas imágenes antiguas suyas… Aunque, a decir verdad —añadió sonriente y casi coqueta—, no se conserva usted mal, incluso le diría que está mejor que antes…

—Pero ¿cómo no la he reconocido? —volvió a preguntar el detective, extrañado, haciendo caso omiso al cumplido—. He mirado y no la he visto…

—Una gorra y unas gafas, detective —dijo ella, sonriendo como una niña traviesa—. Un disfraz sobrio, pero sin duda eficaz.

—Misterio despejado, entonces —cortó Roures sin sonreír—. Y dígame, ¿le ha gustado lo suficiente mi pinta? ¿Podemos hablar ya de la desaparición de su hija?

Amanda permaneció en silencio unos instantes. Una nube de tristeza cubrió su mirada unos segundos, pero enseguida desapareció y sus pequeños y rasgados ojos marrones volvieron a exhibir un brillo extraordinario.

—Su aspecto es… correcto —sentenció Amanda con cierta sorna—. Diría que hasta previsible. Aunque con ese vaquero y esa camisa remangada parece más un viejo reportero que un detective.

—Bueno. Soy ambas cosas —repuso Roures. Y añadió, ahora sí, esbozando una leve sonrisa—: Pero en invierno llevo gabardina…

Amanda soltó una carcajada. Era una mujer pequeña pero proporcionada. Todo, excepto su boca inmensa; más grande aún cuando sonreía y exhibía unos enormes y blanquísimos dientes. Había mucha sensualidad en aquella sonrisa y algo de provocación, como también en su retadora mirada.

—Antes de que me cuente, ¿me dirá quién nos ha puesto en contacto? —inquirió el detective, curioso—. Mi teléfono no aparece en internet, ni tampoco en las guías, si es que siguen existiendo…

—Permítame que me guarde ese detalle para mí —contestó ella, enigmática, con rapidez.

Roures fijó su mirada en la de Amanda, indagando la respuesta que ella no le proporcionaba.

—Como prefiera —aceptó por fin—. Pero, por si soy el primer detective de su vida, ha de saber que la relación con alguien que investiga para uno debe ser casi como la que se tiene con un confesor. Si el cliente no cuenta la verdad u oculta datos, la investigación se ralentiza y la resolución del caso se vuelve más complicada.

—No me queda otro remedio que guardarme este dato —cortó Amanda con determinación—. La persona que me dio su nombre insistió mucho en que no le revelara su identidad... También me dijo que era usted el mejor. Y una persona en la que se podía confiar.

—Eso está muy bien —respondió impertérrito el detective—. Siempre es agradable que hablen bien de uno. Y raro. Le aseguro que, si buscara, también encontraría otros criterios. Es mejor que se fíe solo del suyo. Por si acaso... De todos modos, no estamos aquí para hablar de mí. ¿Qué tal si me da los detalles de la desaparición de su hija que no figuran en ninguna parte?

Amanda bebió un poco de su refresco y dirigió su mirada hacia el vacío, como si estuviera haciendo memoria. Luego comenzó a hablar.

—Lucía desapareció una noche de verano. De luna llena. Una preciosa noche de fin de julio de hace dos años. Yo no disfruté de ella porque aquel día tenía un terrible dolor de cabeza y me metí en la cama temprano —mintió Amanda.

—¿Le dolía la cabeza? —la interrumpió Roures—. ¿Una migraña? ¿O tal vez un furtivo encuentro con el alcohol?

Amanda lo miró desafiante.

—Va usted al grano, ¿no, detective? Y por lo que se ve, ha leído en profundidad lo que se ha publicado sobre el caso, incluidas las acusaciones de mi marido...

—¿Preferiría que hubiera acudido a esta cita sin hacerlo? No me gusta perder el tiempo, ni hacérselo perder a los posibles futuros clientes... Además soy experto en migrañas. No dejan dormir.

Amanda, sin separar los labios ni dejar de mirarle, emitió un sonido gutural parecido al de una carcajada sorda.

—Me gusta que no me quiera hacer perder el tiempo —dijo después—, porque en este caso apremia. Y cada vez temo más por la vida de mi hija…

—Continúe, entonces. Pero con la verdad, si es tan amable.

—Aquel día me acosté pronto —prosiguió ella—. Sola y después de beber algo de vino blanco. No soy una casquivana, ni tampoco una borracha, señor Roures, por mucho que algunos medios lo hayan dado a entender, empujados por mi marido. Pero a veces bebo vino, como todo el mundo, y volví a fumar antes de la separación, cuando comenzaron los conflictos con Javier.

—¿Cree usted que su marido está detrás de la desaparición? ¿Que tiene algo que ver con ella? —soltó Roures, como una bomba.

La mujer negó con la cabeza.

—No lo creo —dijo finalmente—. Aunque ¿quién sabe? A estas alturas, no pondría la mano en el fuego por nadie. Incluso aquellos en los que más confiaba me han traicionado. Hasta mi abogado de Madrid se ha hecho asiduo a las tertulias de televisión, a las que acude llevándose una buena pasta por contar lo que le apetece. Y, créame, no lo hace por el bien de mi hija, sino para convertirse en un personaje. Yo lo consiento porque gracias a eso no me cobra y, dado el estado de mi cuenta corriente, me resulta fundamental que no lo haga; pero ya sé que me vendería por media hora de pantalla. Y lo mismo les pasa a mis enemigos y hasta a mis amigos: no han podido resistir la tentación de hacer públicos los cuatro datos que sabían sobre mí o sobre mi familia. En cuanto a los medios… usted los conoce mejor que yo. No les importa ni la verdad ni el daño que puedan hacer, solo les interesa conseguir espectadores, oyentes, lectores… —Hizo una pausa, apoyó los codos y después la barbilla sobre sus manos entrelazadas y cerró los ojos unos segundos. Luego suspiró con profundidad y continuó en un tono muy bajo, casi un puro susurro—:

Javier es un hijo de puta, detective, pero no sé, no creo que fuera capaz de hacerle daño a nuestra hija... O no él solo. No lo creo —repitió finalmente, como para autoconvencerse, ya en tono normal—. Y además, ¿por qué iba a hacérselo?

—Es la primera vez que le escucho algo casi positivo sobre su marido —apuntó el detective—. Por sus declaraciones y medias palabras siempre pensé que usted creía que él era el culpable.

Amanda volvió a perder la vista en el infinito, alzó la mano y llamó al camarero, que se acercó solícito.

—Tráigame un vino blanco —pidió—. Por favor. Un verdejo. En una copa con mucho hielo, como si fuera a servir en ella un refresco.

—¿Toma usted el vino con hielo? —se sorprendió el detective—. Tenga cuidado, igual la condenan por eso...

—¿Aquí o en el infierno? —preguntó ella con ironía—. Aquí ya estoy condenada, señor Roures. ¿O cree que hay mayor castigo que la desaparición de un hijo? Y... —Amanda hizo una pausa mirándole con fijeza— si la condena es el propio infierno, seguro que estaré... rodeada de conocidos. ¿No me acompañará usted, por ejemplo?

—Sin duda —respondió Roures al instante—. Y no me imagino en otro escenario en el que pudiéramos pasarlo mejor. Eso sí, preferiría acompañarla con una bebida caliente. Un té de esos que beben a más de cuarenta grados los beduinos. Así el calor ayudaría a la sangre a fluir, empezaría a sudar, mi cuerpo se refrescaría y sentiría menos calor... Es más, si no hubiera habido aire acondicionado en este café, habría pedido que me trajeran la cerveza del tiempo... Prosiga, por favor.

Amanda apartó el refresco al recibir su copa de vino blanco con hielo y probó el vino antes de continuar.

—Muy instructivo, señor Roures. Lo tendré en cuenta para mi próximo viaje al desierto o al infierno. —Bebió un poco más y siguió hablando—: Verá, detective, me casé muy joven, a los veintiún años, en cuanto me vine de Chile. Mi historia es la de un matrimonio que salió mal y debo decir que no estoy orgullosa de nada. Ni de lo que hice, ni de lo que dejé de hacer, ni de haber soportado lo que jamás debí soportar. Pero no he venido aquí para que me juzgue ni para justificarme. Mi exmarido es un indeseable, se lo aseguro. Un maltratador. Y no le importa nada más que el dinero. Por eso aun ahora sigue tratando de quitarme la custodia de mi hijo Carlos, para ver si puede dejar de pasarme la pensión; pero quien creo que está detrás de todo este asunto no es él, sino la mujer que está con él.

—¿Cómo dice? —preguntó extrañado Roures, que ni siquiera había oído mencionar más que de pasada a la compañera de Javier Peña.

Amanda enarcó las cejas mientras asentía varias veces sin quitarle los ojos de encima.

—Esa mujer que parece una mosquita muerta y que no ha abierto el pico es quien ha dirigido a Javier desde mucho antes de nuestra separación… —afirmó con contundencia Amanda—. Y está loca. Tuvo varias broncas con Lucía y en una de ellas echó de casa a la niña. Lucía juró no volver con su padre; al final Javier la convenció, después de prometerle que aquello no volvería a pasar y de exigirle a Maribel que le pidiera perdón. Ella, a espaldas de mi exmarido, amenazó a mi hija. Le dijo que se arrepentiría, que necesitaba una lección, que alguien tenía que dársela y que sería ella… Cuando me lo contó, quise hablar con su padre, pero Lucía me lo prohibió…

—Entiendo. Y por ese detalle, usted ha decidido que fue ella quien se llevó a su hija —la interrumpió Roures—. ¿De verdad ignora que en el fragor de la batalla se puede decir cualquier cosa? ¿O acaso usted, siendo una mujer de tanto temperamento, no lo ha hecho alguna vez? No me pida que sentencie a una mujer que discute con la hija de su marido. No conozco ningún matrimonio reconstruido para el que los hijos anteriores no supongan una tortura…

—Roures —dijo Amanda, quitándole de golpe el «señor»—, no me considere tan simple. Y no se atreva a pensar que soy una paranoica. Maribel quería quitarse a mi hija de encima. Como fuera. Lo sé. Ella no puede ser madre y por eso le resultaba aún más difícil comprender el amor entre el padre y la niña. Ese que interpretan los que no tienen hijos, pero que les es imposible sentir… ¿Tiene usted hijos, detective?

Roures negó con la cabeza.

—Pues eso le impedirá conocer que hay un amor por encima de todos. Un amor incondicional, generoso, distinto a cualquier otro tipo de amor…

—Dígame, Amanda —volvió a interrumpirla el detective—. ¿Por qué todos los padres hablan de su… «generosidad»? ¿Cree de verdad que traer hijos al mundo es un acto de generosidad? ¿Aún no se ha dado cuenta de que lo que perpetúa al ser humano es su deseo de trascender, de dejar huella, de que quede algo de él en este mundo? Desde que el hombre puede elegir cuándo hacerlo, tener hijos no es un acto de generosidad, sino de puro egoísmo. Son los padres los que deciden serlo para gozar de ese amor del que usted habla, para estar seguros de que jamás estarán solos y para saber que alguien los recordará, cuando los reconozcan en la mirada repetida de su descendencia… Yo he visto concebir hijos incluso en las guerras con ese mismo afán, sabiendo que las vidas de sus pequeños, desde el momento en que nacieran, serían una tortura… O que tendrían que entregarlos a cualquier causa absurda. He visto cómo se convertía a los hijos en un arma de guerra preñando deliberadamente a las mujeres del enemigo a través de la violación, para conseguir, a través del fruto de sus vientres, el rechazo del pueblo al que pertenecían… Y ¿qué me dice de las contiendas cotidianas? ¿Acaso no se han engendrado hijos con el propósito de controlar o doblegar la voluntad del otro progenitor? ¿Y para asegurarse tronos o herencias? ¿Cuántos hijos han nacido en extremas condiciones de miseria solo porque sus padres deseaban justificar su matrimonio ante los demás o ante ellos mismos? —Roures calló durante unos instantes. Bebió un trago de su cerveza y luego concluyó su discurso—: Es verdad que en circunstancias normales hay mucho amor entre los padres y los hijos. No olvido el de los míos. Pero el propio hecho de sentir ese amor no es un acto de generosidad, sino de egoísmo. Por mucho que un padre le dé a un hijo, siempre será menos de lo que recibe por el hecho de ser padre. Nadie da más a un padre que un hijo. Incluso el peor de los hijos le hace sentir al padre que ha creado una gran obra.

—Claro —respondió Amanda con sarcasmo—, los generosos son los que no traen hijos al mundo y viven solo por y para ellos… como usted…

—No hay generosidad en decidir no traer hijos al mundo, pero a veces sí responsabilidad… Creo —dijo el detective sin inmutarse ante la pulla—. El hombre descubrió cómo evitar que los hijos vinieran cuando lo decidiese la naturaleza, ¿recuerda? Ahora son ellos los que eligen. Por ellos mismos. Y para algunos hijos, nacer no es la mejor opción… Déjeme aclararle, además, que no es imprescindible tener hijos para ser feliz o infeliz. Tampoco para ser una buena o mala persona.

—No pienso discutir este asunto —zanjó Amanda—. Y menos con alguien que no tiene hijos y no entiende nada…

—Eso es verdad —repuso Roures con ironía—: los que no tenemos hijos no entendemos nada de casi nada. Y de hijos, menos, por supuesto… Se acabó la filosofía. ¿Nos centramos en el asunto que nos ocupa? ¿Qué es lo que quiere de mí exactamente?

—Que encuentre a mi hija, detective. Eso quiero. La Guardia Civil sigue buscando, o eso dice… pero… ni siquiera se ha tomado la molestia de investigar a esa mujer, por mucho que he insistido. Yo estoy segura de que Lucía no está en España… y ellos están convencidos de que está muerta. Le garantizo que no. Lo siento en mi corazón de madre. Ese que, egoísta o generoso, produce unos sentimientos imbatibles…

Roures guardó silencio unos minutos mientras examinaba a la mujer. Tenía una cara muy expresiva y jovial con ojos pardos y vivarachos, la nariz operada, pequeñita e igual a tantas, y una boca más generosa que «los sentimientos de los padres». El pelo largo, lacio y rubio, le confería un aspecto bastante juvenil al que contribuía su tamaño. Porque era más bien bajita. No sabía cuánto mediría —apenas la había visto de pie—, pero se notaba que no era muy alta. Y como decía el refrán: «Vaca pequeña siempre es ternera». Según sus cálculos, tendría unos cuarenta y tantos, pero aparentaba menos de cuarenta. No era exactamente guapa, pero esa actitud tan guerrera y descarada y esa sonrisa descomunal contribuían a que resultara bastante atractiva. Eso y el escote de su ceñida camiseta, al límite mismo del arranque de sus pechos, que dejaba descubierta, en buena parte, su generosa y siliconada delantera.

—¿Por qué me dijo que este caso estaba lleno de infidelidades? —preguntó el detective tras la inspección, recordando que ella se las había mencionado.

—¿Le respondo antes o después de que ahora sea usted el que me diga a mí si le ha gustado mi… «pinta»? —repreguntó ella—. Sabía que los detectives examinaban al detalle, pero desconocía que lo hicieran con tan poco disimulo.

—¿Sabía que «pinta» se le llamaba a la señal que tienen los naipes de la baraja española en sus extremos? Sin tener que descubrirlos del todo, uno puede conocer de qué palo es la carta y por tanto saber, por la pinta, si las cartas son buenas o malas… Usted es parte del caso y también debo «investigarla». Su pinta está muy bien… —concluyó, tras la explicación, Roures sin azorarse.

—Gracias, detective, me tranquiliza mucho que piense que va a jugar esta partida con «buenas cartas» —replicó

Amanda con ironía. Bebió un nuevo trago de vino blanco y luego continuó—: En cuanto a las infidelidades, si ha repasado a fondo la prensa, seguro que pensará que me refería a las mías…, pero la clave no está en mis supuestas infidelidades, sino en una infidelidad permanente.

—Ya veo. Una infidelidad de su marido, supongo, porque usted fue una santa durante todo su matrimonio, ¿no?

—¿Me creería si le jurase que solo tuve una aventura y cuando ya habíamos decidido separarnos? —se apresuró a preguntar Amanda. Y añadió—: Solo le diré que creo que mi exmarido está con esa mujer desde antes de estar conmigo. Como le pasó a Lady Di con su Charles y la Camilla de su Charles, en mi matrimonio siempre fuimos tres. Desde el principio. O eso creo… Pero no quiero influirle, Roures. Es usted quien debe descubrir si ese es el camino. Yo puedo equivocarme, desviarle del correcto y perjudicar a mi hija. Y eso no me lo perdonaría.

—Entiendo. Espero que esa sea su intención al contratarme y no la de dañar a su marido o a la novia de su marido —dijo, antes de beber un trago de cerveza—. Tendrá que pedirle al juez que autorice mi investigación —agregó—. Así podré trabajar de manera «legal». Y ya le anticipo que a la UCO no le va a hacer ninguna gracia, ni aunque haya transcurrido tanto tiempo desde el sobreseimiento del caso y la apertura del sumario y lo tengan casi olvidado.

—¿Eso significa que acepta el caso? —preguntó Amanda—. Sé que la UCO puede molestarse, pero… es mi deber como madre hacer todo lo que esté en mi mano para encontrar a Lucía. Y ese es mi único deseo, no lo dude. Es posible que le haya fallado a mi hija en alguna ocasión, pero no me lo puedo permitir en esta… Respecto al permiso que dice que debo pedir, no creo que haya problema. Al juez que llevaba el caso hasta ahora le dio un infarto poco después del sobreseimiento provisional de la causa y lo sustituye la amiga de una amiga…

—Eso está bien —aprobó Roures—. Así podremos conseguirlo con rapidez y acceder a los autos y a las personas que han intervenido en la investigación. Ver el expediente siempre ayuda... No sé qué podré sacar en claro, pero... me quedo con el caso. La iré informando de lo que averigüe. Eso sí, debo hacerle una pregunta importante al margen de la propia investigación.

—Dígame.

—¿Cómo piensa usted pagarme si tiene tantos problemas económicos?

Amanda entornó sus pequeños ojos castaños, mientras esbozaba esa gran sonrisa suya que descubría sus grandes y blancos dientes de un extremo a otro de su boca.

—Esperaba la pregunta, detective —aseguró misteriosa—. Quédese tranquilo. La misma persona que me recomendó sus servicios se hará cargo de la minuta. Si necesita un anticipo a la firma del contrato, no tiene más que pedirlo.

Roures escrutó el rostro de su clienta, impenetrable a este respecto. Parecía que su silencio era condición *sine qua non* para que quien la estuviera ayudando lo hiciera. Se preguntó quién sería. Aunque ese misterio le importaba mucho menos que el de la desaparición de Lucía Peña. Algo menos, también, que poder cobrar su minuta. No podía permitirse el lujo de trabajar gratis. Ya no.

Abandonaron el Comercial poco más de una hora después de haber comenzado la conversación. Ya no llovía. Y volvía a hacer un calor insoportable. Ni siquiera el agua incesante de más de dos días había conseguido refrescar el ambiente. Una ráfaga de aire abrasador, a la salida, no evitó que Roures se encendiera un cigarrillo después de ofrecerle uno a Amanda. Ella lo rechazó alegando que tenía prisa, mientras paraba un taxi al que se subió con rapidez. Ya desde dentro del vehículo, alargó la mano y le entregó una tarjeta.

—Aquí tiene mi teléfono y mi correo, Roures. Trabaje deprisa. Se lo ruego.

Tony se quedó mirando el vehículo sin poder evitar recordar aquel otro día, de hacía tanto ya, que salió de ese mismo café con el encargo de otra investigación. También entonces le sorprendió la bebida elegida por quien luego sería su clienta. Katia Kohen pidió agua con gas («Siempre creí que las chicas delgadas no bebían agua con gas») y Amanda, vino blanco… con hielo. Qué tontería. Esperaba que en esa «originalidad» acabasen las coincidencias. En el caso que le propuso Katia había mujeres muertas y ella acabó siendo una de la lista, sin que él pudiera evitarlo. En el que le encomendaba ahora Amanda había una chica que aún podía estar viva. Alguien a quien salvar… «Valiente imbécil —pensó mientras apagaba el cigarrillo pisándolo sobre la acera—. ¿Te sales de los puros cuernos y te da por creer que eres el héroe que socorrerá a la doncella? ¿O es que piensas que si logras salvarla o devolvérsela a sus padres aunque esté muerta, te redimes de no haber podido impedir que Katia muriera?».

5

La familia Roures

El termómetro seguía a punto de estallar. Y la casa de Roures también. Lo del aire acondicionado empezaba a ser una necesidad de subsistencia. Siempre se había negado a colocarlo alegando que podía soportar cualquier temperatura por alta o baja que fuese. Y algún día fue cierto..., pero solo en las guerras, donde en lo último que pensaba era en el calor o en el frío. Y de todo eso hacía mucho tiempo. Antes de acabar claudicando y colocándose el maldito artefacto en el dormitorio, prefería irse al chalé de su hermano Enrique, el financiero, en Las Rozas, y pegarse un chapuzón en su bonita piscina, si es que su mujer no le ponía cara de oler mierda. Aunque eso último estaba asegurado: a ella no le gustaba nada tener un cuñado como él. No le parecía «presentable». Ni siquiera cuando estaba casado con Belinda los recibía con entusiasmo.

—Esa cuñada tuya está seca —solía decir Belinda tras las reuniones familiares—. Yo creo que tiene ese carácter porque se pasa todo el día a dieta. Una persona que no come más que lechuga, y poca, no puede ser buena. Ni aunque lo intente...

Belinda, como buena cocinera y amante de la gastronomía, lo medía todo en comidas, platos y especias... Y los que apenas probaban bocado no le gustaban lo más mínimo. Pocos meses antes, cuando fue a visitar a su exmujer y a su nuevo y joven marido («De la edad de Belinda —se recordó a sí mismo—, catorce años menor que tú, huevón»), para conocer por fin, después de casi año y medio, a su bebé ya no tan bebé, ambos chefs le prepararon un festín del que tardó varios días en recuperarse. Demasiada comida y demasiado vino —tres botellas entre tres—; pero lo prefería, sin duda, a que al sentarse a la mesa del otro Roures de la familia y pedir que le sacasen algo de beber para acompañar unos platos siempre esmirriados, le mirasen como si fuera un borracho. «*Never trust a man who doesn't drink*», le espetaba a su hermano, que se había vuelto tan abstemio como su mujer, cuando le ponía caras raras al preguntar por el vino.

—¿Y quién era el «chorra» que decía eso?

—Pues ni idea, hermano. Churchill o Huston o... cualquiera. A menos que lea yo mismo la frase en un libro o se la escuche a alguien, nunca me creo su procedencia. Casi todas se las adjudican, pues eso, a Churchill, a Wilde..., ya sabes.

—En efecto. Lo sé. Nos lo contaba papá. Por eso no me cuadra que andes soltando frasecitas cada dos por tres... Este dice esto, aquel dice lo otro, ese dijo aquello... ¿Y tú qué dices, Tony? Al final, nos quedamos siempre sin saberlo...

Su hermano le quería, pero hubiese preferido tener en la familia a alguien más convencional. Con un trabajo respetable, una casa en condiciones, una pareja más adecuada... Y él nunca dio el perfil. Demasiada lectura, demasiada música, demasiadas mujeres, demasiada guerra, demasiados asuntos de bragueta... Cuando su hermano comenzó a escalar puestos en el banco y se convirtió en un alto cargo, acabaron por distanciarse casi del todo. También contribuyó que su mujer, Begoña, al no conseguir quedarse embarazada de forma natural, se decidiera por una fecundación *in vitro*, que tampoco funcionó. Tras tres intentos frustrados, se rindió. Y lo peor no fue que no lograra ser madre como era su deseo, sino que las hormonas le estropearon tanto el carácter y le hicieron ganar tanto peso —su bestia negra eran los kilos de más, incluso antes del tratamiento— que a punto estuvo de volverse loca. Por eso a la tercera decidió abandonar el objetivo, hacer una dieta radical y quedarse hecha un escuerzo para toda la eternidad. A su marido le dolió. No que se volviera devota de la lechuga y de la extrema delgadez, sino lo de los hijos. Él siempre quiso ser padre. Ahora ya estaba claro que, al menos con esa mujer, que debía de andar por los cincuenta y cinco, y ya con la menopausia superada, no los tendría. Y como era la suya y parecía no querer alejarse de ella aunque aquel episodio de fertilizaciones fallidas le hubiera agriado el carácter, era inevitable que el «linaje» Roures se acabara con ellos. Tony y Enrique Roures serían «los últimos de Filipinas», los últimos Roures de la rama de Madrid. Sonrió. A su hermano le molestaba pensar que su apellido se extinguiría. A su padre, a quien mató un infarto años atrás, le hubiese desesperado. Y a su madre…, por suerte, ella nunca se enteraría de nada. Eso era lo único bueno del alzhéimer: a las víctimas de la enfermedad les desaparecían todos los recuerdos del disco duro, incluidos los malos. En cuanto a él…, estaba muy seguro de no querer ser padre jamás. Esa seguridad le costó su matrimonio y probablemente le acarrearía también una soledad espantosa en una vejez ya demasiado próxima, pero prefería ser generoso. Pensó en la conversación con Amanda Varela sobre los hijos. ¿Generosos los padres? ¿Acaso no esperaban nada a cambio de la vida que alegremente «concedían» a sus hijos? Esperaban todo: que fueran como ellos, que les permitieran quererlos, que tuvieran sus caras, su sangre…, que impidieran su olvido cuando ya no estuvieran. A él todo eso le daba igual. Lo que sí le importaba era no traer a un hijo a un mundo de mierda. No tener hijos podía ser un acto de amor hacia ellos. En su caso lo era, aunque no fuera a explicárselo a nadie más. Ya lo hizo con Belinda y el resultado fue que ella se buscó la maternidad por su cuenta. Estaba en su derecho… Claro que también podía haber optado por tener un hijo ella sola, sin amante, en una clínica de fertilidad. Solo que entonces el niño no hubiera tenido un padre. Y ella quería el pack completo. Pero ¿qué pasaba? ¿Se estaba lamentando? ¿Así, de pronto? ¿A qué se debía que anduviera pensando en Belinda o en los hijos que nunca tendría?

Se presentó en la casa de su hermano después de llamar por teléfono a su cuñada y pedirle permiso para ir a darse un chapuzón.

—Estarás solo —le informó ella—. Enrique no viene a comer y yo tengo que ir a ver a tu madre. Ya sé que es peor opción que la de darse un baño en mi piscina, pero tú también te la podrías plantear.

—Hoy no, Begoña. Me acaban de encargar un caso y no es buen día para ir a ver a mamá. Iré pronto, en cuanto tenga un hueco…

—Eso decís siempre tu hermano y tú. Parece que os dé miedo estar con vuestra madre. Y aunque no os recuerde, lo sigue siendo…

—Hoy no tengo la cabeza para estar con mamá —zanjó Roures—. Y si no te va bien, tampoco voy a tu piscina…

—No he dicho eso, Tony, no me toques las narices ni le vayas a decir a tu hermano que no te dejo venir.

—¿Acaso crees que lo haría? —preguntó el detective—. De sobra sabes que nunca le he dicho nada que tú no quisieras que supiera…

—Está bien, Tony, está bien —cortó ella molesta—. ¿Digo que te dejen preparada una ensalada? No tengo nada más.

—No te preocupes, prefiero tomarme un pepito y una cerveza en El Palentino e irme comido a nadar.

—¿El Palentino? ¿Aún sigues yendo a ese bar horrible donde todo está hecho una porquería y los camareros son unos bordes? No consigo entenderte, Tony. Parece que siempre te gusta lo más cutre.

—Ser cutre me ha salvado la vida, cuñada. De no haberlo sido, habría soportado muy mal muchos de los sitios en los que me ha tocado vivir…

—Ya. Tus guerras, tus garitos y eso… Bueno, tú sabrás. Le digo a la chica que te deje toallas. Te cambias en el cuarto de baño de invitados, te bañas y te vas.

—Así lo haré, descuida… —aceptó Roures—. Una pregunta, Begoña, aprovechando que te tengo al otro lado del teléfono, ¿seguiste el caso de Lucía Peña, la chica que desapareció en Mallorca hace un par de años? Vosotros sois muy de Baleares…

—¿Qué si lo seguí? ¿Estás de broma, Tony? Javier Peña es uno de los mejores clientes del banco de tu hermano desde hace años y años. ¿No lo sabías? O lo era. Él, su padre y sus hermanos. No sé si después de la crisis le siguió yendo igual de bien, pero desde luego antes tenía una buena cuenta y una cartera de inversiones muy importante… Es un hombre estupendo, te diré. De esos ordenados y trabajadores que no viven más que para la familia. Muy serio, muy educado… Estupendo, vamos. Si no se hubiera casado con esa mala pécora chilena, le habría ido mucho mejor en la vida. Ella no hacía más que provocar a sus amigos. Hasta que se largó con uno de ellos… Siempre he pensado que de no estar borracha aquel día seguro que le hubiera prestado más atención a su hija y no habría pasado lo que pasó.

—¿Os dijo él que estaba borracha? —preguntó Roures.

—¿Javier? Qué va. No hablamos con él de nada de eso. Le llamamos para darle ánimos, pero… Lo de la borrachera salió en toda la prensa… Y a ella siempre le gustó darle al frasco. Eso sí que lo vi yo misma cuando coincidimos en alguna cena. Eso y cómo calentaba a los tíos con tanta sonrisita. Es de lo más vulgar… Y claramente no vale para ser madre.

—Ya veo que no la tienes en mucha estima…

—No es de mi estilo.

—Eso se ve a la legua, cuñada —dijo el detective sin acritud, pensando en las sinuosas curvas de la chilena.

La piscina del otro Roures era larga y estrecha. Muy de diseño, como casi todo en la casa de su hermano, pero perfecta para nadar. Tony iba con frecuencia a última hora a la piscina municipal de las Escuelas de San Antón, en la calle de la Farmacia, pero no era lo mismo, claro. Hacía tiempo que no nadaba tan a gusto. Al aire libre, solo y liberándose de ese monstruoso calor que le robaba la capacidad de pensar con claridad o al menos las ganas de hacerlo. Deslizarse por el agua como un pez —siempre fue un excelente nadador— le despejaba mucho. Cien largos después, aproximadamente kilómetro y medio, era otra persona. Salió del agua, cogió una de las toallas primorosamente dobladas en cuatro en cada una de las esquinas de las modernas hamacas de aluminio situadas al borde de la piscina y se secó la cara con ella. Luego la extendió sobre la tumbona correspondiente y se recostó encima para secarse al sol. A punto estaba de irse cuando apareció su hermano, impecable con su traje de lino azul oscuro y su camisa blanca de cuellos redondos.

—¿Qué tal, Tony? ¿Cómo te va? —preguntó, tendiéndole la mano.

El detective se la estrechó con fuerza antes de contestar.

—Me va. Que no es poco... Bien, en realidad. No echo casi nada de menos, así que debo de estar mejor que muchos.

Enrique sonrió mientras se aflojaba la corbata.

—No lo dudes, hermano. Te aseguro que son demasiados en mi entorno los que no solo echan de menos cosas, sino que echan de más a personas... Pero tú mejor que nadie sabe lo que se cuece en tantos matrimonios. Algunos se han roto del todo gracias a tu inestimable ayuda...

—Enrique, no seas ingenuo —dijo Roures—. Lo que tiene fisuras se rompe solo. O mejor dicho, está roto aunque no lo parezca.

—Como quieras, Tony, como quieras… ¿En qué andas ahora? ¿Se puede contar algo?

—Pues… casi te diría que me gustaría que me contaras tú. ¿Conoces a Javier Peña?

Enrique se puso serio, casi a la defensiva.

—Tony, no juguemos con los Peña. Son muy buenos clientes y no quiero problemas con ellos…

—¿Por qué habrían de tenerlos?

—Me estás preguntando por ellos. Y tú solo preguntas por los que están en líos.

—Esta vez te pregunto por Javier Peña, porque tiene una hija desaparecida; si no lo sabes, eres el único de España…

—Una hija, casi seguro, muerta.

—Eso no es lo que piensa la madre.

—¿Amanda? Cuidado con ella —advirtió Enrique—, no es precisamente la mujer más sincera del universo.

—¿Sabes? Creo que en esta historia nadie cuenta toda la verdad. Y eso es lo que más me escama. Aunque es verdad que eso es lo habitual. En todo caso, aún no he hablado con el resto de la familia. Y apenas he estado una hora con Amanda. Y yo no saco conclusiones precipitadas, ya me conoces. Pero dime una cosa, sin que afecte a tu negocio, ¿qué tal es la sustituta de Amanda, la tal Maribel?

—Una buena persona —respondió Enrique Roures sin dudar—. Eso es lo que es. Y una buena profesional. Una mujer con carácter que entiende muy bien a Peña. Si no hubiera estado con ella cuando desapareció la niña…, no sé, la verdad. Él no ha llorado ante las cámaras como la otra, pero lo ha pasado muy mal. La niña muerta, todo el follón con el crío…

—¿Por qué te empeñas en decir que está muerta?

—Pues porque es lo que cree Javier Peña. Siempre nombra a la chica en pasado. Y él ha hablado mucho con los de la UCO, así que deben de pensarlo también.

—Eso parece —concluyó Roures—. Aunque nadie ha dado la más mínima pista de lo que pasó. ¿Tú conocías a la niña? ¿Crees que podría haberse fugado con alguien?

—No te sé decir. Pero me extraña. Esa niña tuvo un montón de problemas antes de la separación. Y, según su padre, algunas malas compañías. Era una chica preciosa, pero muy frágil. No parecía de esas capaces de liarse la manta a la cabeza…, aunque ya sabes, «fíate de las aguas mansas».

—Gracias, Enrique —le dijo el detective a su hermano, dándole un nuevo apretón de manos—. Por el baño, por la información y por recordarme que lo de los refranes y las frases es cosa de familia. Me voy ya. Tengo que preparar la investigación y me temo que tendré que empezar en Mallorca. Al menos, pasaré menos calor…

—No te creas, parece que por allí también se están cociendo.

—¿Cómo lo sabes?

—Uno de los hermanos de Javier suele ir a Costa de los Pinos, aunque no estuviera por allí el verano de autos. Y yo me llevo muy bien con toda la familia. Gente estupenda de verdad…

—Lo mismo ha dicho tu mujer. Adiós, Enrique. Y gracias otra vez.

6

Fantasmas del pasado

25 de enero de 2010

Amanda había quedado a las doce en el club de La Moraleja. Tenía clase de yoga y quería aprovecharla. Tal y como iban las cosas en casa, era muy posible que en breve Javier decidiera cortar el chorro y ella tuviera que prescindir también de aquello. ¿Qué quedaría de su exhausto matrimonio si tampoco le aseguraba ya una vida cómoda?

Siempre estuvo enamorada de Javier, desde la primera vez que lo vio. Le pareció atractivo, viril y rotundo. Alto, delgado, moreno, de ojos negros… era la viva imagen del prototipo de hombre español. Apenas le llevaba siete años, pero a los veintiuno, cuando lo conoció, esa diferencia de edad era más que suficiente para que ella le considerase casi un dios. Por entonces, Javier aún luchaba contra la carrera de económicas que nunca terminó. Tenía demasiada prisa por trabajar y ganar dinero. «Lo mío no son los estudios, sino los negocios, Mandi», le decía a ella, que le escuchaba embelesada, pensando que, hiciera lo que hiciese, era el chico más perfecto del planeta. Amanda era hija de un profesor universitario chileno desaparecido tras el golpe de Pinochet, siendo ella muy pequeña. Su madre, tras algunos años de búsqueda y reiteradas advertencias por parte de la DINA (Dirección de Inteligencia Nacional), responsable de la detención de su marido aquella noche oscura de 1976, acabó dándolo no solo por desaparecido, sino también por muerto. La mujer no podía volver a soportar tanto dolor otra vez. Tres años antes, al poco de producirse el golpe militar, detuvieron a su hermana pequeña, Rosalía, a la salida del colegio, cuando solo contaba dieciséis años. Dos años después del desgarrador regreso de la chica, en terribles condiciones físicas y mentales, le tocó el turno a su cuñado. Amanda tenía cuatro años la noche en que se llevaron a su padre. Era muy pequeña, pero no tanto como para olvidar el sonido de los golpes en la puerta, las órdenes secas de los hombres, los empujones… El pijama azul de su padre, sus pies descalzos atravesando la puerta y ese último beso que les dedicó en la distancia a su madre y a ella tampoco se fueron jamás de su memoria. Gracias a las amistades de sus abuelos maternos en el gobierno de Pinochet, lograron evitar el acoso de la DINA, pero fue imposible averiguar el paradero de Salvador Varela. Nadie sabía nada. Nadie decía nada. Nadie se atrevía a nada. Tres años después de su secuestro, Mercedes Rojas se rindió y decidió aceptar que su marido jamás volvería. Su hija Amanda, con poco más de siete años, hizo lo mismo, pero sin poder evitar que se quedara en ella, para siempre, el miedo perverso a que alguien atravesara la puerta de su casa e hiciese desaparecer de su vida a un ser querido. Mercedes se volvió a casar, ahora «bien», según sus padres, con un empresario mayor, de fortuna, viudo, afín al régimen y con dos hijas gemelas, diez años mayores que Amanda. No quería a la niña de su mujer como a una hija, porque para eso ya tenía dos de su sangre, pero la mantenía en el entorno de protección adecuado para que no echara de menos su cariño ni percibiera el contenido rechazo de sus hijas, que se acrecentaba con el paso de los años. No la aborrecían, pero… no era uno de ellos. La madre de Amanda tampoco, claro, pero Sandro Pierini estaba tan enamorado de ella que exigió a sus hijas que la aceptaran sin cuestionarla y también que tolerasen a Amanda mientras no quedara otra opción. Mercedes Rojas, a cambio, debía transigir con que en su casa se borrase el recuerdo tanto del marido muerto como de la hermana, cuyos pasados, contrarios al dictador, podían ocasionarles problemas a todos. En el hogar de los Pierini se prohibió mencionar tanto a Salvador Varela como los «incidentes» sufridos durante la desaparición en la adolescencia de la tía de Amanda. La propia Rosalía Rojas acabó por desvanecerse de sus vidas tras osar pronunciar un día con visible desprecio el nombre del general sátrapa y criticar su cruel manera de proceder contra los opositores al régimen. Pierini no solo zanjó su explicación, sino que la largó a ella sin miramientos, advirtiéndole que allí ya no sería bienvenida nunca más. Su madre permaneció impertérrita, abducida como estaba por su marido, y no pronunció ni media palabra en defensa de su hermana pequeña. Pero Amanda se quedó con ganas de indagar. Y aun sabiendo que era peligroso, se las arregló para acercarse al pequeño departamento de su tía a escondidas y convencerla de que le relatara la pavorosa historia de su secuestro. «Recuerdo —le contó Rosalía, accediendo a sus reiterados ruegos— que aquel día tenía examen de química. Salí de casa temprano. Tenía clase en el Liceo 12 de niñas. Allí me esperaban los agentes de la DINA. En cuanto los vi, supe que venían a por mí y eché a correr…, pero no me sirvió de nada. Yo tenía ideales, ¿sabes? Por eso ayudaba a ocultar a algunos perseguidos de la dictadura. Antes de que me vendaran los ojos y me metieran a la fuerza en un coche, vi a mi delator. Era un amigo. Llevaba unas esposas puestas y estaba ensangrentado. Su cara de angustia era sobrecogedora. Sufría por las humillaciones y por el dolor, pero también por la pena de no haber sido capaz de aguantar más sin traicionarme. Por lo que supe después, le habían quemado los testículos… Lo perdoné, sin dudar. Y me llevé su imagen conmigo a esa oscuridad en la que me dejaron durante días, al vendarme los ojos. Así, ciega, me trasladaron a la Villa Grimaldi. Ese es el mayor centro de detención clandestino de Pinochet, sobrina. Y sigue funcionando a pleno rendimiento. Es un chupadero que da más miedo que el propio infierno, te lo aseguro. Allí me recibieron con un golpetazo con ambas manos, en los oídos —un telefonazo, lo llamaban— y me despojaron del uniforme y la ropa interior. Desnuda, indefensa y aterrorizada, me enviaron a las sesiones. Me violaron una y otra vez, me pusieron electricidad en los pezones y me rasparon la vagina hasta que me la quemaron para procurarme lesiones irreversibles. Querían asegurarse de que nunca concebiría, quitarme la posibilidad de hacerlo… y robarme hasta los sueños. Y… —hizo una pausa para secarse algunas lágrimas que parecían tener vida propia mientras corrían imparables por sus mejillas— lo consiguieron. No he vuelto a soñar. Ni tampoco me he sentido capaz de ayudar a nadie más, ni de hacer otra cosa que no sea sobrevivir y evitar que me vuelvan a torturar… Total, ¿para qué hacerlo? No tendré hijos a quienes trasladarles mis convicciones ni mis anhelos… —Rosalía se detuvo de nuevo embargada por la emoción—. No te quiero meter en líos, Amanda. Es mejor que te olvides de todo esto y hasta de mí, que ya no soy bienvenida en tu casa. Pero tú, mi querida sobrinita, deberás parir los hijos que yo no tendré, te lo suplico… Por ti y por mí».

Amanda guardó el secreto de la historia de su tía, pero se le quedó prendida al corazón. No podía evitar pensar que su padre habría padecido tanto como ella. Y también preguntarse si, tal vez, Pinochet no era tan bueno como afirmaba el marido de su madre, mientras pretendía anular ese pasado manchado de socialismo que rodeara a su esposa tiempo atrás. El único recuerdo que quedaba de los «errores» cometidos en la familia Rojas, una vez eliminado el del «mal matrimonio» de Mercedes y apartada su hermana pequeña por la vinculación al socialismo de ambos, era Amanda. Y con veintiún años y la carrera de lingüística y literatura terminada con brillantez, se parecía tanto a su padre y tenía tantas ganas de indagar lo que no debía que a Pierini se le atragantó del todo. Contribuyó también la exigencia implacable de sus hijas, que, según iban creciendo, se negaban a permitir que les restase ni un ápice de atención a ellas para otorgársela a quien no compartía sus genes. Pierini sabía que Mercedes no consentiría que él apartara a Amanda, por eso cuando Adolfo Peña apareció en Chile en compañía de su hijo y el empresario vio cómo la joven lo miraba, tomó una decisión. Peña buscaba que él se convirtiera en inversor de la poderosa empresa de construcción que el español llevó hasta Chile con el ánimo de ampliar su fortuna, ya de gran tamaño, y estaba seguro de que estaría dispuesto a cualquier cosa por conseguirlo. El padre de quien más tarde se convertiría en el marido de su hijastra pertenecía a la «corte» de Franco y llevaba desde los años sesenta construyendo a mansalva en las costas de España. Durante esos años de gloria, donde los constructores partidarios de la dictadura no encontraron ninguna traba en sus aspiraciones inmobiliarias, levantó, además de innumerables aberraciones en las playas de Benidorm, Gandía y Torremolinos, un gran imperio en el sector que ahora quería expandir a Chile, donde todo parecía por empezar. Su ambición era tan desmedida que hubiese vendido a su hermano por un plato de lentejas; en vez de eso, ofreció a su hijo a cambio de la inversión de Pierini. Total, el sacrificio no era tanto. La chica era jovencita y mona. Ingenua y sencilla. No se podía pedir más. Que en su Madrid natal le esperase una novia enamorada era lo de menos. Ni siquiera importaba que el chico estuviese loco por ella. Lo fundamental era el negocio. El amor era un accidente transitorio, se pasaba y acababa mutando en costumbre. Y el matrimonio, en realidad, solo servía para traer hijos al mundo. Lo demás, las pasiones que desbarataban o los sentimientos incontrolables, era mejor que ocurriesen fuera del mismo. Así se lo había enseñado el padre al hijo. Por otro lado, el chico ya tenía veintiocho años y no le desagradaba la chica. Para un ardoroso joven con corto recorrido en asuntos sexuales, una mujer con las curvas de Amanda y las ganas de entregarse escritas en la mirada suponía un escenario difícil de desdeñar. Peña era un hombre bien parecido, con un pico de oro y, encima, español, no resultaba extraño que a una jovencita chilena y sin experiencia en trámites amorosos le pareciera todo un «torero». Más aún cuando la arrinconó en un pasillo y la besó como ella imaginaba que besaban los españoles, pero como Javier no lo hubiera hecho de primeras ni con su novia, ni con las otras chicas de su entorno, sabiendo que ninguna lo admitiría. Fue un beso húmedo y completo, aderezado con caricias furtivas en los pechos, en las nalgas y hasta en el sexo, que la dejó con ganas de más. Amanda apenas había recibido algún beso previo a aquel de Javier, tan apasionado que la dejó tan arrebatada como para haberse entregado en ese mismo momento si él se lo hubiera pedido. Así las cosas, a Javier tampoco le costó tanto olvidarse por unos días de su amor verdadero. Todo por el negocio. Sin embargo, la vuelta a Madrid, con el contrato firmado y Amanda de su brazo, resultó más complicada. Su novia madrileña, Maribel, lloró a mares y a él apartarse de su amor lo rompió por dentro. Pero no había solución. Amanda Varela y Javier Peña tenían que casarse. Era la condición *sine qua non* impuesta por Pierini, que quería asegurarse la ida sin retorno de su hijastra. Sin boda no existía posibilidad de inversión y así quedaba recogido en una de las cláusulas de un férreo contrato, donde también se especificaba que, de romperse el vínculo matrimonial, el acuerdo quedaría extinto y Pierini retiraría su dinero de la constructora de los Peña, tanto en Chile como en España. Amanda jamás se enteró de aquel trato y creyó que su boda se realizaba por amor, por ambas partes. Solo el paso del tiempo hizo que se diera cuenta de que Javier nunca la quiso. Casi diecisiete años después de todo aquello, el pacto podía quedar cancelado por la ruptura oficial de la pareja; aunque ya daba lo mismo: Pierini estaba tan muerto como su amigo Pinochet —ambos murieron, casualidades de la vida, en el mismo día y año, el 10 de diciembre de 2006— y desde su fallecimiento, en cuanto su fortuna pasó a manos de sus hijas, ellas mismas se encargaron de buscar recovecos en la ley para deshacer el trato. Si Peña seguía adelante con el compromiso era por sus hijos y porque el amor de su vida, atrapado en otra unión con muchos intereses económicos, no acababa de decidirse a dejarlo todo para estar con él. Además, la crisis arreciaba y él tenía demasiados asuntos que resolver, como para meterse en los fregados de un divorcio, en un momento tan delicado. Durante sus años de matrimonio había diversificado mucho el negocio, pero algunas malas inversiones y el desplome del sector inmobiliario empezaban a hacer mella en su economía, de la que dependían sus dos hermanos, también en la empresa familiar, su ya achacoso padre e incluso la madre enferma de Amanda, a la que su mujer se trajo de Chile tras la muerte de su marido y dejar a sus hijastras sin un euro para pagar sus tratamientos de esclerosis múltiple. Por otra parte, él estaba acostumbrado a Amanda. De hecho, durante los primeros años de matrimonio fue moderadamente feliz en su compañía. Lo tenía todo: una familia perfecta de cara a la galería y una mujer tan dócil y entregada a sus hijos como para no molestarle ni ponerle impedimentos a nada. Podía hacer lo que le viniera en gana. A Amanda, tras conseguir quedarse embarazada de Lucía, después de más de un año intentándolo naturalmente y más de dos con varias fecundaciones *in vitro*, todo le parecía bien. Sobre todo, tras haber estado a punto de no lograrlo. Javier, harto de los tratamientos, las hormonas que cambiaban a Amanda en cuerpo y alma y los fracasos continuos, le puso un plazo a su mujer. Si la última fecundación practicada no resultaba exitosa, se acabarían los intentos. Por suerte, Amanda consiguió concebir en esa última fertilización y Javier se quedó satisfecho. Su «hombría» estaba a salvo; máxime cuando su esposa había concebido tras diagnosticarle a él un esperma vago y responsabilizarle el médico del retraso del embarazo de Amanda e incluso proponerle que recurrieran a esperma donado. Él se negó.

—No me llevaré a casa un hijo que no es mío —se apresuró a responder Javier Peña al médico al tiempo que ponía en duda su evaluación.

Cuatro años más tarde, sin necesidad de la *in vitro*... milagrosamente, Amanda volvió a quedarse embarazada de manera natural, lo que le dio la razón a su marido sobre el dictamen médico efectuado.

Con esos dos hijos, una buena cobertura económica, una casa bonita en Madrid y otra en la playa, servicio, un club deportivo y muchas salidas del grupo de matrimonios con el que solían relacionarse, Amanda no necesitaba nada más. Ni siquiera que su marido dejara de ningunearla en público como solía hacer o de recordarle en privado que todo lo que era se lo debía a él. Amanda se habituó a esa relación y la encontraba normal. No se planteaba que otros matrimonios funcionaran de otra forma o fueran más felices. Ella lo era..., a su manera. O tal vez desgraciada a su manera.

Con el pasar de los años, cuando sus hijos fueron creciendo, todo cambió. Amanda, cada vez más sola, empezó a tener nuevas inquietudes y también nuevas amistades, a veces nacidas en los momentos más inesperados. Un día, su marido la llevó a la ópera. No les gustaba mucho a ninguno de los dos, pero él necesitaba encontrarse por casualidad con un pez gordo del PP, con quien tenía que tratar un asunto de licencias urbanísticas, y a ella le divertía arreglarse para asistir a la noche del estreno. Javier se colocó uno de sus mejores trajes, sobrio, azul, de alpaca, conjuntado con una pulcra camisa blanca de algodón, y Amanda, un vestidito negro a la rodilla, ajustado, de manga francesa, sin apenas escote, serio, pero *sexy*, con medias negras y tacones altos. Iban perfectos: elegantes y sin estridencias. Javier se las había arreglado para, pese a no ser patrono del Teatro Real, poder acceder al privado de la segunda planta, donde solían ir los que sí lo eran a tomarse una copa y algún canapé y más aún a intercambiar impresiones sobre la propia ópera y sobre el mundo. Allí se podía ver casi siempre al entonces alcalde de Madrid, Alberto Ruiz Gallardón, o al periodista Iñaki Gabilondo, entre otros apasionados de la ópera, así como a diversos políticos y personas influyentes no tan devotos del espectáculo artístico como del social. Entre ellos se encontraba ese «benefactor» del Partido Popular, con su mujer, el hermano de esta y una joven asistente social que debía de ser su novia reciente. Peña no dudó en invitarlos a todos a cenar tras la representación a la Taberna del Alabardero, propiedad del sacerdote Lezama, a quien su familia conocía desde hacía muchos años, antes de que fuera el propietario de un exitoso *holding* internacional de hostelería. El restaurante estaba justo al lado del Teatro Real y cerraba lo suficientemente tarde como para poder ir al acabar la ópera. Era un sitio muy frecuentado por poetas, políticos y hasta toreros, con un comedor castizo donde se podían degustar sopa de ajo, callos y otras delicias de la cocina española. Le gustaba a todo el mundo. Así que llamó antes de volver al patio de butacas y reservó una mesa para seis.

Con total seguridad, tras aquella cena, pese a la calidad de todos los platos, nadie recordaría ningún otro que no fuera el de chipirones en su tinta que pidió Amanda. Mientras el resto de los comensales engullía con deleite los manjares y charlaba con alegría, una inoportuna gota de tinta, tan negra como una noche sin luna, saltó a la camisa de su marido, convirtiéndose al instante en un inmenso borrón que se extendía por el tejido como las raíces de un baobab.

—¿Eres idiota, Amanda? —dijo Javier, alzando la voz, con una furia desconocida para el resto e insospechada en un hombre siempre tan mesurado en público, que solía hablar bajito y sin ademanes.

—Lo... lo... siento —balbuceó Amanda, mirando a su marido con terror—. No sé cómo ha podido ocurrir. Yo... he... cortado el chipirón y...

—¡Es que no se puede ser más torpe! —volvió a la carga Javier, mientras el resto del grupo permanecía en silencio, mirándose por el rabillo del ojo—. ¡Si no sabes comer sin ponerlo todo perdido, pide algo que no manche a los demás...! —Peña suspiró, chasqueó la lengua y le dirigió una mirada al resto de los comensales, mientras bajaba los párpados—. Perdonad, ¿eh? Perdonad... Es que le pasa vayamos donde vayamos. Y mira que le advierto siempre que no se arriesgue tanto, que coma cosas facilitas para no incomodar al resto, pero nada, no me hace caso y esto es lo que pasa...

—Lo siento de verdad —volvió a musitar Amanda, mirando ahora a su plato, avergonzada y agarrando temblorosa su vaso de vino para pasar el mal trago con un sorbo. Al colocarlo sobre la mesa, los nervios hicieron que lo acomodara mal y la copa se volcó derramando el contenido sobre el mantel.

—¡Amanda, por Dios! —gritó Javier—. ¡Contrólate!

—Basta ya —dijo la asistente social, mirando a los ojos de Javier con retadora fijeza—. Ha saltado una gota de tinta del chipirón y se ha caído un poco de vino sobre el mantel, ¿qué problema hay? ¿Y quién te has creído que eres para hablarle así a tu mujer?

A Javier la ira se le condensaba en la mirada, pero lejos de contestar con agresividad a la chica, esbozó una beatífica sonrisa y cambió de tono.

—Tienes toda la razón, Mercedes. Cuánto lo siento. Es que estos episodios se repiten con tanta frecuencia que, a veces, pierdo los nervios.

Se volvió a Amanda y le agarró la mano con fingido cariño pero sin dejar de dirigirle una mirada recriminadora.

—Perdona, mi vida. Olvidémonos de los chipirones... Pero a ver si la próxima elegimos mejor, ¿eh?

—¡Lo que faltaba! —exclamó Mercedes—. El tonito paternalista para cerrar el asunto... Tengo que irme, se me hace tarde. Gracias por la... «encantadora» cena.

Mercedes agarró su bolso, miró hacia su novio buscando su complicidad y ambos se levantaron.

—Excusadnos —dijo él, siguiéndola a ella, que después de hacer un gesto de adiós con la mano a toda la mesa avanzaba ya hacia la salida a paso ligero—. Ya veis que nos tenemos que ir...

El resto de los comensales se excusó y se marchó también.

—¿Ves lo que has conseguido, Amanda? Has arruinado la cena y el negocio... Así eres tú.

Tras el episodio, ya en casa, Javier siguió insultando a Amanda y acusándola de torpeza e irresponsabilidad. Y al principio Amanda calló como de costumbre, avergonzada, pero... era la primera vez que alguien la defendía y eso le hacía sentirse distinta. De hecho, el alegato de la asistente social, que pronto se convertiría en una de sus mejores amigas, le proporcionó el valor necesario para atreverse a plantarle cara a Javier por primera vez. Y algo cambió. A partir de entonces, comenzó a rebatir a su marido, a dejar de tolerar en silencio las continuas descalificaciones en privado y en público y a apuntalar su carácter. Ese sería el principio del fin del matrimonio. Y no solo porque Javier estuviera ya tan incómodo con ella como para fiscalizar cuanto hacía —y sobre todo cuánto gastaba— y no dejarla tranquila ni un segundo, sino porque ella perdió su docilidad y, de pronto, dejó de amarlo.

Habían pasado dos años desde entonces y si la salud afectiva del matrimonio siempre estuvo tocada, ahora la económica parecía hundirse un poco más cada día. Amanda iba repasando mentalmente lo que se avecinaba mientras conducía distraída hacia el club deportivo, cuando ignoró una señal de stop. Por suerte, iba a muy poca velocidad y el coche que cruzaba pegó un volantazo y se apartó lo suficiente para que, en vez de empotrarse en su carrocería, solo le hiciera un rasguño. Ella, inmovilizada, solo pedía perdón con las manos juntas mientras negaba con la cabeza y cerraba los ojos. Del coche embestido se bajó un hombre trajeado, de unos cuarenta años, con cara de pocos amigos. Amanda hizo un esfuerzo y se bajó ella también del suyo.

—Lo siento muchísimo —dijo Amanda—. No sé qué me ha pasado. Espere un momento que saque los papeles para darle los datos del parte al seguro…

—Lo del seguro es lo de menos —repuso él con el ceño fruncido, pero muy tranquilo—. Podíamos habernos matado. Se ha saltado un stop.

—Lo sé, lo sé —reconoció Amanda—, no tengo excusa. Lo siento mucho. No sé qué decir.

El hombre observó a Amanda con detenimiento. Su habitual atuendo de yoga, unos *leggins* negros y una camiseta del mismo color, ambos muy ajustados, y sobre él una ligera y ceñida chaqueta de plumas, realzaba sus sinuosas curvas. Iba sin maquillar y con una coleta. Se la veía tan apurada como a una niña a la que hubieran pillado comiéndose el pastel de cumpleaños de su padre.

—¿Quiere que tomemos un café? —dijo de pronto para sorpresa de Amanda—. O mejor una tila. Creo que no debería subirse al coche en el estado en el que se encuentra.

Amanda dudó unos instantes.

—Iba, iba…

—… al club, ya supongo. Pero acerquémonos un momento a la plaza y tomemos algo en el café del Pino, por ejemplo. Si se monta en su coche en su estado, es posible que arrolle a algún otro conductor —advirtió el hombre, rubio, alto y apuesto, con una sonrisa.

—Está bien —aceptó ella, sonriendo también—. Déjeme que aparque el coche y me voy con usted.

7

Costa de los Pinos

Todos los paraísos están alejados de la civilización. Y Costa de los Pinos no iba a ser menos. Según se dejaban atrás las poblaciones veraniegas más cercanas y populares, como Cala Millor o Cala Bona, desaparecían los comercios, los bares y restaurantes e incluso los hoteles, para cederle espacio a una naturaleza rotunda y extraordinaria donde los pinos que bautizaban a la costa adquirían un excelso protagonismo. Una bahía de aguas nítidas pintadas en toda suerte de azules, desde el marino hasta el turquesa, con un puerto casi de juguete, para embarcaciones de no más de diez metros, se extendía a los pies de un hotel del arquitecto Miguel Fisac, ya un poco antiguo, pero bastante integrado en el paisaje, que, junto con un discreto bloque de apartamentos, del color de la tierra, era la única edificación de pisos de la zona. Todo lo demás eran casas, no demasiado llamativas a la vista del paseante, distribuidas en tres o cuatro líneas, aparte de tres pequeños restaurantes, uno de ellos en el club de golf, otro sobre el mar en la caída del jardín del hotel y otro más, frente a él, junto a un pequeño supermercado.

Antes de entrar a la bahía, una playa con unas cuantas sombrillas de brezo —muy pocas para un lugar de veraneo mallorquín— y un chiringuito blanco le ponía el máximo ajetreo a la zona con unos cuantos coches, un poco de música y muchos extranjeros comiendo pescado fresco. Nada más.

Roures recorrió la urbanización de un lado a otro, hasta llegar al precioso mirador, colgado sobre el acantilado, donde acababa todo a modo de fondo de saco. Estaba recién remodelado. A estrenar. Pero el banco de hormigón, la plataforma de madera, el vallado metálico y el atril de acero corten con una explicación de la propia costa eran lo de menos, frente a la impresionante vista sobre el mar: un embriagador choque de naturaleza, que hipnotizaba de manera irremediable. Al otro lado, en una alambrada pegada a la roca, exhibía los típicos candados del amor que, al parecer, comenzaron su andadura en el puente Milvio de Roma y en el de las Artes de París, y luego fueron buscando ubicación en tantos lugares mágicos junto al agua.

Apenas había un par de parejas, con sus bicis, y una chica sola estirando los músculos después, suponía Roures, de una larga carrera. Lo raro hubiese sido encontrar a más gente, cuando aún no eran ni las nueve de la mañana. El detective salió del coche y se sentó un momento frente al mar, sin dejar de pensar en Lucía Peña. Sacó un cigarrillo, lo encendió y empezó a toser de una manera casi alarmante. Las parejas, cada una en una esquina, a lo suyo, lo ignoraron, pero la chica sola se acercó a él, con cara de preocupación.

—¿Está usted bien? —preguntó con marcado acento mallorquín.

Roures se volvió hacia ella, ya con la tos controlada. La melena corta, rizada y dorada flotaba sobre sus hombros. Sus ojos verdes, enormes, le recorrían la cara de un extremo a otro. Y lo mismo sucedía con su boca de labios carnosos. Era muy delgada, quizás por eso las huellas del tiempo le dejaban algunas marcas de más en la piel. Pero eso no le restaba ni un ápice de atractivo.

—Estoy bien, gracias —contestó el detective—. El tabaco siempre provoca en mí este efecto, que acuso más todavía cuando lo fumo cerca de mujeres como usted.

—¿Como yo? —preguntó de nuevo ella, sonriendo con incredulidad—. Si ni siquiera sabía que estaba aquí... Y, además, ya me voy.

—No, por favor, espere —se apresuró a decir el detective—, acabo de llegar. Es mi primera vez en Costa de los Pinos y necesito alguien que me guíe...

La mujer revisó el rostro de Roures sin disimulo, entornando ligeramente los ojos y haciendo que las arrugas se pronunciaran un poco más en torno a ellos.

—¿La primera vez? ¿Y ha venido solo hasta el mirador? ¡Qué raro! Aquí no viene nunca nadie de paso. No hay a dónde ir. Algo le habrá traído hasta aquí...

—En efecto —contestó con rapidez Roures—. Lucía Peña.

La chica borró la sonrisa de su cara.

—¿Es usted periodista? Hemos acabado hartos de teles y micrófonos por aquí. ¿Lo sabe? Pensaba que ya se había acabado el trasiego de informadores en busca de cualquier cosa que inventar...

—No soy periodista. Soy detective privado.

—¿En serio? —preguntó ella, abriendo los ojos con asombro, casi como si viera a un fantasma.

Roures inhaló el humo de su cigarrillo y volvió a expulsarlo sin dejar de mirarla con fijeza. Vestía pantalón corto, camiseta de tirantes y zapatillas de correr. Y llevaba el iPod en la mano. Estaba claro que era una de las veraneantes clásicas de la zona; pero, por el acento, de las mallorquinas. Según sus informaciones, unas cuantas familias de la isla, de las de toda la vida, eran las propietarias de algunas de las mejores casas de primera línea. El resto pertenecía a gente de diversos lugares de España y del mundo, que habían descubierto, casi siempre a través de otros, ese edén escondido en un rincón de Mallorca y desconocido para casi todos, de no ser por los famosos posados de la polifacética actriz y presentadora Ana Obregón, en la pequeña playa de la bahía, bajo la espectacular casa de sus padres.

—En serio —respondió Roures, después de unos minutos—. Me llamo Roures —añadió, tendiéndole la mano.

—Sandra Garau —dijo ella, estrechándosela.

—Es usted mallorquina, obviamente.

—Lo dice por el acento, ¿no? Para saber eso no hace falta ser detective... Está claro que sí. Soy de Palma. Pero llevo viniendo a Costa desde niña.

—¿Le puedo preguntar a qué se dedica?

—Soy abogada.

—¿Y qué lleva? ¿Civil? ¿Penal?

—Civil y penal. Hago lo que puedo con lo que me cae.

—Y, dígame, ¿no tiene ninguna teoría del caso? ¿Conocía a la niña?

Sandra se quedó mirando a Roures atónita. ¿Acaso pensaba que el mirador era el sitio para esa pregunta? ¿Cómo se atrevía siquiera a ser tan directo?

—Aquí nos conocemos todos —dijo ella con reticencia—. Pero este no es el momento ni el lugar para hablar de este asunto. Además, a usted no lo conozco de nada...

Roures esbozó media sonrisa ladeando la cabeza y señaló el iPod de la mujer.

—¿Qué escucha usted? ¿Qué escuchaba hoy mientras corría?

—A Elvis. *Suspicious Mind,* ¿por?

—Una gran canción —dijo el detective—. El último número uno de Elvis, en el año sesenta y nueve. Aunque un año antes, en el sesenta y ocho, ya la cantaba su autor, Marc James, que en realidad se llamaba Francis Zambon, y que también escribió otro gran éxito de Elvis, que seguro que también le gusta: *Always on My Mind*. —Hizo una pausa y prosiguió—: ¿Ve? Ya no parecemos desconocidos. Los gustos musicales unen más que muchas cosas...

—¡Vaya! —exclamó ella—. Qué barbaridad. Estoy impresionada. ¿Pero es que sabía lo que escuchaba? ¿O conoce hasta el último detalle de cualquier tema?

Roures sonrió de nuevo, ahora enigmático.

—A lo mejor me la he jugado. O no. Eso lo tendrá que descubrir usted, en una charla con un café delante. Si me permite invitarla. Y me haría muy feliz, por su compañía y porque a lo mejor puede usted contribuir a rescatar a una joven que quizás no esté pasándolo bien.

—¿De verdad cree que puede estar viva? —preguntó ella con extrañeza—. Por aquí todo el mundo piensa otra cosa.

—No hay ninguna evidencia de lo contrario... Y mientras sea así, para mí lo está. Ande, sea buena y, al menos, enséñeme la casa de los Peña. Eso sí, solo si va andando, lo de correr ya me queda grande.

—Si dejara el tabaco, seguro que podía volver a calzarse las zapatillas... Pero vale —aceptó ella por fin—. Sígame, le daré un paseíto.

La cuesta de bajada del mirador era bastante pronunciada. Por fortuna la suela de los zapatos de Roures era de goma. Solo le faltaba resbalar y hacer el ridículo frente a esa atractiva mujer que con tanta amabilidad había accedido a darle una vuelta por Costa de los Pinos. Quería conocer un poco el escenario, poder imaginar a todos los participantes de la historia en el lugar en el que se movían antes de la desaparición. Saber si algo había cambiado tras ella o si, como era de esperar, tan trágico episodio ya solo pertenecía al anecdotario de la zona. Tenía que visitar a mucha gente; pero encontrar a una desconocida de fuera de la lista, abogada además, con la que recorrer de incógnito el escenario del crimen, antes de que todo el mundo se pusiera en alerta al saber que un detective privado andaba husmeando, le pareció providencial. Además, era una mujer con un encanto muy personal. Y no solo por su agradable apariencia física y por el gusto por la música que parecían compartir, sino por esa manera de mirar tan intensa, ni descarada ni provocativa, sino más bien escrutadora, como si quisiera saberlo todo de la persona que tenía enfrente, como si le interesaran más las almas que los cuerpos.

—Bien —dijo Sandra, nada más comenzar a andar—. O nos tuteamos o esto se me va a hacer raro. Nunca he trabajado de guía, solo le he indicado el camino en alguna ocasión a los amigos…

—Con mucho gusto —repuso Roures.

—En ese caso, Roures —hizo una pausa—, estaría bien que me dijeras tu nombre… Porque tendrás uno, ¿no?

—Tony. Es decir, Antonio. Pero nadie me llama Antonio…

—Tony me va bien… Verás, Tony, todo esto es una urbanización. Se construyó en los años sesenta. Casi todos los que se fueron haciendo sus casas aquí, en el principio de los tiempos, cuando no costaba una fortuna, eran amigos. O por lo menos conocidos. Descubrieron esta zona distinta, casi sin playa, pura costa, y pensaron que era el sitio idóneo para volver todos los veranos. No creo que sea pasión de «lugareña», pero en mi opinión acertaron de pleno, porque no puede ser más bonito. El caso es que aquí hay mucha gente de toda la vida. Entre ellos mis padres (él es escritor); intelectuales como los Luca de Tena; alguna familia de políticos como los Calvo Sotelo; los dueños de la firma de perlas mallorquinas Orquídea; el doctor Jaime Perelló, creador y propietario del primer centro español de reproducción asistida, Fertiplex (muy amigo de Javier y Amanda); los Pérez-Salta, dueños de la cadena de hoteles Salta, en México (cuya hija Virginia era la íntima amiga de Lucía); el editor y escritor Pedro Igueldo (el paño de lágrimas de Amanda tras el divorcio); el campeón del mundo de *rallies* Carlos Sainz y su familia, y, por supuesto, los García Obregón, padres de la inefable Anita (aunque con ellos no tenían apenas relación) y… los Peña. Hay mucha más gente, claro. Y no solo española. Pero los demás nombres no son tan conocidos o cercanos al caso.

—¿Y cómo son los Peña? ¿Son buena gente?

Sandra se encogió de hombros.

—No sabría decirte si todos. El patriarca de los Peña, Adolfo, era un tipo bastante siniestro. Muy maleducado.

Trataba con visible desprecio a su mujer, era muy prepotente con todo el mundo, no cumplía con sus obligaciones… De hecho, hace diez años le destruyeron la piscina que tenía en las rocas, pegada al mar, porque no pagaba los derechos de concesión. Esos derechos vienen de antiguo, ¿sabes? Y si no se pagan, a estas alturas ya no los renuevan… Pero yo creo que muchos se alegraron, porque no lo podían ver. Sin embargo, sus hijos, Javier, Jaime y Ernesto, siempre fueron encantadores, atentos… Nada que ver con su padre. Y se casaron con unas mujeres muy simpáticas, que se integraron muy bien entre nosotros.

—¿Javier tenía un comportamiento adecuado con Amanda?

—Pues… yo creo que sí —contestó Sandra sin demasiada seguridad—. Tampoco los traté tanto. De los tres hermanos el que estaba en mi pandilla era Ernesto, que es, aparte del descolgado en edad (tiene diez años menos que Javier), el más divertido de los tres. Pero… parecía que Javier y Amanda tenían buena relación. Correcta. Él jugaba mucho al golf, ella salía mucho en bici, iban con sus hijos en el barco que tenían en Porto Cristo… Y luego coincidíamos todos en las fiestas de la playa o en alguna casa, alguna vez. Una relación como la de muchos otros matrimonios. O daba esa sensación. Lo tenían todo. Incluida una casa en la calle del Golf. En segunda línea, pero enorme, con unas vistas fantásticas, un jardín de tres mil metros, que parecía un vergel, unos cuadros maravillosos y carísimos… Todo parecía perfecto, hasta la separación, si es eso lo que quieres saber. O mejor dicho, hasta poco antes de la separación, cuando Lucía comenzó a salir y entrar más de la cuenta.

—¿A qué te refieres?

—Bueno, a que empezó a irse a Cala Ratjada un poco antes de lo normal… Aquí no hay nada, como ves, casas y poco más. La máxima juerga es tomarse una copa después de cenar en el David, que es el bareto con terraza que hay al lado del súper. Igual has pasado por delante y no te has fijado, porque cierra tarde y a estas horas no está abierto. Entonces..., todos los jóvenes van a Cala Ratjada, pero no tan pronto. Ella, a los catorce años, ya estaba todas las noches allí.

—¿Con amistades «poco recomendables», como decía su padre?

—¿A qué le llamas tú amistades «poco recomendables»? —inquirió ella con una violencia inesperada.

—Yo no entiendo el concepto —contestó Roures—. Las amistades, si lo son de verdad, tienen su parte buena y su parte mala. Es inevitable. En cuanto a las buenas o malas influencias para los hijos, suelen tener poco que ver con lo que consideran los padres. Eso creo, al menos.

Sandra lo miró como si estuviera buceando en sus profundidades. Era una manera de mirar que desnudaba por dentro.

—Por eso he accedido a pasearte, Tony, porque no parecías de esas personas que lo juzgan todo por las apariencias. Aunque, a decir verdad, cuando eres madre, temes tanto que dañen a tus hijos que...

—No tengo hijos, pero me lo puedo imaginar —la interrumpió Roures con rapidez.

—Yo solo tengo uno. De veinte años. Al que he criado sola. Él sí era amigo de Lucía. Desde niño. Sufrió mucho con su desaparición... Y, respecto a las «malas amistades», creo que no fueron sus amistades más... alternativas, como la de mi propio hijo, las que le venían mal a Lucía, sino otras más tradicionales y de su entorno diario.

—¿Alguna sospecha concreta?

Sandra calló. Su mirada, ahora perdida, parecía buscar algo en lo que detenerse. Finalmente, sin dejar de mirar el suelo, ni querer cruzar su vista con la de Roures, se decidió a continuar hablando.

—Esto es algo que yo no te debo decir. Ni siquiera sé si es verdad... Pero revisa mejor las «selectas» amistades de Lucía en La Moraleja... —Miró su reloj y añadió deteniéndose frente a la puerta de una de las fincas—: Debo irme. Lo siento. Esta es mi casa. Y para llegar a la de los Peña, si es que quieres verla, puedes bajar por esa calle de enfrente. Hasta el final. Y luego la primera a la derecha. No tiene pérdida. Hace esquina y es la más grande de todas las de la calle. Justo al lado han construido una nueva, un cubo blanco que aún no tiene inquilinos…

—Pero —reclamó Roures—. ¿Y ese café?

—En otra ocasión. Si estás por aquí, nos veremos pronto. Seguro.

Justo en ese momento, un joven muy alto y atractivo se bajó de una Vespa casi a su lado. Al quitarse el casco, el detective pudo comprobar que llevaba el pelo castaño y ondulado bastante largo, casi a media espalda, y que tenía una barba poco poblada, quizás por la propia juventud. Miró sus brazos. Tenía tatuajes en ambos. Algunos parecían tribales, por lo que se atisbaba a la sombra de la manga de su camiseta. Pantalones anchos de rayas de colores, menorquinas negras, un par de anillos en una mano… La indumentaria correspondiente a un niño mal de familia bien. Todo alternativo, pero seleccionado al detalle.

El chico se acercó a Sandra y la besó en la mejilla.

—¡No me creo que llegues ahora! —exclamó ella.

Él sonrió, pacífico.

—Relájate, mamá. Vengo de la playa. Hemos acabado allí muy tranquis… Y ya sabes, se ha hecho de día muy pronto…

—Tony —dijo Sandra, conteniendo el cansancio que le provocaban las estériles conversaciones de después de las noches de juerga de los chicos—, este es mi hijo Fernando. Como ves, «madruga» mucho.

—Mientras no bebas llevando eso —contestó Roures, señalando la Vespa.

—Nos tenemos que ir —dijo ella, sin darle oportunidad de responder a su hijo—. De verdad. Mis padres me esperan para desayunar. Ya nos veremos.

Roures sacó una tarjeta de la cartera, alargó el brazo y se la ofreció.

—Gracias —repitió Sandra después de cogerla—, pero no harán falta llamadas. Ya nos veremos…

8

Un sexo nunca imaginado

1 de febrero de 2010

Los días caminan con pasmosa lentitud cuando se espera regresar al lugar donde se ha sido feliz. Por eso aquella semana le pareció un año o un siglo. Imposible pensar en otra cosa y recuperar la rutina cotidiana. Por primera vez esquivaba las miradas familiares. Temía que los suyos percibieran su nerviosismo, el calor adolescente que emanaba de su cuerpo y esas tan extrañas como repentinas ganas de exprimir la vida. Todo le parecía nuevo: los colores de las flores, las fachadas de los edificios, los sonidos de la ciudad, su propio rostro... Y era extraño encontrarlo todo tan grato, atrapada como estaba en esa culpa infinita que, implacable, le cercaba el corazón. Alguien le dijo una vez que solo la ignorancia o la violencia aliviaban la culpa de un crimen. Por eso los asesinos conscientes actuaban con tan deliberada saña. Ella supo lo que hacía cuando lo hizo, así que debía aferrarse a la violencia del recuerdo para mitigar el dolor. Pero repetir lo vivido con la misma intensidad, desde la memoria, le provocaba sentimientos contradictorios. Por un lado, la congoja de la culpa y, por otro, una felicidad que jamás había conocido antes. Ni siquiera cuando por fin prosperó aquel embrión y se quedó embarazada de Lucía. Aunque no eran sentimientos comparables: uno era blanco, preciso, buscado; el otro era turbio, inquietante, fortuito... Cerró los ojos y reconstruyó una vez más los hechos en su mente: el leve accidente tras saltarse el stop, el café, esa proposición —«Acompáñame a mi oficina»—, el despacho solitario... La fina chaqueta de plumas que resbaló por sus hombros y cayó al suelo sin hacer ruido, dejando al descubierto el recatado escote de su camiseta y en él, un lunar... El dedo índice de él señalando la minúscula mancha tostada, sobresaliente en la blancura de su piel, y rozándolo apenas, luego, con la yema, muy despacio... Después todo voló. La ropa y el universo.

—Quiero verte mañana y pasado y al día siguiente y al otro —le susurró él, aún jadeante y desnudo sobre la alfombra después del sexo.

—No te creo —respondió Amanda, incorporándose para vestirse—. Y no puede ser. Llévame a mi coche. Te lo ruego.

Desanduvieron el camino y regresaron al lugar del accidente. Ella ni siquiera sabía cuánto tiempo había transcurrido. Una hora, un día, un mes, un año...

—Te doy una semana, Amanda. Siete días. Ni uno más. Luego volveré a buscarte. Necesito volver a verte —advirtió él, preso de una urgencia inesperada.

—No sabes dónde vivo... —repuso ella, tratando de liberarse de la presión del compromiso.

—Te encontraré —avisó él.

Una semana más tarde, Amanda seguía recordando a cada rato y pensando cuántos días de su vida se habían quedado sin vivir antes de aquel. ¿Qué pasaría ahora con su advertencia? ¿Iría a buscarla? Y si no lo hacía, ¿podría seguir ella su vida como si nada hubiese sucedido?

Los niños estaban en el colegio y Javier en el despacho, en sus reuniones o donde fuera, nunca se lo decía. Pero nadie volvería a casa antes de las cinco de la tarde. Y si él no aparecía, el mundo se pararía por completo... ¿Cómo podía pensar en todo eso? Dios la castigaría. Por eso y por haber comulgado el domingo sin poder hacerlo. Pero ¿cómo evitarlo sin que su marido y sus hijos sospecharan? ¿Qué hora era? Las once de la mañana. A esa misma hora, siete días atrás, se produjo el accidente. Debía seguir con su vida normal. Volver a ella y olvidar lo ocurrido. Se vistió con su uniforme de yoga y se dirigió al club. Unos metros antes de llegar reconoció desde la distancia el coche aparcado a la derecha de la puerta. Él estaba dentro. Esperándola. Notó el sonido de los latidos de su acelerado corazón. Parecía que fuera a rompérsele el pecho a cada embate. Le hizo una seña a través de la ventana para que lo siguiera y ella obedeció. Ya sabía a dónde iban...

Le temblaban las manos sobre el volante. Ignoraba si era producto del pánico o del deseo. La culpa se cernía sobre ella de nuevo, atroz, pero daba igual. La mitigaría con la violencia del sexo. De ese sexo tan distinto al que ella ya casi ni practicaba dentro de su matrimonio. Un sexo que no imaginó que existiera.

La angustia que le provocaba el castigo divino no era superior a la de pensar que su marido pudiera descubrirla. Le costaba respirar. Por un momento pensó que se desmayaría sobre el volante durante esa persecución establecida, pero siguió adelante, como hipnotizada. En pocos minutos se encontraron frente a la parte de atrás del edificio de la oficina de él. Aparcaron en un garaje público y se bajaron cada uno de su coche como si no fueran al mismo sitio. Subieron por la escalera, hasta llegar a la plaza de La Moraleja 2. Una vez allí, salieron uno tras otro, como si no se conocieran, y, del mismo modo, atravesaron el portal del primer edificio. Había muchas oficinas, así que el portero ni se inmutó. Por fortuna, aquella mañana lloviznaba y Amanda se había cubierto con una gabardina que hacía más fácil que pasara desapercibida. Subió en el ascensor, mientras él lo hacía a pie, a toda prisa. Cuando la cabina se abrió en el segundo piso, él ya tenía la única puerta del rellano, la de su despacho, abierta y esperándola.

Amanda, sofocada por la ansiedad, entró directa a la desierta oficina. Él la recibió besándola sin palabras y sin control, enfebrecido, en la boca, en el cuello, en los pechos…, luego apartó con furia cuanto había encima de la mesa de trabajo, la tumbó sobre ella y todo volvió a empezar.

9

Almizcle blanco

Roures siguió las indicaciones de Sandra Garau y localizó la casa de los Peña. En efecto, se encontraba en pésimas condiciones, más aún si se la comparaba con las otras, en perfecto estado de revista. Se veía que era una casa buena y cara, pero se caía a pedazos como todo lo que se construye al lado del mar y se descuida. Y aquello parecía haberse abandonado de manera deliberada.

Estaba cansado. Había volado a Palma muy temprano, desde Barcelona, donde le reclamaron para entregar los resultados de la investigación de un caso, en un vuelo barato de horario intempestivo. De ahí su llegada a primera hora a Costa de los Pinos, que, por otra parte, había resultado providencial. De haber elegido otra hora, no hubiera coincidido con Sandra Garau. Y estaba claro que aquella mujer, aparte de su encanto personal, tenía muchas cosas que contar. Llevaba una lista de personas a las que visitar, pero antes necesitaba darse una buena ducha. En Mallorca no hacía el mismo calor que en Madrid, pero la humedad le había encharcado la camisa. Introdujo en su teléfono la dirección del hotel en Cala Bona, a muy pocos kilómetros de la urbanización de lujo, pero suficientes como para establecer la distancia necesaria con los habitantes de la zona y no pagar una fortuna por una habitación, y condujo hasta él. Al llegar, comprobó que el hotel elegido era espantoso. No tanto por las propias instalaciones, como por la cantidad de niños que corrían ya a esas tempranas horas, chillando, por el diminuto *hall* del hotel. «Menos mal que no tengo la intención de ir a la piscina… —se dijo—. Debe de estar repleta de meados».

Subió a la habitación. Tampoco estaba tan mal. Cama grande, un balconcito con vistas al mar, un baño pequeño pero aparentemente limpio… Retiró la colcha, siempre sospechosa —sabía de sobra que en muchos hoteles no las cambiaban cuando se iba un cliente—, para tener la cama lista al salir de la ducha y poder dormir un rato. Si no descansaba, sus capacidades para investigar y deducir, si es que seguían existiendo, se reducirían al mínimo. Antes de ducharse marcó el teléfono de su ayudante. Ese tipo fiel y listo como un ratón, que debía su apodo al descomunal tamaño de sus manos.

—Jefe —contestó el Manos, al ver el nombre del detective en la pantalla de su móvil—, ¿dónde andas?

—En Mallorca.

—No me jodas, tío. ¿Te has ido de vacaciones, así por las buenas? Tenemos trabajo. ¿Lo sabes? Hay una señora que necesita saber si su marido se tira a la capitana del equipo de baloncesto de su hija: una chica de diecisiete añitos que está buenísima. Aparte de ser una menor, claro…

El detective hizo una mueca de asco invisible para su interlocutor.

—Aborrezco a los menoreros, ya lo sabes. Además de repugnarme me parecen gilipollas… Llegan a creerse que esas niñas a las que pretenden ligarse se volverán locas por ellos…

—A veces pasa, ¿no? —preguntó, ingenuo, el Manos.

—Y a veces se registran milagros… —contestó el detective—. Admiración, interés, juego… Las niñas no se vuelven locas por sus «abuelos», los abuelos las engañan, las convencen y, en algunas ocasiones, ellas se quedan atrapadas en sus redes de pesca. Por eso, cuando son ellas quienes los utilizan me parece bien. ¿Carne fresca? Pues te va a costar la pasta y la dignidad. Por gilipollas…

—No digas eso, tío, que no hay hombre que sea capaz de resistirse…

—Eso es cierto —contestó Roures—. Ninguno de nosotros está libre de volverse gilipollas. Una amiga periodista me contó que siendo ella muy joven entrevistó a Francisco Ayala y que el tipo, al ver cómo manejaban la mujer de Alberti a su escritor y la de Cela al suyo, le dijo que le avisara si llegaba a verlo convertido en un perfecto imbécil con el paso de los años…

—¿Y qué pasó?

—Pues que ella le dijo que no, porque sabía que no le haría caso. Veinticinco años después, Ayala tuvo su propia gobernanta. Así es la vida.

—Joooder… Si es que los tíos somos unos pringados… —se lamentó el Manos y añadió—: Por cierto, ¿quién era el tal Ayala?

Roures resopló con paciencia.

—Da lo mismo… Veamos, Manos. Lo primero es que no estoy de vacaciones, lo segundo es que la esposa, engañada o no, tendrá que esperar o buscarse otro detective, y lo tercero es que ando con un caso nuevo y gordo.

—¿Qué quiere decir «gordo»? ¡No nos salgamos de los cuernos, tío, que nos llevamos muchos disgustos…!

—Pues… me temo que… Sabrás quién es Lucía Peña, ¿no?

—Hombre, eso sí, jefe, eso sí. Es la chica desaparecida, ¿no?

—En efecto. Su madre ha contratado mis servicios.

—¿Y has aceptado, Roures? ¡Pero si la Guardia Civil está *in albis* y lleva no sé cuánto tiempo con el caso!

—Por eso me han contratado. O eso parece. De momento, vamos a investigar por nuestra cuenta. La primera a ella, a la mamá.

—¿Vamos a investigar a nuestra clienta?

—Exacto. Y también al papá de la desaparecida y a su novia. Pero de ella, de la mamá, quiero saberlo todo, dónde va, por qué, si tiene novio, si sigue yendo a misa… Lo que come, lo que bebe… Todo… Bueno, beber bebe vino blanco con hielo, aunque quiero saber exactamente la cantidad…

—¿Vino blanco con hielo? —preguntó incrédulo el Manos—. Las tías están fatal… Y tú peor. No entiendo yo para qué tenemos que investigar a quien nos encarga la investigación…

—Ya te lo contaré. Tú ocúpate…

—Entonces, el otro caso…

—Aparcado. Además, seguro que ella sabe ya si se tira de verdad a la niña o no y, como casi siempre, solo quiere que lo demostremos nosotros, para evitarse el marrón de que lo descubran sus amigas antes…

—Tú mandas.

Roures colgó. Sabía que Amanda Varela le ocultaba información. La duda era si lo hacía para proteger su reputación, muy vapuleada desde la desaparición de su hija, o si existía algún otro motivo.

Le dolía la cabeza y se le habían acabado los analgésicos, decidió acercarse a la farmacia antes de meterse en la cama. Bajó por la escalera para no tener que hablar con nadie y atravesó el *hall* mirando al suelo entre llantos de niños rubios. Se notaba que esa zona, a tan pocos minutos de Costa de los Pinos, estaba tomada por los alemanes. Y no precisamente por los de más posibles. La calle, peatonal a excepción del carril para bicis, estaba repleta de vikingos en gozosa algarabía. Caminó deprisa hacia la cruz verde luminosa y entró casi al tiempo que una mujer muy alta y morena, escandalosamente guapa, a la que cedió el paso.

—Gracias —dijo ella sin mirarle—, pero, aunque entre yo primero, ha llegado usted antes y lo justo es que atiendan por orden.

—No tengo problema —repuso él, galante, ya frente al mostrador junto a ella.

—Insisto —ordenó tajante con un golpe de melena que liberó un olor inconfundible a almizcle blanco.

—Está bien. Buenos días, señor —dijo Roures, dirigiéndose al farmacéutico—. ¿Tendrán ustedes comprimidos de Neocibalena?

El farmacéutico negó con la cabeza.

—Me parece que no. Es que eso es muy antiguo. Han salido muchas cosas nuevas para el dolor de cabeza…

—Ya —dijo el detective—. Pero, tal vez por la cafeína, es lo único que me funciona.

—Pues tómese Actrón —interrumpió la mujer—. Tiene cafeína y es efervescente… Le aseguro que es muy eficaz. Eso sí, tómese mejor dos y en cuanto empiece a subirle el dolor.

El farmacéutico rio.

—Tiene razón la señorita —confirmó el boticario sin dejar de reírse. Y añadió mirándola a ella—: Estoy por dejarte la bata, Carlota. Sabes más de medicamentos que yo.

—Más bien de drogas, Pedro —repuso ella, riéndose también, con complicidad—. De drogas incautadas, claro… —matizó.

—Está bien —aceptó Roures, sintiendo que le iba a reventar la cabeza—. No pierdo nada por probar. Deme un par de cajas.

Mientras el farmacéutico se retiraba a la trastienda del local para buscar el Actrón, el detective aprovechó para observar a la mujer. Le sacaba casi una cabeza. Era morena, de nariz y boca grandes, ojos intensamente azules, piel tostada y una melena negra casi hasta la cintura. Vestía un pantalón pitillo de lino blanco, una camisa azul celeste que dejaba sus hombros al descubierto, unas sencillas sandalias planas marrones y un bolso étnico de colores vivos. Destilaba sensualidad por los poros. Parecía una hembra poderosa, autosuficiente, de carácter… Era la mujer más bella que recordaba haber visto en muchos años. Tal vez en toda su vida.

—¿No está usted mirando demasiado? —le preguntó ella con ironía.

—Perdone —se disculpó Roures—, estando usted aquí, solo un imbécil miraría a cualquier otra cosa…

Ella sonrió.

—Supongo que sabrá que eso no es políticamente correcto…

—¿Quedarse impactado con la belleza…? Es inevitable.

—Me refería a los piropos —explicó ella—. No están bien vistos en el siglo XXI.

—Cierto, pero es que yo soy más del siglo anterior que de este. Espero no haberla molestado…

—No lo ha hecho. Yo defiendo los asuntos femeninos importantes, no las tonterías. Ya hay demasiadas mujeres ocupadas en eso y bien que lo lamento… Mire —dijo señalando al boticario—, ahí viene Pedro, con su salvación. Le aseguro que si nos volviéramos a ver, me daría las gracias por la recomendación…

Por un momento Roures pensó que aquella impresionante morena le estaba retando y a punto estuvo de recoger el guante, pero si algo detestaba era patinar con las mujeres, que siempre eran terreno resbaladizo. Si el asunto no estaba lo suficientemente claro, mejor dejarlo pasar, aunque al ver entrar a esa esplendorosa mujer hubiera notado cómo se le desparramaba por todas partes la sensación de testosterona de la juventud. Además, tenía los años que tenía, por lo menos veinte más que ella. Y encima el dolor de cabeza iba en aumento… No era momento para cometer errores ni para rendirse a los encantos de semejante poderío femenino y pedirle una cita a una desconocida, que casi con seguridad la rechazaría.

—Se las doy de antemano… —dijo finalmente el detective sin mover un músculo de su rostro.

Al salir a la calle notó el conocido latigazo en el entrecejo que a punto estaba de subirle por la frente y diseminársele por el cerebro. Tenía que tomarse la medicina antes de que eso sucediera si quería evitar que el dolor se volviera insoportable. Caminó a paso ligero hasta el hotel y subió a su habitación. En el minibar había una solitaria botella de agua. La abrió y vertió parte de su contenido en el vaso y, al mismo tiempo, los dos Actrones, tal y como le había aconsejado la mujer («Carlota —se dijo—. El farmacéutico la llamó Carlota»), corrió la cortina para que no entrara la luz y se tumbó sobre la cama esperando que la pócima hiciera el efecto deseado, sin poder olvidar los ojos intensamente azules de su «salvadora». Le latía el corazón a más velocidad de la habitual. «Relájate, amigo. Es solo una mujer guapa», se dijo mientras buscaba en su iPhone la música adecuada para conseguirlo y elegía un tema melódico: *Trouble is a Lonesome Town,* de Nancy Sinatra y Lee Hazlewood. «Un poco triste —pensó—, como la vida». Al poco el dolor desapareció y él se quedó dormido.

Una hora más tarde, sonó el teléfono y le despertó.

—¿Quién es? —preguntó el detective al ver un número desconocido.

—¿Detective Roures?

—Al habla. ¿Quién es?

—Soy Rosendo Pascual, abogado de Amanda Varela.

Roures se incorporó de inmediato. De ese tipo no le gustaba ni el nombre. Y no solo por lo que le había contado Amanda, sino por sus intervenciones en los medios.

—¿Y qué quiere?

—Amanda me dijo que le había contratado. Se le escapó, ella es así... Y me preocupa que esté usted en el ajo. Vamos que, si lo que pretende es relevancia mediática, le aseguro que el caso está agotado en ese sentido. Y si hay algo que ofrecer a la prensa, lo piloto yo...

El detective sonrió. El abogadito estaba dándole la charla porque pensaba que peligraban sus intereses y que, tal vez si Roures ocupaba su lugar, a él no le volverían a llamar de las teles, donde se ganaba unos cuantos euros.

—Descuide. Mi interés mediático es inexistente. Yo jamás he aparecido en ninguna parte y desde luego no lo haré en este caso. Es totalmente inadecuado para mi negocio, se lo aseguro.

—Ya —respondió inquieto el abogado—. Eso dicen todos, pero en cuanto ven el brillo de los focos...

—Lo dice por experiencia, supongo.

—De eso nada. Yo no me lucro con este tema como tanta gente que no tiene que ver con el asunto. Yo salgo porque si lo hiciera Amanda, sería muy perjudicial para ella. Cada vez que habla dice lo que no tiene que decir. ¿No ve que es una mujer muy frágil?

—Tampoco me parece tan frágil.

—Pues, detective, active sus facultades. Lo es. Es una mujer muy frágil, con varios problemas, el primero de todos, su exmarido... No le descubro nada que no haya salido ya en prensa. Pero, en todo caso, no sé para qué le ha contratado a usted, ni quién le ha recomendado que lo haga, ni mucho menos cómo va a pagar sus honorarios... Ella no está en una buena posición económica y sabe de sobra por la Guardia Civil que no hay esperanzas de encontrar a la chica con vida...

Roures se levantó, abrió el balconcito a la calle de la habitación y se encendió un cigarrillo, cuyo humo expulsó hacia el exterior, con las toses de rigor.

—¿Está usted ahí? —preguntó el abogado.

—Sí. Aquí sigo —respondió el detective—. Dígame, ¿por qué no hay esperanzas de encontrar a la chica con vida? ¿Hay alguna evidencia de que esté muerta? ¿Alguna prueba? ¿Algún indicio?

—Pues... la falta de pruebas. De indicios siquiera y... Bueno, la UCO piensa que cuanto más tiempo pasa desde que se produce una desaparición, más son las probabilidades de que no se esclarezca el caso, debería usted saberlo.

—Es cierto. Pero eso de ningún modo certifica que la chica esté muerta...

—¿Acaso sabe usted algo? —inquirió el abogado con ansiedad.

—Desde luego. Sé que el cuerpo no ha aparecido. Y tampoco sus presuntos asesinos. Si no hay cuerpo, ni asesinos, no tiene por qué haber muerto. Muerta en este caso. Tal vez huyó de su propia vida. Tal vez se la llevaron por algún motivo...

—¿Y cree que todo eso no se lo ha planteado la Guardia Civil? ¿Piensa que será capaz de encontrar lo que ellos no han encontrado? ¿Que es usted mejor que nadie?

—No me lleve a un callejón sin salida —contestó Roures—. Digamos que es posible que yo pueda indagar de otra manera...

—Desde... ¿la ilegalidad?

Roures era un hombre paciente, pero el abogado le estaba tocando las narices. Dio una larga calada a su cigarrillo, expulsó el humo hasta vaciar los pulmones por completo y luego contestó.

—Mire, Pascual, déjeme en paz. Empiezo a pensar que no quiere usted que investigue y eso duplica mis ganas...

—Es usted un inconsciente, Roures. Su clienta es una mujer alcohólica, con unos duros recuerdos de infancia, como el del secuestro de su padre, que le hacen imaginarse demasiadas películas y muy poca estabilidad...

—Ya veo que la tiene usted un gran aprecio...

—No sabe usted dónde se está metiendo... Le advierto que...

—Lo que sé, leguleyo de mierda —le interrumpió el detective con tono de pocos amigos—, es que usted parece tener demasiado interés en que Amanda Varela no tenga en quién apoyarse para tratar de ganar la batalla. Y ¿sabe qué? A mí los casos perdidos me ponen cachondo. Buenos días.

Roures colgó. Más allá de que al abogado le preocupase que le robara notoriedad, el detective intuía que su nerviosismo tenía que ver con otra cosa. Algo tal vez personal. O quizás… ¿Y si el propio abogado jugaba un doble juego? Del otro abogado de la familia Peña, el de Manacor, que durante julio y agosto estaría fuera de Mallorca, según le indicaron amablemente en su despacho, no se sabía nada; sin embargo, este otro aparecía por todas partes… ¿Por qué? ¿Y si el caso le interesara no solo por el impacto mediático y por el puro brillo del famoseo, sino porque le estuviera sacando partido por otra parte? No se creía que trabajase para Amanda sin cobrar por mucho que hacerlo le reportara esa popularidad que le gustaba tanto. Además, había algo extraño en ese tipo. Siempre se lo pareció al verlo en la televisión. Sus declaraciones, su afectación… En cuanto volviera a Madrid se ocuparía de él. Y también del oscuro marido de Amanda Varela, tan buena gente según su hermano, pero cuya mirada traslucía una turbiedad innegable. Aunque con él hablaría tras tener una nueva conversación con la propia Amanda. Ella aún le tenía que aclarar muchas cosas y contarle las que no le había contado. ¿Alcohólica? ¿Fantasmas del pasado? Tenía muchas preguntas para su clienta a su vuelta a Madrid. De momento, debía aprovechar el tiempo. Y la mejor manera de hacerlo, sin ninguna duda, era volver a Costa de los Pinos y tratar de conversar con el hermano de Javier Peña.

10

NO SOY UNA MUJER MALTRATADA

20 de mayo de 2010

Amanda había vuelto a fumar. El tabaco apaciguaba sus nervios, generosos de fábrica, pero agigantados por esa inesperada relación secreta. Su matrimonio estaba roto desde hacía tiempo y ahora parecía que ya de manera irreversible; pero eso solo significaba que la convivencia sería más tortuosa, de ninguna manera que ella pensara en el divorcio. Era creyente y además nunca había trabajado, así que lo tendría difícil para ganarse la vida por sí misma. Aunque suponía que si llegaba ese momento —siempre por decisión de su marido, porque a ella se lo impedía su fe—, él no dejaría que la madre de sus hijos muriese de inanición, pese a que unos meses atrás, argumentando que era lo mejor para la empresa, le hubiera hecho firmar la separación de bienes, sin precisar los bienes de cada cual. «Es para evitar problemas con Hacienda», le dijo. Y ella firmó sin rechistar. En todo caso, tenía un pequeño colchón del dinero que su madre, antes de la muerte de su padrastro y de que las hijas de este la dejaran sin nada, le había ido mandando años atrás. No era gran cosa, pero... De todos modos, no quería pensar en separaciones ni divorcios. Esa era la vida que le había tocado y ya estaba. Allí se quedaría. Y eso que la crisis había vuelto aún más irascible a su marido y cada vez le resultaba más difícil soportarlo. Por fortuna, casi nunca estaba en casa y solo se relacionaba con ella para hablarle de sus hijos. O más bien para recriminarle lo mala madre que era según él y recordarle lo mucho que le debía.

—Sin mí no serías nada, Amanda, ¿no te das cuenta? Una sudaca de mierda, sin oficio ni beneficio. Tenías un padrastro con dinero... pero él no se quería ocupar de ti, ¿a que no te lo imaginabas? Por eso te largó para España en cuanto pudo. Para tu suerte, conmigo. Y te he dado de todo, pero tú no eres ni siquiera capaz de ocuparte de mis hijos como es debido. ¿No te das cuenta de que Lucía está creciendo y necesita más atención por parte de su madre? ¡Ya está bien de tanto yoga y tantas comidas con amigas! ¡Más atención a tus hijos y menos gastarte mi dinero en trapos y en cosas de belleza! ¡Si estás casi en los cuarenta! Ya no eres precisamente una jovencita, a ver si te enteras. A la vuelta de la esquina te espera la menopausia...

¿Premenopáusica con menos de cuarenta? ¡Pues si lo estaba, no notaba ningún síntoma relacionado con el sexo! Al contrario, tenía más ganas que nunca. Sobre todo, tras haber descubierto que el sexo podía ser un estado de gozo pleno e incomparable y no un mero trámite. Tal descubrimiento había sido providencial, aunque no dejara de alterarle los nervios y multiplicárselos. Por eso fumaba otra vez, después de haber estado sin hacerlo durante dieciséis años, desde que se quedara embarazada de Lucía. Por eso y porque ahora, además, fumar le ayudaba a sobrellevar las esperas, cada vez más largas, que tanto la desazonaban. Durante los dos primeros meses de relación, Pablo, su amante, la buscaba a todas horas. Mensajes constantes, correos, citas clandestinas, flores y bombones de los que tenía que deshacerse antes de volver a su casa...; pero todo comenzó a cambiar cuando ella le dijo que no podía irse de viaje con él y mucho menos abandonar a su marido. Él era un hombre casado también, pero estaba dispuesto a dejarlo todo por ella. O eso le decía. Eso y que necesitaba compartir una noche completa, verla más de las dos o tres horas de rigor, sentir que su relación era algo más que un intercambio de fluidos. El tipo se había enamorado. Y ella... era incapaz de saber si eso era amor u otra cosa distinta y menos aún de discernir si aun habiendo dejado de amar a su marido —eso creía—, sería capaz de vivir sin él. Sentía tal dependencia emocional hacia el padre de sus hijos que... Tal vez era precisamente eso, que fuera el padre de sus hijos, lo que lo convertía en alguien imprescindible para ella, por mucho que la tratara con tanto desprecio, que la maltratara según decía su amiga Mercedes, la asistente social que presenció aquel bochornoso incidente tras la ópera de la tinta de calamar y algunos otros, a raíz de su amistad.

—No hace falta que apuñalen a una mujer, que le rompan un pómulo o que la arrastren de los pelos para maltratarla —le explicaba la asistente social—. Basta con insultarla, menospreciarla, hacerla sentirse como si no fuera nada... Eso es maltrato también, querida Amanda. Y a ti, tu marido te maltrata. Recuerdo que hace años llegó a la oficina una mujer que quería divorciarse. Habló con una de mis compañeras y le contó que necesitaba dejar a su marido porque no era una buena esposa. Llevaba casada dos años y su marido le introducía objetos cortantes en la vagina y la instaba a quedarse inmóvil si no quería «hacerse daño». El miedo le impedía moverse hasta que él se los sacaba riéndose, y la llamaba tonta y estrecha... Entonces la abrazaba y le decía que aquello era muy divertido y que los unía mucho más. Otras veces le pasaba los pulgares por el cuello y empezaba a apretar hasta ver el pánico en sus ojos. Y entonces le decía: «¿De qué tienes miedo? Yo te quiero». Aun así, ella vino pensando que si no entendía el juego es que no valía para ser su esposa... Y no se separó porque él no quiso hacerlo. Intentamos hablar con ella todas las compañeras del despacho. «Pero si yo no soy una mujer maltratada —repetía una y otra vez—. Ni tampoco una pobre mujer. He estudiado una carrera, mis padres me admiran..., y él, él... no me ha pegado nunca». Un año más tarde me la encontré por la calle. Había adelgazado mucho y su aspecto era deplorable. Se le notaba la angustia en la mirada. Traté de convencerla para tomar un café y charlar, pero fue inútil... No quería relacionarse con nadie. Era incapaz de abandonar esa isla desierta en la que la había colocado su marido. Al poco tiempo se suicidó. Fue una víctima de violencia machista, aunque ella nunca denunciara y su asesinato fuera más sutil, tanto como para que lo perpetraran sus propias manos...

Amanda recordaba de manera inevitable todo lo que su amiga le iba contando..., pero no era suficiente, porque ella no era la víctima de Javier. No se sentía maltratada. La humillaba a veces, pero... tampoco era una cosa tan terrible. Muchas mujeres hacían un mundo de algo así. Y ella no, por mucho que la instigase su amiga. Y menos ahora que llevaba tiempo contestando a sus ataques dialécticos y que ya no le quería como antes. Por eso podía traicionarlo. Lo más curioso era que él ni siquiera sospechaba de una posible infidelidad suya. Y que a ella le molestaba que no lo hiciera. Todo era contradictorio. Y Amanda se daba cuenta. Pero no podía cambiarlo.

Ese mismo día, tras todas sus reflexiones, recibió una llamada de su amante. Quería cortar con ella. Así, de golpe. Todo acababa como empezó, en un instante. Afortunadamente, no había hecho ninguna locura ni había hablado de su relación con nadie, ni siquiera con Mercedes. ¿Para qué mancillar su buen nombre cuando aquello, como supuso en un principio, no era más que una aventura, fruto de la pasión pasajera? Apenas sintió un breve vacío en su interior tras su desaparición. Ni siquiera dolor. Pero la casa se le cayó encima. Era como si le hubiesen arrebatado la energía, de repente, como si le faltasen esas ganas de vivir, desconocidas por otra parte, antes de esa relación extraconyugal. Fue justo entonces cuando empezó a beber a solas. Nunca lo había hecho antes. Hasta entonces, el vino era sinónimo de compañía. No bebía nada más que vino. Tampoco necesitaba otra cosa para emborracharse hasta perder la consciencia. Vino blanco siempre. Con hielo. Botellas y botellas. Su marido no lo notaba, enfrascado como estaba en él mismo, en los problemas cada vez más acuciantes de su empresa y en una vida paralela que ella intuía sin poder demostrar; pero Amanda, cuando iba con sus amigas a un cóctel, un almuerzo o una celebración, bebía y bebía, para olvidar que él nunca la quiso, que ella ya no le quería a él y que esa familia en la que siempre colocó todas sus expectativas se resquebrajaba cada vez más.

Entretanto, su hija Lucía, en plena adolescencia, comenzó a aprovechar los viajes de su padre y la falta de lucidez de su madre para empezar a salir y entrar sin control, mientras que su hijo Carlos, solo y desatendido, se zambullía por completo en el mundo de los videojuegos. Los chicos estaban acostumbrados desde siempre a las ausencias de su padre, pero no fueron las de él, sino las de su madre, hasta entonces siempre presente, las que los condujeron a todos a la antesala de la quiebra familiar.

11

Palabra de *skater*

El clima de Mallorca era tan húmedo e incómodo como para empapar en segundos la camisa celeste de algodón de Roures, nada más alejarse del aire acondicionado. Era un calor insoportable el de aquel verano de 2017. Y no era raro, la Organización Meteorológica de la ONU había advertido que sería un año de fenómenos meteorológicos extremos. Lo vaticinaba después de que se hubiera observado más de tres veces durante el invierno boreal, en el Ártico, el equivalente polar de una ola de calor. Eso y la presencia de intensas tormentas del Atlántico que impulsaban la entrada de aire cálido y húmedo. Todo era producto de un 2016 en el que se alcanzó una temperatura máxima mundial sin precedentes, los hielos marinos se quedaron en una cota bajísima y se produjo un aumento ininterrumpido del nivel del mar y del calor oceánico. Roures seguía las informaciones sobre el deterioro climático del mundo con la tristeza de constatar la estupidez del ser humano; pero sobre todo sufría en sus carnes, como el resto de los mortales, las consecuencias de un calentamiento global que estaba claro que iba a más y que, en ese momento, contribuía a dejarle la ropa chorreante. Necesitaba llegar al coche y ponerse el aire acondicionado a tope, de nuevo, para poder aparecer presentable ante las personas con las que tenía que hablar. Había dejado el coche en una callejuela interior, lejos del mar y su brisa, que en aquellos momentos era inexistente. No se movía el aire. El calor era casi sólido. Llegó al vehículo sudando a mares. Bajó las ventanas antes de darle al botoncito mágico para enfriar la temperatura. Sabía que tardaría en bajar grados y, si andaba dos metros con las ventanas cerradas, podía darle un síncope. Fue entonces cuando vio un papelito en el limpiaparabrisas «Maldita sea —pensó—, una multa. ¡Si justo aquí no había ORA, joder!». Salió a regañadientes del automóvil y recogió la supuesta sanción, pero, al desplegarla, se encontró con una nota nada administrativa: «Le estamos vigilando. No haga tonterías». Estaba escrita a mano. «Alguien descuidado», se dijo mientras la guardaba en la cartera, se subía de nuevo al coche y repasaba mentalmente las personas que, hasta el momento, sabían que estaba por allí.

Condujo hasta Costa de los Pinos ya con las ventanillas cerradas y el aire acondicionado a tope. Era un trayecto muy corto, pero le sirvió para liberarse del sofocante calor por un rato. Se paró en la entrada de la urbanización para consultar la dirección de la casa de uno de los hermanos de Javier Peña, Jaime. Según sus informaciones, el otro, el pequeño, Ernesto, separado desde hacía años, pasaba los veranos en una casa en Zahara de los Atunes y llevaba mucho tiempo sin ir a Costa de los Pinos más que algún fin de semana perdido. Y cuando lo hacía, de manera puntual, siempre se quedaba en el hotel. Raro, teniendo en cuenta el tamaño de las casas de sus hermanos... Avanzó por la avenida del Pinar y luego giró en una calle sin salida. Aparcó en la rotonda del fondo, sobre la acera de tierra, y llamó a la puerta. Una chica filipina, perfectamente uniformada, le abrió.

—Dígame, señor.

—Preguntaba por el señor Peña. ¿Se encuentra en casa? ¿Será tan amable de darle mi tarjeta? —dijo, sacándola del bolsillo y entregándosela.

—Un momento, señor —respondió la chica, metiéndose para dentro sin cerrar la puerta del todo.

Unos minutos más tarde regresó y le devolvió la tarjeta.

—Dice el señor que no tiene nada que contarle. Que se vaya…

—Perdone que insista, señorita. Dígale que me ha contratado Amanda Varela… Es muy importante.

La chica volvió dentro de nuevo y salió poco después.

—Pase, señor —dijo—, y sígame.

Un vergel de flores y plantas, cuidadísimo, conducía a la casa, escondida entre la frondosa vegetación, de Jaime Peña. Después de atravesar una puerta antigua, encastrada en una pared de piedra, accedió a un salón de grandes dimensiones desde cuyas cristaleras, abiertas a un porche con suelo de barro y muebles coloniales, se veía el resto del jardín, cayendo en desnivel hacia el mar. Ni la casa ni el jardín parecían muy grandes, pero sí eran muy impresionantes al estar sobre la propia costa y tener una entrada al agua propia a través de unas escaleras construidas a tal fin. La edificación parecía bastante antigua y realizada con sólidos materiales a prueba de la corrosiva sal marina y la decoración era veraniega pero sobria, en colores naturales. Roures se preguntó cuánto podría costar ahora una casa de esas características y cuánto habría costado en su día. Lo que hoy seguramente era impagable en su día no debió de ser tan caro. La aparición de Jaime Peña rompió sus cavilaciones.

—Buenos días, señor Roures —le saludó, tendiéndole la mano con desgana.

—Buenos días —repuso el detective, apretándosela con fuerza—. Bonita casa.

—Muchas gracias —contestó Jaime Peña sin variar el gesto—. ¿Qué desea usted de mí? No quiero ser descortés, pero, como sabrá, todo cuanto sé del triste asunto de mi sobrina desaparecida ya se lo he contado una y mil veces a la Guardia Civil. Así que entenderá, supongo, que no tenga muchas ganas de hablar de este asunto, cuando las probabilidades apuntan a lo peor y el caso está archivado.

—¿A lo peor? ¿A que esté muerta? Me sorprende que se resignen sin haber cuerpo ni pistas que conduzcan a él. No es frecuente. Normalmente los familiares agotan al máximo la esperanza...

Jaime Peña ni siquiera había invitado a sentarse al detective. Se le notaba incómodo con su presencia. Era un hombre de buen porte, con una mirada menos turbia que la de su hermano, pero también profunda y oscura, como su cabello. Un físico muy español, por otra parte, que gozaba de mucha popularidad.

—Mire, señor Roures, no tengo ningún interés en que me analice. Ni siquiera creo que pueda aportar algo a su búsqueda que, por otra parte, estoy seguro de que resultará infructuosa. Los agentes de la UCO han investigado a todos los relacionados con Lucía en estos últimos dos años y han peinado la zona palmo a palmo. Y no han encontrado nada. Lo más fácil es que alguien se llevara a la chica contra su voluntad y que acabara con su vida y ocultase su cadáver en cualquier sitio imposible de descubrir. A mí eso no me parece tan difícil. Si se piensa bien, ahora hay mil fórmulas para reducir un cadáver a la mínima expresión. No soy químico, pero he visto muchos episodios de CSI..., casi me parece más complicado que encuentren a los asesinos a que salgan indemnes.

—¿Y el móvil? —preguntó Roures.

—¿Cómo dice?

—Los asesinatos tienen que tener móvil, ¿recuerda? Es de primero de espectador de series criminales. Siempre se mata por algo... ¿Por qué querría alguien acabar con la vida de su sobrina? En las condiciones en las que vivía la chica casi sería más fácil pensar en que ella quisiera irse, desaparecer del marrón de su familia...

—Eso le ha dicho Amanda, ¿no? —preguntó Jaime Peña con cierta violencia—. ¿Qué más le ha dicho? ¿Que mi hermano es malísimo y ella una santa? ¿A que sí? ¿Y le ha contado también la poquísima atención que ella prestaba a sus hijos en los últimos años de matrimonio o después de su separación? ¿Y el dinero que le ha querido sacar a mi hermano? ¿Y todos los cuernos que lleva?

—Alto, alto, alto —dijo Roures, acompañando sus palabras con un gesto de su mano—. Yo no juzgo a nadie y Amanda apenas me ha contado nada de su familia. Está claro que el suyo no fue un buen matrimonio. Y también que cuando se produce una separación siempre aflora lo peor de cada cual. Lo único que me extraña son esas ganas de su hermano de poner en evidencia a Amanda, justo cuando se produjo la desaparición de la niña. No es bonito decir las cosas que dijo de la madre de sus hijos... Y menos aún tratar de separar a un hijo de su madre cuando acaba de desaparecer su hija.

—No sabe usted nada —respondió Jaime Peña ya con un evidente enfado—. Ese niño es un adicto a los videojuegos. Y un chico complicado. Y lo seguirá siendo si continúa en compañía de su madre. Pero ella no quiere que se separe de su lado. ¿Y sabe por qué? Solo porque tiene miedo de que mi hermano deje de pasarle la pensión... No sé cómo él no ha presionado más para conseguir la custodia. Yo lo hubiera hecho.

—No entiendo mucho de estas cosas, pero supongo que si su excuñada nunca trabajó y dedicó su vida a su familia, debería corresponderle no solo la pensión por el chico, sino también una compensatoria, digo yo...

—Mire —dijo, señalándole amenazador con el dedo índice—, los asuntos de familia no tienen nada que ver con la desaparición de mi sobrina, ¿lo entiende? Y no me gusta que mi cuñada mancille nuestro nombre mintiendo. Mi hermano no la ha maltratado jamás. Siempre ha sido un buen padre y un buen marido. Y si el matrimonio se rompió fue por las infidelidades de ella, ¿no se lo ha dicho?

—No. Lo que sé es que ella está sola y buscando a su hija mientras su hermano anda muy entretenido con su nueva pareja... una exnovia de toda la vida, ¿no?

Jaime Peña clavó sus pupilas en las del detective con fiereza y luego respondió tratando de mantener la calma:

—Señor Roures —respiró antes de continuar—, a mí nunca me gustó Amanda. No es... como nosotros. Pero era la mujer de mi hermano y la madre de mis sobrinos y no había más que hablar... Pero es que con el tiempo cambió mucho, dejó de ser...

—¿Sumisa? —apuntó Roures.

—No. Dejó de ser recatada, entregada, generosa... De un día para otro, se convirtió en una mujer que solo quería dedicarse a sí misma. Yoga, tratamientos de belleza... ¿Sabía usted que no pudo ir a una actuación en el colegio de Lucía porque estaba operándose las ojeras?

—Bueno. No me parece tan grave, a menos que la niña fuera a bailar *El lago de los cisnes*, ante el director del Ballet Ruso...

—No se haga el gracioso, Roures. Una madre que solo se dedica a ser madre por lo menos debería ocuparse de sus hijos, ¿no le parece?

—¿Cree usted que tiene que ver con la desaparición de su sobrina?

—¿Amanda? —Peña sonrió sarcástico—. ¡Sería incapaz de diseñar un plan de fin de semana...! No, no lo creo. Ella quería a la niña y quiere al niño, aunque no sepa cómo tratarlo. Solo que tampoco sirve para ser madre. En realidad, esa mujer no sirve para nada...

—Ya veo que le cae bien... ¿Sabe una cosa? Si yo hubiera sido ella, no habría aguantado tanto tiempo en una familia como la suya. No sé por qué, pero cada vez me cae mejor su excuñada... Una última pregunta, ¿tienen ustedes barco en Costa de los Pinos?

—No. Mi hermano tenía uno en Porto Cristo. Pero no se utilizaba desde el verano anterior a la desaparición de la niña y finalmente se vendió el año pasado. Amanda se llevó su parte, si eso es lo que quiere saber.

—Como debe ser, señor mío, como debe ser. Gracias por su… amabilidad. Me marcho. Tengo mucha gente con la que hablar.

Jaime Peña torció el gesto.

—¿Mucha gente con la que hablar? La gente de aquí está harta de preguntas, se lo advierto.

—¿Quiere advertirme algo más? —preguntó Roures, clavando sus pupilas con fijeza en las de su interlocutor—. Buenos días, señor Peña. Hasta la vista.

Roures salió caminando a buen ritmo de la casa de Peña. Si este era uno de los «encantadores» hermanos Peña, según le había contado Sandra Garau, cómo debía de haber sido ese padre, ya fallecido, al que todos aborrecían. Al salir, en la puerta, se encontró con una mujer de estatura media y rasgos físicos anodinos, a punto de entrar, que debía de venir de correr a juzgar por su indumentaria y que, entre el ejercicio y el insoportable calor, parecía a punto de derretirse.

—La señora Peña, supongo —dijo Roures.

—Sí —repuso ella con la respiración agitada—. ¿Y usted quién es?

Roures sacó una tarjeta y se la entregó. La mujer la revisó y se la devolvió de inmediato, casi como si quemara.

—Yo no la necesito. Si quiere usted algo de mí o de nosotros, hable con mi marido. Él le dirá lo que considere oportuno. Yo no tengo nada que contarle. Si me disculpa… —Abrió la puerta y desapareció tras ella.

«Está claro que en esta familia las mujeres no tienen ni voz ni voto», pensó el detective.

Miró su reloj. Marcaba las trece treinta sobre la cara de Corto Maltés. «Viejo, amigo —se dijo—, ¿hacemos una pausa y nos tomamos una cerveza? No hay nadie que dé más pistas que un tabernero, aunque sea del siglo XXI, ¿no crees?».

Roures se montó en el coche y recorrió unos pocos metros de vuelta hasta donde se encontraba esa especie de complejo, frente al hotel, que albergaba dos bares-restaurante y el supermercado. Apenas había gente en los dos establecimientos hermanos. No debía de ser la hora aún, pero, además, el calor era extremo. Imposible soportarlo en sus terrazas. Decidió entrar en el supermercado. Al fin y al cabo, era el único sitio de compras en la zona. Seguro que sería uno de los centros neurálgicos de Costa de los Pinos. Al hacerlo, después de traspasar una pesada cortina de piezas metálicas, una bocanada de aire acondicionado le reconfortó. El local, dividido en dos zonas y no demasiado grande, tenía de todo, desde zapatillas de playa hasta productos de parafarmacia, pasando por cualquier hortaliza o frutas, carnes y distintos tipos de alimentos, frescos o envasados. Y estaba lleno. Una larga cola que casi ocupaba un pasillo completo, formada tanto por «locales» como por «guiris», aguardaba su turno cargada de bolsas para pagar en la caja, donde una mujer morena, de pelo corto, no muy alta y de rostro agradable, iba cobrando las compras de cada uno. Roures cogió dos latas de cerveza, un par de botellas de agua y una de ron, un paquete de galletas saladas y un repelente de mosquitos —ya le había picado alguno durante la siesta canóniga—, y se colocó en la fila. Mientras esperaba, oyó cómo la mujer de la caja llamaba a un hombre pequeño y calvo que contestó de inmediato.

—¡Toni! Tráete una sobrasada de las buenas para la señora de la Gamella…

—¡Voy! —contestó el tal Toni desde detrás de un mostrador de cristal.

«Vaya —pensó Roures—, un tocayo». Cuando le tocó el turno, la tienda ya se había despejado y ambos estaban en la caja comentando algo.

—Buenos días —dijo el detective.

—Buen día —contestó ella mientras iba pasando los productos por el lector para sumar sus precios—. ¿Nuevo en la zona?

—Pues sí —confirmó Roures—, acabo de llegar… Pero me quedo en Cala Bona. Y vengo más bien por trabajo…

—¿Ah, sí? ¿Y qué viene a hacer? —preguntó con la naturalidad de quien está acostumbrado a hacer las preguntas amables de rigor.

—Soy detective —dijo Roures—. Investigo el caso de Lucía Peña.

La mujer dejó de marcar los alimentos y le miró a los ojos con asombro.

—Creía que eso había acabado ya…

—¿Acabado? Difícil antes de que se sepa el paradero de la niña…

—Pero ya no sale en las noticias —insistió ella.

—En efecto. Desde que se levantó el sumario y se archivó el caso, la información pasó a gotear cada vez menos y ahora ya parece que se ha olvidado el asunto… pero no dude que la Guardia Civil tendrá líneas de investigación abiertas, como sucede con todos los desaparecidos, que son muchos.

—Y entonces, ¿usted? —preguntó la mujer.

—Yo investigo por mi cuenta cuando me lo encargan, cuando los casos andan un poco dormidos.

—Ya. Y, oiga, ¿no es raro que lo diga así por las buenas? Que es detective y eso…

—Bueno, no es un pecado. Además, desde que llegué esta mañana hasta ahora, como mínimo tres personas saben ya de mi investigación. Este es un lugar pequeño. Sería complicado ocultarme, ¿no le parece? Y no podría preguntar, por ejemplo, ¿cómo se llama usted?

El detective esbozó una amigable sonrisa que la mujer devolvió de inmediato.

—Yo soy María. Y él es Toni, mi marido —repuso amablemente la dueña de la tienda.

—Y mi tocayo. Aunque imagino que su Toni lo escribe con i latina, mientras que yo lo hago con una y griega. Una broma de mi padre obsesionado con el idioma anglosajón…

Encantado de conocerlos. ¿Creen que me podrían aportar algo que me sirviera de ayuda?

—Pueees… —dudó ella—. No sé qué decirle que no se haya dicho ya. Salvo que yo nunca descarté que la niña se hubiera ido porque quisiera después de todos los líos de sus padres… Ojalá estuviera en cualquier parte, viva.

—No lo descarte —dijo el detective—, por mucho que las estadísticas pretendan resolver el asunto, sin cuerpo no hay crimen. Y en este caso ni siquiera hay móvil. ¿O creen ustedes que alguien podría tener alguno?

El hombre y la mujer se miraron y luego habló él.

—Era una chica muy cariñosa y sin enemigos, que sepamos. El chico que la llevó en el coche, hijo de otros clientes, quería tontear con ella… pero eso es lo normal. Lucía Peña era guapísima. Un ángel. Y muy buena niña, de verdad.

—¿Quién la conocía mejor?

—El hijo de Sandra Garau y sus colegas eran muy amigos de ella de siempre, lo que pasa es que al padre nunca le gustaron mucho, porque son *skaters* y llevan esas pintas, ya sabe… También frecuentaba a la chica de los Salta y a la de los Bauzá… Y Jaime Perelló y su mujer la querían muchísimo, ¿verdad, María?

—Bueno, es que él es el padrino de la chica… —apuntó ella—. ¡Como no tienen hijos! Fíjese qué mala suerte, siendo él dueño de Fertiplex, ¿no le parece? —preguntó la mujer.

—¿Esa es la empresa de centros de fertilidad que tiene varios en España?

—Exacto —contestó María—. Pero ellos no han tenido hijos… ¡paradojas de la vida!

—¿Alguien más especialmente importante en la vida de Lucía?

—Los dos hijos de Jaime Peña —respondió Toni—, sus primos. No han vuelto a venir desde la desaparición. Les afectó mucho. Sus padres sí, pero ellos… Aunque su madre me ha dicho que quizás este agosto venga el mayor. No sé. Porque aquella noche estaban en Cala Ratjada cuando Lucía se volvió con Alfonsito Hidalgo (que era amigo suyo) y aún se preguntan cómo la dejaron volver con él, cuando llevaban un buen rato dándose cuenta de que la chica estaba incómoda con él.

—¿Y cómo quedó el tal «Alfonsito»?

—Pues bueno. Imagínese. Un chico muy joven, pasado de vueltas, chulito… No creo que hiciera nada más que el tonto…, pero le costó caro, porque él sí salió en todas partes. ¡Es que dejar a una chica de dieciocho años, en medio de la noche, a un kilómetro de su casa tiene tela! Pero ya sabe que tiene coartada, porque fue directo a este bar que hay aquí al lado, el David, a contar su proeza. Hace falta ser idiota. No sé qué ha sido de él, pero por aquí no ha vuelto…

—Gracias por la información.

—Poca cosa.

—Todo vale…

Roures salió del establecimiento y justo enfrente vio al hijo de Sandra Garau en compañía de dos chicos, patinando sobre sus tablas de *skate*, al otro lado de la calle. Dejó las cosas en el coche y cruzó para encontrarse con ellos. Sabía que serían reacios a hablar con él, pero tal vez si…

—¿Me dejas un momento la tabla, chaval? —preguntó a uno de ellos al acercarse.

Los tres se detuvieron, lo miraron de arriba abajo y sonrieron condescendientes mientras sujetaban las tablas sobre dos ruedas, extendidas en punta hacia arriba con sus pies.

—Vale, tío —contestó después de unos instantes uno de los chicos, colocando de nuevo la tabla en horizontal con el propio pie y deslizándola hacia Roures—, pero… ten cuidado, ¿eh?

Mientras el detective frenaba la tabla para erguirse sobre ella, los tres lo observaban conteniendo las carcajadas, cómplices, seguros de que en pocos minutos lo verían en el suelo. Para su sorpresa, Roures se alzó sobre el *skateboard* e hizo un truco, lo que llamaban un 3-60, una especie de derrapaje circular, y luego se bajó de la tabla como si nada.

—Jooooder, qué guapo —exclamó uno de ellos.

—¡Qué desfase! ¡Vaya con el viejo! —añadió Fernando, el hijo de Sandra Garau.

—Algún día, hace mucho, yo también fui joven… —dijo el detective, exhibiendo una sonrisa de viejo zorro satisfecho—. ¿Me he ganado que me acompañéis a tomar una birra? Tengo que hablar con vosotros.

Se miraron los tres algo sorprendidos y finalmente habló el que aún no había pronunciado palabra.

—Vale, tío. Pero ahí mismo, en el David —respondió, señalando el bar de enfrente—. Y dentro, que fuera hace un calor que flipas…

—Sea —aceptó el detective—. ¿Cómo os llamáis vosotros?

—Yo Mario y este Enric —contestó el último de los chicos que había hablado, un chaval guapo, de ojos grandes y oscuros que brillaban como si fueran dos bolas de mercurio, señalando al otro chico, rubio, pecoso y de ojos claros—. Y a este —dijo, señalando a Fernando— ya lo conoces, ¿no? ¿Tú cómo te llamas?

—Roures —dijo, engolando la voz y colocándose la mano sobre el pecho con los dedos índice y pulgar estirados y los otros recogidos, como si fuera una pistola—. Tony… Roures.

Todos se echaron a reír, luego cruzaron la calle y se acercaron a la barra del bar, después de que los chicos saludaran al camarero, que andaba trajinando con el toldo.

—Cuatro cervezas —dijo el detective—. Y ponnos algo de picar.

—¿Qué quieres de nosotros? —preguntó Fernando.

—Alguien me ha dicho que erais amigos de Lucía Peña… aunque a tu madre parece que no le hace mucha gracia recordar esa amistad…

—¿Y a ti por qué te interesa? —intervino Enric.

—Soy detective privado. El caso se ha archivado, supongo que lo sabréis. Pero la madre de Lucía me ha contratado para que intente averiguar su paradero.

—¿Detective privado? ¿En serio? —inquirió Mario con asombro—. ¡Qué canteo! Yo creía que eso era cosa de las pelis americanas, que aquí solo trabajaban la poli y la Guardia Civil…

—En la mayor parte de los casos, sí. Cuando hay delito (asesinatos, violaciones, secuestros), los detectives no podemos inmiscuirnos a menos que se pida autorización al juez; otra cosa es que investiguemos un asunto, contratados por una parte con intereses legítimos, y en cuanto comprobemos la comisión del delito lo pongamos en conocimiento de la Guardia Civil o del propio juez y cesemos la investigación de inmediato. De hecho, aunque se nos autorice la investigación (como es el caso), tenemos que actuar así.

—Y… —dijo Mario, mirándole con picardía— ¿lo hacéis?

Roures sonrió. No le gustaba mentir, salvo cuando era preciso. Y menos a chicos como aquellos, de mirada limpia y candor imposible de disimular.

—Cuando no nos queda más remedio —repuso finalmente—. Es decir, no siempre. Pero más nos vale, porque si no lo hacemos, podemos acabar en la cárcel nosotros en vez de los malos, aunque…

—Os la jugáis… —sentenció Mario.

—A veces, sí —reconoció Roures—. Otras lo único que demanda el cliente es esa prueba para que se reabra un caso archivado como este. Porque es cierto que ni la poli ni la Guardia Civil archivan nunca los casos, aunque lo hagan los juzgados, pero en cuanto se levanta el secreto de sumario otras investigaciones adquieren prioridad.

—¿Tú crees que Lucía puede estar viva, tío? —preguntó Enric con visible ansiedad—. Han pasado dos años. Todo el mundo dice lo contrario.

—¿Por qué no habría de estarlo? No hay ninguna evidencia de que no lo esté, ¿no os parece?

—Bueno. Por lo que nosotros sabemos, no. Vamos, que no se sabe nada. Pero es que si estuviera viva tendría que haber aparecido ya, ¿no?

—Si se hubiera marchado por su voluntad, sola, casi seguro. Hoy en día es muy difícil esconderse y más si no se dispone de medios. Y por lo que se ve, ella contaba con su carné de identidad y poco más.

—Claro. Es lo que lleva una tía en el bolso cuando va a Cala Ratjada, aparte del pintalabios —dijo Fernando, entornando los ojos—. A los tíos les cuesta más pillarse el pedo a chupitos…, pero a ellas las invitan casi siempre. Además, Lucía llevaba tiempo mal de pasta, por lo del divorcio de sus padres.

—¿Os habéis planteado que se pudiera ir con alguien? Erais muy amigos, ¿no? Tal vez os lo hubiera dicho…

—No lo creo —dijo Fernando, moviendo la cabeza—. Cuando desapareció, estábamos bastante distanciados. Antes fuimos muy amigos, pese a que su padre siempre se empeñaba en que los del *skate* éramos unos marginales y le decía que no le gustaba verla con nosotros. —El chico hizo una pausa, frunció el ceño y luego preguntó—: Por cierto, tío, ¿cómo es que patinas?

Roures sabía que en el juego de las preguntas y respuestas eran imprescindibles los intercambios, el *quid pro quo*; para ganarse la confianza del de enfrente, nada como responder a lo que el otro quiere saber, incluso en detalle. Eso lo animará a contar. Así que el detective miró al chico y se dispuso a contestar.

—Cosas de la música —dijo unos minutos más tarde—, que es lo mío, lo que me ha gustado siempre. En los setenta había gente del rock patinando en algunos de los *skateparks* míticos como el Sindi de Madrid, el Arenys de Munt de Barcelona o La Kantera de Bilbao. Y en algunos más. De hecho, recuerdo un tipo que estuvo a punto de palmarla… Javier

Corcobado. El Duque del Ruido, como él mismo se autoproclamó. Era mucho más joven que yo, unos ocho años, y un cantautor de rock y maldito del indie español que causaba estragos en la movida madrileña. Por ahí sigue... Aún recuerdo una canción suya de hace muchísimo tiempo, *Labios repletos de púas*... Casi se mata en una exhibición en León.

—¿Por? ¿Qué pasó? —preguntó Mario sorprendido.

—La rampa de madera de cuatro o cinco metros se vino abajo cuando los patinadores esperaban en la cima...

—¡Qué putada! —exclamó Enric, poniendo cara de angustia.

—Pero bueno —continuó Roures—, desgracias aparte, todo era magia en el mundo del patín... Recuerdo a una chica, presentadora de un programa de TVE que se llamaba *Tocata*. Era la única que se codeaba por entonces con los *skaters* talentosos. Se llamaba Mercedes Resino. Una especie de Nicole Kidman preadolescente. Y tampoco he olvidado la primera tienda de *skate* en España que abrió un tal José Antonio Muñoz-Cuéllar en 1975. Caribbean, se llamaba. ¿Existe todavía?

—Claro, tío —dijo Mario, sonriendo con satisfacción al ver que el detective era uno de los suyos—, sigue abierta...

El detective aprovechó la cercanía que proporcionaba tener algo en común y volvió a la carga.

—Así que el padre de Lucía os consideraba unos marginales...

—Ya ves —asintió Fernando—, como si hubiéramos sido nosotros los que...

—Calla, tío —le cortó Mario—, hicimos un pacto...

—Sí —asintió Enric—, lo hicimos. Pero yo ya no puedo más. Igual decir algo de esto sirve para encontrar a Lucía, si es que está viva... A lo mejor tiene algo que ver con su desaparición. O si no, me da igual... ¡Yo quiero contárselo a alguien, ya!

Roures los miró a los tres con detenimiento. Eran tres buenos chicos. Con pelos largos, tatuajes y pintas alternativas. Con personalidad. Pero buenos chicos. No había más que verlos. Tenían veinte años y su ingenuidad resultaba enternecedora.

—Chicos —les animó el detective—, si tenéis algo que contar, este es el momento. Yo no pienso juzgar a nadie, ni decir nada que no tenga que decir. Solo quiero encontrar a la chica. Viva o muerta.

Los chicos se volvieron a mirar entre sí, temerosos, y parecieron llegar a un acuerdo.

—Vamos a mi casa —propuso Mario—, mis padres se han ido con mi hermana pequeña a ver a mis tíos a Alcudia, así que estoy solo… La putada es que vas a tener que ir andando porque no tenemos tabla para ti…

—Casi mejor —contestó Roures, arqueando las cejas—. No estoy en edad de jugarme el tipo.

—Ja, ja, ja —rio Fernando—. ¿Pues sabes qué te digo, tío? Que te esperamos allí. Es la calle del Golf 8B, un poco más abajo de la casa de los Peña… Si no puedes ir patinando —dijo mientras se subía a su tabla y empezaba a patinar, como sus amigos—, vete en coche… ¡que hace mucho calor!

Y dicho esto, los tres *skaters* volaron sobre sus tablas en dirección a la casa.

Roures se subió a su coche y se encaminó hacia la dirección que le habían indicado. Estaba muy cerca. Para cuando dio la vuelta en la rotonda y tomó la calle señalada con el coche, los chicos ya habían llegado a su destino. Él tardó un par de minutos en alcanzarlos.

—Pasad —ordenó Mario—, en mi *keli* podremos hablar más tranquilos.

Era una casa mallorquina renovada. Un cubo de color sepia, con patio interior, cuyo salón, decorado en tonos blancos y beis, y sin más cuadros que las fotografías en blanco y negro de la familia adornando las paredes, miraba a un generoso porche, antesala del bonito jardín con piscina, sobre el mar.

—Vamos fuera, tíos —dijo Mario, pasando él delante después de correr las cortinas blancas y abrir la puerta de cristal.

Una vez fuera, se sentaron en los butacones filipinos del pequeño saloncito del porche que rodeaban lo que al detective le pareció una cama de fumadero de opio china.

—Buena pieza —valoró Roures—, ¿es antigua?

—Pues ni idea —respondió Mario—. Mi madre me habrá contado mil veces la historia de esta mesa, pero…

—No le prestas atención —cortó Roures—. No me digas más…

—Ja, ja, ja —rio Mario—. Eso será. Yo qué sé… —Luego se puso serio y miró a sus amigos—. ¿Quién se lo cuenta? ¿Tú, Fer?

—Joder, tío. Que se lo cuente Enric…

—Yo paso, ¿eh? Que me da mal rollo —se apresuró a decir Enric.

—Vamos, que se lo cuento yo, ¿no? Si es que siempre me toca…

—Venga, Mario —le animó Fernando—, todo tuyo.

Mario puso los ojos en blanco. Se crujió los nudillos de una mano, luego de la otra y estiró el cuello crujiéndolo también.

—¿Puedo fumar aquí? —preguntó Roures, sin meterle prisa al chico.

—Claro —contestó mientras se levantaba y le acercaba un cenicero al detective—. Y si alguien quiere una birra, hay en la cocina…

Roures se encendió un cigarrillo y empezó a toser como de costumbre.

—Eso es una mierda, tío. Deberías dejarlo —le aconsejó Mario.

El detective lo miró de reojo sin dejar de toser.

—No sabes cuánta razón tienes, chaval… Pero he tenido que dejar tantas cosas ya que…

—Total, ¡vamos a morir todos...! —respondió el chico, encogiéndose de hombros y estallando en carcajadas junto a sus amigos.

Roures rio también y luego le hizo un gesto con la cabeza al chico para invitarlo a que continuara hablando. Él volvió a ponerse serio.

—No sé si debemos contártelo. Llevamos guardando el secreto desde que pasó, porque se lo prometimos a ella, pero..., yo qué sé, a lo mejor te sirve de algo. Además, puede ser que te haya dicho algo la madre de Lucía, aunque lo dudo. En esa familia se hizo un pacto de silencio y jamás se volvió a hablar del tema.

—Cuéntame —pidió Roures con suavidad pero con firmeza, clavando sus pupilas en las suyas.

Los tres amigos volvieron a mirarse inquietos, como pidiéndose permiso entre sí; luego Mario dirigió sus oscuros ojos rasgados al suelo y comenzó a hablar.

—Yo no sé si los padres de Lucía se llevaron bien alguna vez. Como los míos, desde luego que no, pero... ¡Yo qué sé, eran más o menos normales! Él muy estricto, un poco facha..., y ella muy simpática... Lo que sí recuerdo es que, de tanto verlo, ya ni me extrañaba que el padre de Lucía le echara la bronca a su madre. Hasta me acostumbré a que ella aguantara el chorreo sin decir ni media palabra. Eso en mi casa o en la de estos —dijo, señalando a sus amigos— hubiera sido imposible, porque nuestras madres la habrían liado gorda. Se ve que un día Amanda se hartó y decidió contestarle y a partir de ese momento en esa *keli* se chillaba a todas horas. Pero yo me alegré por ella. Amanda siempre fue una tía legal con nosotros, ¿verdad? —Asintieron los otros chicos—. Bebía y eso..., pero...

El detective interrumpió al chico. Era la segunda vez en el mismo día que le hablaban de lo que bebía Amanda. Conocía bien la diferencia entre pasarse de copas y ser alcohólico. Quería que le matizasen la cuestión.

—¿Bebía? ¿Cuánto bebía?

—Bastante, tío —se adelantó Fernando—. Solo que al principio parecía que no se colocaba, que le sentaba bien. Y luego…

—¡Como para no beber! —soltó Enric—. Yo también hubiese bebido teniendo a un pavo así al lado…

—Ya —siguió Mario—. Lo que pasa es que entre lo harta que estaba del marido y lo que bebía, pasaba un poco de ocuparse de Lucía y le dejaba hacer lo que le diera la gana con tal de que no le diese el coñazo. Cuando un adolescente se pone intenso, es difícil decirle que no…

—Lo sé —dijo Roures, dibujando un gesto de complicidad con aquel chico que apenas acababa de abandonar la barrera de la adolescencia y ya se sentía superior—. Sigue.

—El año en que cumplimos los catorce fue cuando a nosotros nos empezaron a dejar salir hasta la una o las dos de la mañana, pero solo al puerto, donde nos quedábamos con todos los de nuestra edad. A ninguno de nosotros le daban permiso aún para ir a Cala Ratjada, pero a Lucía sí. Ese verano fue cuando empezaron a venir a esta zona unos amigos suyos de La Moraleja. No eran de Costa, sino de Canyamel, pero como está muy cerca y ellos tenían dieciocho años y coche, recogían a Lucía aquí y se la llevaban de fiesta a Cala Ratjada. Y como a ella la dejaban ir y a nosotros no, dejamos de salir juntos. Es más, empezó a mirarnos por encima del hombro. Nos volvimos «pequeños», aunque tuviéramos su edad, porque no hacíamos su vida, ni fumábamos, ni bebíamos… Hombre, alguna cerveza caía a escondidas, claro…, pero ya te digo que lo de fumar nunca y lo de drogarnos menos. Bueno, algún porro —confesó, mirando a sus amigos—, pero nada más. Lucía sí bebía. Yo creo que para hacerse la mayor; y claro, como no estaba acostumbrada, más de un día llegaba por la mañana a su casa con un ciego monumental. Vivía en esta misma calle, en la otra esquina, así que muchas veces la veía llegar por la mañana con sus «amiguitos» cuando yo me iba a patinar. La dejaban en la puerta de su casa y arrancaban corriendo, mientras ella se tambaleaba hasta entrar. Un día me la encontré apoyada contra la valla. Había vomitado y estaba doblada sobre sí misma. Me acerqué para ayudarla a levantarse y le dije que se apoyara en mí y que me diera las llaves para abrirle la puerta... Cuando estaba tanteando la cerradura, la puerta se abrió y apareció su padre. El muy cabrón empezó a insultarme, a decirme que era un marginal y un drogadicto y no sé cuántas cosas más... Lucía, muy pedo, le pidió que se calmara, pero eso le enfadó aún más y empezó a insultarla a ella también. Antes de meterla a rastras dentro de la casa me dijo que no quería que la viera más... Ese verano la relación de los padres empeoró y Lucía se puso muy mal. Estaba muy sola y muy perdida. Su hermano Carlitos pasaba de todo, enganchado como siempre a su Play y sin relacionarse con nadie... Y ella no tenía a nadie con quien desahogarse. Toda Costa se enteró del mal rollo que tenían. Y a Lucía le afectó mucho.

»A la vuelta del verano la cosa fue a peor. Las discusiones de sus padres ya eran de locos y Lucía no soportaba estar en casa con ellos, así que se largaba en cuanto podía y volvía tan pedo que los padres tenían otra excusa para enzarzarse. Su padre empezó a viajar más de lo normal y a su madre se le fueron las cosas de las manos. Entre que no se daba cuenta de que Lucía no lo estaba pasando bien y que no se sentía con fuerzas para enfrentarse a ella, ni se enteró de que los amiguitos mayores de su hija lo que querían era aprovecharse de la niña. Un día Lucía me llamó llorando y me pidió que fuera a su casa. Estaba tan mal que me fui para allá después de patinar en Alcobendas. Yo vivo en Majadahonda, así que no es que me pillara de paso, pero, como estaba cerca y ella parecía tan agobiada, fui. Cuando llegué, Carlitos jugaba a la Play en su habitación mientras nosotros hablábamos. Al poco apareció su madre, nos saludó con prisa y se fue directa a su cuarto porque «le dolía la cabeza». Los dos sabíamos que venía fina de vino blanco, pero no dijimos nada. Nos venía bien que se encerrara para quedarnos a solas y poder charlar. Lucía me dijo que estaba muy jodida porque había roto con su novio. Él era uno de los gilipollas de La Moraleja que en el verano la dejaban sola y pedo en la puerta de su casa. El hijo de alguien poderoso con mucha pasta. Le pregunté que por qué lo habían dejado y me contestó, muy agobiada, que quería acostarse con ella, pero que a ella le daba miedo y no quería… Y luego se puso otra vez a llorar. Parecía ida y olía a porro… Yo no sabía qué hacer, así que la abracé para tratar de consolarla. No quería nada, éramos amigos de toda la vida ¡y teníamos catorce años…! Pero tuve la mala suerte de que su padre volviera a encontrarme con ella. Pensé que iba a pegarme cuando me vio al entrar en la casa, pero se contuvo, aunque no dejara de chillar y de insultarnos a los dos desde que apareció en el salón hasta que desapareció tras la puerta del cuarto de Amanda. Sus alaridos se oían desde fuera. Le decía que no servía para nada, que era una mala madre y que la niña estaba colgada por andar con gentuza como yo. Me puse la chaqueta, cogí mi tabla y me largué mientras su padre me amenazaba a gritos desde el fondo del pasillo con pegarme una hostia, si volvía a acercarme a Lucía.

El chico hizo una pausa y carraspeó. Parecía tener un nudo en la garganta.

—Continúa —pidió Roures.

—Lucía volvió a llamarme un par de semanas después. Estaban estos en casa —dijo, señalando a sus amigos—, porque los había invitado a que vinieran a Madrid a participar en un campeonato de *skate*. Lloraba otra vez, como una loca, y me suplicaba que fuera a verla, que fuéramos los tres. Yo me negué. No quería volver a aguantar al mamón de su padre humillándome… Entonces Lucía se puso a chillarme, histérica. Me dijo que era un mal amigo y que no le dejaba más opción que la de llamar a los de La Moraleja, que eran sus colegas de verdad y no le fallaban nunca…

Yo estaba tan harto que le dije que me dejara en paz y me largué a patinar con estos. A las nueve o así Lucía me llamó de nuevo. Estuve a punto de no contestar, pero lo hice, no sé por qué. Casi no la entendía. Lloraba otra vez, pero con hipidos y eso y me hablaba muy bajito. Cuando estaba a punto de mandarla a la mierda, sin conseguir entender lo que decía y harto de tanto rollo, me contó que la habían violado.

Se hizo un silencio denso que parecía imposible de romper. Mario tenía los ojos húmedos y sus amigos también estaban cabizbajos.

—¿Se enteraron los padres?

Mario asintió.

—Sí, pero a la semana o así. Y se montó una que no veas. El padre dijo primero que no se creía que ese chico la hubiera violado, luego se empeñó en que nosotros teníamos algo que ver, después dijo que eso no era una violación y que la culpa era de Lucía por provocar al tío y de Amanda por no haber estado pendiente de su hija... Al final, la obligaron a abortar.

—¿Cómo sabéis vosotros todo eso?

—Porque aunque después de abortar —prosiguió Fernando viendo que su amigo no podía— a Lucía la llevaron al psicólogo y estuvo incomunicada un mes, en cuanto pudo nos llamó. Yo creo que necesitaba contárselo a alguien que no fuera el médico. Y nosotros éramos sus amigos de siempre y los únicos que conocíamos lo ocurrido. La familia justificó el psicólogo diciendo que Lucía estaba pasando una depresión y que por eso no comía, pero era mentira. Lucía, que siempre había sido delgada, se quedó en los huesos después de la violación y del aborto... Estaba muy mal. El verano siguiente, cuando llegó a Costa, estaba hecha polvo. No se relacionaba con nadie.

—No salía para nada —añadió Enric—. Ni ella ni su hermano, que si antes pasaba horas delante de la Play, a partir de ese momento no se separaba de la pantalla. Lucía, como mucho, iba a casa de sus padrinos, con quienes siempre tuvo mucha confianza. Con nosotros yo creo que habló dos días… Era muy triste verla. Con quince años recién cumplidos (es del 9 de julio, como yo) y flaquísima, agobiada… Estaba fatal. Lo poco que nos dijo en esos días es que quería irse, desaparecer, marcharse a cualquier parte donde nadie la conociera ni tuviera que aguantar broncas familiares… Aunque ese verano no tuvo que soportar muchas, porque su padre no puso el pie en Costa de los Pinos y su madre siempre estaba fuera de casa o durmiendo la mona. Amanda iba de una fiesta a otra y, como volvía con unas cogorzas bestiales, luego se quedaba todo el día en la cama… Yo creo que quería olvidarse de lo que había pasado y de su propia situación. Meses más tarde, los padres de Lucía se separaron.

—Por suerte —continuó Mario—, Lucía continuó con el tratamiento incluso después del divorcio durante todo ese año y fue mejorando poco a poco hasta que comenzó a hacer una vida normal. El verano siguiente empezamos a vernos otra vez bastante a menudo. Y fue entonces cuando nos explicó que desde «aquello» (siempre lo llamaba «aquello», porque le prohibieron nombrarlo) lo había pasado como el culo con las discusiones, cada vez más bestias, de sus padres. Estaba hasta contenta de que se hubieran divorciado para no tener que presenciarlas más, aunque se siguieran gritando por teléfono y su padre «comprara» a Carlitos con videojuegos para que las espiara a ella y a Amanda y le pusiera la cabeza como un bombo a ella diciéndole de todo de su madre.

—Pobre niño —dijo Fernando como si él fuera un adulto con experiencia—. Le tocó vivir todo eso con muy pocos años y también debió de pasarlo mal… Siempre fue muy bicho raro…

—¿Solo bicho raro? —apuntó Mario—. Era un capullo. A la vuelta del verano, cuando Lucía y yo nos liamos, ya con dieciséis años, ¿eh?, Carlitos tardó minutos en contárselo a su padre. Hasta se chivó del *tattoo* que nos hicimos juntos... Y eso que los dos le chantajeamos todo lo que pudimos para que no dijera nada y que su madre, que estaba feliz viendo a Lucía contenta, se lo pidió también. Pero el muy niñato no se pudo callar. Por eso, aunque yo me pillé mucho con Lucía, cuando el niño de los cojones le pasó un informe completo al padre y este volvió a la carga con lo de las «malas amistades», me rayé y corté con Lucía, para no acabar arrancándole la cabeza a su padre. Lucía se indignó y me dijo que ya no quería ni que nos lleváramos... Es lo que pasa siempre cuando hay rollo y sale mal; pero, además (ya sabes cómo son las tías), se le metió en la cabeza hacerme pagar por haberla dejado...

—¿Y qué hizo? —preguntó el detective sin mover un músculo de la cara.

—Se enrolló conmigo —confesó Fernando, mirando al suelo—. Nada más llegar a Costa a principios de verano. Antes de que vinieran estos... Pero fue ella, de verdad... Yo... no... no lo pude evitar. Es que Lucía era demasiado guapa, tío... Y... se empeñó y...

Roures dibujó un gesto de comprensión.

—No te preocupes, Fernando, si una mujer se empeña... —empezó Roures.

—... date por jodido —terminó Fernando—. Lo sé. Pero yo creía que la amistad nos haría inmunes. Y el rollo con Lucía estuvo a punto de cargarse la nuestra.

—Otras mujeres han acabado con más cosas. Conoces la historia de la guerra de Troya, ¿no?

Fernando asintió con la cabeza.

—Ya, tío —se lamentó Fernando—, pero es que lo mío fue de idiotas. Un rollo de cuatro besitos... —El chico hizo una pausa—. Una cagada. Sabía que podía costarme la amistad con Mario. De hecho, en cuanto le vi, lo primero que hice fue contárselo, porque no quería que se enterase por ella antes que por mí. Y se cabreó, claro. Estuvimos dos semanas sin hablarnos... Y encima tuve la mala suerte de que el día de mi rollo con Lucía fue el único de todo el verano que su padre pasó por la casa de Costa y nos pilló juntos. Era lo que faltaba para su chapa de «los amigos callejeros» y todo eso. El amigo del amigo..., imagínate. Por eso fuimos de los primeros interrogados tras la desaparición de Lucía al año siguiente, aunque desde el anterior ya casi no teníamos relación; nos saludábamos y poco más. Ella sabía que si no lograba separarnos a Mario y a mí, que es lo que pretendía para castigarle a él, los tres nos alejaríamos de ella. Pero se la jugó... Cuando nos reconciliamos, después de ese par de semanas muy chungas, y volvimos a la normalidad, ella tenía tan claro que la tendríamos vetada que ni intentó acercarse a nosotros ni ese año ni el siguiente; así que pasó de nosotros y se dedicó a salir con el grupo de los pijos de Costa, en el que estaba Alfonso Hidalgo, que fue quien la llevó a Cala Ratjada la noche que desapareció. En esos dos veranos nos la cruzamos alguna vez; pero ya te digo, era «hola», «hola», y punto. Y eso fue lo que le contamos a los agentes de la Guardia Civil cuando nos interrogaron con malas formas, porque el padre, que es un capullo, les comió el coco... Menos mal que mi madre es abogada y se encargó de mantener a raya a los agentes y vigilar mucho sus preguntas; sobre todo porque eso de que el padre de Lucía nos considerase «malas amistades» le tocaba mucho las narices, pero le preocupaba aún más que el resto de la gente pudiera juzgarnos por nuestra manera de vestir o por el rollo del *skate* y pensara que tenía razón. Ya sabes que hay quien considera que los *skaters* son el demonio.

—¿Y no contasteis nada de la violación? —preguntó de nuevo el detective.

Los tres negaron con la cabeza.

—Solo a la madre de Fernando —dijo Mario—. Y justo cuando Lucía desapareció. Fue ella quien nos insistió en que no dijéramos nada. Nos convenció de que ese incidente pertenecía a la intimidad de nuestra amiga, que había pasado mucho tiempo desde que ocurrió y que no teníamos ni el derecho de desvelar algo que ella no quiso nunca que se supiera, ni tampoco la obligación de hacerlo. Y como ella es la madre de Fernando y quien sabe de temas legales, le hicimos caso.

—Imagino que ahora ya vais a Cala Ratjada. ¿Qué tal os lleváis con los pijos?

—¿Con los de Costa? —dijo Fernando—. Nos llevamos, más o menos. Nos conocemos de siempre y no tenemos problemas. Solo que cada uno hace su plan y solo nos juntamos alguna vez, por los padres y eso… Con los de La Moraleja de Canyamel no nos relacionamos para nada, ¿eh? Y menos con…

El chico calló de golpe y sus amigos permanecieron en silencio también.

—¿Sabéis el nombre del autor de la violación?

Asintieron los tres.

—¿Se os ha ocurrido denunciarlo?

Negaron con la cabeza de nuevo.

—Si los padres de Lucía no lo hicieron y ella tampoco y nos pidió que olvidáramos el tema, ¿cómo íbamos a denunciar nosotros? Sobre todo, ¿qué pruebas podríamos aportar pasado tanto tiempo y con Lucía desaparecida?

12

La superluna del perigeo

4 de marzo de 2011

La proximidad de la superluna del perigeo, la más grande en casi veinte años, tan cercana y brillante, tenía alteradas las hormonas adolescentes de la ciclotímica Lucía. El cuerpo de una chica a los catorce años era pura dinamita: podía explotar en cualquier momento. Más aún en el caso de una niña que se sentía crecer sola, con una madre atrapada en un matrimonio trampa y un padre capaz de humillar con tanta frecuencia a su mujer como para que sus hijos se acostumbraran a verlo como algo habitual. Tenía la sensación de que sus padres eran muy poco padres. Su madre la quería mucho y su padre, a su manera, también..., pero no se enteraban de nada. ¿Acaso no percibían que había crecido y acusaba el deterioro de su matrimonio y más aún de sus incesantes disputas? Detestaba lo que estaba ocurriendo entre ellos. Antes todo estaba bien, o al menos era... normal, como había sido siempre. Ahora... nadie le hacía caso. Cada uno iba a lo suyo como si los separase el mismo mar y habitaran las diferentes islas de un archipiélago maldito. Se sentía sola y presentía que aquel era el preludio de un divorcio que ella pagaría muy caro. Carlitos también, desde luego, pero a él solo parecían importarle sus videojuegos, esos mundos de ficción donde ocupaba las horas sin atender a nada más, por pura dejadez de unos progenitores sin ganas de pelear esa batalla, enfrascados como estaban en su propia contienda. Así que Lucía no tenía con quien compartir sus cambiantes emociones, ni podía hablar de todo lo que sentía distinto en su cuerpo y en su mente, mientras pasaba de la alegría a la tristeza y de la desesperación a la desidia, según le dictaba esa indomable ciclotimia adolescente. Todo ese vaivén constante de sentimientos mutables, que no podía controlar, le hacía sentirse muy infeliz. Pensó en Mario. Con él podía hablar de todo y estaba segura de que nunca le fallaría si lo necesitaba. Eran amigos desde niños. De Costa de los Pinos. Del verano. De ese mundo ajeno a la vida cotidiana donde ella siempre se sintió más feliz. En Madrid se veían menos, pero se sabían cerca pese a estar cada uno en una punta de la ciudad. Y eso era lo importante. Mario siempre le gustó. Y le seguiría gustando si no fuese tan crío. Catorce años. Como ella, sí, pero las chicas crecían de otra manera.

Además ahora, desde el verano, se veía con otro chico. Se llamaba Antonio Menéndez y era el chico más guapo de La Moraleja. Alto, deportista y mayor. Ya iba a la universidad. Y encima... en un deportivo descapotable. Cuando las chicas de su clase la vieron llegar con él y bajarse de aquel magnífico cochazo el primer día de cole, se quedaron boquiabiertas y comenzaron a tratarla, por fin, con algo de respeto y a meterse menos con ella..., pero seguían sin ser sus amigas. Su desarrollo físico, mucho más rápido que el de las otras, las alejó al cumplir ella los doce, y pasados dos años, ella no había sido capaz de volver a integrarse en el grupo y recuperar la camaradería de la niñez. La profesora de gimnasia, con quien se llevaba muy bien, le decía que esa actitud se debía a la envidia que despertaba su físico llamativo e imponente, que la hacía parecer mucho mayor que las demás. Ella se veía tan normal que no entendía nada. ¿Todo aquello por ser un poco más alta o por tener unas curvas algo más pronunciadas para su edad? No podía ser eso. Pero, entonces, ¿qué era? ¿Qué hacía mal? ¿Por qué en el colegio ya no la querían? ¿Y por qué sus padres ya no se preocupaban por ella ni se daban cuenta de sus angustias? Solo Marina Bauzá y Virginia Pérez-Salta, un par de años mayores que ella, la comprendían. Por desgracia, no vivían en Madrid. Marina era mallorquina y Virginia, mexicana. Amigas del verano también. Nada más. Necesitaba alguien que le prestase algo de atención el resto del año; que la protegiese del desprecio de las chicas del colegio, de su propia inseguridad y hasta de esa familia en la que se sentía una extraña. Alguien como Antonio. Él era perfecto, solo que... le reclamaba sexo constantemente. Y a ella le gustaba mucho el chico, pero no se sentía preparada para tener sexo. Se lo había dicho cien veces. Lucía quería pararse en los besos, que ya eran una novedad para ella, y él... En verano intentó tocarla varias veces, aunque acabó aceptando sus negativas con tranquilidad. Sin embargo, desde la vuelta a Madrid, siempre que salían, él volvía a intentarlo, ella se escabullía y él acababa enfadándose. Por eso quedaban cada vez menos. Y por lo mismo, cuando él la visitaba en su casa y se llevaba una botella de algo fuerte, ella se mojaba los labios con el alcohol que fuese y hasta bebía a veces, aunque sabía que le sentaba mal. Cualquier cosa menos permitirle que... Mientras reflexionaba sobre todo aquello, sonó el timbre. Estaba sola en casa. Como de costumbre. Bueno, estaba Carlitos, con los cascos puestos en su cuarto, frente a la Play. Pero eso era como estar sola. Su madre había salido otra vez. Andaría con alguna de sus amigas poniéndose hasta arriba de vino blanco... Y su padre... Se suponía que estaba trabajando. Tal vez de viaje. Jamás informaba a nadie, salvo cuando cambiaba de continente. Lucía se dirigió a la entrada. Hacía tiempo que no tenían servicio interno en casa y, como, desde que cumpliera los catorce, su madre ya los dejaba solos, y Carlitos era como si no estuviera, siempre le tocaba abrir a ella. Fue a la puerta agitando su rubia, ondulada y larguísima melena, gritando «Voooy. Un momento», y abrió.

—¡Sorpresa! —dijo Antonio Menéndez, empujando la puerta y entrando en la casa con una botella, esta vez de tequila, en la mano—. He venido a verte…

Lucía apenas pudo evitar la cara de asombro.

—Pero, pero… si creía que tenías la fiesta de cumpleaños de tu padre y por eso no podías quedar conmigo.

—Bueno —dijo él, tras besarla fugazmente en los labios—. No quería dejar de verte un rato. Una copa y me voy.

—Está bien —aceptó Lucía—, voy a por un vaso. ¿Quieres algo más?

Él la miró de arriba abajo con deseo. Iba vestida con el uniforme del colegio. Los mocasines, las medias hasta la rodilla, la falda tableada de cuadros, el jersey de pico verde sobre la camisa que marcaba ligeramente sus pechos recientes y sorprendentemente generosos… El chico se acercó a ella y la abrazó, resbalando una de sus manos hasta más abajo de su espalda.

Ella se inquietó, pero aguantó. Si quería ir con un chico mayor, no podía decirle a todo que no y lo sabía.

—Solo te quiero a ti —dijo él, apartándose de ella y dejándola ir a la cocina no sin antes darle un azote en sus nalgas prietas y perfectas—. Y mira —añadió mostrándole un porro desde la distancia—, he traído esto para que nos lo pasemos mejor…

—Sabes que no fumo, Antonio. Ni siquiera me gusta que lo haga mi madre, no paro de decírselo…

—Ya, pequeña, pero esto no es fumar; esto es otra cosa que nos hará reírnos mucho, ¿no confías en mí?

Lucía continuó hacia la cocina, con cierta inquietud, y volvió al poco con un vaso.

—¿Tú no vas a beber nada? —La niña negó con la cabeza—. Ven aquí entonces —dijo, ya con el porro encendido, cogiendo el vaso y vertiendo en él un considerable chorro de tequila que se bebió de golpe. Lucía se acercó y él la atrajo hacia sí y la sentó sobre sus rodillas. Luego dio una larga chupada a su porro y la besó tapándole la nariz mientras expulsaba en su boca el humo inhalado. La chica tosió.

—Shhhh, ya verás como te gusta —aseguró él antes de repetir la operación tres veces seguidas.

Lucía al poco sintió un repentino mareo. Él volvió a besarla ahora ya sin humo. Mientras entretenía su lengua en todos los recovecos de la boca de la niña, deslizó una mano por debajo de su falda y con el dedo índice separó su braguita de algodón hasta tocar su sexo. Ella dio un respingo y se levantó.

—¿Qué haces? —preguntó él—. Ven aquí.

La chica se tambaleó un poco. El humo de ese porro de marihuana parecía haber hecho efecto en su cerebro.

—No, no… no quiero, Antonio. Todavía no.

El chico se puso de pie, fue hacia ella y la volvió a besar mientras sujetaba con fuerza su espalda con una mano y con la otra buscaba su pecho por debajo de la camisa y el jersey de pico del uniforme colegial. Ella le empujó y se separó de nuevo, esta vez con brusquedad.

—Si es que no quiero…

El chico, molesto, agarró la botella y se encaminó a la puerta.

—No tengo catorce años, ¿sabes, guapa? Cuando estés preparada para tener una relación de verdad, llámame. Antes, será mejor que dejemos de vernos.

—Pero, pero… —empezó Lucía—, si yo quiero estar contigo, pero…

—Eres una niñata, Lucía. Llevo intentando hacerte una mujer desde el verano, pero ya veo que no es posible… Será mejor que te dediques a los niños de tu edad y me dejes en paz —dijo, saliendo de la casa y pegando un portazo.

Lucía comenzó a llorar. Si no tenía a Antonio, no tenía nada. Ni padres, ni hermano, ni amigas, ni novio… Un chico mayor al menos era el salvoconducto para ganarse cierta consideración por parte de sus compañeras. No sabía qué hacer, entró en el cuarto de Carlitos e intentó abrazarlo, llenarse de su olor como cuando era más pequeño, pero el niño la apartó.

—Déjame, Lucía, no me molestes. Estoy jugando *online* con mis amigos…

¡Hasta Carlitos, por solo que pareciese en su habitación y frente a la pantalla, tenía los amigos que le faltaban a ella! Buscó su móvil y llamó a Mario.

—¿Sí? —preguntó el niño, sin mirar la pantalla.

—Mario, soy yo, Lucía. Estoy muy mal, acabo de romper con Antonio…

—Ya —replicó Mario—, ¿y qué quieres que haga yo? Estoy patinando…

—Por favor, por favor, ven a verme —le rogó ella—. Solo te tengo a ti, necesito hablar contigo…

El chico compuso un gesto de malhumor. Estaba bastante harto de las tonterías de Lucía. Pero… era su debilidad. Siempre le gustó. Desde que se conocieron siendo muy pequeños y montaban en bici por la calle del Golf, donde se encontraban las casas de verano de ambos. Creía recordar sus increíbles ojos azules desde entonces. Era la chica más guapa que conocía. Desde siempre. Y la notaba tan desprotegida en los últimos tiempos que se sentía incapaz de decirle que no.

—Está bien —aceptó Mario, resignado—. Me haces un roto, pero voy. Estoy en el *skate* de Alcobendas, así que no tardaré. Tampoco me puedo quedar mucho, ¿eh? Tengo que estar a las once en casa.

Al poco rato Mario llegaba a casa de Lucía con su larga melena despeinada tras varias horas de casco mientras patinaba y vestido con unos pantalones anchos con los dobladillos rotos, una camiseta grande y una cazadora vaquera del mismo tamaño. Al mismo tiempo aparecía, zigzagueante, como si no se sostuviera bien sobre sus tacones, la madre de la chica.

—Hombre, Mario, ¿cómo estás? —le saludó Amanda, cariñosa, mientras intentaba introducir la llave en la cerradura una y otra vez sin suerte.

—Trae —dijo él, cogiéndole la llave y abriendo la puerta, al apreciar que ella era incapaz de hacerlo.

Lucía estaba en el salón, Mario se acercó a ella y le dio un beso en la mejilla.

—Chicos, yo me voy a mi cuarto, que me duele la cabeza —dijo Amanda, encaminándose a su habitación—. No hagáis mucho ruido.

—No, mamá —repuso Lucía. Y luego añadió mirando a Mario—: Viene con una mierda de las suyas, ¿has visto? Mejor. Así no se enterará de nada…

—¿Qué te pasa? —preguntó Mario al ver los ojos enrojecidos de la chica, mientras se quitaba la mochila y la dejaba al lado de su tabla de *skate*.

La niña rompió a llorar de nuevo.

—Es que no sé, Mario, todo lo hago mal. No me llevo bien con la gente del colegio, no puedo hablar con mis padres, Carlitos es un zombi y… y… y me he quedado sin novio por no dejarle meterme mano.

Mario puso los ojos en blanco y sonrió.

—Nadie puede hablar con sus padres, Lucía —aseveró el niño con esa precoz madurez que le caracterizaba—. Y lo de tus amigos…, es que te ha dado por mezclarte con esos pijos que son unos gilipollas, el primero tu novio. Igual que las de tu colegio. No te preocupes, todo pasará.

El niño pronunció la última frase sentándose al lado de Lucía y abrazándola con torpeza. Nada sexual. Un gesto de consuelo entre dos amigos. Aunque Mario aún no había pegado el estirón y Lucía era más alta que él, invitó a la niña a que apoyara la cabeza sobre su pecho y le acarició son suavidad su leonina melena. En ese momento, de improviso, llegó el padre de ella.

—¿Se puede saber qué demonios haces aquí? —preguntó a voz en grito—. ¿Y tú, Lucía, qué haces dándote el lote con este niñato de mierda? Te he dicho mil veces que no me gusta que estés con él —dijo, señalándole, sin mirarlo—. ¿Dónde está esa madre tuya que nunca hace nada que sirva para algo? ¡Amanda! —chilló, encaminándose hacia su habitación por el pasillo y abriendo la puerta de golpe—. ¿Eres imbécil, Amanda? Aquí tienes a este niño asqueroso metiéndole mano a tu hija y ni te enteras. ¡Vaya una madre que eres! No sirves ni para mear, Amanda, ni para mear...

El cuarto del matrimonio estaba al otro lado de la casa, pero el hombre gritaba tanto que se le oía perfectamente desde el salón.

Los chicos, inmovilizados, no se atrevían a decir nada. Casi ni a respirar. El padre recorrió el mismo corredor a grandes zancadas sin dejar de gritar frases soeces y al llegar al salón apuntó al niño con su dedo mirándole con furia.

—Tú. Vete de aquí y no vuelvas. ¿Me oyes? No vuelvas. Eres una mala influencia para mi hija... ¡Con catorce años, esos pelos y esas pintas! ¡Das asco, chaval! Vete y aléjate de Lucía. No te quiero ver más.

—Papá, por favor —intentó calmarlo Lucía.

—Y tú ni me rechistes —le respondió el hombre, mirándola con cara de ira.

—Ya me voy, señor —dijo Mario—. Pero haría bien en prestarle más atención a su hija...

El padre se acercó hasta Mario y le agarró por la camiseta.

—No me digas a mí cómo tengo que tratar a mi hija, ¿te enteras? Y vete si no quieres que té de una paliza.

El niño recogió sus cosas con calma y abandonó la casa de su amiga tras dedicarle una breve mirada compasiva a la niña.

Las dos semanas siguientes no fueron fáciles para Lucía. Las discusiones de sus padres iban en aumento y ella se sentía más abandonada que nunca. Sin atreverse a llamar a Mario ni siquiera para hablar con él por teléfono, tras la bronca de su padre, sin la protección ante las compañeras del colegio de la figura de Antonio… ¿hacia dónde iba a ir su vida? Apenas quedaban dos días ya para la superluna del perigeo y se encontraba muy nerviosa. Ella, nacida bajo el signo de cáncer, pretendía que el satélite natural de la tierra tenía más influencia sobre ella que sobre otras personas y achacaba su inquietud a que se acercaba ese momento en el que la luna estaría más cerca que en ningún otro; pero, en realidad, estaba intranquila porque había tomado una decisión: llamaría a Antonio. Seguro que existía un camino intermedio entre el sexo completo y los besos. Algo menos agresivo que la penetración a la que temía muchísimo. No sabía nada de él desde el día en que se negó a que la tocara y… necesitaba verlo. Era jueves. Su madre quería reunirse en casa de unas amigas el sábado por la tarde, así que se quedarían solos Carlitos y ella. O lo que era lo mismo: estaría sola otra vez o lo parecería, aunque Carlitos estuviera en otra habitación, con los cascos puestos y jugando a la Play. Pensó un segundo en su hermano. ¿Por qué era así? Y sobre todo, ¿por qué no parecía preocuparles a sus padres? Era verdad que sacaba las mejores notas del curso casi sin estudiar, mientras que a ella le costaba un mundo conseguir mejorar el expediente aun poniendo todo su empeño…, pero Carlitos no tenía vida más allá de la pantalla de la Play a la que andaba pegado desde que llegaba a casa hasta que se iba a dormir. Y eso no podía ser bueno. Aunque hubiera quien dijese que jugar a los videojuegos estimulaba la inteligencia. En casa no se relacionaba con nadie. Apenas hablaba con sus padres y con ella; y cuando lo hacía, solo era para quejarse o criticarlas a ella o a su madre. Con su padre la fiesta era distinta. De cuando en cuando, veía algún partido de fútbol con él. No demasiados porque el padre tampoco era un gran aficionado y casi nunca estaba en casa, pero lo suficiente como para establecer algún vínculo vedado, por lo visto, a las mujeres de la familia. En fin. Problema de sus padres. Y si no querían verlo, ella tampoco insistiría. No era asunto suyo. Bastante tenía con sus angustias, que no eran pocas. Sacó su móvil de la mochila del colegio. Quería llamar a Antonio. Necesitaba intentar volver a verlo como fuera. Marcó su número temerosa de que él no respondiese a la llamada al ver que era ella, pero lo hizo al instante.

—¡La niña perdida y hallada en el bosque! —contestó el chico casi de inmediato y con cierta sorna—. ¿Qué quiere Caperucita del lobo feroz?

Lucía rio al otro lado de la línea. ¡No estaba enfadado! ¡Qué alivio!

—Quiero… —dijo después de unos coquetos segundos de titubeo— cualquier cosa, menos que te comas a mi abuelita.

—No te preocupes —aceptó él, riendo al otro lado de la línea—, a quien quiero comerme es a su nietecita, ja, ja, ja.

—Yo, yo… —balbuceó ella, cambiando de tono y poniéndose seria— tengo muchas ganas de verte, Antonio. Te he echado de menos…

—Y yo, Lucía. Y yo… ¿quieres que nos veamos? ¿De verdad?

—Sí —respondió ella sin vacilar—, claro que quiero.

—¿Estás… preparada?

—Bueno… —dudó la niña—, creo que, si vas despacio, tal vez podamos hacer… algo. Pero no todo, ¿eh?

—¿Algo? —preguntó él, de manera retórica—. Es un principio. Está bien. ¿Cuándo tienes una tarde libre para mí? Porque supongo que de noche siguen sin dejarte salir en Madrid…

—No, no me dejan, pero ¿te parece bien que quedemos el sábado por la tarde en mi casa? Mi madre va a salir y aunque mi hermano es como si no estuviera, ya sabes, no le puedo dejar solo… Aunque, si prefieres, puedo intentar que lo lleven a casa de mis primos cuando se vaya mamá, para que salgamos por ahí.

—Noooo —se apresuró a responder él—. Me gusta la idea de ir a verte a tu casa. Eso sí, supongo que tu padre se irá con tu madre, ¿no? ¡No vaya a darnos un susto…! No me gustaría que le fuera con el cuento al mío…

—Está en México. Viaje de negocios…

—Eso está muy bien. Entonces, vale. ¿A qué hora quieres que vaya?

La niña vaciló unos instantes. Su madre se iría a las cinco, pero, por asegurar, mejor que le citara una hora después de que ella saliera. Aunque suponía que tampoco habría ningún problema si se encontraran. Ni siquiera si fuera su padre el que lo viera en su casa. Los *skaters* no le gustaban, pero Antonio, hijo de un hombre influyente y con buena posición económica… Seguro que no le importaría descubrirle con ella. De hecho, cuando a su madre se le ocurrió comentar en el verano que el chico era demasiado mayor para salir con la niña, él se burló de ella y le explicó con mucha displicencia que era mejor que fuera con un chico maduro y responsable que no con uno de su edad, con malas pintas y sin futuro. «Un chico de buena familia y que ya está en la universidad. ¿Qué más quieres, Amanda? Si es que no entiendes nada, mujer. No sé yo para qué tienes el cerebro…».

La niña apartó sus cavilaciones y cerró la hora de la cita.

—¿A las seis? ¿Te parece bien? Mi madre no volverá de ninguna manera hasta las diez. Puede que llegue incluso más tarde…

—Tiempo más que suficiente… —dijo él—. Allí estaré. Ponte guapa.

Lucía colgó y de pronto se sintió muy feliz. Así era su carácter, un segundo arriba y otro abajo. Pero ahora le tocaba un buen momento y quería disfrutarlo.

Los dos días hasta la cita se le hicieron eternos. Se moría por ver a Antonio, que, tras esas dos semanas de absoluto silencio, volvía a mandarle mensajes muy divertidos a cada rato. «¿Sabes que te quiero comer la nariz, Caperucita?»; «¿Estás preparada para pasarlo mejor que nunca en tu vida?»; «¿Te he dicho ya que eres la chica más guapa que conozco?»; «¿Me dejarás que sea tu lobo feroz?»; «¿Te pondrás una faldita corta para que pueda ver tus largas y preciosas piernas?».

Lucía estaba en éxtasis. Estaba claro que Antonio también se moría por verla y que sentía por ella más de lo que imaginaba. Si no, de ninguna manera habría recibido tan contento su llamada. Sabía que él quería que hicieran... «algo», pero seguro que se portaría bien con ella y entendería que todo no podía ser. En eso habían quedado.

El mismo día de su cita se vistió con un vestidito azul con piñas estampadas en amarillo, de manga corta y falda a medio muslo, y lo combinó con unas sandalias doradas planas. Ella era alta, medía uno setenta y ocho, así que no solía ponerse nada de tacón, salvo en alguna fiesta familiar. Se cepilló su antológica melena con un peine de púas anchas, para no deshacer la onda, se aplicó un poco de colorete rosado en las mejillas, dos toquecitos de máscara de pestañas color marrón y un brillo de labios transparente con sabor a fresa. Si el espejo hubiera respondido a preguntas, como el de la madrastra de Blancanieves, no habría cabido duda de quién era la más bella. Era una preciosidad de niña. Muy delgada, pero con piernas bien torneadas y unas contundentes formas que contrastaban con su azulada mirada infantil, su boca perfectamente dibujada y su amplia sonrisa de labios gruesos y dientes grandes y blancos, como los de su madre.

A las seis en punto Antonio Menéndez llamaba al timbre de la casa de Lucía Peña.

—¡No se puede estar más guapa! —exclamó el chico cuando la niña le abrió la puerta—. Caperucita azul, con piñas para la abuelita…

Una vez más, Antonio llegaba a esa casa armado con una botella de tequila y unos cuantos porros de marihuana ya hechos. Vestía vaqueros pitillo, una camisa blanca por fuera, un jersey rojo sobre los hombros, anudado sobre el pecho y mocasines. El típico uniforme de pijo. Era un chico realmente apuesto. De buena planta y ojos verdes con los que encandilaba a todas las adolescentes de La Moraleja.

Lucía lo miró arrobada. No conocía a ningún chico más guapo que él.

—Tengo el coche estropeado, me han traído Pablo y Fernando —le informó Antonio, besándola después en los labios—. Después pasarán a recogerme. Quería que supieran que estábamos juntos otra vez…

Lucía sonrió satisfecha y luego dibujó un mohín en su carita de rasgos infantiles y perfectos.

—Me gusta… Pero no entrarán en casa, ¿verdad? Son muy pesados. Y beben mucho… No quiero estar con ellos, solo contigo…

—No te preocupes, Caperucita —respondió él, besándola de nuevo en los labios—, estaremos solos los dos hasta que lleguen. Venga, tráete un par de vasos. ¡Hoy no me puedes decir que no bebes…! Y mira qué «peis» para hacerte la «iguana» —añadió, enseñándole un par de canutos.

—¿Peis? ¿La iguana? —preguntó ella, arrugando la nariz.

Él sonrió asintiendo.

—Tráete los vasos, Lucía. Ahora te explico…

Ella se dirigió a la cocina mientras él la miraba con deseo. Cuando desapareció del salón, él buscó el soporte con altavoces que sabía que tenían en la casa y conectó en él su móvil. Al momento, comenzó a sonar la canción de los

Kooks *Do you wanna,* cuyo estribillo repetía machaconamente el título: «¿Quieres? ¿Quieres? ¿Quieres... hacer el amor?», y Lucía regresó sonriente y siguiendo el ritmo de la melodía con dos vasos, uno en cada mano, que agitaba con gracia como si fueran dos maracas.

—No quieres hielo, ¿verdad? —dijo, dejándolos sobre la mesa sin dejar de contonearse al ritmo de la música.

—No —repuso él, levantándose y acercándose a ella—, te quiero a ti.

El chico agarró a la niña por la cintura y la besó con suavidad en la boca, recorriéndosela con lentitud con su lengua. Un beso que a Lucía le pareció delicioso. «Me quiere —se dijo la niña, sintiendo su propia emoción—, me quiere…».

Acto seguido, Antonio sirvió dos tragos largos de tequila en sendos vasos y le ofreció uno a ella.

—Bébetelo de golpe —ordenó con amistosa contundencia.

La chica obedeció. Quería estar bien con él. Y tal vez, si bebía, todo sería más fácil. Lo que fuera que tuviera que ser… El líquido le quemó la garganta, la tráquea y hasta los pulmones.

—Esto es muy fuerte —se quejó.

—Nooo —negó él mientras le rellenaba el vaso—. Solo tienes que acostumbrarte. Bebe un poco más…

Lucía volvió a beber mientras él encendía un porro.

—¿Ves, Caperucita? ¿A que ya va mejor? Y mira, esto es un «peis» y la «iguana» es lo que te voy a hacer ahora mismo, que ya conoces. Acércate.

La niña volvió a obedecer y el chico aspiró el humo del canuto y la besó expulsándolo en su boca. Ella tosió.

—Buff, no puedo —se quejó de nuevo.

—Venga, no seas tonta…

La misma canción de los Kooks, programada para repetirse, sonaba y sonaba de fondo, siempre con la misma pregunta —¿quieres?, ¿quieres?— y una única contestación —sé que quieres—, mientras él aspiraba el humo y lo exhalaba en la boca de ella una y otra vez, a intervalos de tiempo muy cortos y, entre medias, se la llenaba del tequila que le pedía que no dejara de beber...

Lucía apenas había comido ese día con el nerviosismo del reencuentro, así que todo ese mejunje de productos le produjo un instantáneo estado entre etéreo y ausente. Se sentía como si no fuera ella quien bebiera y fumara y a quien Antonio acariciara y besara; como si estuviera viendo todo lo que pasaba desde fuera... Era una sensación extraña, pero le gustaba. Le servía para dejarse llevar.

—Túmbate aquí, en el sofá, Lucía —le dijo Antonio, conduciéndola de la mano y ayudándola a reclinarse—. Te voy a quitar tus bonitas sandalias... —anunció después, sonriendo y comenzando ya a desabrochar las hebillas.

La niña rio. Tenía ganas de reír. ¿Qué había de malo en que le quitara las sandalias? Él se agachó y besó sus pies desnudos y luego los empeines y después las rodillas hasta que, subiéndole ligeramente el vestido, llegó al interior de sus muslos... Ella se apartó.

—Espera, espera —musitó.

Pero él ya se había colocado a su lado en el sofá y le alzaba el vestido hasta el ombligo.

—Déjame que te bese —susurró él, jadeante, acercándose a su boca para besarla con ansiedad, mientras bajaba con la mano su braguita blanca y acariciaba su pubis dorado, antes de introducir dos dedos en su vagina.

—Ay —protestó ella—, duele. Duele mucho...

Él sacó los dedos de su vagina, se los chupó y se los volvió a introducir con rudeza.

Ella volvió a chillar.

—Para, para... me duele...

—Basta, Lucía. Ya está bien. No seas niña, no pasa nada —dijo con rotundidad mientras le levantaba el vestido hasta el cuello y le bajaba el sujetador de algodón, dejando sus generosos pechos, de pequeños pezones rosados, al aire y después se los estrujaba y lamía con brusquedad.

La niña, con las bragas a media pierna, el vestido enroscado en el cuello y los pechos asomando por el sujetador retorcido, inmóvil, se dejaba hacer, mirando al techo, como si así, perdida la mirada en el blanco de la pintura, pudiera evadirse de cuanto estaba ocurriendo.

—Te lo voy a quitar todo —le dijo Antonio excitado—. Quiero ver bien ese cuerpazo que tienes. Parece mentira que tengas catorce años…

Y sin que ella se moviera, ni pronunciara una palabra, como si fuera una muñeca rígida, con la mirada fija en ninguna parte, él le quitó el vestido, el sujetador y las bragas y la dejó desnuda por completo frente a él, indefensa, aturdida y temblorosa.

—Qué buena estás —exclamó, mirándola con lascivia mientras ella, casi sin atreverse, trataba torpemente de esconder su sexo con sus manos—. ¡No te tapes! —gritó él, furioso, al tiempo que se desataba el cinturón, se bajaba los pantalones, dejaba su abultada verga al descubierto y la acercaba a la boca de la niña—. Chúpamela —ordenó.

Ella negó con la cabeza, horrorizada.

—No, no, no… eso no. No quiero, no, por favor…

—¡Chúpamela! —exclamó, volviendo a alzar la voz.

—No, no —volvió a negarse ella con los ojos inundados de lágrimas.

—Entonces te la meto… ¡Te la meto! —amenazó él.

—No, por favor, no… me habías prometido…

—Cállate, cállate… ¡Cállate ya! —chilló él, furioso—. ¡No quiero oírte!

El chaval se quitó los pantalones y los calzoncillos y, desatendiendo a las súplicas de la niña y a su llanto quedo, se tumbó entre sus piernas y comenzó a dirigir su miembro hacia su vagina. Ella recuperó la decisión por un instante y forcejeó con él; al tratar de apartarlo, le arañó sin intención en el cuello. Él se separó de ella, se palpó la sangre del rasguño con dos dedos y se la miró con extrañeza, antes de volver a clavar sus ojos iracundos en los ojos asustados de la chica.

—Ahora verás, zorra —dijo colérico, dándole una sonora bofetada en la cara.

La chica gimoteó, pero eso no impidió que él le introdujese su miembro sin cuidado y cabalgase su sexo sin estrenar, una y otra vez, golpeándola furiosamente, con el ruido de fondo de los gemidos de dolor de ella y la canción de los Kooks sonando en el teléfono sin cesar: «*Do you wanna, dou you wanna, do yo wanna make love…*».

El tiempo se detuvo y la habitación enmudeció. Lucía, de pronto, no escuchaba nada. Ni la música, ni sus propios lamentos, ni los gruñidos de él, ni sus palabras gruesas… nada. Solo sentía el dolor seco de los golpes reiterados que le rompían por dentro.

Cuando él por fin terminó tras verterse entero en ella, sudoroso y exhausto, se levantó y comenzó a vestirse. En ese momento sonó su móvil y la canción se paró.

—Tú, Pablo, dime… —respondió el chico tras mirar a la pantalla del teléfono—. Sí, ya me la he tirado… Por fin. La muy zorra me ha arañado, ¿tú te crees…? No, no, no podéis venir vosotros. Os lo había prometido, pero tiene bastante sangre entre las piernas y quiero irme cuanto antes… Salgo y me recogéis en la esquina, quiero alejarme de aquí.

Acabó de ponerse la ropa mientras miraba a Lucía de soslayo: las piernas abiertas, los muslos manchados de semen y sangre virginal, la mirada brillante, las mejillas empapadas, el brazo izquierdo desmayado desde el sofá, su melena de ninfa inundando de brillo el tapizado oscuro… En el suelo, sus sandalias, su vestido arrugado, las braguitas y el sostén de algodón blanco.

—Adiós, Lucía —dijo Antonio, guardándose el móvil en el pantalón y anudándose el jersey al cuello—, tal vez volvamos a vernos cuando te hagas mayor.

—Te… ¿te vas? —acertó a preguntar ella, sin fuerzas, muy bajito—. Pero, pero… ¿y a mí qué me va a pasar ahora?

Él no respondió. Salió y cerró la puerta con brusquedad. Lucía volvió a llorar en silencio.

Ya en el exterior, Antonio y sus amigos, iluminados por la cercanía extraordinaria de la superluna del perigeo, comentaban la «proeza» del chico entre risas. En el mismo momento, Lucía, en el interior de la casa, desparramada sobre el tresillo donde se había consumado la violación, inmóvil, miraba la misma luna brillante cuya luz se colaba indiscreta por la ventana. Desde el otro lado de la puerta semiabierta que separaba el salón del pasillo que conducía a las habitaciones, su hermano Carlitos observaba en silencio, aturdido, aterrado, sin poder siquiera llorar…

13

La mala suerte

El relato de los chicos le dejó mal cuerpo a Roures. Pobre chiquilla. Su historia constataba la debilidad de una familia desestructurada. Una madre con el rumbo perdido, un padre machista y machista también, casi sin remedio, una hija capaz de someterse a un hijoputa cualquiera con tal de salir del círculo vicioso y un hijo que se evadía en la ficción de los videojuegos, como tantos otros lo hacían antes, ahora y siempre, a través de la propia lectura... Había escuchado mil veces el mismo cuento. Era un patrón que se repetía de manera incesante. Padres atrapados en matrimonios con el amor desgastado, acostumbrados a una vida en la que generalmente la mujer debía ceder más que el marido —mucho más si no trabajaba fuera de casa—, hijos desatendidos... ¿Ser padres era un acto de generosidad? En absoluto. Era un acto de egoísmo que luego exigía una enorme generosidad de la que muchos carecían. También de responsabilidad... Y si era difícil ser responsable de uno mismo, cómo no lo iba a ser intentarlo con otros, con unas criaturas de carne de la propia carne y sangre de la propia sangre, pero con sus propios cerebros, sensaciones, gustos, cualidades y defectos. Estaba claro que tener hijos era también un acto de animalidad que exigía el puro instinto de reproducción, de conservación de la especie; pero en los seres humanos suponía asimismo una especie de trofeo con el que certificar que uno podía ser algo más que uno y poseer algo que jamás se puede poseer: otra vida humana. Solo los hombres decidían cuándo tener hijos y cuándo no. Muchos hijos nacían del amor de la pareja —pocas veces eterno—, con el afán de consolidarla y de crear ese «estado de perfección», inventado por los hombres, que era el matrimonio monógamo y dedicado a la prole; pero muchos otros nacían de intereses concretos o abstractos como el de trascender, evitar la soledad en la vejez, llenar vacíos, unir negocios y voluntades... El amor, lo demostraba la historia, era casi un accidente, algo tan poco frecuente y reseñable como para que, cuando sucedía de manera extraordinaria como en el caso de Carlos I —quien al conocer a Isabel de Portugal, la que sería su esposa concertada, como lo eran todas, se enamoró locamente y hasta la muerte—, se resaltara en las novelas. Y los hijos en contadas ocasiones suponían la prolongación del amor invencible de sus padres; muchas más se utilizaban para doblegar conductas, atar en corto las pasiones, controlar las acciones del otro, exigir compromisos cuando no quedaban sentimientos... Hasta los padres que más amaban a sus hijos podían no amarlos lo suficiente, o amarlos mal o utilizarlos contra sus cónyuges cuando las parejas se rompían y el odio entre ellos era mayor que el amor a sus vástagos, o ser incapaces de protegerlos por ignorancia o imposiciones de su religión. «Yo soy yo y mi circunstancia y si no la salvo a ella, no me salvo yo», explicaba Ortega y Gasset en *Meditaciones del Quijote*. Y esa «circunstancia» englobaba todo, incluidas, por supuesto, las creencias, que tanto podían determinar la conducta de los seres humanos y tanto abocaban al despropósito y a la sinrazón. Ahí estaba una vez más, como prueba, el episodio de Abraham e Isaac que mostraba a un Dios malvado capaz de exigirle a su criatura el sacrificio de renunciar al hijo con el que Él mismo le había premiado... Abraham no solo estaba dispuesto a morir por su Dios, también consentiría en quitarle la vida a su propio hijo si su Dios se lo pedía... Y no era el único caso, la historia estaba llena de padres que habían entregado a sus hijos a los altares para ofrecer su sangre a dioses diversos. Los musulmanes seguían haciéndolo en nombre de la yihad…

Roures despreciaba las religiones. No la espiritualidad ni las ganas de hacer el bien. A partir de cierta edad, se empezaba a apostar por la bondad incluso antes que por la inteligencia. En especial, porque se llegaba a la conclusión de que los bondadosos eran más inteligentes que los malvados, aunque algunos sostuvieran lo contrario. Pero bondad y religión tenían poco que ver para él. La bondad era capaz de enfrentarse al mal, de luchar por la justicia; la religión solo pretendía mantener el orden social establecido y convencer a sus fieles de que se conformasen con su suerte, ofreciéndoles a cambio la recompensa, tras la muerte, de un paraíso inventado… Se decía que la madre de Lucía era muy religiosa. Amanda tal vez hubiera hallado esa necesaria vía de escape, ese consuelo tan liberador como mentiroso. Bienaventurados los pobres de espíritu porque de ellos será el reino de los cielos. Una resignación ridícula, una aceptación hasta de la mala suerte, con la que se soportaba casi todo. Pero ¿Lucía? Pobre chica. Tal vez ella no había conseguido resignarse a su calvario familiar, a ese desamparo que la convertía en un ser inseguro y vulnerable. Quizás se revolvió contra el sufrimiento derivado de unos padres que no la protegían en absoluto, absortos en sus propias guerras de supervivencia, en las que peleaban el uno contra el otro. ¿Habría huido de ellos y de esa vida que le deparaba tanta infelicidad? Podría ser, pero… ¡alguien tendría que haberla ayudado! Ojalá. Ojalá la chica se hubiera marchado con quien fuera y a donde fuese para tener otras opciones y poder luchar por su merecida oportunidad, como tantas almas intentaban a diario al subirse a las pateras y dirigirse a través de un mar inhóspito a la isla de Utopía. Y ojalá hubiese tenido suerte por una vez y no se hubiera ahogado, como tantos, mientras trataba de alcanzar un imposible. Pero ¿y si en vez de eso, estuviera muerta o retenida? ¿No tenía al menos derecho a que la lloraran o la salvaran? ¿A descansar tras un periplo de vida lleno de escollos insalvables?

Los chicos del *skate* —buenos chicos, sin duda— le habían indicado cómo ir a casa de los Pérez-Salta y de los Perelló. Pero prefería dejarlo para el día siguiente. En apenas un día había hablado con media docena de personas a las que no conocía de nada. Necesitaba comer algo, reponer fuerzas, recuperarse del dolor de Lucía, que hizo suyo según le iban contando sus peripecias los chicos. No era solo la historia de la violación —él había presenciado las más desgarradoras durante la guerra, incluida la de Isabel, su compañera, su amor de entonces—, era la terrible mala suerte de una chica que parecía tenerlo todo y que, sin embargo, tenía tan poco como aquella otra chica de los Balcanes cuyo rostro también podía recordar vagamente al de Lucía. No era tan bella. Ni tenía esa mirada de ángel que la desaparecida compartía con la enfermera de Vukovar, pero las tres poseían unos rasgos que cualquiera identificaría como eslavos o nórdicos. No recordaba su nombre, pero sí que un día se acercó a pedirle un cigarrillo en Sarajevo. Se ofreció ella misma a cambio. Por el cigarrillo, algo de comer y, si era posible, una ducha en el destartalado hotel de ventanas rotas donde se alojaban los corresponsales. Le soltaron un paquete de tabaco entero —un tesoro en aquellos días— y unos chicles y escucharon la historia de su familia. Una más, como tantas otras que les contaban día tras día. Repleta de hambre y de miseria. De necesidad. Contra ella, Almira —ahora recordaba su nombre— usaba lo que tenía, su cuerpo, para conseguir cualquier cosa: tabaco, pan, «¿Quizás una ducha a cambio de un polvo». Roures dijo que no quería el polvo, pero que la dejaría ducharse. Ella le miró incrédula y agradecida y, de noche, cuando la oscuridad la protegía, apareció en el hotel y subió a su habitación. Le sonrió sin decir una sola palabra, se quitó la ropa ante él, sin pudor —el pudor suele desaparecer o achicarse mucho en las guerras—, y se fue derecha a la ducha. Roures la siguió, para verla. Para observar su cuerpo pálido y esbelto de pechos opulentos y su larga melena pajiza que, al empaparse, se oscureció ligeramente. La chica se volvió y agarró un pedazo de jabón desgastado con codicia y comenzó a frotarse todo el cuerpo. A Roures el acto le pareció tan íntimo que se dio la vuelta también él y la dejó sola, pero no pudo evitar una erección. Llevaba meses sin estar con una mujer. Se la hubiera tirado con gusto. Cómo no. Y a ella es posible que ni le hubiera importado. En vez de eso, le dio los cuatro paquetes de tabaco que le quedaban en la habitación y una botella de whisky. Se sentía incapaz de marcar más la mala suerte de aquella pobre chica con un polvo tan barato…

De pronto se sintió muy cansado, los recuerdos le fatigaban sobremanera, así que se subió al coche y se dirigió al hotel. Necesitaba descansar. Comería, se bebería una cerveza, vería un poco la tele y en cuanto cayera la noche se zamparía un par de somníferos para intentar dormir hasta el día siguiente. La edad no era ninguna tontería y había hablado con demasiadas personas aquel día. Necesitaba procesar todos los datos recibidos.

Aparcó en una de las calles de detrás del hotel, compró un bocadillo de jamón y una cerveza en un bar cercano. Recordó que tenía un par de ellas más en la bolsa que había comprado en el supermercado, pero debían de estar tan calientes como la temperatura del aire, tras un par de horas en el coche parado, mientras hablaba con los *skaters* en casa de Mario. Volvió al coche, no obstante, para recoger la bolsa y dejarlo todo en su habitación y se encaminó hacia su guarida, que ahora mismo le parecía el palacio de Buckingham. Mientras caminaba, a lo lejos, vio la farmacia en la que se había comprado esa misma mañana los Actrones que tan buen efecto sobre su migraña habían hecho y recordó a aquella mujer espléndida, alta, bronceada, de cabello oscuro y ojos azules, que se los recomendó. «A ver si con un poco de suerte puedo soñar con ella y me dejo de fantasmas», se dijo.

Miró su reloj, ya eran casi las cinco. Se daba la tarde libre. Lo dicho: comería, ordenaría un poco sus notas mentales y las recogería en la libreta que siempre llevaba consigo, vería la tele, leería un rato, escucharía música, tal vez se tomaría un ron mirando al mar desde dentro de la habitación, donde afortunadamente había aire acondicionado, y se dormiría. Y soñaría con ¿Carlota? ¡Qué pedazo de mujer! No recordaba haber visto otra hembra como aquella en mucho tiempo, si es que alguna vez la había visto…

Sonó su teléfono, mientras abría la puerta de la habitación.

—Prieto —dijo el detective con alegría tras ver el nombre en la pantalla—, cuánto tiempo sin saber de ti.

—Claro, tío —contestó el policía—, como te largas sin decir nada… ¿Cómo te va el caso de la desaparecida?

—Bueno, estoy conociendo la zona y a sus habitantes. No es poco para un solo día. Y no te creas, alguno de ellos me ha contado episodios sorprendentes.

—¿En serio? Pues ten cuidado.

—¿Cuidado? ¿Con qué o con quién?

—Con el comandante de la UCO que lleva el caso de Lucía Peña, le ha molestado mucho saber que hay un detective inoportuno metiendo las narices en su terreno…

—Pero si en la UCO tienen la investigación abandonada, no me jodas.

—Ya. Pero ya sabes cómo es esto. Aquí nadie se deja pisar el terreno… El celo mal entendido de las Fuerzas y Cuerpos de Seguridad del Estado entronca mucho con el cretinismo e individualismo de los españoles… Eso, amén de la falta de unidad y representación de los investigadores, es lo que hace que esa reivindicación vuestra de poder trabajar en delitos públicos no vaya a ninguna parte, salvo que lo autorice el juez… Aunque te diré que, viendo el nivel de los detectives de este país (salvo honrosas excepciones como la tuya), prefiero que la investigación de delitos siga estando en manos de la Policía y la Guardia Civil, la verdad. Ándate con ojo y, si encuentras alguna prueba, pásasela al juez.

—Y una mierda. Si lo hago, se acabó el caso.

—Y si no, te vas a la trena, tío. No juegues con fuego.

—Habló el rey de los incendios.

—Es mala persona el tipo ese de Manacor. Eso me han contado…

—¿Tanto como para dejarme una notita amenazadora en el parabrisas?

—Espero que no —conjeturó Prieto—, eso sería bochornoso. Pero quién sabe. Ese picoleto no es de ley… Ojo con él.

—¿Y el abogado?

—¿El de la madre? Un imbécil sideral. Pero ha colaborado mucho con la Guardia Civil en este caso. Y te diré que parece que hicieron una investigación bien a fondo, así que no creo que tú vayas a encontrar mucho más.

—No me subestimes, amigo. Ya sabes que a mí lo que se me da bien es sacar de donde no hay, mirar más allá de las pruebas en los ojos de las personas y descubrir lo que se oculta en las conversaciones.

—Vale, filósofo. Pero intenta ver al juez. O a la jueza, que creo que es una tía quien ha sustituido al juez titular tras el infarto. Y camélatela tanto como puedas. Si tienes a este tipo en contra, necesitas tenerla a ella de tu parte, por si acaso. No te vayan a poner alguna trampa. No sería la primera vez.

—Tomo nota. Gracias. Intentaré que la mala suerte de Lucía Peña no me persiga. A ser posible ni en los sueños, que hoy espero poder dedicar a otra persona… Adiós, Paco, amigo.

—Adiós, Roures. Tenme informado de tus andanzas.

14

Javier Peña

Hay personas a las que las circunstancias les impiden vivir como desean y en respuesta hacen la vida imposible a quienes les rodean. Podía ser el caso de Javier Peña hasta su divorcio de Amanda, aunque él no lo reconociera, y su familia, como casi todas, viviera esos años tan habituada a cómo funcionaban las cosas como para aceptarlas sin más y considerarlas normales.

Sentado frente a la tele de su casa de Las Rozas —una casa que por fin compartía con Maribel—, Javier no dejaba de pensar en lo que le había contado su hermano. ¿Con qué dinero habría contratado Amanda a un detective? ¿Y acaso se pensaba que a él le preocupaba que lo hiciera? ¿Es que a ella se le podía pasar por la cabeza que no quería que se descubriera la verdad de la desaparición de su hija? En algunas de sus declaraciones a la prensa, parecía que dejaba atisbar una posibilidad misteriosa de que la desaparición de Lucía tuviera que ver con él. Esa mujer decididamente era idiota y no se daba cuenta de que las relaciones de la familia le otorgaban credibilidad de sobra. De poco le iba a servir el cuento de los malos tratos… ¡Malos tratos! ¡Si jamás le había tocado un pelo! Valiente zorra desagradecida. Después de lo que había hecho por ella, de haberla mantenido y haberle dado todos los caprichos… ¡Hasta unas tetas de plástico que se le antojaron tras el segundo embarazo! Aunque eso tal vez lo hizo más por él que por ella. Incluso puede que fuera él quien lo propusiera. Ya que tenía una tía a su lado que no servía para nada, que tuviera buenas tetas, ¿no? No le perdonaba a su padre que le hubiese obligado a casarse con aquella chilena de cuarta, en vez de con Maribel. Su vida hubiese sido otra de no haber aceptado el compromiso. Tal vez sin hijos, porque Maribel no podía tenerlos, pero ¿y qué? Tampoco el asunto era tan importante. O a él no se lo parecía. Y eso que le gustaba saber que Carlitos, pese a las tonterías que decía su madre, era un chico con la cabeza bien amueblada y de una inteligencia superior a la media. Se parecía a él. Sin ninguna duda. Y si ya no luchaba por su custodia era porque tampoco tenía muy claro que a Maribel le gustara convivir con él en casa, ni aunque eso supusiera que por fin le pudiera arrebatar a Amanda hasta el último duro. Se lo hubiera quitado todo con gusto. Y más cuando constató que se había liado con su exsocio. Por suerte, la Providencia puso punto y final a aquella historia. De golpe. Justicia divina. Lástima que se hubiera cebado con el amante en vez de con ella. Javier lo hubiese preferido porque la aborrecía. ¡Si su padre levantara la cabeza, no podría creer lo sucedido! ¡Una mujer de la familia —o en la familia, porque Amanda nunca sería una Peña— que se lía con un socio de la empresa...! Una zorra. Así de simple. Eso sí, seguro que se enorgullecería al saber que desde el primer minuto de sospecha le colocó un detective y empezó a recopilar con minuciosidad todo lo que tenía que ver con ellos y con sus relaciones con los hijos. Poco a poco y antes de presentar la demanda de divorcio, Maribel, que era un lince para todos esos asuntos, se encargó de ir sacando a Amanda de las sociedades en las que ella figuraba, de retirar los fondos que tenía en el banco a nombre de ellos dos para trasladarlos a una de él y de enterarse de cuánto podía favorecerle a él de cara a la separación definitiva. Fue ella quien le recomendó que le pusiera un detective a Amanda. Y fue una buena idea, aunque enterarse de tantas cosas casi le volvió loco. Hizo que sintiera ganas de matarla... Al final, todo había sido para bien y ellos estaban juntos. Como tendría que haber sido desde un principio.

En realidad, Javier y Maribel nunca dejaron de verse del todo. Él se casó atendiendo al compromiso de su padre con el padrastro de Amanda, que, por otra parte, proporcionó una buena inyección de negocio y de dinero a su empresa; ella, despechada, hizo lo propio. Pero siempre se quisieron, así que en cuanto la casualidad decidió un encuentro fortuito les fue imposible resistirse a ese vínculo sin papeles que los unía desde la adolescencia. Maribel era una excelente fiscalista, con un expediente universitario brillante. Abogada y economista de carrera. Una mujer intelectual e inquieta, cuyo talón de Aquiles siempre fue Javier Peña. El hecho no dejaba de resultar curioso, teniendo en cuenta que Peña no era un hombre ni leído, ni culto, ni interesante, mientras ella parecía serlo de fábrica, desde su más tierna infancia. Pero así eran las cosas del amor. La atracción que existía entre ellos era irresistible. Y eso que Maribel, que no era una mujer ni guapa ni fea —estatura media, ojos castaños, media melena castaña, rasgos comunes...—, tampoco contaba con atributos destacables con los que epatar a un hombre como él, de mirada básica y escasos planteamientos vitales. Resultaba sorprendente que Javier siempre hubiera estado loco por ella y más aún que ella no pudiera vivir sin él, pero así era. De manera innegable y pese a cuanto los separaba. Frente al extraordinario currículo de Maribel, a sus lecturas y a su pasión por el teatro, el cine de autor y la buena música, Javier ni siquiera había conseguido terminar la carrera de empresariales, era adicto a las películas de acción y contaba con los dedos de una mano los libros que había terminado a lo largo de su vida. Sus únicos méritos reseñables eran los de haber sido siempre un chico de buena presencia, deportista y más que nada dócil a la hora de seguir las indicaciones precisas de su padre. Y no solo eso, también era ordenado hasta la extenuación y siempre estaba dispuesto para cualquier tarea que pudiera reportar algún beneficio, sin importarle las horas que tuviera que echarle. «El genio es uno por ciento talento y noventa y nueve por ciento trabajo duro», se decía a sí mismo, citando a Albert Einstein, del que conocía poco más que aquella frase. Con sus limitaciones, Javier Peña era un hombre vivo, con cierta capacidad para las relaciones públicas y olfato para los negocios; pero además siempre estuvo protegido por la figura de su padre, ese hombre cercano a Franco y a los poderosos del régimen y un auténtico tiburón que no dejó escapar ni una sola oportunidad en vida. Adolfo Peña, incluso en su vejez, fue un hombre más de intereses que de amistades. Un padre autoritario que jamás permitió que ninguno de sus tres hijos se alejara de él, ni que trabajara lejos de la empresa familiar, y que estableció un modelo de vida según el cual toda su familia cumplía sus órdenes mientras él hacía lo que le daba la gana. La señora de Peña, la discreta Fabiola Arrieta, una mujer morena y muy sobria, de una familia de apellido sonoro venida a menos, se rehízo exactamente a la medida que Adolfo Peña le exigía, tras casarse con él. Así quedó convertida en una mujer de conversación justa, que solo hablaba cuando le preguntaban, pendiente en todo momento de las necesidades de su marido, al que agasajaba cada tarde, a su vuelta del trabajo, con el *dry martini* de rigor y dedicaba todos sus esfuerzos para que siempre contara con aquello que necesitara o le apeteciera: desde sexo hasta camisas de doble puño para gemelos, pasando por una amante cuya existencia conocía desde el principio de la relación, casi en los inicios de su matrimonio. Él ordenaba y ella acataba. Como mucho, se adelantaba a sus deseos y peticiones. Nada para ella, todo para él. Hasta sus indumentarias estaban definidas exactamente al gusto de su marido. Sus hijos adoraban a su madre, pero más que nada porque se comportaba como era debido, como tenían que hacerlo las mujeres, según decía su padre. Ella ni siquiera podía preguntarles a los chicos. Eran cosa del padre, de su propiedad. Y su obligación residía en llevarlos impecables, como a sí misma y a su marido, o al personal de servicio de su casa. Eso, los estrictos menús, la perfecta decoración... No se podía meter en nada más.

—Para qué hacerlo, si yo no sé nada de nada —decía Fabiola, acostumbrada a ese discurso de su marido, que era el que al final acabaron repitiendo todos los hijos.

Lo curioso era que Javier, con la visión que su padre le había inculcado sobre las mujeres, debería haber estado más a gusto con Amanda que con Maribel. La primera fue, durante años, una mujer sometida por completo, que aceptó de buen grado los deseos de su marido, sin cuestionar en ningún momento nada de cuanto decía; la segunda tenía una fuerte personalidad, independencia económica —después de varios intentos había conseguido divorciarse con un acuerdo muy beneficioso para ella, cuya cuantía sumaba a su sustancioso sueldo— y era quien llevaba la voz cantante en la pareja. Y pese a todo, sabía cómo hacer que los Peña se sintieran satisfechos y felices. Era a la única mujer de la familia a la que los tres hermanos consideraban «otra cosa». La única que podía hablar, proponer y opinar y que gozaba del respeto de todos. Incluso del de las otras mujeres Peña, siempre calladas y atentas a las órdenes de sus maridos.

Javier Peña pensaba que era una lástima que sus padres hubieran muerto en ese accidente de coche antes de conocerla —«Si mi padre no se hubiera empeñado en conducir hasta la finca, a su edad, él, mi madre y la enfermera que los acompañaba seguirían con vida»—. Fallecieron justo en el peor momento de la crisis, con la empresa al borde de la quiebra y cubierta de deudas. Su patrimonio, la casa de Costa de los Pinos, la de La Moraleja y una finca de caza en Extremadura, apenas sirvió para dejarlo todo en orden. Aun así, cada hermano pudo conservar su propia casa en

La Moraleja y las de la playa —dos en Costa de los Pinos y la del tercero en Zahara de los Atunes— y algo de patrimonio. Nada que ver con el imperio que su padre llegó a tener en otro tiempo. Poco a poco, los tres fueron saliendo adelante y reorganizando sus vidas, sin la sombra del progenitor. Podía haber sido todo más duro, pero se llevaban bien, incluso con el pequeño, que se salía un poco de la tónica familiar y era menos rígido en sus planteamientos. Y su unión les sirvió de escudo contra la adversidad. Un par de golpes de suerte, bien combinados con el *lobby* correspondiente, que los dos mayores manejaban con soltura, amén de la entrada de un par de socios nuevos en la empresa —uno de los cuales se convertiría con el paso del tiempo en el amante de Amanda—, lograron que, en no demasiado tiempo, se resituaran. Nunca estarían a la altura de su padre ni en trabajo ni en beneficios porque eran otros tiempos y ya las obras no se adjudicaban como durante la dictadura, pero tampoco podían quejarse. Y menos él, acompañado como estaba por Maribel. Una pena, sí, que sus padres no la hubieran conocido un poco más. Aunque, por otra parte, su fulminante desaparición hizo que no se enterasen del asqueroso comportamiento de su mujer, yéndose con otro a la cama, y de todo lo que había pasado con su hija. La violación, el aborto, la desaparición... Todo era culpa de Amanda. Ella debía haberse ocupado de la niña y no haberla abocado al mal camino. Si hubiera sido cuidadosa, seguro que aquel chico la habría respetado más... Aún tenía sus dudas sobre si a lo ocurrido podía llamársele violación. Lucía no tenía ninguna huella de violencia. El chico no la amenazó con una pistola ni le dio una paliza, así que... ¡No se viola a la chica con la que se sale o a la mujer con la que se está casado! Es... otra cosa. Si se calienta a un varón, ya se sabe lo que pasa. No se puede esperar que no haga nada. Se tenga la edad que se tenga. Porque Lucía era una niña, pero el chico tampoco era mucho mayor. Cuatro años, que no son nada. Y si su hija entró en el juego, ¿qué esperaba? Era ella quien se tenía que haber ocupado de tenerlo a raya o, al menos, de tomar las medidas oportunas. Eso era cosa de mujeres, no de hombres. De siempre. Tendría que habérselo explicado su madre, sabiendo que las consecuencias serían para la niña. Un aborto ni más ni menos. No quedaba otra opción. No estaban en el siglo XIX para que el padre fuera con reclamaciones para reponer la virtud de su hija... Ahí estuvieron todos de acuerdo, Amanda, la niña y él. Aunque tampoco les hubiera dejado decidir a ellas... ¡Solo faltaba! Él sabía que era lo mejor para todos. Y también que los errores se pagaban. Pero seguro que su madre ni se lo había explicado a Lucía... Amanda, Amanda, Amanda. Qué falta de sentido común tenía esa mujer. No hacía una cosa a derechas. En fin, su hija estaba muerta y no merecía la pena hurgar en su pasado. Mejor dejarla descansar ahora que él ya estaba, gracias al cielo, lejos de su madre. La recuperación económica, la unión con sus hermanos y la vida después de tanto tiempo junto a Maribel colmaban casi por completo todos sus deseos y aspiraciones. Le quedaba la espinita de que su hijo Carlos viviera con su exmujer y de tener que pasarle una pensión, aunque era mucho menos cuantiosa de lo que a ella le hubiera gustado, gracias a la buenísima estrategia del abogado que le llevó el divorcio, convenientemente asesorado por la propia Maribel. Por eso se preguntaba de dónde coño habría sacado esa puta el dinero para pagar a un detective. ¿A quién se estaría tirando para conseguir esa pasta...? No le hacía mucha gracia pensar que, si estaba con alguien que le proporcionaba dinero, él encima le pagara la «estancia» en su casa, porque era suya aunque el usufructo fuera de Amanda mientras viviera con el chico. No es que le pasara mucho. Lo de Carlitos y una compensatoria ridícula... En fin, seguro que Maribel encontraba la fórmula para descubrir quién corría con los gastos de esa zorra y la manera de dejarla sin la paga...

Mientras le daba vueltas al asunto, escuchó la llave en la cerradura. Sonrió. Maribel estaba de vuelta.

—Javier, ¿estás en casa? —preguntó Maribel mientras atravesaba el salón y recorría el pasillo para alcanzar la habitación.

—En nuestro cuarto —respondió él, alzando la voz.

—Buff, ¿no tienes calor? ¿Por qué no tienes puesto el aire acondicionado? ¡Esto no hay quien lo aguante! —dijo ella al llegar al cuarto, cogiendo el mando del aparato y pulsando el botón de encendido.

—Me he echado un rato al llegar del trabajo. Estaba cansado. Y ya sabes que no me gusta dormir con aire acondicionado…

—Ni a mí…, pero en circunstancias normales. El calor de este julio es insoportable.

—¿Quieres que nos bañemos en la piscina? —propuso él.

—No es mala idea… Déjame que haga una llamada, me cambio y nos damos un baño. ¿Vas yendo tú?

—Sí. Pero antes quiero contarte algo: Amanda ha contratado a un detective.

A Maribel le cambió el semblante. Era escuchar el nombre de esa mujer e irritarse.

—¿Un detective? ¿Para qué? ¿Y con qué dinero?

—Para que investigue el caso de Lucía.

—¿El caso de Lucía? ¿En serio? Pero si la UCO ha investigado todo y más… ¿Qué pretende esta tía? ¿Volver a salir en la tele? ¿Volver a insultarte en las noticias? ¡Es una mala pécora, de verdad! Odio a esas tipejas que no saben más que vivir de los hombres y hacer hijos para retenerlos… Me dan asco. En serio… Pero se va a enterar. Porque de algún lado tendrá que haber sacado la pasta para pagar al detective, ¿no?

—Eso digo yo, pero… ¿de dónde?

—No se trata de «dónde», cariño, se trata de «quién». La pasta se la está sacando a alguien, seguro. Y nadie da pasta por nada... Es decir, que tu ex tiene un nuevo novio... ¡A ver qué podemos hacer nosotros para, con ese motivo, tratar de quitarle la compensatoria de una vez...! ¿Cómo te has enterado?

—Al parecer, el tipo se está paseando por Costa de los Pinos haciendo preguntas y ha ido a ver a mi hermano. Con dos cojones.

—Pues mira, que tenga cuidado. Los detectives no pueden investigar este tipo de casos sin permiso del juez...

—Pero lo tiene. Lo ha concedido la que sustituye al que llevaba el caso hasta ahora, que ha tenido un infarto. Creo que en la UCO están finos. No les ha sentado nada bien.

—¿Quién te lo ha dicho? —preguntó Maribel, furiosa.

—El comandante García Perea. Ya sabes que me llevo muy bien con él y que está más que harto de Amanda. No soporta el petardeo que se ha traído con los medios, ni que haya metido a las ONG esas que buscan desaparecidos en el asunto... Desde que se levantó el secreto de sumario, cada vez que ella aparece diciendo alguna tontería de las suyas me llama para preguntarme si Amanda no tiene alguna cosa mejor a la que dedicar el tiempo...

—Ya le habrás dicho que no sabe ni hacer la o con un canuto. Vamos, que difícilmente puede dedicar el tiempo a nada que no sea tocar los cojones...

Maribel suspiró mientras se quitaba las sandalias de medio tacón, la falda beis, la camisita blanca de manga corta y la ropa interior, con total naturalidad y, desnuda, se acercaba al cajón de los bikinis, elegía uno en tonos verdes y se lo ponía.

—Venga, amor —dijo ya con voz suave, acercándose a darle un beso en los labios—, que la guarra de tu exmujer no nos amargue la tarde. No sé de quién se estará gastando el dinero esta vez, pero lo voy a averiguar y te aseguro que nos vendrá bien para nuestro propósito de dejarle sin nada antes o después. Y de lo de Lucía..., ya sabes: hay que olvidarse. Está muerta. Eso nos han dicho. No se puede hacer nada. Lo de Amanda es solo para quitarse el cargo de conciencia de lo mal que educó a su propia hija y de lo irresponsable que fue con ella. Lo raro es que no pasara antes lo que pasó… Venga, ponte un traje de baño y a la piscina. De camino preparo dos *gin-tonics* y brindamos por nosotros. Ya nos ocuparemos de las gilipolleces de Amanda.

Javier sonrió y se levantó. Esa mujer le hacía sentirse seguro y poderoso.

—Me gustas, Maribel Sánchez. Muchísimo. Hasta los tacos te sientan bien…

—Las palabras, cualesquiera que sean, hay que saber cuándo y cómo colocarlas en la conversación y en la vida —respondió ella, sonriendo también—. Vamos, mi amor. No tardes. Nos vendrá bien un baño refrescante antes de un buen polvo.

15

Los Pérez-Salta y los Perelló

El foscurit tras las cortinas de flores del balcón no llegaba de lado a lado, así que por la rendija que quedaba entre ambas, el sol entraba con tal decisión y potencia como si fuera la luz de una linterna enfocando a un punto en mitad de una noche oscura. Ese rayo indiscreto apuntaba, además, a la cara de Roures, así que se despertó sobresaltado. Miró a su viejo amigo, Corto Maltés, en la esfera de su reloj de pulsera, que descansaba en la mesilla, y comprobó que eran las diez de la mañana. Había dormido una eternidad. Más de lo que recordaba en varios años. Debía de ser producto del cansancio acumulado entre un viaje tempranero y los sobresaltos de las conversaciones. Se levantó y tomó su libreta, para no olvidar nada de lo que tenía pendiente. Los siguientes nombres de su lista eran los de los Pérez-Salta y el de Perelló. Dos familias de ricachones. Los primeros eran los dueños de una cadena hotelera en México. Él era un hombre muy discreto que en muy pocas ocasiones aparecía en alguna parte. De origen humilde y con el mérito de haber aprovechado las oportunidades —alguna de ellas con cierta oscuridad—, vivía y trabajaba sin descanso en Cancún, desde donde dirigía con gran éxito sus hoteles, siempre al borde de la legalidad, como exigía el propio país. De su mujer no sabía nada. Y tampoco de su hija Virginia, a la que, sin embargo, sí había visto en una foto muy abrazadita a Lucía y a la otra amiga, la tal

Marina, la única que hizo declaraciones en televisión de todo el entorno de sus amistades. En cuanto al dueño de Fertiplex, era todo un personaje. Hijo único de una familia de clase media, su indiscutible talento le había llevado a crear un imperio. Perelló, como reconocía en más de una entrevista —le hacían cientos de ellas en todo tipo de medios—, había sabido entender bien la necesidad del ser humano de convertirse en padre, incluso aunque la naturaleza se lo negara. «El ser humano desde siempre estuvo obsesionado por husmear en la reproducción y ser capaz de controlarla o al menos dirigirla. Poder decidir cuándo, cómo y hasta quién nacerá es algo que a los hombres les hace sentirse más grandes». Con esa idea en la cabeza, el brillante ginecólogo fue investigando todas las posibles técnicas de reproducción asistida, que implantó en su clínica de Barcelona convertida en un referente mundial. «Hoy en día no hay nadie que quiera tener hijos que no pueda conseguirlo», solía decir también el médico, siempre orgulloso de su trabajo. Era un tipo muy rubio y de ojos claros. Parecía más un guiri de la zona que un mallorquín, pero el apellido no dejaba lugar a las dudas.

Roures se duchó, se vistió con unos chinos claros, una camisa azul y unos mocasines de verano, para ir lo más fresco posible y se lanzó a la calle. Mejor desayunar fuera que en el comedor del hotel entre gritos de niños desteñidos… La bofetada de calor esperada le azotó sin compasión a la salida de establecimiento, aunque algo apaciguada por cierta sutilísima brisa del mar que dulcificaba algo el efecto de la insoportable temperatura. Entró al bar de al lado de su hotel de Cala Bona y le pidió un café a la chica joven con acento andaluz, melena castaña con rastas, mechada, quizás del sol, y brazos tatuados casi por completo que atendía tras la barra.

—Solo doble. Y unos churros. Por favor.

—Eso está hecho. Y si no te perfora el estómago el café, lo hará el aceite frito… —dijo ella, riéndose.

—Vaya —respondió Roures—, se ve que velas por el negocio...

—No es mío..., así que prefiero velar por los clientes cuando me caen bien. ¿No prefieres un zumo de naranja y una tostada de pan con tomate y aceite de oliva, *corasón*...?

—Pues mira, te voy a hacer caso en lo de la tostada; pero el café doble no me lo quita nadie. ¿Desde cuándo trabajas aquí? Porque ya veo que no eres una lugareña.

—Soy de Sevilla —respondió la chica—. Ni más ni menos. Pero debería habérseme quitado el acento, porque llevo diez años aquí. Dejé los estudios y me vine. Lo mío es el agua. Y el yoga y el pilates. Doy clases por las tardes, pero por las mañanas tengo esto y no quiero dejarlo porque funciona todo el año, ¿sabes?

—¿Das clases también en Costa de los Pinos?

—Sí, en el hotel. Y te diré que viene gente de todas las edades...

—¿Conocías a Lucía Peña? —disparó a bocajarro Roures.

La chica se puso en alerta.

—¿Por qué?

—Por saber. En los últimos años es lo que más ha sonado de la zona...

La chica dudó.

—Si te refieres a lo de los tíos de los tatuajes que declararon haberla visto esa noche, te repito lo que dijeron ellos..., no por tener tatuajes somos los malos de la película... Ni aunque sean de estos —dijo, señalándose unos dibujos que parecían los de unos demonios.

—Nadie ha dicho nada de eso.

—Ya. Pero en su día, entre el padre de la chica y su familia, que son unos fachas que no veas, y el comandante de la Guardia Civil, casi nos echan a los perros... Pero sí, conocía a Lucía. Venía a mis clases de pilates con dos amigas suyas. Y de vez en cuando se pasaba por ese bar de ahí al lado, que es donde tienen los mejores *pambolis* de la zona, con su madre y su hermano. Alguna vez también con sus primos. Buena tía, la verdad. Guapísima. Un poco delgada. Algunos decían que estaba algo trastornada, deprimida y que por eso comía poco... Pero yo siempre la vi comer bien, así que no lo creo. El caso es que estaba flaca. Y a días un poco triste. Pero era guapísima y muy simpática.

—¿Algo más que puedas decirme?

—Puesss... ¿y por qué te tengo que decir nada? ¿A ti por qué te interesa esto?

—Porque te caigo bien... y porque te dejaré una buena propina. —Roures hizo una pausa—. Soy detective.

—¡Hostia! —exclamó la chica—. ¿Detective?

—Exacto.

—Vale, vale... ¡Nunca pensé que fuera a conocer a un detective! Nada que ver con la poli, ¿no?

Roures negó con la cabeza.

—No. Ni le contaré nada de lo que me digas...

—Bueno. No sé si podrá interesarte, pero... a Lucía le gustaban los porros. Un día me contó que el primero se lo había fumado a los catorce... Precoz la niña, ya te digo. Pero eso es todo, fin. Ni tenía «malas compañías», como se ha dicho por ahí, ni se metía farlopa ni nada de nada, créeme a mí. Era una buena chica. Estaba, ¿cómo te lo diría?, un poco sola en esa familia suya...

—Gracias... ¿cómo te llamas? —preguntó Roures mientras deslizaba un billete de veinte euros por la barra.

—Rocío, *mi arma* —contestó ella, riendo y poniendo los brazos en jarras—, ¿cómo me iba a llamar?

—Gracias otra vez... —dijo Roures y añadió—: Por cierto, ¿si vengo otro día me dirás qué significan esos tatuajes? No te los puedes haber puesto tan feos por casualidad...

La chica sonrió una vez más.

—Ya veremos...

Roures salió del café, se subió al coche y se encaminó hacia la casa de los Salta. Estaba al principio de la avenida del Pinar, la vía de las mejores casas de la urbanización. Retranqueada y escondida, para acceder a ella había que tomar una callecita adyacente y llegar a una pequeña rotonda sin salida donde estaba la puerta de entrada. Roures llamó a la puerta y un mayordomo filipino —estaba claro que los filipinos eran habituales en el servicio de la zona—, «disfrazado» de pies a cabeza, le abrió con una de las características sonrisas orientales infranqueables.

—¿Los señores Pérez-Salta? —preguntó el detective.

—Señores estar abajo en la playa —informó el filipino—. ¿Quiere que yo llevar a usted allí?

El detective asintió.

—Se lo agradezco, sí.

El filipino le hizo un gesto de que le siguiera y Roures atravesó a una casa construida por lo que se veía con materiales de lujo y algo de excentricidad. El suelo y las paredes de cemento pulido, las grandes y extrañas esculturas, los sofás inmensos rojos... Recorrió un salón inacabable que desembocaba en un porche desde el que se bajaba por unas escaleritas no muy empinadas, casi de caracol, a una pequeña y exclusiva playita. Allí estaban los Pérez-Salta. Un hombre y una mujer, rondando la cincuentena, o tal vez mayores —imposible determinar la edad de aquel tipo tan gordo y de ese rostro femenino tan operado—, que le miraron con extrañeza.

—Pero ¿quién es usted? —preguntó él, con sorpresa, exhibiendo sin reparos su panza de cetáceo al estar ataviado solo con un traje de baño convencional, azul marino—. Esperábamos a un amigo, pero... —Hizo una pausa y se volvió hacia su mujer—. Palmira, ¿ves? Este cuate filipino no se entera de nada...

—No pasa nada, Vicente, no te alteres, ni que este señor fuera un ladrón que vinera a robarnos... —dijo ella, rubia de peluquería, y con la cara sin una arruga bajo su pamela de rafia natural con una cinta de flores en tonos lila a juego con su bikini años sesenta. Después se volvió hacia Roures y añadió—: ¿Quién es usted? ¿Y qué desea?

—Roures. Tony Roures. Soy detective.

—¿Detective? —se extrañó ella—. ¿Y aparece aquí como si saliera de una película, no más…? ¿Qué se le ofrece de nosotros?

—¿Pues qué se le va a ofrecer? Será otro que viene con el cuento de Lucía Peña, ¿no es cierto?

Roures asintió una vez más.

—Eso es. La madre de Lucía quiere hacer cuanto esté en su mano para tratar de descubrir el paradero de su hija. Sé que ustedes la querían mucho y que su hija era amiga de la chica.

—Vaya, Amanda perdió la cabeza ya, pobre… —dijo Vicente Pérez-Salta—. Lo siento mucho. Pero a nuestra hija déjela en paz, ¿sí? Ella ya lo ha pasado bastante mal, por el mensaje que le dejó Lucía en su celular.

—Es verdad —corroboró Palmira—. Pobrecita Lucía, Dios la tenga en su gloria, pero se podía haber ahorrado ese mensaje.

—¿También ustedes creen que está muerta?

—Nosotros ni creemos, ni dejamos de creer —replicó Vicente—, es lo que se dice. Además, ¿dónde iba a estar si no?

—¿Esa cala de al lado es suya también? Quiero decir, ¿también se llega a ella desde su casa?

—Así es —reconoció el propietario.

—Veo que aquí tienen una tabla de windsurf y una piragua. ¿En la cala tienen una embarcación?

—Una barquita, no más… —contestó el marido—. Nada digno de mención. Barcos más grandotes por aquí, el de Carlos Sainz, que agarran a una boya de cuando en cuando (el amarre lo tienen en Porto Cristo), o el de los Perelló, frente a su magnífica casa… El resto de la costa debe conformarse con barquitos pequeños, si quiere tenerlos por acá. En el puerto no se admite otra cosa y no hay más embarcaderos ni chiquitos siquiera... Pero no se haga cuentos, que le veo venir: ningún barco de los de aquí se movió la noche de la desaparición de Lucía. Y no hubiera sido raro que lo hiciera porque la isla anda llena de barcos que se mueven constantemente, para eso los tienen sus propietarios... Pero de los de la zona, esa noche, no salió ninguno, ya lo comprobó la Guardia Civil. Así que no hay tema que tratar, ¿entendió?

—¿Y su hija?

—Le dijimos ya que la dejara en paz, ¿no oyó? —contestó la mujer con enfado—. Y no hay caso porque este año ella se quedó en México con mis padres que están muy mayorcitos, así que... olvídese de la niña.

—Está bien. Solo una pregunta más. Si ustedes creen que está muerta, seguro que especulan con quién pudo matarla. ¿Tienen alguna idea al respecto?

El matrimonio se miró desconcertado.

—¿Usted cree que si supiéramos algo no se lo habríamos dicho a la Guardia Civil? —preguntó ella.

—No he dicho eso, pero...

—... pero lo piensa. Pues se confunde. Hasta lo que pensábamos lo contamos ya. Seguro que fue alguien del mundo de las drogas, o así. Algo pasó y se mataron a la chica. Es raro aquí, pero en México...

—Hasta allá aparecen los cadáveres... —insistió Roures.

—¿Lo dice por el que se encontró en el congelador en uno de nuestros hoteles de Cancún? —añadió Vicente con tranquilidad—. Seguro que antes de venir se informó sobre el asunto... Pero sabrá entonces, güey, que eso nada tuvo que ver con nosotros. Fue un ajuste de cuentas. De drogas, precisamente. Y les pilló bien el sitio para el trabajito... Esto es puro mar —continuó Vicente, señalando al agua con la mano—, y si alguien quiere hacer desaparecer algo, lo más lógico es que lo haga bajo las aguas, ¿no?

—Entonces, ustedes creen que la mataron —repitió el detective.

—No creemos nada, ya se lo dije —insistió Vicente—. Pero nadie pidió rescate y no se volvió a saber nada de ella, así que está claro que algo le pasó. Hasta tuvo miedo mientras caminaba de regreso a su casa... Eso ya parece indicar que...

—Ya. El mensaje a su hija...; pero tengo entendido que los chicos de los tatuajes se presentaron ante la Guardia Civil. Ellos mismos. Contaron que la habían visto volviendo sola y que, inmediatamente después, ellos fueron al David. Con su declaración quedaron liberados de las sospechas.

—¿Y eso qué? Si no fueron ellos, serían otros. Los que venden droga siempre son peligrosos. Y se suelen conocer. Otra cosa es que vayan a decir algo...

—¿Y el móvil del crimen? Como usted dice, nadie pidió un rescate.

—¡Qué sé yo! Igual solo querían pasárselo bien con la chamaca y le dieron a tomar algo que le sentó mal. No sé. Muere tanta gente... Ustedes tienen la fortuna de no sufrirlo a diario. En nuestro país es otra cosa... En Villahermosa, donde nosotros vivimos, las *balaseras* son constantes. Para tener allá alguna de las esculturas que ha visto usted en nuestro salón o para ponerme este reloj —dijo señalando el Rolex Daytona de oro en su muñeca—, debo hacerme acompañar de cuatro tipos con metralleta. Y aun así corro mis riesgos. Sentimos mucho la pérdida de la niña, pero ¿qué quiere? Estamos más acostumbrados que otros a estas cosas. Hemos visto morir a gente muy cercana por violencia o por... Eso sí, ya le digo que nuestra hija Virginia no iría nunca sola caminando de noche... Y nos va a disculpar, porque estamos esperando a unos invitados. Llama a Jonathan, amor, y que acompañe al señor a la puerta.

—Solo una pregunta más, señor Pérez-Salta, ¿la familia de Lucía Peña tenía enemigos por aquí, que ustedes conocieran?

—La familia Peña Varela estaba dividida, señor —respondió Palmira Pérez-Salta—. La hizo añicos el divorcio de los padres de Lucía. Eran enemigos entre ellos. No sé, yo jamás tuve sospechas de nada, pero... a veces pienso que alguien pudo hacer desaparecer a la hija para dañar a Amanda. O a Javier. Igual uno para dañar al otro... ¿Qué puedo decirle? Nosotros, señor, perdimos a la hermana gemela de Virginia por enfermedad a los pocos meses de nacer, a eso se refería mi marido. Y le aseguro que muchas veces pensamos que esos padres no eran dignos de tener una hija tan preciosa como la que tenían...

—No tan dignos como ustedes, claro...

—Adiós, señor Roures —cortó Vicente Pérez-Salta—. No tenemos más que decirle, ¿entendió?

Roures abandonó la casa no sin antes echar un vistazo al mar manso, acariciado por el intenso sol matutino, que lamía con delicadeza la arena de la pequeña playa de los Pérez-Salta. «Qué maravilla de sitio —pensó el detective—. Está claro que este matrimonio no podrá pasar a "mejor vida" a su muerte, a no ser que tengan la esperanza de la fe de reencontrarse con su hija muerta... No se puede vivir mejor». Mientras caminaba pensó en las últimas palabras de la señora Pérez-Salta. ¿Acaso un padre o una madre serían capaces de dañar a un hijo para hacer daño a un excónyuge? Desde luego que sí. Las historias del día a día estaban llenas de padres que acababan con las vidas de sus hijos con ese propósito. El tal Bretón, que mató e hizo desaparecer los cuerpos de sus dos hijitos de seis y dos años en el fuego, aquel tipo que tiró a su bebé por la ventana para hacer sufrir a su mujer... Aunque no solo eran los hombres los que utilizaban a los hijos para vengarse de los malos amores. Ahí estaba el caso de la mujer que metió a sus dos bebés en el horno y le mandó la escena a su expareja y padre de los niños, o la historia de la propia Medea.

Ninguna venganza era más efectiva y producía más dolor que la de dañar a un hijo. Se suponía que el que dañaba tampoco debía de pasarlo bien, pero... Malditos padres que siempre creían que sus hijos les pertenecían y llegado el momento los utilizaban como armas arrojadizas.

Subió al coche y se encaminó hacia la casa de los Perelló. Estaba en la avenida del Pinar. Muy cerca de la de Sandra Garau. Desde la carretera apenas se veía una valla metálica blanca y una puerta entornada y sin cerrar. Roures llamó al timbre.

—¿Los señores de Perelló?

—Sí, señor. ¿Quién pregunta por ellos?

Por la voz y el acento, nuevamente se trataba de un filipino.

—Roures. Dígales, si es tan amable, que vengo de parte de Amanda Varela.

—Sí, señor. Ahora mismo, señor —repuso el hombre volviéndose al interior de la finca.

Unos minutos más tarde, el filipino le gritaba y hacía señas desde la casa que, al empujar la puerta encastrada en la valla metálica que rodeaba el terreno, el detective comprobó que se encontraba al final de una pendiente escalonada, mucho más abajo. Desde la entrada se divisaba, al frente, el característico mar en diversas tonalidades turquesa de la zona, a la derecha una piscina de piedra natural en forma de riñón y a la izquierda lo que a Roures le pareció una escalera interminable. Descendió por ella hasta la edificación donde le esperaba el filipino.

—Pase, señor, le esperan —dijo invitándole a cruzar la puerta y guiándole después por el interior de la casa hasta una terraza sobre el mar.

—Buenos días, señor Roures —le saludó un hombre delgado, de aspecto agradable, alto, muy bronceado, de pelo rubio largo entremezclado con canas, vestido de lino blanco de arriba abajo y con los pies descalzos.

—¿Sabe mi nombre? —se extrañó el detective.

—Se lo acaba de decir a Josu..., pero, para serle franco, aquí corre todo deprisa y ya me habían advertido de su presencia.

—Llegué ayer.

—Lo sé. Y también que es usted detective y que está con el caso de mi queridísima Lucía Peña. Una belleza de criatura, un ángel, aún no nos hemos repuesto de su pérdida.

—¿Hemos?

—Sí, mi mujer, Amparo, y yo. No tenemos hijos, ¿sabe? Y ella era nuestra niña. Mi ahijada, además...

—Es cierto, no tienen hijos... ¿No es raro siendo usted quien es? He leído declaraciones suyas en las que asegura que ahora cualquiera puede tener un hijo si realmente lo desea...

—Cierto, Roures, cierto. Aunque esto no viene al caso, ¿no? De todos modos, le diré que no hemos tirado la toalla. Hasta ahora no ha podido ser y lo que no puede ser no puede ser...

—... y además es imposible. Está claro.

Perelló esbozó una sonrisa de anuncio de dientes falsos, demasiado blancos y perfectos. «Tal vez fundas o quizás carillas, pero desde luego del color equivocado», pensó el detective.

—Hasta que deja de serlo... —añadió Perelló—. Déjeme que le pregunte yo ahora, detective, ¿qué quiere tomar? Es casi mediodía. ¿Le apetece un zumo natural de cualquier cosa que se le antoje? ¿O tal vez prefiere una cerveza, un vermú, una copa de champán? ¿O es verdad que los detectives no beben cuando están «de servicio»? Tómese algo y disfrutemos de la maravillosa vista de esta casa mientras me pregunta usted lo que quiera preguntarme.

—Una cerveza, gracias.

—Josu —dijo Perelló—, traiga una cerveza para el señor y para mí una copa de champán. Y unas almendras tostadas.

La vista era ciertamente increíble desde aquella terraza mirador con arcadas, colgada directamente sobre un bellísimo mar transparente.

—Dígame, señor Perelló, ¿esa escalera baja directamente al mar?

—En efecto, a una plataforma que construimos hace años. Nuestra, pero con derecho de paso, ya sabe.

—Son muchos escalones…

—Cien. Tampoco tantos…, aunque con los años me van pareciendo cada vez más.

—Y ese barco que se ve ahí en la boya, ¿es suyo?

—Lo es, sí. Un barco muy cómodo para recorrerse esta isla llena de rincones bellísimos. Esta casa que acabamos de reformar tiene mucho espacio para huéspedes, porque nos visitan muchos amigos, y los tesoros añadidos de las vistas, la entrada al mar y una boya que nos permite tener el barco aquí en vez de tener que llevarlo siempre a Porto Cristo… Es mucho más cómodo porque salimos casi a diario.

—¿Salieron tras la desaparición de Lucía Peña también?

—Por Dios, no, ¿cómo se le ocurre? Aquel fue un día tristísimo. Esa misma mañana, cuando Amanda telefoneó a Marina, sus padres llamaron de inmediato a los de Virginia, al ser su hija la otra amiga inseparable de Lucía; y como ellos, los Pérez-Salta, son íntimos amigos nuestros y sabían lo mucho que queríamos a la chica, me llamaron a mí y nos preguntamos entre nosotros, por si alguien sabía algo que pudiera ayudar a encontrarla… Todo fue inútil, como sabe. Yo incluso me acerqué a ver a la propia Amanda, pero… llevaba tanto tiempo sin ser la misma y estaba tan histérica que la conversación fue difícil. No me pareció extraño, en todo caso. La desaparición de su hija era el remate, después de las mil peleas del matrimonio que desembocaron en un divorcio terrible sobre todo para ella. Los chicos sufrieron mucho durante ese trance. Bueno,

Carlitos no tanto. O sí, no lo sé, porque era un chico que nunca se sabía si estaba o no estaba. No sé si seguirá igual ahora porque casi no hablo ya con Amanda.

—¿Habla con ella?

—Alguna vez, sí. Tenga en cuenta que nos conocemos desde hace muchísimos años, desde que…

—¿Desde qué…?

—Temas profesionales. Me temo que no puedo abordarlos con usted. Mire, ya tenemos aquí su cerveza —dijo, agarrándola de la bandeja que le ofrecía el filipino y pasándosela a él y cogiendo después su copa de champán—. Deje las almendras sobre la mesa, Josu. Muchas gracias.

—Bueno, en realidad, en algún sitio ya salió publicado que Lucía era producto de una fecundación *in vitro*. Supongo que por eso es usted el padrino de la niña…

—Así es —aceptó Perelló—. Le diré que me sorprendió mucho que se filtrara ese asunto que a nadie le importa. Además, ¿acaso un hijo lo es menos porque haya una FIV de por medio?

—No lo sé. Dígamelo usted…

—Evidentemente, no, señor Roures.

—Bueno, supongo que no es lo mismo si se hace con esperma donado o con óvulos donados…

—¡Ah! La eterna obsesión —exclamó Perelló, alzando las manos—. El hombre quiere saber que sus hijos son carne de su carne y sangre de su sangre para considerarlos suyos de verdad y haría cualquier cosa para conseguirlo… Le sorprendería la cantidad de hijos que no son de sus padres, genéticamente hablando, o incluso que no son de sus madres.

—La diferencia es que ellas siempre suelen saber si son suyos, mientras que ellos…

—Eso es cierto. A ellas no se les puede engañar, a menos que en un proceso no natural alguien, deliberadamente, quiera hacerlo. También ha ocurrido alguna vez. No en mis clínicas, naturalmente…

—Siempre he pensado que se debe encontrar usted con clientes con historias fascinantes.

—Si yo le contara… ¿Sabe que he llegado a inseminar a la mujer y a la amante del mismo hombre, el mismo día, sin que ninguna de las dos supiera lo de la otra? Hay casos muy curiosos, sí, ja, ja, ja…

—¿Y eso es ético? —preguntó Roures, sin reírle el cuento.

—¿Por mi parte? ¿Por parte del hombre que engaña a ambas mujeres? ¿Por parte de la mujer que sabe que tendrá un hijo de un hombre casado? Yo no me meto en las decisiones morales de los demás. «Llamamos peligrosos a los que poseen un espíritu contrario al nuestro e inmorales a los que no profesan nuestra moral». Eso decía ese escritor francés premio Nobel, el tal Anatole France.

—Un filósofo nacional más cercano, José Luis López Aranguren, aseguraba que «los valores morales se pierden sepultados por los económicos…».

Perelló hizo una pausa y por un momento abandonó su encantadora camaradería recién estrenada.

—¿Me está usted juzgando? ¿Acaso cree que yo lo hago todo por dinero? —Se mantuvo de nuevo en silencio unos instantes—. No se equivoque. Soy médico y científico. Tengo vocación y responsabilidad. Como médico intento ayudar a traer vidas y como científico intento expandir mi conocimiento para hacer posibles los milagros.

—¿Lucía lo fue? ¿O era hija biológica de los dos miembros del matrimonio?

Perelló lo miró desafiante.

—Eso no es algo que yo le pueda contestar. Aunque teniendo en cuenta el carácter de mi también querido Javier Peña, ¿cree usted que él hubiera aceptado otra cosa?

—Sabiéndolo, ya imagino que no, pero… esa niña era tan rubia. ¡Casi se parece más a usted!

—Vaya, Roures —exclamó Perelló con cierto asombro—, tiene usted una mente perversa… En fin, comprenderá que yo pongo todo de mi parte para que las madres se queden embarazadas... pero que en ese «todo» no quepo yo mismo, como es lógico. Y sí, soy rubio, porque mi padre, mallorquín (bastante moreno, debo precisarle), se casó con una rubia mujer eslava... Un foráneo y una guiri, algo muy normal por aquí. Más allá de eso, desconozco los antecedentes genéticos de la familia Peña. Es cierto que los padres y los hijos eran todos morenos y de ojos oscuros..., pero tal vez habría que revisar más atrás... Los saltos genéticos existen, ¿lo sabía?

—¿Era feliz Lucía Peña? —preguntó Roures, cambiando de tema.

Perelló cerró un momento los ojos y movió la cabeza de lado a lado.

—Me temo que no. Le costaba mucho integrarse en los grupos. Y aún me pregunto por qué, cuando era tan bella por dentro como por fuera... Creo que la culpa era de sus padres. Ninguno de los dos supo encarrilarla, hacer que se sintiera necesaria para algo o para alguien... En fin, pobre Lucía.

—¿Usted también cree que está muerta?

—Lamentablemente, después del tiempo que ha pasado, la Guardia Civil no considera otra opción... Si se hubiera ido, como se dijo al principio, seguro que se habría puesto en contacto conmigo... No, señor Roures, descarte otra cosa. Lucía está muerta.

—¿Ah, sí? Y entonces, ¿dónde está?

—Qué sé yo. ¿Enterrada en algún lugar de la isla? ¿En el fondo del mar? No es la primera vez que no se encuentra un cadáver.

—Ya. Pero sin cuerpo ni asesinos no se puede considerar que un desaparecido esté muerto, ¿no le parece?

—Me parece lo que usted diga —aceptó el médico, dando un sorbo lento a su copa de champán.

—Bien, señor Perelló. No le entretengo más, ¿pasará todo el verano aquí?

—No lo sé. Tengo muchas clínicas, como seguramente sabrá. Veintiuna solo en España... Así que si me requieren de alguna, iré.

—Gran negocio el de la paternidad/maternidad, ¿no? No hay más que ver esta casa...

—Verá, señor Roures —dijo Perelló, clavando sus iris azules en los ojos del detective—, está claro que vivo de esto, pero, como le he dicho, es pura vocación. Desde siempre pensé que los avances del *Homo sapiens* estaban cifrados en poder controlar la paternidad...

—Vamos, que juega usted un poco a ser Dios.

—Dios es quien me ha dado mis talentos, señor Roures. Y yo trato de utilizarlos haciendo el bien a la humanidad...

Roures abandonó la casa de Perelló con la sensación de que se trataba de un tipo iluminado. Aunque estaba claro que en la sociedad del siglo XXI alguien capaz de conseguir que casi cualquiera se convirtiera en padre o madre podía tener más consideración de mesías que el mismísimo Jesucristo. Y el éxito arrollador, máxime si acompañaba a cuestiones tan definitivas, debía pesar mucho. Desde luego, frente a la rudeza de los Pérez-Salta, el tipo resultaba encantador, pero era tan poco natural, tan afectado, que no conseguía sentir demasiada simpatía por él.

Revisó su lista. Ni Peña ni su otro hermano estaban en Costa de los Pinos, la otra amiguita de Lucía, la tal Marina, había hablado tanto en los medios que de momento no le interesaba. Pedro, el amigo de Amanda, aún no había llegado a Costa de los Pinos, si es que tenía previsto ir aquel año... Tenía que aprovechar para ir a ver a la jueza del caso y para intentar hacer tan buenas migas con ella como para que le permitiera acceder al expediente. No olvidaba tampoco la recomendación de su amigo Prieto. Tener a un comandante de la Guardia Civil en contra no era ninguna tontería. Justo andaba ordenando su plan de acción mentalmente cuando se cruzó por delante de su vehículo Sandra Garau, con sus rizos dorados al viento, un vaquero, una camiseta blanca de tirantes anchos y unas abarcas menorquinas de color azul. El detective hizo sonar el claxon y ella volvió su mirada verde y acuática hacia él. Al descubrirlo, esbozó una de sus amplias y acogedoras sonrisas. Roures salió del coche.

—Ya te dije que nos veríamos —dijo Sandra—. Sin necesidad de llamadas. Así son las cosas en Costa de los Pinos.

—Bueno —contestó el detective, sonriendo también—, me alegra que el reencuentro se haya producido tan pronto. ¿Me aceptarías el café que quedó pendiente?

—¿A estas horas? Mejor un vino, ¿no? Vamos al hotel, que en el David con este calor no hay quien pare —dijo, subiéndose al vehículo.

Dieron la vuelta con el coche y pusieron rumbo al hotel, situado pocos metros más atrás, lo dejaron en el aparcamiento, frente a las pistas de tenis, y entraron en el establecimiento atravesando unas puertas giratorias. El edificio se veía recién reformado, pero tanto la tienda de ropa y complementos que se encontraba a la entrada, a mano derecha, no muy exclusiva, como el aspecto general del establecimiento hacían pensar que no se trataba de un hotel muy lujoso. Estaba catalogado con cuatro estrellas, lo cual resultaba extraño estando enclavado en una urbanización tan cara y siendo el único de la zona y encima encontrándose tan sobre el mar como si fuera un barco. El detective supuso que los dueños prefirieron un turismo menos exquisito pero continuado hasta fuera de temporada y por eso eligieron esa modalidad. En todo caso, era un hotel agradable, con mucha luz, grandes cristaleras y un par de piscinas llenas de niños rubios, de nuevo. Sobre ellas estaban el restaurante y la cafetería donde tomaron asiento el detective y la abogada.

—¿Qué tal las pesquisas? —inquirió ella con curiosidad—. ¿Has avanzado mucho?

—Más de lo que suponía, a decir verdad.

—¿Es que sabes algo nuevo? ¡No me puedo creer que en un par de días hayas encontrado pistas en las que la Guardia Civil no haya reparado! ¡Serías un fenómeno!

Roures sonrió de soslayo, mirando seductor a Sandra Garau. Aquella mujer le gustaba. Tenía algo especial.

—Soy un fenómeno —repuso al fin—, no lo dudes... No, en realidad, solo soy un buen escuchador. Presto atención a las personas y a los detalles. Desde niño. Ese siempre fue el secreto de mi encanto personal... —Ambos rieron—. No, en serio —continuó Roures—, piensa en tus clientes. ¿A que cuando los escuchas como si ellos fueran lo único que te interesa en el mundo se sienten seguros? A todos nos gusta sentirnos únicos, interesantes, distintos... Eso solo ocurre cuando nos escuchan sin atender a nada más. Y sucede que a mí siempre me gustó más escuchar que hablar. Durante mucho tiempo, antes de ser detective, cuando iba de guerra en guerra, micrófono en mano, escuchar con atención podía salvarme la vida. Supongo que por eso escucho bien y hasta saco cosas en claro. Al menos a veces.

—¿Fuiste corresponsal de guerra? ¿De la tele? —preguntó Sandra—. ¡Sabía que tu cara me sonaba de algo! En cuanto a lo de escuchar, aparte de salvarte la vida entonces, seguro que siempre te funciona para ligar...

—Nooooo. Ya sabes que yo lo que utilizo para ligar es la música...

Sandra rio complacida y luego volvió a preguntar:

—¿Has hablado con mucha gente?

Roures dudó. ¿Sabría algo Sandra de la conversación con su hijo y sus amigos? ¿Le habría dicho algo el chico a su madre de su «confesión»?

—Bueno... con los de la tienda, con Perelló, con los Pérez-Salta... e incluso charlé un rato con tu hijo y sus amigos.

—Lo sé. Me lo dijo Fernando. Les caíste muy bien a todos... Y no hubiera imaginado yo que fueras capaz de subirte en una tabla...

—... a mi edad, ¿no? —acabó Roures la frase, riendo de nuevo—. No seas cobarde y dilo con todas las letras...

—Ja, ja, ja... Pues es cierto, a tu edad...

Roures intuyó que el hijo de Sandra evitó mencionarle nada sobre la parte de la conversación dedicada a la violación de Lucía y prefirió no arriesgarse. No quería traicionarlos.

—Chicos sanos y con personalidad. Enhorabuena, Sandra, por lo que te toca... Fernando es un chico estupendo.

—Lo son todos —aseguró ella con convicción—, a los distintos siempre los miran mal, pero, vamos, a mí me da igual. Sé que te contaron que yo me enfadé bastante en su día con Javier por eso. Pero es que los Peña siempre llevaron un rollo muy pijo... No te lo dije con claridad ayer porque para mí es un tema cerrado. Mi amigo era Ernesto, como te dije. El pequeño. Y él ya casi no viene por aquí. Aunque Javier tampoco. Y bueno, al fin y al cabo, él tampoco los acusó de nada... Si no...

—Bien, abogada —dijo, cambiando de tercio, Roures—, la necesito.

—¿A mí?

—Sí. Necesito tu ayuda. Debo ir a los juzgados de Manacor. No es que no vaya a encontrar el camino solo, pero, a decir verdad, me iría bien alguien que se maneje por allá. El abogado de la causa de aquí ahora vive en Galicia y no me puede ayudar. Y yo tengo que ir a ver a la jueza sustituta, ¿la conoces?

—Y quién no...

—¿Por?

Sandra lo miró con fijeza durante unos segundos, misteriosa.

—Ya lo verás... En todo caso, yo tengo un par de amigos en el juzgado. Igual alguno nos puede echar una mano. Y nunca va mal ir con el carné de abogado. Por cierto, te diré que desconocía que los detectives pudierais actuar en delitos públicos...

—A decir verdad, hablamos de una desaparición que hasta podría ser voluntaria, así que... Y Amanda le pidió una orden al juez que instruía el caso. Fue la jueza que sustituyó al magistrado tras un infarto quien la concedió. Parece que cierta cercanía entre ellas pudo acelerar la operación. Por eso quiero ir a verla.

—Mejor. Así es posible que, con suerte, te deje ver el expediente... Hace poco, a uno de mis compañeros, que le pidió el de otro caso, le dijo que podía preguntar perfectamente sin verlo. Muy chula ella... Aunque él es abogado y no es lo mismo. Y tú vienes «recomendado»...

—¿Me acompañas mañana, entonces? ¿Puedes?

—Puedo y hasta quiero —respondió la abogada—. Estoy deseando ver tu reacción cuando veas a la jueza Aguado.

16

VOLVER A EMPEZAR

Mayo de 2011

Abortar fue menos duro de lo que pensaba. Jamás supuso que le tocaría a ella una experiencia así. Al contrario. Pertenecía a una familia con profundas convicciones religiosas donde el aborto estaba descartado y no creyó que fuera a tener que pasar por ese trance. ¿Acaso lo pensaba alguien? Le costaba trabajo reconocer que iba a liquidar una vida que portaba en su interior. Aunque por algún motivo que desconocía era incapaz de considerar que aquello que se escondía en sus entrañas fuese algo vivo. Ni siquiera que tuviera que ver con ella misma. Era algo ajeno de lo que se tenía que desprender. Algo que habían inoculado en su cuerpo, con violencia, y de lo que necesitaba deshacerse. Nada más. Sin embargo, pese a todo, desde el mismo momento en que se practicó la prueba del embarazo, le acompañaban un cúmulo de sentimientos extraños que la perturbaban sin remedio al pensar en la posibilidad de un aborto. Si hubiese tenido que decidirlo ella misma, tal vez no se habría atrevido. O sí. Prefería no planteárselo. Por fortuna, sus padres la respaldaron. De hecho, ellos fueron quienes tomaron la decisión. Más su padre que su madre, que no dudó ni un instante ni le dejó alternativa. Pero fue su madre quien la acompañó a la clínica, la ayudó a responder a las preguntas tanto de salud como emocionales y legales y a rellenar los sencillos papeles que requería la operación. Ella estuvo también a su lado mientras le efectuaron un simple reconocimiento táctil y ecográfico y un análisis de sangre y cuando la citaron para la semana siguiente. No convenía esperar. Una vez determinado con seguridad que se quería interrumpir el embarazo —«Queremos que estés convencida del paso que vas a dar y que entiendas cómo la ley del aborto española se aplica a tu caso»—, cuanto antes se hiciera, mejor. Estaba de siete semanas en la primera visita. Y estaría de ocho cuando la intervinieran. El primer día le informaron de que le practicarían un aborto quirúrgico por succión. Ya era un poco tarde para uno con pastillas y parecía la solución más adecuada. Así que solo quedaba esperar. Y eso fue lo que se le hizo más largo. Esperar y pensar en lo que iba a suceder. Todo por su culpa. Por haber llegado a donde llegó. Por haberse dejado hacer. Tenía que haber sido más contundente. Luchar. Oponer resistencia... Se habría llevado más de una bofetada, pero... Sabía desde hacía meses lo que él quería y... No entendía cómo no supuso que las cosas llegarían a donde llegaron y que él no respetaría su voluntad... Ya daba igual. Solo quedaba «arreglar el problema». Eso le había dicho su padre.

Una vez de nuevo en la clínica, le ordenaron que se desnudase y que cambiara su ropa por una batita médica verde, un gorro de papel y unos patucos, en un pequeño vestuario situado al lado de la sala de intervenciones, a la que entró por su propio pie. Allí se tumbó en la camilla y colocó cada una de sus piernas, tal como le indicaron, en las bridas ginecológicas. Entonces le pincharon un par de veces anestesia en el cuello del útero, como le habían explicado que harían, y le dolió un poco. Solo iban a utilizar anestesia local, según le dijeron. Así la recuperación sería más rápida y se descartaba cualquier tipo de riesgo. Lo malo es que viviría con más intensidad el proceso, aunque era tan rápido que apenas se daría cuenta de nada. Tras los pinchazos de la anestesia local vinieron los de los medicamentos para ablandar el cuello uterino y otros para disminuir el sangrado. El médico iba contándole cuanto realizaba sin ninguna emoción, como si fuera un robot, mientras seguía con su trabajo de forma mecánica, colocando un espéculo para mantener abierto el canal vaginal y luego, tras comprobar que la anestesia había hecho efecto, insertando una cánula en el cuello uterino y activando un aparato de succión para vaciar el útero. Al poco de empezar ya había acabado.

—Perfecto —dijo el profesional, al tiempo que retiraba el espéculo y el resto del instrumental y vaciaba el contenido de la máquina en un recipiente.

Chas. Ese pensó Lucía que sería el ruido que harían el embrión, la placenta, el contenido uterino al caer en el recipiente habilitado a tal fin. Un chas que indicaría que todo había terminado. Pero no hubo sonido. El aparato se lo tragó todo. Sin ruido. Sin chas... Asunto resuelto. Sin pruebas. Como si no hubiera existido. ¿O no? ¿Podría ella olvidarlo alguna vez? ¿Cuánto había durado la intervención? ¿Quince minutos? ¿Veinte? ¿Qué huella dejarían aquellos quince o veinte minutos en su vida? ¿Y ese sonido que no se produjo? ¿Ese chas? ¿Qué marca le dejaría ese chas imaginado en la memoria? La llevaron a una sala de recuperación donde estuvo sentada, junto a su madre, una media hora mientras desaparecían los efectos de la anestesia por completo.

—¿Estás bien, pequeña? —decía Amanda, acariciándole con ternura la frente, con los ojos empañados—. Ya acabó todo, hija...

Lucía se vistió y madre e hija salieron a la calle con la receta de un analgésico y otro medicamento para controlar el sangrado tras el aborto, que compraron en una farmacia próxima a la clínica y que Lucía guardó en su bolso.

Al llegar a su casa su padre las esperaba nervioso sentado en el salón. En cuanto escuchó la puerta, salió a recibirlas.

—¿Qué tal estás, Lucía? —preguntó con gesto grave.

—¿Cómo va a estar? —respondió Amanda—. Cansada y deshecha. Y apenada y llena de rabia sabiendo que el culpable de todo esto quedará impune.

—No te he preguntado a ti, Amanda —replicó Javier con frialdad—. ¿Estás bien, hija? —Lucía asintió. Estaba muy pálida y sus ojos azules brillaban por la emoción de esa tristeza contenida en ellos—. Ya ha pasado, hija —continuó Javier con dulzura.

Lucía volvió a asentir.

—¿Cómo que ya ha pasado? —le espetó Amanda—. Ha pasado el aborto, pero Lucía y yo sabemos que no se hará justicia jamás, que ese asqueroso que la violó seguirá respirando el mismo aire que ella tan feliz... ¿No crees que es bochornoso que no le denunciemos? Es una irresponsabilidad, Javier, una cobardía... Es... Una mierda.

—¡Cállate ya, Amanda! —gritó Javier—. Al menos, antes sabías que no sabías y te callabas. Ahora gritas y dices tonterías todo el rato, y encima te las crees. ¿Qué piensas? ¿Que podíamos haber ido a denunciar al chaval varios días después de lo ocurrido y encima con lo poderoso que es su padre? ¡No teníamos ninguna prueba! ¿No te das cuenta? Nuestra hija salía con ese chico, le gustaba, los habían visto juntos desde el verano y todos sabían que se llevaban bien. ¿Crees que alguien iba a creerla? ¿O es que hubieras preferido que Lucía pasara por el calvario de un juicio y el señalamiento de todos? ¿Tú sabes lo que es eso? ¿Sabes lo que hubiese supuesto para esta familia?

—¡Era lo que teníamos que hacer! —chilló Amanda, deshecha.

—Lo que tenías que haber hecho es enseñar a tu hija a preocuparse de tomar medidas, a saber que, si se empieza a tontear con un chico, hay que andar con ojo... Pero sobre todo tenías que haber estado en casa ese día en vez de tomando copas por ahí, o por lo menos haber logrado que tu hija tuviera más confianza contigo y que te contara lo que pasó cuando sucedió y no varios días más tarde —chilló también Javier.

—¿Y me lo dices tú, que culpaste a sus amigos de verdad de todos sus males y eres capaz de tragar con esto porque el chico es el hijo de una mierda de político?

—Tú sí que eres una mierda de madre y de todo, Amanda... ¡Una mierda! ¡No te soporto!

Lucía rompió a llorar.

—¿Queréis callaros, por favor? —pidió con voz temblorosa—. Dejadlo ya. La culpa no ha sido vuestra. En todo caso, ha sido mía. Y sobre todo de él. No volveré a repetir su nombre. Ni tampoco quiero que lo hagáis vosotros. Solo quiero olvidar este episodio de mi vida... Por favor, por favor...

La niña salió corriendo y se encerró en su cuarto. Tumbada sobre la cama, aún oía a sus padres discutir, pese a que ellos se esforzaran en no gritar para que no les escuchara. Se tapó los oídos con las manos al tiempo que sentía un espasmo en el útero, una especie de contracción dolorosa. Se destapó los oídos, tomó un analgésico de su bolso y se fue al cuarto de baño para tragárselo con un poco de agua. Luego se volvió a tumbar en la cama. Sentía la vagina húmeda y caliente. Debía de estar sangrando. Sus padres seguían discutiendo. Se acercó de nuevo al cuarto de baño y se cambió la compresa ensangrentada después de expulsar un considerable chorro de sangre. Ni siquiera se asustó. Eso ya era lo de menos. Se tumbó de nuevo sobre la cama, se colocó la almohada sobre la cabeza y comenzó a llorar otra vez. Sus sollozos amortiguaron el sonido de las voces de sus padres, el intercambio de insultos, de culpas, de responsabilidades...

En la habitación contigua, como un convidado de piedra, frente a la pantalla de la televisión, Carlitos jugaba al *Call of Duty*, disparando a diestro y siniestro y matando a los soldados de la pantalla, mientras gruesas lágrimas resbalaban por sus mejillas. Él, aunque en su familia parecían no percibirlo, sufría tanto como los demás.

17

La jueza Aguado

Manacor era, posiblemente, la ciudad más fea de toda Mallorca. Resultaba difícil imaginar que ese lugar del interior de la isla, industrial, con un trazado urbanístico desordenado y una densa población, fuera la patria chica del deportista internacional más grande de todos los tiempos, Rafael Nadal, quien, lejos de renegar de ella, tenía allí montado un Centro Internacional de Tenis con su nombre, que suponía una visita turística mucho más obligatoria que la iglesia de Nostra Senyora dels Dolors. Gracias a la relevancia del tenista, Manacor se había convertido en un lugar de culto para muchos, y tal vez ese era el motivo de que contara con la única «vía verde» de todas las Baleares, una ruta de veintinueve kilómetros que partía de Manacor y ofrecía un trayecto repleto de bellos y diferentes paisajes. Y estaba bastante cerca de muchos puntos turísticos costeros sin otro comercio más que el básico, por lo que los veraneantes acudían a visitarla varias veces durante sus vacaciones, en busca de objetos que no encontraban en sus propios destinos o para cambiar de plan y ver alguna película en pantalla grande, en los únicos cines de la zona. Era frecuente encontrarse por allí a vecinos de Costa de los Pinos o de Cala Bona. Precisamente entre ambas poblaciones se ubicaba un bonito restaurante llamado Sa Punta, con terrazas sobre el mar y recién remodelado aquel 2017, del que el mismísimo Nadal era socio, por lo que, de cuando en cuando, el público gozaba de un encuentro fortuito con el deportista. Todo esto se lo explicaba en detalle Sandra Garau a Roures mientras compartían coche camino de los juzgados. Sandra conducía su Fiat 500 azul cielo mientras charlaba con el detective como si fuera su guía particular.

—Yo trabajo en Palma, así que tampoco te creas que esto me lo conozco tanto, pero sí sé que aquí hay bastante lío. Hay mucha dispersión en las dependencias judiciales y eso genera bastantes problemas. Había un proyecto para arreglar las cosas. De hecho el Ministerio de Justicia firmó un convenio con el consistorio en el que este le cedía unos terrenos a cambio de que el estado unificara todos los edificios que tiene en régimen de alquiler; pero el acuerdo expiró hace un año y yo creo que el ministerio ni siquiera ha comunicado una renuncia explícita a la obra aludiendo a que no cuenta con presupuesto suficiente para realizarla. Es todo un poco caótico, la verdad —le explicó Sandra a Roures.

—Nada que no sea habitual, entonces —respondió el detective.

Aparcaron en una calle estrecha del centro de la ciudad. Sandra no recordaba exactamente el emplazamiento, así que entraron primero en el claustro de San Vicente, que albergaba la biblioteca municipal y, tras atravesarlo, se encontraron con una callecita donde se situaban parte de esos juzgados de Manacor. Al entrar, una agente de policía muy amable, que les dejó pasar sin problemas al mostrar Sandra su carné de abogado, respondió a las preguntas de la letrada sobre el edificio, contándole que tiempo atrás perteneció a la Guardia Civil. Era muy posible que tuviera alguna historia anterior, porque parecía ser una especie de continuación del propio claustro, pese a sus diferencias, y era una construcción bastante atípica tanto para ser un edificio de la Benemérita, como para acoger unos juzgados, en la que llamaba particularmente la atención un patio interior con palmeras y un melocotonero. Roures observó un cartel que indicaba dónde se encontraban las salas de las audiencias de los juzgados de instrucción 1, 2, 3 y 4, así como la máquina de café, otra de bebidas, un mostrador de atención al ciudadano sin atención, varios bancos vacíos y muchos paquetes de folios dispuestos a recibir en ellos las historias de tantas desgracias humanas que acababan siendo pasto de juicios. Atravesaron toda la estancia, casi desierta —se notaba que era verano—, y continuaron más allá de donde se señalaba que se encontraba el decanato, hasta una puerta que accedía a otro patio distinto, donde estaba el registro civil, además de la sala de detenidos y otra de agentes judiciales.

—¿Esas escaleras de enfrente llevarán hasta el despacho de los secretarios judiciales? —preguntó el detective a su acompañante.

—Sí, pero no los llames así que se cabrean. Ahora se hacen nombrar como «letrados de la administración de justicia».

—Pues si eso les hace felices, sea —repuso Roures sonriendo—. ¿Ahí encontraremos a nuestra jueza?

—Eso creo. Subamos y preguntemos... Y esperemos que nos reciba... Con la jueza Aguado nunca se sabe.

—Empiezo a preocuparme, Sandra. ¿Tan temible es?

Sandra sonrió, misteriosa.

—En más de un sentido, parece que sí. O eso dicen las lenguas de doble filo. Desde luego, es muy chula. Y se lo puede permitir.

Nada más subir, se veía el despacho de uno de los letrados de la administración de justicia, al estar la puerta abierta. Allí, tras una mesa rebosante de papeles, una mujer muy delgada, de edad indefinible, con muchas ojeras y media melena, parecía escribir algo ajena a todo. Olía a tabaco. Tal vez alguien había fumado en aquel habitáculo pese a estar prohibido, aunque lo más probable era que esa mujer de aspecto triste fumara más de la cuenta e impregnara de olor incluso su lugar de trabajo.

—Hola, buenos días —dijo Sandra—. ¿Estará aquí la jueza Aguado? Necesitábamos verla, si fuera posible.

—¿Cómo que necesitan verla? —preguntó la mujer sin responder al saludo—. ¿Quiénes son ustedes y por qué deberían poder ver a la jueza fuera de la sala de audiencia?

—Buenos días —intervino Roures—. Soy el detective Antonio Roures —se presentó exhibiendo su carné de identidad—. Necesitaba recoger el documento acreditativo del permiso para una investigación. Y también necesitaría hablar un momento con la jueza para comentarle algunos asuntos relativos al caso que investigo.

—¿Documento acreditativo? Tendrá usted que pedir el permiso correspondiente y luego esperar a que se lo envíen a quien lo demanda, si es que resuelven otorgárselo... Eso lleva su tiempo.

—Ya está pedido y concedido a mi clienta —explicó Roures—. Pero yo necesito una copia. Es un caso complicado y prefiero tener ese documento en mi poder.

—¿De qué caso estamos hablando? —preguntó la mujer.

—De la desaparición de Lucía Peña, ¿le suena?

La funcionaria le miró con fijeza y sin simpatía.

—¿Se hace usted el gracioso?

Acto seguido se levantó y, dándoles la espalda, salió de la habitación. Ya en la puerta se volvió.

—Voy a preguntar a ver qué pasa —dijo.

Al cabo de unos minutos, la mujer reapareció con la misma cara de pocos amigos con la que se había marchado.

—El documento se envió a la persona que lo solicitó. La jueza recuerda haberlo firmado.

—Sí, lo sé —confirmó Roures—. Es justo lo que le he explicado hace unos minutos, pero me sería de mucha utilidad poder conseguir una copia que llevar conmigo. Por si acaso. Y... me vendría muy bien poder hablar con la jueza. Es más, creo que debo hacerlo. Tengo motivos.

La mujer arrugó el entrecejo y entornó los ojos.

—Venga conmigo —dijo—. Usted no —añadió, mirando a Sandra.

—Ella es la letrada —le informó Roures.

—¿Del caso?

El detective negó con la cabeza.

—Pues entonces nada. Venga usted y que se quede ella.

—Ve, no te preocupes —dijo Sandra, con cara de resignación—. Yo te espero.

Recorrieron unos escasos metros y la funcionaria llamó a la puerta. Luego la abrió y le indicó que pasara a un despacho más que sobrio, cutre. Apenas una triste mesa hasta arriba de papeles, un par de sillas y poco más. Una mujer alta y morena, de melena ondulada y brillante casi hasta la cintura, vestida con un sencillo vestido camisero azul marino de manga francesa, miraba por la ventana. Roures percibió un olor familiar al entrar... «Esto es, es... ¿almizcle blanco?», se dijo sin reconocerlo del todo. En ese momento, la mujer se giró y al detective le fallaron las rodillas como si fuera la frágil y tísica Dama de las Camelias de Dumas, extraviada por obra y gracia de la ópera de Verdi.

—¡Carlota! —no pudo evitar exclamar, asombrado, el detective.

—¿Nos conocemos? —preguntó ella, al tiempo que se giraba hacia la funcionaria y añadía—: Déjenos, Ana. La llamo si la necesito. —La letrada de la administración de justicia asintió con la cabeza y abandonó la estancia—. ¿Nos conocemos? —repitió la jueza con una impaciencia que se traslucía en ese rostro suyo más bello aún de lo que Roures recordaba.

El detective sacó dos Actrones del bolsillo de su chaqueta sin dejar de mirar con fijeza los cristalinos ojos azules de la mujer y se los mostró.

—¿Tendría usted un poco de agua, señoría? Me temo que me empieza a doler la cabeza...

La magistrada sonrió ligeramente y luego alzó las cejas complacida.

—¿Le sirvieron?

Roures, sonriendo también, asintió.

—Tanto como para no haber podido olvidar su nombre. Ya lo ha visto. Aunque me temo que a usted, con analgésicos o sin ellos, es difícil olvidarla.

—No empiece con los piropos. Ya le dije que están mal vistos. Y… estoy en «acto de servicio». O, mejor dicho, lo estamos los dos. Porque usted es el detective al que me pidieron que autorizara para la investigación del caso de Lucía Peña, ¿no?

—Así es.

—¿Y para qué quería verme? Podía haberle pedido la copia del documento que necesita a la letrada de la administración. No entiendo el interés.

Roures pensó que, de haber sabido que la jueza era ella, la misma Carlota de la farmacia, la mujer más hermosa que recordaba haber visto, a la que no había podido olvidar desde el mismo instante en que la viera, su interés se habría multiplicado; pero sabía que no era momento para expresar nada de aquello y que incluso pensarlo era un problema, así que se centró en el asunto que le ocupaba.

—Me ayudaría mucho si me dejara ver el expediente del caso. Me hubiera gustado venir con el abogado que estuvo llevándolo aquí, en Manacor, pero me indicó que estaría fuera todo el mes. Y a mí me urge verlo. Le rogué que le trasladara la petición a la jueza Aguado por escrito y supongo que lo habrá hecho…

—¿Por qué tanta prisa? ¿Acaso ha encontrado alguna prueba? —preguntó con interés.

—No. De momento, no. Lo que sí me he encontrado ha sido una advertencia en el parabrisas del coche. De alguien a quien no le gusta que investigue… Por lo demás, estoy escuchando. Prestar atención a las personas muchas veces las vuelve transparentes.

—No tiene que explicármelo a mí, detective. Soy jueza… —repuso ella con chulería—. ¿Así que hay alguien a quien no le gusta su presencia en el caso? ¿Tiene alguna idea de quién puede ser?

—Sé que a la UCO no le hace ni pizca de gracia…

—Como es lógico, detective. Su trabajo es ejemplar y parece que el que usted entre a investigar lo pone en tela de juicio…

Roures notó cierto retintín en la respuesta de la jueza.

—Tengo la impresión de que a usted tampoco le parece demasiado bien mi intervención. No entiendo por qué la ha autorizado entonces.

—¿De verdad no lo sabe? Me lo pidió alguien muy interesado en el asunto a quien conozco desde hace mucho. Y carecía de argumentos para decirle que no. Han pasado dos años y no se sabe casi nada de lo sucedido. Por otra parte, un par de ojos nuevos en la causa igual ven lo que nadie vio con anterioridad, pese a mirarlo minuciosamente y con todo el interés… A veces ocurre. —Hizo una pausa—. Y esperemos que así sea, es un caso muy inquietante. Respecto a su anónimo, no creo que nadie de la UCO se moleste en hacer algo tan absurdo, pero el hecho de que alguien lo haya hecho podría ser indicio de algo. Piense más. Y si tiene algo que contarme en cualquier momento, hágalo. Bueno, está usted obligado a hacerlo, ¿lo sabe?

El detective asintió.

La jueza se volvió hacia el teléfono de su mesa, descolgó el aparato y marcó un número interno.

—Ana, el señor… ¿cómo se llama? —preguntó mirando al detective—. Roures… —dijo la jueza, que luego tapó el micrófono del teléfono y frunciendo el ceño con extrañeza añadió—: ¿Como el productor de Mediapro?

El detective asintió con un gesto de cansancio mientras decía:

—Sí, pero sin parentesco. Una broma del destino.

—Bien, Ana —prosiguió la jueza—, el señor Roures puede llevarse una copia del documento que quería. Búsquelo y hágasela, por favor. Y facilítele también el expediente de la desaparición de Lucía Peña. Gracias. —Carlota Aguado colgó, se sentó y se dirigió de nuevo al detective mirándolo con autoridad—: Recoja su papel y échele un vistazo al expediente. Puede irse.

Roures hubiera querido encontrar cualquier excusa para prolongar esa conversación y seguir mirando los ojos azules de aquella mujer que tanto le turbaba, pero estaba claro que no había opción, así que, tras un escueto «gracias», se dirigió a la puerta. Cuando estaba abriéndola para salir, una palabra de la jueza le frenó en seco.

—Espere. —El detective se volvió—. Acérquese. —Roures, escamado, hizo lo que le pedía. Ella le extendió una tarjeta oficial con un número de teléfono apuntado a lápiz—. También me interesa que me cuente… qué tal le van sentando los analgésicos. Ese es mi número personal. Llámeme. Puede irse.

18

De la oscuridad a la luz y de la luz a la oscuridad

Las huellas de la vida se van haciendo más profundas con los contratiempos y se vuelven indelebles en cada desgracia. El matrimonio Peña Varela acumulaba marcas desde el principio de su historia, que entre todos habían ido disimulando como podían; pero «aquello», como todos convinieron en llamarlo por expreso deseo de la propia Lucía y por indicación de su psiquiatra, les dejó una fea cicatriz imposible de maquillar. Tras el verano, la familia se rompió. Por completo. Todas las fisuras mal reparadas una y mil veces por el interés, la costumbre o porque era lo que tocaba acabaron por conseguir que el jarrón, hecho añicos, fuera imposible de recomponer. Y fue en ese momento cuando cada uno de los miembros de esa familia, nunca feliz al modo de todas e infeliz a su insistente manera, acabó buscando su agarradero donde pudo. Lucía se volcó en su terapia con el reto de demostrarse a sí misma que sería capaz de superar lo ocurrido y que nunca nadie volvería a obligarla a hacer lo que no quisiera. Carlitos se internó aún más en su cárcel elegida de los videojuegos, pero empezó a tener cada vez más amigos de juego *online* y se convirtió, al tiempo que en un líder en el colegio —su inteligencia era sorprendente—, en el vigilante de su hermana y de su madre y en el chivato de su padre, por exigencia paterna. Todo sin que nadie supiera lo que él escuchó y vio aquel día, a sus diez años, ni pudiera imaginar el dolor que le producía el sentimiento de culpa por no haber hecho nada para ayudar a su hermana. Javier no se sentía culpable de nada, porque para él los errores siempre eran de los otros, pero no podía más. Estaba harto de todo. O mejor dicho, de Amanda. Le provocaba alergia. La consideraba la causante de todos sus males y no podía soportar que encima le replicara. Quería a Lucía, pero le había fallado. Por culpa de su madre. Y Carlitos... Sabía que con el tiempo sería su bastión porque era como él en muchas cosas y mejor en casi todas; pero no podía seguir más tiempo al lado de su mujer ni siquiera por él. En cuanto a Amanda, era quien más había acusado el golpe. Aún más repleta de culpabilidades que su hijo, vulnerable y sin destino, no encontraba consuelo más que en ese vino blanco con el que también trataba de conjurar el miedo y la soledad. Su único interés ahora era el de acercarse más que nunca a sus hijos, volcarse en ellos tanto como le permitieran y no volver a fallarles. Quería dedicarse a ellos en cuerpo y alma. Sin embargo, haber probado otro amor y otro sexo, apenas un par de años atrás, le hacía recordar que existían esas sensaciones diferentes y felices y desear con el alma y el cuerpo que algo ocurriera en su vida. Era como si llevara un cartel de invitación en la frente que Gonzalo Madrós, a quien desde mucho antes de convertirse en socio de su marido le atraía Amanda, aprovechó para tratar de conquistarla. Amanda cayó fulminada. No hay nada más irresistible que descubrir la repentina devoción en unos ojos enfrentados cuando uno anda perdido en la zozobra... Y Gonzalo no solo bebía los vientos por Amanda, sino que, además, era un tipo tan singular que Amanda no pudo evitar enamorarse también y sentir, por fin, que sus defectos podían ser además sus virtudes.

—¿Sabes lo que es el *kintsukuroi*? —le preguntó Gonzalo, amante de la cultura japonesa, a Amanda, el primer día que fueron a cenar juntos y tras confesarle ella que se sentía rota e inservible—. Es la palabra con la que se describe el arte de la reparación de la cerámica. El arreglo se lleva a cabo uniendo los pedazos rotos con oro y plata. Se entiende que la pieza resultante será aún más hermosa precisamente por estar recompuesta tras la rotura. Amanda, tú no eres una vasija incomponible. Sé que estás rota, sí. Los malos matrimonios rompen mucho, lo he experimentado; pero a mí me gustaría pegar, con paciencia, todas tus piezas... Serás más valiosa aún de lo que eres ya.

Pocos meses después de la separación física del matrimonio Peña Varela, tras un proceso de ruptura largo y difícil, Amanda, ya fuera de su jaula, libre y contenta, olvidó todas las precauciones en cuanto se volvió a enamorar. Sin pensar en las consecuencias, decidió gritar su amor a los cuatro vientos, exhibirlo en todas partes, hacerles partícipes incluso a sus hijos de lo que sentía y pasárselo por los morros al hombre que tanto sufrimiento le había causado. Javier Peña tuvo que contenerse mucho para no saltar como una pantera y reaccionar con comedimiento. La rabia y el odio le embargaban de manera obsesiva. No se fue a vivir con Maribel, ni le contó a nadie que estaban juntos hasta muchos meses después de que se supiera lo de su exmujer. Quería que todos los amigos comunes, la familia más extensa y hasta sus propios hijos creyeran que enterarse del engaño de Amanda y Gonzalo le había dolido en el alma. No era verdad. Javier no sentía dolor, solo rabia. No soportaba ver a Amanda feliz. Deseaba exactamente lo contrario. En cuanto al engaño... no existía. Salvo aquella primera cena que la pareja compartió aún sin serlo, días antes de que Peña abandonara el domicilio conyugal, el matrimonio ya no ocupaba el mismo espacio físico cuando Amanda comenzó a verse con el socio de su marido, por más que este se hubiera fijado en ella mucho antes. Quien llevaba toda la vida engañando a su mujer era Javier Peña. Pero necesitaba hacer creer lo contrario: que el engañado, la víctima, era él. El detective que Maribel le animó a contratar antes de separarse fue quien le informó de la relación de la nueva pareja y quien le detallaba todos sus pasos. Lo sabía todo: dónde iban solos, cuándo estaban con sus hijos, qué hacían... Todo. Cualquier minucia, por pequeña que fuera, podía servir en su lucha contra Amanda. No es que Javier fuera tan ladino, pero aceptaba la estrategia definida por la propia Maribel. Gracias al plan trazado por ella, Amanda aparecería como la culpable de todo. La mala de la película. Y así conseguiría dejarla sin nada. Tiempo al tiempo. Y paciencia. Y mucho control. Ese era el *modus operandi* de Maribel, que también culpaba a Amanda de esa vida perdida, alejada de su amor.

—Contrólate, Javi. Pronto estaremos juntos por fin y para siempre. Y Amanda no tendrá derecho a nada que no sea lo de sus hijos, mientras estén a su lado. Ella nos robó la vida. Pero lo pagará muy caro.

Amanda, ajena a lo que se le avecinaba, se sentía feliz. Plena. Gonzalo colmaba todos sus deseos y la protegía hasta de sí misma, de sus propios miedos e inseguridades acumulados durante tantos años de mal matrimonio. Gracias a él había conseguido que empezara a aceptarse y a buscar, sin saberlo, ese *wabi-sabi* del que hablaban los japoneses, a los que su novio tanto admiraba.

—¿Y eso qué es? —preguntaba Amanda, desnuda sobre la cama compartida con Gonzalo, en la casa de este, tras hacer el amor, con las pupilas dilatadas y la respiración aún entrecortada.

—Verás —respondía él, deslumbrado por la sonrisa infinita de Amanda más aún que por sus atractivas curvas—. La felicidad no se encuentra en buscar la perfección, sino en aceptar que no existe. Los japoneses alaban el *wabi-sabi*, que es una forma de vivir centrada en buscar la belleza dentro de la imperfección. Aseguran que, gracias a esa mirada, es mucho más fácil aceptar el ciclo natural de crecimiento y decadencia y disfrutar de cada momento.

—¿Y eso se puede compatibilizar con eso otro que me enseñaste y que me gustó tanto? —bromeó Amanda—. ¿Cómo era? ¿*Koi no ko*?

—*Koi no yokan* —corrigió él, divertido—. La sensación que invade a dos personas cuando, al conocerse, saben que se enamorarán perdida e irremediablemente... Pues sí, el *wabi-sabi* y el *koi no yokan* son muy compatibles. Y cuando se dan juntos, multiplican sus efectos —añadió, riendo, antes de volver a besarla y disponerse a amarla otra vez.

Lucía y Carlos —el *hikikomori,* como le llamaba Gonzalo, por estar tan obsesionado con los videojuegos y mantenerse apartado de la sociedad— congeniaron bien con el novio de su madre. Y de pronto la casa familiar de los Peña Varela se iluminó. Él no vivía con Amanda y sus hijos, ni mucho menos. Y había renunciado a su participación en la empresa de los Peña, tras conocerse el romance, para que nada enturbiara su relación. Pero pasaba mucho tiempo con ellos. Y eso incrementaba la ira de Javier Peña, que observaba agazapado y en la distancia la influencia de este hombre en su familia, reteniendo sus ganas de estallar gracias a Maribel.

Gonzalo era un hombre de aspecto agradable, no muy alto, de ojos verdosos, pelo castaño y complexión atlética. Su mayor encanto residía en una voz aterciopelada, una manera de hablar suave y sugerente que no solía pasar inadvertida y un discurso distinto al habitual. Sus opiniones y gustos eran diferentes a los de la mayoría. Originales. De hecho, Amanda lo miró con simpatía y curiosidad desde que entró como socio en la empresa de su marido, aunque nunca antes de separarse imaginase que un día habría algo entre ellos. Estaba divorciado desde hacía muchos años. Y no tenía hijos. Algo de soledad y ninguna obligación, que le permitían, ya que no le iba mal en sus diversificadas inversiones, dedicarse a lo que más le gustaba: viajar y aprender. Casi siempre solo. A él, hombre observador, le gustó Amanda desde el mismo día en que la vio y adivinó la tristeza de una relación tormentosa en su mirada. Nunca hizo el más mínimo amago de acercamiento a ella hasta la separación. Pero tras producirse, al encontrársela un día, le propuso a bote pronto que le acompañara al valle del Tiétar.

—¿Al valle del Tiétar, Gonzalo? ¿Y por qué al valle del Tiétar?

—Porque ya ha llegado la primavera y estos días estará lleno de cerezos en flor. Creo que sería bonito verlo. Y creo que a ti te hace falta ver cosas bonitas...

Amanda sonrió agradecida, pero aún dudó. Gonzalo le parecía un hombre educadísimo y confiable, pero... se acababa de separar y aún desconocía las intenciones de los hombres con mujeres como ella. Su única aventura le había dejado un regusto agridulce y prefería no cometer errores ahora que debía entregarse a sus hijos por encima de todo.

—¿Cuánto se tarda? —preguntó.

—Menos de tres horas —concretó él—. Vamos tempranito por la mañana, nos damos un paseo entre cerezos, comemos allí y nos volvemos antes de que oscurezca. ¿Te seduce la idea?

—Suena bien —contestó Amanda—. Distinto. Nunca he hecho nada así.

Él la miró compasivo.

—Pues ya va siendo hora, ¿no crees?

—Pero mis hijos...

—Que se vengan. Se divertirán. Y te aseguro que merece la pena dar un paseo bajo los cerezos. Es mágico.

—¿Con mis hijos? ¿En serio...? —preguntó Amanda sorprendida—. Se lo preguntaré, aunque me temo que me mandarán a freír espárragos.

Lejos de hacerlo, incluso a Carlitos le apeteció la idea. Así que los cuatro se montaron en el coche a primera hora de la mañana y a las diez ya estaban en El Hornillo, para salir a ver los más de cincuenta mil cerezos en flor, en el pequeño valle de la garganta del río Cantos, al sur del pico de la Mira y la cresta de los Galayos de Gredos. Dejaron el coche en la plaza del pueblo y se fueron los cuatro a ver ese prodigio de la naturaleza que teñía de blanco los campos del pueblo. Durante el camino, Gonzalo les iba explicando la historia de los cerezos.

—Los cerezos en flor se llaman *sakura* en Japón y son uno de los símbolos más conocidos de su cultura. Por eso durante la floración, en primavera, se celebra el festival del Hanami, durante el que se reúnen las familias y los amigos y meriendan bajo las flores de los árboles. Justo después de esta festividad empieza el año académico. Así que sus pétalos caídos no solo dan la bienvenida a la primavera, sino que además recuerdan a los hombres la belleza efímera y fugaz de la naturaleza y, en definitiva, de la vida.

—¿Y cómo llegaron los cerezos a España desde Japón? —preguntó Carlitos, casi siempre mudo, para sorpresa de su madre y de su hermana.

—Pues… posiblemente llegaron a Europa desde Asia gracias a los pájaros migratorios —repuso Gonzalo—. Parece ser que los cerezos empezaron a cultivarse en una ciudad llamada Cerasonte, después de que el cónsul romano Licinio Lúculo los introdujera en Italia hacia el año 73 antes de Cristo, tras ganar una batalla a Mitríadates VI y conquistar el reino de Ponto.

—Pero ¿cómo sabes todo eso? —se asombró Amanda.

—No creerías que os iba a traer hasta aquí sin saberme la lección, ¿no? —respondió él, riendo.

Fue un paseo extraordinario a la ida y, a la vuelta, camino del restaurante donde Gonzalo había propuesto comer unas migas, de pronto el viento se levantó con una fuerza sorprendente y comenzaron a llover pétalos de flor de cerezo sobre la cabeza de los cuatro excursionistas, que reían admirados viendo cómo sus cabezas se teñían de blanco.

—Esto es el *sakurafubuki* —dijo de pronto Gonzalo—, así se le llama en Japón a esta lluvia blanca... Ya os dije que el paseo sería mágico.

Fue el principio de una relación sorprendente que cambió la vida de todos. Por primera vez, Amanda, Lucía y Carlitos, en compañía de Gonzalo, parecían, de verdad, una familia. Era la mejor medicina para Lucía, que seguía en tratamiento y aún no era capaz de comportarse con normalidad con casi nadie. Carlitos, por su parte, seguía viviendo en su mundo blindado, ajeno a cuanto pasara, y arrastrando esa angustia desconocida por todos, que parecía mitigarse con la presencia tranquila de Gonzalo, que también logró suavizar la comunicación entre la madre y sus hijos y entre los propios hermanos.

Entretanto, Javier no conseguía sentirse bien, ni siquiera al lado de su gran amor. Ellos tampoco compartían casa, a la espera de que Maribel resolviese por completo su divorcio y de que todo el mundo constatase que Amanda estaba en otra relación, para que se supusiera que era ella quien había roto el matrimonio tras una infidelidad. Cada vez que los chicos iban a pasar el fin de semana a la casa de Peña, un bonito dúplex en El Encinar de los Reyes, al lado de La Moraleja, él se empeñaba en hablarles mal de su madre y en someterlos a interrogatorios que Lucía no aceptaba.

—Basta, papá, déjalo ya, ¿quieres? Ya no estáis juntos. No pasa nada. Y es mejor así. ¿No te das cuenta?

—¿Cómo no me voy a dar cuenta, Lucía? ¿Tú sabes el daño que nos ha hecho a todos tu madre? Su falta de responsabilidad, su incapacidad para ser madre... «aquello» tuvo que ver con todo eso.

—Basta, papá. No sigas por ahí...

Estaba claro que no conseguiría acercarse a Lucía. Pero Carlitos era suyo.

—Carlitos, hijo, tú no dejarás solo a papá nunca, ¿verdad?

—Pues claro que no, papá —le respondía Carlitos sin dejar de jugar a la Play, que, por supuesto, su padre le había comprado para que estuviera contento en su casa.

—Entonces tienes que prometerme que me contarás todo lo que hacen mamá y Lucía. Quiero saberlo. Todo. Lucía no está bien y necesita que yo la vigile, porque mamá... Sabes lo que ocurrió, ¿no? —Carlitos no movió ni un músculo, pero se revolvió ligeramente en el asiento y asintió con la cabeza—. Pues entonces tienes que estar atento a lo que pase. Ya tienes casi doce años... Tienes que prestar atención y contármelo todo. Solo yo puedo evitar que os hagan daño.

Pese al estado de gracia de los niños y de su madre, los continuos y envenenados ataques de Javier provocaban mucha ansiedad en Amanda. Cada llamada era una amenaza y cada fin de semana que los niños pasaban con él, un movimiento para tratar de ponerlos en su contra. Javier sabía que la mejor manera de dinamitar la serenidad de su exmujer era arremeter contra ella por el flanco económico, donde era muy vulnerable. Y así lo hizo, convenientemente dirigido por Maribel. Cuando Amanda descubrió que Javier le había limpiado las cuentas corrientes —las que ella tenía estaban a nombre de los dos— a los pocos meses de la separación y antes del divorcio, se sintió tan indefensa que casi no se atrevía a compartir su angustia con Gonzalo.

—Qué te pasa, Amanda. Estás inquieta...

—Nada, mi amor, nada. Es solo que...

—Cuéntamelo.

—Javier me ha dejado sin un duro. Ha sacado todo lo que tenía en mi cuenta. Se lo ha llevado todo. Tenemos un convenio firmado en el que figura lo que me tiene que pasar por los niños, pero eso es todo. Aún no sé si me corresponderá compensatoria porque no teníamos gananciales, y parece que tenía potestad para llevarse el dinero y lo ha hecho…

—¿Potestad?

—Bueno, tenía firma en la cuenta. Y el dinero era, en buena parte, lo que me hizo llegar mi madre desde Chile, pero como luego cuando enfermó de esclerosis y tuvo que venir a España a tratarse, saqué dinero de la cuenta común para pagar sus gastos. Javier dice que era todo suyo y que por eso se lo ha llevado. No sé qué voy a hacer. Menos mal que mamá murió —dijo sollozando—. No podría afrontar el coste de su tratamiento. No creo que pueda mantener esta casa con lo que me pasa por los niños… Me ha sacado también de las sociedades en las que me colocó hace años… Ni siquiera sé cómo lo ha hecho. ¡Soy tan torpe para esas cosas! No sé qué va a ser de mí…

—No te preocupes —dijo él, acariciándole con delicadeza la melena—, yo estoy contigo y no dejaré que te falte de nada. Te lo aseguro.

—Veremos qué pasa después del verano. De todos modos, me gustaría ponerme a trabajar, aunque… no sé qué podría hacer. Nunca he trabajado y… no sé. Estudié lingüística y literatura, me gusta leer, de joven soñé con escribir, pero eso es todo. Muy poca cosa para estos tiempos y más con mi edad.

—Tranquila, Amanda, lo iremos viendo. No estás sola.

En cuanto llegó julio, Amanda y sus hijos se fueron a Costa de los Pinos. Ambos sacaron buenas notas —aunque no fueran comparables porque las de Carlitos eran las calificaciones más altas del curso— y los dos estaban deseando volver al lado del mar, donde siempre parecía todo más fácil. El año había empezado con mucha incertidumbre, tras la separación de sus padres, pero la entrada de Gonzalo en sus vidas había paliado en cierta manera el dolor de la ruptura y el inevitable desconcierto. Sus padres continuaban peleándose, pero ahora por teléfono. Y era más llevadero. Lo peor eran las preguntas y los reproches cuando iban de una casa a otra. Y más ahora que su padre se acababa de mudar a casa de su novia, Maribel; por lo demás, todo resultaba más fácil.

Gonzalo decidió que no pasaría por Costa de los Pinos para evitar cualquier confrontación con la familia Peña, que consideraba aquel lugar como si fuera su feudo. Además, prefería no encontrarse con Javier, si es que él decidía acercarse. Después de las cosas que le había contado Amanda y de ver cómo estaba tratando de amargarle la vida, ese encuentro podía ser muy poco pacífico. Y eso no era bueno para nadie, pero menos para los chicos. Solo se acercaría a Mallorca algún fin de semana, recogería a Amanda en Costa de los Pinos y la llevaría a Palma para invitarla a cenar en el mítico Flanigan, su restaurante favorito, uno de los pocos para ver y dejarse ver donde realmente se comía bien, y también, según los dimes y diretes de la isla, el preferido del rey Juan Carlos, amigo de su propietario, Miguel Arias. Después podrían pasar la noche en un bonito hotel de la isla, quizás el boutique Hospes Maricel & Spa. Apenas tendrían tiempo para disfrutar de la combinación de arquitectura moderna y de los siglos XVI y XVII que ofrecía el espectacular edificio, con piscina de borde infinito frente al inigualable mar de las Baleares, pero al menos estarían juntos. Así lo hicieron en un par de inolvidables ocasiones y el resto del tiempo se conformaron con conversaciones telefónicas diarias, en las que discutían cariñosamente los mil planes que harían tras tanto tiempo separados. Fue un verano tranquilo, que Amanda aprovechó para tomar el sol, disfrutar de la naturaleza, hacer ejercicio, leer y estar consigo misma, y no sintió la necesidad de recurrir al vino blanco para diluir sus penas en él, ni tampoco fue a todas las fiestas de Costa de los Pinos para paliar la soledad de su casa. Lucía, por su parte, empezó a sentirse mejor y a recuperar a sus amigos más cercanos: Mario, Enric y Fernando. Quedaba con ellos casi a diario y también con sus padrinos, con quienes conversaba durante largas horas. Jaime Perelló no solo era un hombre brillante y encantador que le fascinaba, sino también una de las pocas personas en el mundo en las que confiaba de verdad. Además, de cuando en cuando, se veía también con sus amigas Marina y Virginia, aunque ni con ellas ni con los chicos se animaba aún a hacer planes con más gente o a salir por la noche.

Carlitos, sin embargo, continuó encerrado en sí mismo, con su Play y su obsesión por vigilar los movimientos de su madre y de su hermana, tal y como su padre le exigía desde la distancia. A él nadie le había tratado la herida que le dejara la violación de su hermana, porque nadie pensaba siquiera que la tuviera... Y entre esa angustia y la presión de su padre, no conseguía desembarazarse de la culpa y prefería relacionarse con el mundo desde la máxima virtualidad. Con todo, estaba mucho más dócil que de costumbre y tenía una relación algo más cercana con su madre y su hermana, gracias, sin duda, a la benéfica influencia de Gonzalo Madrós.

A la vuelta del verano, Mario y Lucía se habían hecho tan inseparables que pactaron seguir viéndose en Madrid con regularidad, como algo más que amigos. Su marca del verano, a modo de pacto cómplice, era el tatuaje de una pequeña tortuguita en la parte interior del brazo derecho que ambos llevaban y que, a menos que se observara de cerca, casi parecía un lunar de buen tamaño. Carlitos se la descubrió a su hermana por casualidad y, aunque ella le rogó que no lo hiciera, acabó contándole a su padre no solo que ese tatuaje existía, sino también que Mario y Lucía eran novios. El padre montó en cólera, amenazó a Lucía e incluso llamó a Mario por teléfono varias veces para amedrentarlo. La tensión fue de tal calibre que al final el chico no soportó más y le dijo a Lucía que prefería que dejaran de verse, aduciendo que necesitaba centrarse en el estudio y en las competiciones de *skate*.

Lucía se enfadó con él y consideró su renuncia a la relación como un acto de cobardía. Pero ya no había vuelta atrás. Mario era demasiado joven. Apenas un niño. Como Lucía.

—Es lo mejor para ti, Lucía —le dijo su padre cuando le tocó tener a sus hijos en la casa que ya compartía con Maribel.

—No me fastidies, papá. Estaba muy bien con Mario —respondió Lucía, apenada.

—Sí, hija, pero aún no estás recuperada. Es muy pronto para que vayas con chicos. Y es mejor que los elijas bien.

—¿Quieres decir que no sean *skaters*, papá? ¿Mejor que sean niños pijos? —preguntó Lucía, torciendo el gesto con doble intención.

El padre tragó saliva.

—Chicos con futuro, hija. Eso quiero decir. Y con buen aspecto y no esas pintas de delincuentes que llevan esos amigos tuyos… —Y enseguida trató de cambiar de tema—. Pero dejemos eso, anda. Y dime qué libro es ese que has traído y que te tiene tan absorbida, llevas horas con él…

—Un libro de haikus de Mario Benedetti —contestó Lucía—. Me lo ha regalado Gonzalo.

Javier lo cogió molesto, lo abrió al azar y leyó en voz alta:

Cuando diluvia
pienso que está cayendo
el mar de arriba.

Pasó unas cuantas páginas y volvió a leer:

Oscuro unánime
solo queda un farol
que pide auxilio.

—Pero ¿qué es esta estupidez? —preguntó Peña.

—Son haikus, papá. Poesía japonesa —le explicó Lucía, sonriendo.

—Una idiotez —reiteró el padre, poco sensible para la poesía y fastidiado porque se la hubiera regalado Gonzalo—. ¿A eso te dedicas ahora con lo mucho que tienes que estudiar? ¡Haz el favor de prestar atención a las cosas importantes!

—Déjala —interrumpió Maribel, entrando en ese momento en la habitación que había dispuesto para la niña, en la que se encontraban ella y su padre—. Los haikus son muy interesantes.

—¿Los conoces? —preguntó Lucía con sorpresa—. A mi madre le encantan.

—Claro —repuso Maribel—. Tengo un libro con los mejores haikus japoneses. En inglés. Si quieres te lo presto para que lo leas aquí. No te digo que te lo lleves para enseñárselo a tu madre porque dudo mucho que ella entienda los haikus por más que me digas que le gustan. Y no sabe inglés, así que...

—Quien no los entiende es papá, ya lo has visto —saltó Lucía, enfadada por la innecesaria pulla a su madre—. Y dudo que los entiendas tú, en inglés, en español o en el idioma que sea. Para eso hay que tener sensibilidad...

Maribel se acercó a la niña enfurecida y, sin poder contenerse, le propinó una sonora bofetada.

—¿Cómo te atreves?

Lucía y su padre se quedaron inmóviles y estupefactos mientras Maribel abandonaba el cuarto.

—Lo siento, Lucía —acertó a decir su padre—; pero es que... la has provocado, no puedes hacerlo más.

—Estoy harta, papá —dijo Lucía con las lágrimas de rabia contenidas en sus ojos azules—. Harta de todo lo que me dices... Y no aguanto a esa mujer. No dejaré que ataque a mamá...

—¿Acaso no dice nada de mí Gonzalo?

—Jamás, papá, jamás. Gonzalo solo aporta tranquilidad a esta familia. Y te incluyo a ti. No sé qué haríamos sin él…

En ese mismo momento Gonzalo escribía haikus en su casa, pensando en Amanda, a quien acababa de dejar con su amiga Mercedes y a quien quería dedicarle un poema por la noche, cuando cenaran juntos. De pronto notó que le temblaba la visión y, al poco, que todo se volvía borroso. Después sintió una especie de entumecimiento en el brazo izquierdo y unos minutos más tarde un intenso dolor de cabeza que fue aumentando hasta que se desmayó. Había sufrido un ictus. Cuando su asistenta lo encontró al cabo de unas horas, estaba muerto. Lucía no podía sospechar cuánto afectaría su ausencia al recién adquirido y fragilísimo sosiego de su familia…

19

Sin pistas

Roures volvió al despacho de la letrada de la administración de justicia, donde le esperaba Sandra Garau, controlando la satisfacción que le producía llevar la tarjeta de la jueza en el bolsillo de la chaqueta e intentando que no se tradujera en su rostro la impresión que le causaba aquella poderosa mujer.

—¿Qué? —preguntó Sandra—. ¿Cómo te ha ido con la jueza Aguado?

—La conocía —respondió sin darle importancia Roures.

—¿Que la conocías? ¿De qué? ¿Y no sabías que era la jueza de Manacor?

—Bueno, en realidad, la vi en la farmacia de Cala Bona y me recomendó un analgésico para el dolor de cabeza cuando el farmacéutico no lo encontraba…

—Ya. Y seguro que te dejó noqueado, como a todos, ¿no?

—Es… una mujer muy atractiva, debo reconocer —contestó Roures sin un ápice de emoción en su tono.

—Lo es, desde luego —reconoció a su vez Sandra—. Y no se le resiste ni un solo tío, eso te lo aseguro. Aunque te diré que tiene sus peligros.

—¿Peligros?

—No, no, querido —dijo algo molesta—, en esa no me voy a meter. Pero estás advertido… Lo importante es si te deja ver los expedientes del caso Peña o no.

Roures asintió.

—Me deja, sí.

—Pero a usted, no —intervino la funcionaria, que había vuelto al despacho de la jueza tras la salida de Roures y acababa de regresar—. Si usted quiere verlos, señor... Roures —dijo, después de mirar el nombre en el documento de autorización de la investigación que iba a entregarle al detective—, tendrá que venir conmigo a una salita que tenemos aquí al lado. Ahí le dejaré con el expediente el tiempo que quiera. Pero solo.

—Vale, vale —dijo Sandra—. Tampoco hay que ponerse así.

—Me pongo como me da la gana —respondió la mujer—. Vaya saliendo de aquí. Y usted, si quiere ver el expediente, acompáñeme.

—Vete, Sandra. Ya buscaré la manera de volverme a Cala Bona, no te preocupes.

—Me da no sé qué dejarte aquí sin coche...

—No te preocupes. Me busco la vida, tampoco está tan lejos.

Sandra salió de los juzgados de Manacor mientras el detective entraba en la minúscula sala con una mesa y una silla que le indicó la funcionaria, quien, después de unos diez minutos, reapareció en ella cargada con varias carpetas.

—Aquí lo tiene todo. Y... —hizo un amago de sonrisa— no se crea que soy tan borde, ¿eh? Es que la jueza me ha avisado de que usted y solo usted puede ver el expediente del caso Peña. Parece que la Guardia Civil no está muy contenta con que esté usted en este ajo y solo faltaba que pudieran encontrar alguna irregularidad que acabara salpicando a la propia jueza. Ella es muy estricta, ¿sabe?

—Me lo puedo imaginar —aceptó Roures—. Gracias. ¿Hasta qué hora tengo?

—Hasta las dos. Mejor hasta menos cinco, que yo no regalo ni un minuto de mi tiempo...

—Está bien —dijo Roures, mirando su reloj de Corto Maltés y comprobando que eran las once de la mañana—. Me pongo a toda velocidad entonces.

La investigación realizada por la UCO hasta el momento había sido muy exhaustiva, así que el expediente contenía diligencias de diversos registros, transcripciones de interrogatorios, descripciones de posibles pistas, fotografías... Los agentes de la Guardia Civil habían peinado no solo la propia Costa de los Pinos, sino también las poblaciones de los alrededores: por supuesto, Cala Ratjada, donde estuvo esa noche Lucía Peña, pero también Canyamel hacia el norte y Cala Bona, Cala Millor y Sa Coma hacia el sur. Las investigaciones se habían extendido hasta Son Servera y Artà en el interior, hacia un lado, y hasta Sant Llorenç des Cardassar y Manacor hacia el otro. Todos los puertos de la zona, el de Costa de los Pinos, el de Cala Ratjada y el de Cala Bona, así como el de Porto Cristo, la zona costera de Manacor, se habían revisado hasta la extenuación.

Habían inspeccionado barcos, viviendas y locales de cada área y, por supuesto, el trayecto íntegro desde Cala Ratjada a Costa de los Pinos.

En cuanto a los interrogatorios, no se había librado de ellos nadie de la vecindad de la propia Costa de los Pinos y de buena parte de los alrededores y ningún alma que tuviera la más mínima relación con Lucía Peña y su familia. Roures se detuvo en la declaración de Fermín Ballena, el Cojo, uno de los tres chicos del coche con el que se cruzó Lucía Peña, posiblemente los últimos que la vieron antes de que su agresor o lo que fuera la hiciera desaparecer del mapa. Al parecer, el Cojo y sus secuaces —chicos de Cala Bona— trapicheaban con hachís, y el chico que hizo bajarse a Lucía de su coche y la dejó sola en la carretera los llamó antes de salir de Cala Ratjada para encontrarse con ellos en el David. Según les dijo a los propios camellos —a los que acudía con cierta frecuencia—, pensaba que si la chica se animaba, habría más posibilidades de tener tema. Se recogía también que el tal Alfonso Hidalgo llegó muy enfadado y contando a voz en grito al camarero del local que había dejado a la chica en la carretera mientras pedía un chupito tras otro. Cuando llegaron sus «amigos», les invitó a que bebieran con él, antes de irse a su coche a efectuar la transacción, sin testigos, según declararon los propios implicados. Luego, el Cojo y los suyos se marcharon. Alfonso Hidalgo permaneció en el bar hasta que el responsable del negocio tuvo que «invitarle» a que se fuera para poder cerrar. Ni Alfonso Hidalgo ni el Cojo (Fermín Ballena), ni Tomás Marcos y Raúl Alonso, sus amigos, volvieron a ver a la chica.

«Ese tiempo que pasaron en el David ya les sirve de coartada —pensó Roures—. A la chica le habría dado tiempo a recorrer más de dos kilómetros desde que la dejaron sola hasta que se marcharon de vuelta... Estuvieron más de una hora. Pero los cuatro sabían que estaba ahí. Y caminando sola. Pudieron decírselo a alguien, pero ¿para qué? ¿Con qué fin? ¿Agredirla sexualmente? Demasiada gente en el ajo para algo así. Alguien habría cantado ya». No parecía fácil involucrarlos, si se atendía al resto del interrogatorio transcrito en los documentos de unos y de otro. «¿Pero —caviló Roures— no les preguntaron por el significado de los demonios de sus brazos? Son los mismos de la chica del café de Cala Bona...». Sacó una libretita y lo apuntó. Hablaría con Rocío. Por lo que veía, en Costa de los Pinos todos tenían coartada. Y, sin embargo, esa carretera tan poco transitada... Eran muchos los que sabían que Lucía regresaba con el tal Alfonso. Sus primos, sus amigas... pero todos se quedaron en Cala Ratjada hasta mucho después de su vuelta. ¿Y si alguien hubiera estado siguiendo los pasos de Lucía? Pero ¿por qué? ¿Algún enamorado? ¿Algún loco? Y, en todo caso, ¿cualquiera podría seguir a la niña? Desde luego que no. A menos que su captor hubiera salido de la nada aquella noche, lo cual parecía más que improbable, quien fuera debía conocer, más o menos, los pasos de la chica... Pero ¿cómo podría saber tanto de ella para poder aprovechar ese momento? Fue repasando una tras otra las preguntas y respuestas de todos los cercanos, apuntando notas y notas en su libreta. ¿Existía la posibilidad de que Lucía pudiera haberse ido por su propia voluntad? Desde luego que sí, teniendo en cuenta su entorno y su maldita mala suerte, pero no sola y sin ayuda. Si hubiese querido irse, alguien tendría que haberla ayudado. Y si no, tal vez alguien que la conocía mucho y seguía todos sus pasos se la llevó. Pero ¿quién? ¿Adónde? ¿Por qué? Demasiadas preguntas y ni una sola respuesta. Tenía que pensar. ¿Quién la conocía más? Sus amigos, con los que casi no se hablaba; su madre y su hermano, que estaban K.O., uno por la Play y otra por el vino; sus amigas, que estaban en Cala Ratjada, al igual que sus primos; sus padrinos, que estaban juntos y en casa durmiendo plácidamente... ¿Habría alguien más o sería alguno de todos ellos? ¿O quizás el padre de la niña y su novia, o solo ella sin saberlo el padre, vigilaban desde la distancia a la chavala? Buscó entre los expedientes hasta encontrar algo sobre el padre y la tal Maribel. ¿Dónde estaban aquella noche? ¿En Palma de Mallorca en una fiesta? Buscó más hasta hallar lo investigado sobre el teléfono. Lo habían localizado muy rápido en una papelera de Manacor. En perfecto estado. No costó activarlo y descubrir el último mensaje a su amiga Virginia, cuando se cruzó con los chicos tatuados. Además, el aparato reveló su localización hasta la mañana del día siguiente en Costa de los Pinos. Le debieron de quitar la batería el mismo sábado por la noche y luego, deliberadamente, lo dejaron en Manacor, donde apareció el domingo. Estaba claro que querían despistar. Tal vez la propia chica... O quizás cuando se lo quitaron ella no era ni consciente de que lo hacían... ¿Qué pasó? ¿Qué pasó? «Dime algo, Lucía —murmuró el detective en voz alta—, ayúdame a encontrarte». Necesitaba hablar con los más cercanos. Pero no con las amigas de Lucía. Ni con Marina, a quien las televisiones habían entrevistado más veces casi que al abogado de la madre y se veía a la legua que no sabía nada, ni con Virginia, que estaba en México y casi con seguridad tampoco podría arrojar luz sobre el caso. Pero sí le urgía interrogar a los padres de Lucía y, si era posible, a su hermano. Y conversar de nuevo con Perelló, quien, al ser el confidente de la niña, posiblemente era el único que también sabía —como él gracias a los *skaters*— lo que la UCO desconocía: la violación y el aborto sufridos por Lucía.

Llevaba más de tres horas encerrado en aquel cubículo. Le empezaba a doler la cabeza y era ya casi la hora de irse. Salió a buscar a la funcionaria para decirle que se marchaba y pedirle un vaso con agua para poder tirar en él sus Actrones efervescentes y beberse el «veneno» cuanto antes. Al hacerlo se topó con la jueza Aguado en el pasillo. Venía de un juicio, con la toga puesta, encima de su sencillo camisero azul. Seguía estando preciosa.

—¿Aún por aquí, detective?

Él asintió.

—Y me temo que tendré que volver algún otro día, si me lo permite. Hay mucha documentación en ese expediente y tengo que revisarla con mucho cuidado.

—Ya veremos —respondió ella—. ¿Se va ya?

—En cuanto me tome estas pastillas. Si no, igual me estampo con una pared para atenuar el dolor.

La jueza dibujó en su cara un atisbo de sonrisa.

—Venga.

El detective siguió a la jueza hasta su despacho. Allí ella le ofreció un vaso y una botella de agua, ambos de plástico. Roures llenó el vaso a la mitad y lanzó sus Actrones en el agua, para tomárselos en cuanto se disolvieron.

—No sé si estoy ya mejor, pero lo parece, gracias —dijo después, perdiéndose en la intensidad de los ojos azules de Carlota. Ella le dedicó una de esas sonrisas características de una mujer que sabe que el hombre está en sus manos.

—¿Va a Cala Bona? —le preguntó a Roures.

El detective asintió.

—¿Y tiene medio de transporte?

Roures negó con la cabeza.

—¿No me diga que me va a llevar, señoría?

—¿Por qué no? —repuso ella—. Cuando me quito la toga —dijo mientras lo hacía—, hasta soy una persona normal. Acompáñeme.

El detective la siguió como un perrito faldero, sin atreverse a mirar a los lados. «No puedes dejarte llevar —se dijo—, o acabarás atrapado en su red como un gilipollas».

Estaba claro que la jueza quería algo de él o algo con él. O tal vez solo probar por enésima vez que nadie era inmune a sus encantos. Era cierto.

—Entre —ordenó la jueza al detective, al llegar al Fiat 500 X gris plata que tenía aparcado en su plaza de garaje. Roures apreció la coincidencia de que había venido en un Fiat y se iba en otro. Cambiaba el modelo y la cilindrada. El poder adquisitivo de ambas damas no debía de ser el mismo.

El coche olía a almizcle blanco. Como ella. Aunque tal vez mezclado con otras esencias.

—Almizcle blanco —se atrevió a decir por fin—. White Musk. Uno de mis aromas preferidos…

La jueza ni lo miró.

—Buen olfato, detective. Musk de Etro. Ya es parte de mí. Me lo regaló mi madre hace años. Me dijo que me iba a la perfección. Una fragancia para hombres y mujeres, que según la publicidad inducía a la serenidad y al equilibrio… Aún no sé si quería decirme que era un poco andrógina o que necesitaba paz y calma…

—No es solo almizcle, me parece…

Carlota Aguado lo fulminó con un revés de su mirada azul.

—Vaya, veo que los detectives también investigan los olores.

—Dicen mucho de las personas. Por ejemplo, denotan si quienes los llevan quieren dejar huella… Y son una buena pista que rastrear.

—Ya. Yo ni me huelo. Pero a los demás sí. Su olor, por ejemplo, es… interesante. Y eso que no lleva perfume.

—Gracias. Se ve que goza usted de una pituitaria muy desarrollada. Creía que las pieles sin perfume solo olían en las distancias cortas…

—Bueno, está usted sentado a mi lado en un habitáculo cerrado, tampoco estamos a veinte metros… —concluyó ella—. Dígame, ¿adónde le llevo?

—Estoy en un hotel del paseo marítimo de Cala Bona, el que está más cerca de la farmacia en la que nos conocimos.

—Entiendo. Está claro que el sueldo de detective no da para mucho, ¿eh? ¿Y va a comer por ahí? ¿Solo?

—Eso pensaba, sí.

—Pues acompáñeme —le propuso ella—. Voy a comer en mi casa y también estoy sola hoy. Eso sí, prohibido hablar de trabajo…

—Le diría que seguro que me olvido del trabajo si hablo con usted, pero… no quiero que me regañe por intentar halagarla, y además no sería del todo cierto. —El detective hizo una pausa—. En cualquier caso, acepto. No podría negarme. Pero solo si nos tuteamos…, prometo volver al usted cuando la vea en el juzgado.

—De acuerdo —aceptó ella, poniendo rumbo hacia su casa—. Empieza por decirme cómo te llamas. Aunque Roures me sirve.

—Tony.

—¿Tony? ¿De verdad? No es un nombre serio.

—Se lo tendrías que haber dicho a mi padre…

Ambos rieron.

—¿Cuántos años tienes…, Tony? —preguntó recalcando el «Tony» con intención.

—¿Importa eso? Un hombre tiene la edad de la mujer a la que ama. Eso decían, al menos, en aquella película de Bette Davis de la que nunca recuerdo el título… O quizás sea un proverbio chino.

—Y… ¿qué edad tiene la mujer a la que amas? —preguntó ella de nuevo con la vista fija en la carretera.

—Aún no lo sé —contestó él, misterioso—. Ni si la amaré, ni la edad que tiene…

—Está bien —dijo ella sin inmutarse, mientras apretaba el botón del CD del coche y empezaba a sonar un tema antiguo de Willy DeVille.

—*Storybook Love* —apuntó el detective de manera rutinaria al empezar a sonar la música—. Del LP *Miracle*, del viejo Mink. Gran pirata.

—Me gusta mucho Willy DeVille —dijo la jueza—. Y si le has llamado Mink es porque conoces bien su historia o porque eres muy antiguo y ya lo escuchabas con su banda en la época punk en los setenta…

—Ambas cosas —respondió Roures—. Veo que también eres aficionada a la música. Si no, aunque llevaras ese tema de la película *La princesa prometida*, que produjo Mark Knopfler y fue nominada al Óscar en los años ochenta…, no sabrías nada del propio DeVille…

Ella lo miró con cierta complicidad y amagando una sonrisa que no llegó a aflorar, en un gesto muy medido de sutil seducción.

—La música me parece imprescindible para vivir —explicó ella.

—A mí, para sobrevivir. A veces es el único bálsamo posible.

Cuando terminó la canción, llegaron a un complejo residencial muy vistoso en Port Verd, al lado de Cala Bona.

—¿Vives aquí todo el año? —preguntó Roures mientras la seguía hacia el portal del edificio.

—No. Solo cuando hace buen tiempo. Este ático es de una amiga que ahora trabaja en Nueva York, con su marido. Como no piensa volver por aquí hasta dentro de un año y las vistas son maravillosas, se empeñó en que me viniera yo a disfrutarlas; pero me iré cuando acabe el verano. Esto se vacía por completo y no me gusta sentirme tan sola. Me volveré a Manacor. Es una ciudad fea, pero muy cómoda. Así que creo que me trasladaré allí de nuevo. Pero aún no lo he decidido. No soy de hacer planes y estoy de suplente del juez de esta plaza; aunque es posible que tarde en volver, si es que vuelve, porque es un juez mayor y con el corazón débil… De todos modos, no me cuesta mucho mudarme.

—Eso es síntoma de juventud.

—Tampoco soy tan joven, no te creas…

—Yo no te he preguntado la edad.

Y daba igual la que tuviera. Mil años o cinco días. Era una mujer para todos los públicos. Difícil no dejarse cautivar por ese físico deslumbrante y ese carácter encriptado, que solo dejaba entrever una personalidad fuerte y poderosa, imposible de manejar. «Hubiera sido una buena compañera de guerra —pensó Roures de pronto—, de las que no estorban ni hay que cuidar cuando uno debe andar atento para salvar el pellejo… Lo hubiera sido, pese a esa perturbadora belleza… Reconócelo viejo zorro. Esto no te lo esperabas. Te tiene en sus manos. A saber qué hará contigo».

—No sé qué podremos comer, ahora miraré —dijo ella, abriendo todas las ventanas para favorecer la corriente en un día no tan caluroso como los anteriores y con algo de brisa—, pero yo necesito darme un baño antes. En la azotea hay una piscina lejos de los ojos del mundo. Es el edificio más alto de la zona. ¿Te animas a darte un chapuzón?

—No tengo traje de baño, señoría…

—Aquí debe de haber alguno del marido de mi amiga Bárbara. Te busco uno —dijo la jueza sin dar opciones y añadió—: Ah, y mientras puedes tomarte un vino, si quieres. Hay una botella de Viña Pomal en la bandeja de la puerta de la nevera. La dejo ahí porque tampoco se enfría demasiado. Si no, con este calor se convierte en caldo. Sácala, ábrela y sírvete. O espérame para beber, como prefieras...

—Está bien —contestó él mientras se levantaba a por el vino.

El apartamento era muy blanco y bastante funcional, pero contaba con unas vistas excepcionales y una estupenda terraza al mar, aparte de esa azotea con piscina que parecía estar a punto de conocer. La cocina, bastante reducida, era un prodigio de alta tecnología donde habitaban toda suerte de pequeños electrodomésticos. Buscó la nevera —llena de *delicatessen*, se veía que la jueza se cuidaba—, sacó la botella y la abrió con el sacacorchos automático de la pared. Luego indagó en los armarios hasta encontrar una copa y se sirvió un poco de vino. No estaba demasiado frío, aunque seguro que en unos minutos estaría mejor de temperatura y recuperaría todo el sabor. En cualquier caso, él tampoco era un experto y le daba igual, necesitaba beber algo cuanto antes. Estaba «secuestrado», así que que fuera lo que tuviese que ser. Tomó un trago de vino y lo paladeó. Le gustaba. Era un rioja reserva bastante clásico. Un vino con cuerpo agradable y equilibrado. Bebió un poco más. Estaba bastante inquieto. No le gustaba la sensación de ser manejado como si fuera una marioneta. Pero parecía inevitable. La jueza le tenía cogido por las pelotas. La necesitaba para la investigación y... para cualquier otra cosa que le propusiera. Sandra había dicho que era peligrosa. ¿Peligrosa? Una bomba de relojería... Eso era Carlota Aguado.

La aparición de la jueza al cabo de unos minutos, enfundada en un traje de baño blanco muy escotado y con otro azul marino, de hombre, en la mano, le hizo cesar en sus cavilaciones. Hacía daño mirar su cuerpo delgado, atlético, fibroso y bronceado. No se atrevió a revisar con su descaro habitual las formas de la jueza, más por él que por ella. De todas las mujeres hermosas que recordaba, aquella, sin duda, se llevaba el primer premio. Pensó en sí mismo, en su cuerpo envejecido, sin los músculos marcados de otros tiempos, con más pelo en el pecho casi lampiño en su juventud, sin el vigor de antes… Y de pronto deseó ser veinte años más joven, recuperar la apariencia de otras épocas y poder mostrarse ante aquella hembra superior y bellísima con más atractivo del que poseía entonces. «Soy un tipo de sesenta y dos años, con el pelo encanecido desde hace casi una década y las arrugas marcadas en la cara desde la juventud… Detective y sin fortuna personal. Roto por los lados de tantas historias vividas. Lleno de cicatrices y sin más futuro que el que sigue al instante presente, ¿qué puede ver en mí una mujer como esta? Y si no ve nada, ¿qué diablos la ha llevado a invitarme a su casa sin conocerme y con el agravante de ser yo el detective autorizado por ella en un caso de su jurisdicción?». Se puso el traje de baño y encima la camisa. Al salir, ella le esperaba en la terraza sentada en una silla, frente a la mesa, de la que le separaba la considerable distancia del largo de sus piernas, estiradas, cruzadas en los tobillos, y con los talones apoyados sobre el tablero, junto a las dos copas de vino, una cajetilla de tabaco y un cenicero. Sostenía un humeante cigarrillo en una de sus manos de dedos largos y finos. La brisa del mar mecía su cabello negro y brillante. Era difícil mantener la calma ante semejante visión.

—El mar de fondo, un día en el que sopla algo de viento, un poco de vino…, una mujer que fuma… Esto debe de ser el Paraíso —dijo Roures al contemplar la estampa.

Carlota dio una calada a su cigarrillo recién encendido y se lo pasó.

—Me hubiera decepcionado que no fumaras tú —dijo, sacando otro cigarrillo de la cajetilla y encendiéndolo—. Los detectives tienen que fumar.

—En efecto —respondió él, aspirando el humo y hundiéndolo en sus pulmones, antes de toser, por una vez de forma leve—. Y los corresponsales de guerra también. He repartido mi vida entre esos dos oficios. Y si es necesario fumar investigando, ni te imaginas lo duro que es una guerra sin tabaco…

Ella rio.

—¿Corresponsal de guerra? Eso está bien… Tendrás muchas aventuras para contar. Pero, antes, vamos a bañarnos, detective, no me digas que no te apetece más que comer… —dijo, apagando el cigarrillo en el cenicero.

Roures hizo lo propio con el suyo tras dar dos caladas urgentes y siguió a Carlota escaleras arriba, rumbo a la piscina de la azotea, sin poder evitar mirar sus piernas interminables, bien torneadas y resplandecientes, su culo redondo y alto como el de una negra joven, su cintura brevísima y sus hombros anchos de mujer deportista, que aparecían y desaparecían, como la propia espalda, en los vaivenes de su melena oscura e infinita. ¿Qué estaba pasando? Y sobre todo, ¿qué iba a pasar?

La piscina no era muy grande. Carlota, con su metro ochenta y dos, se la recorría en cuatro brazadas. Pero tirarse al agua con ese calor y en un lugar con esas vistas era todo un privilegio. La jueza no esperó ni un segundo para hacerlo y, en cuanto llegó al borde, dio un saltito y se lanzó de cabeza. Luego emergió del agua, subió la escalerilla metálica y, empapada, se acercó al detective y le invitó a que se tirase también.

—¿A qué estás esperando? Venga…

El traje de baño blanco no era transparente, pero sí de un tejido muy fino que marcaba muy especialmente las formas de la mujer. El detective la miró apenas un segundo, antes de despojarse de la camisa y lanzarse en la piscina para apagarse los fuegos que le ardían por todas partes. Ella se volvió a tirar a continuación y se acercó hasta él. Sus cuerpos se rozaron y Roures sintió la alarma del deseo. Se retiró hasta uno de los bordes de la piscina rectangular y se quedó pegado a los baldosines de la pared, con los brazos fuera del agua, intentando serenarse. Ella volvió a acercarse a él y se colocó a su lado en la misma posición.

—¿Me estás evitando, detective?

—Quiero evitar, señoría, que haga algo que luego pueda lamentar…

—¿Y no crees —dijo, girando la cabeza hacia él y clavando sus refulgentes iris azules en los suyos— que ya soy mayorcita para saber lo que hago?

La prudencia de Roures se agotó. Y su paciencia también. El detective se acercó aún más a la jueza, la agarró por los hombros, la atrajo hacia él y la besó. Ella acomodó su cuerpo al del detective mientras contestaba al beso de manera apasionada y notaba cómo el miembro del hombre iba creciendo, incluso dentro del agua. Pasados unos minutos, Carlota retiró su boca de la del detective y sonrió desafiante.

—¿Empiezas a saber los años que tienes, detective? —preguntó. Y acto seguido se zambulló en la piscina y, tras dejar sin traje de baño a Roures, buscó con su boca su miembro creciente. Este la retiró al cabo de unos minutos, para evitar terminar antes de tiempo y forcejeó ligeramente con ella hasta quitarle también su bañador. Ella, divertida y juguetona, le condujo entonces a la escalera y lo empujó a salir de la piscina. Una vez fuera los dos, ambos desnudos, la jueza le pidió que la siguiera hasta una magnífica tumbona doble, vestida con una toalla blanca, sobre una base de madera, sin que él pudiera separar los ojos de sus magníficos glúteos hasta que ambos se acomodaron sobre ella, de lado, frente a frente.

—Eres preciosa —dijo él, jadeante, apartándose un poco para poder revisar su pubis adornado con un breve triangulito, muy recortado, de vello negro y sus pechos del tamaño perfecto, igual que sus pezones, extrañamente rosados para una piel tan morena. El detective, muy excitado, intentó lanzarse sobre ella para montarla, pero ella le frenó.

—Déjame —ordenó, irguiéndose sobre sus rodillas y mostrándole su cuerpo sin ningún pudor.

Acto seguido la mujer plegó su cuerpo, metió la cabeza entre las piernas del detective y, sin que este pudiera impedírselo, continuó con la tarea interrumpida.

Unos minutos más tarde, el detective notó que estaba a punto de correrse e intentó detenerla: necesitaba penetrar a esa mujer que apenas le había dejado tocarla, entretenida como estaba en la mejor felación que le habían hecho jamás.

—Apártate —dijo el detective.

—No, no, no… —respondió ella, sin separar los labios de su miembro e incrementando el ritmo hasta que Roures no pudo aguantar más y estalló en su boca, tal y como ella quería, mientras trataba de atenuar, en lo posible, un salvaje gruñido de placer en su garganta. Entonces ella, tras tragar su semen, se separó de él, jadeante, se limpió la boca con la mano, muy despacio, y se quedó observándolo en silencio unos minutos, inhalando y exhalando aire muy lentamente. Él permaneció inmóvil, con la respiración entrecortada, contemplando el extraordinario esplendor de la mujer y observando sus movimientos felinos cuando volvió al agua, rescató los bañadores de ambos y, tras ponerse el suyo, le tiró el otro a Roures.

—Vístete, detective —ordenó Carlota—. Habrá que comer… alguna otra cosa, ¿no?

20

La soledad

2014

El funeral de Gonzalo Madrós se celebró en la iglesia de la plaza de las Salesas de Madrid. Amanda fue sola. No quiso que la acompañaran sus hijos. Mejor que la vida no les dejara otra cicatriz. La relación con el desaparecido Gonzalo había durado muy pocos meses, demasiado pocos como para cambiar su vida. Y menos aún para cambiar la de sus hijos. Aunque notaba cierto reflejo en su personalidad de la fuerza de sentirse querida y protegida de verdad, por una vez, que pronto se diluiría en el pozo de la soledad. Amanda no era de llorar. Nunca lo fue, ni de niña. Así que tampoco dejó que se vieran sus lágrimas en el funeral de Madrós, pese a estar destrozada. Los maledicentes no tardaron en interpretar la ausencia de lágrimas como falta de interés o constatación del escaso valor de una relación poco consistente. La gente se empeñaba en juzgar siempre, en sacar conclusiones precipitadas y absurdas. Pretendía radiografiar las emociones de los demás como si eso la volviera más inteligente o poderosa. El código era fingir los sentimientos propios —tantas veces inexistentes— y traducir los ajenos, en especial los de los protagonistas, para poder comentarlos y criticarlos. Qué disparate. Amanda no lloró, pero se rompió. Y esta vez no tenía quien la recompusiera, quien pegara las piezas con oro puro y la volviera más hermosa. Así que se lanzó a su antigua tabla de salvación: el vino blanco. Con hielo. Como si fuera un trago largo. Bebía en los actos sociales, bebía sola, de día, de noche… a todas horas. Se pasaba horas y horas en la cama y casi no hablaba con Lucía y con Carlitos. Solo les llevaba al colegio por la mañana y los recogía por la tarde para ahorrarse el dinero de la ruta. Algunos días llegaba a la salida de las clases de sus hijos con alguna copa de más. Sobreexcitada, demasiado simpática… Las mamás del colegio murmuraban.

—Ya te vale, mamá —decía Lucía—. Es mejor que nos vayamos en autobús a que nos recojas así…

—Pero qué dices, hija, si apenas he bebido un vino en la comida…

No era cierto. Siempre bebía más. Para olvidarse de su mala suerte. Y para huir de esa casa que se caía a pedazos. Los fines de semana que los chicos no estaban con ella porque les tocaba con su padre se volvía loca. Y, al final, en más de una ocasión, acababa con alguno de los solteros que se le cruzaban por las fiestas. O incluso con algún casado. Y de todo se enteraba su exmarido, que no paraba de amenazarla con quitarle la pensión… Y con dejarla sin la custodia de sus hijos si no se comportaba como una buena madre. De momento, cada vez que podía, se acercaba a la casa y se llevaba algo arguyendo que era de su familia. Siempre cuando Amanda no estaba. ¿Cómo era posible que se enterase de todo? Quería acabar con ella, lo sabía, pero no se saldría con la suya por mucho que lo intentara. Seguro que el viento cambiaría algún día. Tenía que ser así. Por ella y por sus hijos… Lucía parecía bastante recuperada de «aquello» y empezaba a hacer una vida normal, aunque continuaba yendo regularmente al psiquiatra, pero la mala relación entre sus padres afectaba a su estabilidad emocional. Tampoco ayudaba la suya, pésima, con la novia de su padre. Las discusiones con ella eran constantes y más de una vez se volvía a casa jurando que no regresaría a la de su padre jamás. En cuanto a Carlitos... Él no molestaba a Maribel, ni Maribel le molestaba a él. Casi se ignoraban. Con todo, Javier Peña sabía que la relación mejoraba cuando sus hijos desaparecían y que Maribel no soportaría vivir con ellos. Solo por eso no seguía peleando por la custodia. Él hubiera preferido tenerlos consigo y olvidar a Amanda para siempre, pero...

—Los niños, con su madre —exigía Maribel, rotunda—. Y tú los controlas en la distancia, que es lo mejor, aunque signifique un dinero. Y eso, además, no durará toda la vida. Ya llegará el momento en que encontremos la manera de quitarle la pensión. La compensatoria no tiene por qué durar para siempre, pese a que tantas zorras inútiles como tu exmujer lo piensen. Yo me encargaré, personalmente, de conseguir que algún día deje de percibirla... En cuanto a tu hija, ten cuidado con ella, es una niña malcriada y puede dar más de un disgusto. Te aseguro que después de haber tenido que aceptar que Amanda nos cambiara la vida, no aguantaré que tu hijita me relegue. Ahí tendrás que elegir tú: o ella o yo.

—Pero, pero... —intentaba Javier—. Si ella es una buena chica. De verdad. Con algunas equivocaciones, pero una buena chica. Tienes que tratar de entenderla...

—¿Una buena chica? Una chica demasiado ligera. A eso se deben todos sus problemas. Yo creo que no ha aprendido la lección, así te lo digo. Y que tenga cuidado conmigo, que sabes que no le voy a pasar ni una. Por nuestro bien y por el suyo. A ver si te metes en la cabeza que, si no cambia, acabará por ocurrirle algo gordo...

Que apareciera un poco de marihuana en el bolsillo de un pantalón que Lucía echó a lavar en casa de su padre sirvió para que Maribel reforzara su argumento. No era algo muy extraordinario —muchas chicas de su edad fumaban canutos de vez en cuando—, pero sí suficiente para que la odiosa novia de su padre cargara de nuevo contra ella.

—Todos hemos fumado un porro alguna vez, Javier. Pero ella es una chica inestable y solo le faltaba eso... O la atas en corto o habrá lío. Encima su madre es una borracha y una perdida. Esa es la información que nos dan tanto el detective como el niño. Menos mal que el chico tiene la cabeza en su sitio... Me gusta. No molesta. Aunque tampoco quiero que nos condicione la vida. Nos toca a nosotros tener nuestro espacio. Y este momento no nos lo puede estropear nadie...

Carlitos no parecía enterarse de mucho ni darse por aludido. O por lo menos no lo demostraba, oculto tras su máscara perfecta. A él Maribel le daba igual. Su responsabilidad se centraba en su madre y su hermana, cuyos pasos seguía con sigilo y minuciosidad para informar después a su padre y recriminarles su conducta en su nombre, como creía que lo haría él si viviera con ellos. Lo cierto es que más allá de las consideraciones del progenitor ausente que forzaban al hijo a cargar con un peso que no le correspondía, el desorden de vida imperaba en aquella casa, donde cada uno de sus tres miembros parecía de una galaxia diferente. Un desbarajuste que empezaba por las ausencias casi constantes de Amanda, que Lucía aprovechaba para traer amigos a casa. Si acaso su madre aparecía cuando todos andaban reunidos, apenas decía nada: como mucho se sumaba a la fiesta unos minutos para mostrarse cordial y luego se marchaba a su cuarto y les dejaba hacer. Poner la casa a disposición de los amigos le servía a Lucía para mejorar sus relaciones sociales con las chicas de su entorno, así que no dudaba. Reían, bebían, fumaban porros... Ella era la enrollada que facilitaba el sitio para hacerlo. Y también la que, aunque no lo supieran los otros, solo bebía y fumaba para sentirse como las demás y liberarse del estigma de pertenecer a una familia de padres separados y en constante guerra, con una casa cada vez más inhóspita y destartalada, menos medios que sus amigas de La Moraleja y el estigma invisible de «aquello» vivido tan poco tiempo atrás.

Cuando acabó el curso y se fueron a Costa de los Pinos, cada uno de los tres miembros de la familia que convivían juntos llevaba a cuestas su propia mochila de angustias no compartidas. Amanda, esa impotencia para manejar su vida que le volvía débil y vulnerable; Carlitos, su obligación de ser el vigilante de su madre y su hermana para poder contárselo a su padre; y Lucía, el miedo a reconocer que, después de la «huida» de Mario, ya no tenía amigos de verdad. En realidad, la angustia era una y de todos, aunque se repartiera en compartimentos estancos. Y se traducía en una palabra: soledad. Los tres estaban solos. Ni siquiera entre ellos se proporcionaban compañía. Lucía tenía ganas de llegar a Costa de los Pinos para escaparse de todo con sus compañeras de fiesta del verano, Virginia y Marina, y para poder ver a su padrino y charlar con él. Durante el resto del año era difícil, viviendo él y su mujer en Barcelona. Jaime Perelló solía llamarla con frecuencia, pero no era lo mismo que verle a diario y poder conversar cara a cara, como hacía en Costa de los Pinos. Sabía que era una buena influencia para ella y su discurso le resultaba terapéutico. Y su madre también; por eso era la primera en recomendarle que lo visitara y que atendiera a sus consejos, máxime en ese tiempo en el que ella, tras la muerte de Gonzalo, se sentía tan triste, vacía e incapaz de atender a sus hijos.

Por otro lado, sabía que ese verano se encontraría más sola tras la ruptura con Mario. «Me ha abandonado», decía Lucía con rencor. No perdonaba lo que consideraba un acto de cobardía del chico. Por eso decidió que pondría a prueba al amigo de ambos. Sería su venganza. Sabía que Fernando la miraba desde niño con arrobo. Unos besos —ella ya no pasaba de ahí— y el chico la elegiría a ella. Estaba segura... Fernando no pudo resistirse. Aunque supusiera una traición para su amigo, que iba a pagar cara, empezando por el encuentro con el padre de la chica. Parecía que Javier Peña olía en la distancia a los *skaters* y, en cuanto uno de ellos se acercaba a su hija, aparecía por sorpresa. Aquel día también lo hizo. Entró en la casa de manera subrepticia, a media mañana, para dejar claro que lo haría cuando quisiera. Y al ver a los chicos, de nuevo su retahíla de insultos cayó como una bomba, en esta ocasión sobre Fernando y Lucía. No había nadie más a quien reñir. Amanda no estaba en casa y Carlitos, cosa rara, tampoco. Pasó un momento por el que tiempo atrás fuera su cuarto conyugal y colocó en él un micrófono tal y como le había indicado que hiciera Maribel. Quería controlar a su exmujer y descubrir si tenía alguna relación más estable que pudiera proporcionarle un beneficio económico. En cuanto eso pasara, podrían rebajar o retirar por completo la compensatoria… Ahí sí estaba de acuerdo con Maribel: cualquier cosa con tal de ver a Amanda hundida. Ambos la odiaban. Era la causante de su separación durante años. La culpable de su desgracia. Les había robado la vida y no se lo perdonarían jamás. Pagaría por ello…

Tras abandonar la casa, fue a la de su hermano, donde le esperaba Maribel. Almorzarían con él y se marcharían. No querían estar ni un minuto en Costa de los Pinos mientras Amanda estuviera allí. Preferían Cala D'Or, donde la familia de Maribel tenía una preciosa residencia.

Amanda llegó a casa a la hora de comer, después de hacer la compra en Son Servera con Carlitos, y dejó las bolsas en la cocina sin reparar en que Lucía les esperaba, indignada, tumbada en el sofá del salón.

—¿No me podías haber dicho que papá iba a venir, mamá? O tú, Carlitos, que siempre lo sabes todo… ¿No podías haberme avisado? ¡Estoy harta! ¡Otra vez la misma historia que con Mario! ¡Qué mierda, joder, qué mierda!

—Pero, pero… —empezó a contestar Amanda, desconcertada—. ¿Cómo que tu padre ha estado aquí? ¿Cuándo? ¿Le has abierto tú?

—Ha entrado él. Con su llave…

—Y… ¿qué quería?

—Y yo qué sé, joderme la vida como de costumbre. Ha visto a Fernando aquí y se ha puesto como siempre...

—¿Fernando? —preguntó Amanda, aún sorprendida de la presencia de su exmarido en su casa—. ¿El amigo de Mario? ¿Estabas con él? ¿Haciendo qué...?

Lucía no respondió y bajó la mirada.

—Ya te vale, Lucía, ya te vale...

—Sabes que no hago tonterías, mamá.

—¿Ah, no? —interrumpió Carlitos—. Si estás todo el día fumando porros. ¿Eso no es una tontería?

—Tú no te metas, chivato de mierda... Me refería, mamá, a que a mí nadie me toca un pelo. Una cosa es jugar un poco y otra...

—¿Con el amigo de tu... amigo? —preguntó de nuevo Amanda—. Mira, Lucía, hay cosas que no se hacen. Te vas a arrepentir.

—Déjame en paz, mamá. Tú no estás para dar muchas lecciones, ¿sabes? El que se va a arrepentir es Mario y ya está.

—Tú sabrás, hija... Tú sabrás... Pero ¿y tu padre? ¿Dónde está?

—Se fue.

—El muy... —empezó Amanda y luego calló al notar cómo la miraba Carlitos—. Voy a llamarle ahora mismo para decirle que no puede entrar en mi casa cuando le dé la gana.

—También es su casa, ¿no? —dijo Carlitos.

—Pero no la compartimos, hijo. Él no puede entrar cuando quiera. Así son las cosas cuando uno se divorcia... ¿Dónde ha estado? ¿Qué ha hecho? ¿Qué ha cogido esta vez, Lucía?

—Que no lo sé, mamá, ¿vale? —respondió la chica. Luego hizo una pausa y continuó—: Creo que se metió en vuestro cuarto, pero... No lo sé. Y además, no quiero meterme. Deberíais dejarnos fuera de vuestros malos rollos.

—Está bien —aceptó Amanda—, tienes razón. Vamos a comer algo. Pon la mesa con tu hermano...

—No tengo hambre. Me voy a mi habitación. Ya comeré después.

Lucía se encerró en su cuarto y se puso los cascos con la música a tope.

Mientras, Amanda llamó a su exmarido.

—Javier, maldita sea, ¿me puedes decir qué coño quieres? ¿A qué juegas? ¿Has entrado en mi casa sin decírmelo?

—¿«Tu» casa...? Hay que joderse... —repuso él—. Es MI casa, Amanda, mi casa... Y, sí, he entrado porque quería saber si estaban por ahí los gemelos de ónix de mi padre. No los encuentro por ninguna parte. Y ya que estaba en Costa de los Pinos visitando a mi hermano...

—¿Y no me lo podías haber dicho? Mira... la próxima vez que entres, te denuncio por allanamiento de morada. Te lo aseguro.

—Atrévete, Amanda. Atrévete...

Amanda colgó. ¿Cómo era posible tanto odio tras tantos años compartidos? Fue a la cocina y preparó un par de sándwiches de pollo para ella y para Carlitos. Abrió una botella de vino blanco y se sirvió una copa con un par de hielos. El vino adormecería sus malos recuerdos, los volvería invisibles por un rato y ella se sentiría menos infeliz. Ese día y todos los de aquel verano en el que tan sola se sentía sin Gonzalo y donde el rechazo de sus antes cariñosos vecinos de Costa de los Pinos resultaba casi palpable. El divorcio, la «enfermedad» de su hija, sus penurias económicas, la muerte de Gonzalo, su mala suerte... Nadie quería tener cerca a una Amanda triste y oscura. Sus problemas podían ser «contagiosos», así que era mejor sortear su compañía. Salvo su amigo Pedro, un editor madrileño, sesentón y también divorciado, que llegó casi por casualidad a Costa de los Pinos y llevaba dos años alquilando un apartamento frente a su casa, donde intentaba terminar la novela que comenzara muchos años atrás, los demás la evitaban. Incluso los Perelló, que recibían a Lucía con agrado, preferían mantener una conveniente distancia con su madre. Amanda actuaba como si no le importara, pero los días se le hacían cada vez más largos y tristes en aquel paraíso donde su hija parecía sentirse mejor y su hijo salía algo de su aislamiento y compartía de vez en cuando espacio físico con algunos de sus amigos de toda la vida.

21

El comandante García Perea

Mientras conducía, Roures no podía dejar de pensar en Carlota Aguado. La llamada del comandante García Perea solicitando verlo cuanto antes había cercenado la posibilidad de seguir en su compañía y de concluir el almuerzo con otro tipo de sexo. Después del episodio de la felación de la jueza, increíble por otra parte, el sueño dorado de tantos hombres, le acogotaba la ansiedad, las ganas de comérsela él, de romperla por dentro, de quedarse dormido sobre su vientre perlado de sudor... Necesitaba sentirse su igual y no una marioneta manejada con habilidad. Y en ese momento, desconcertado como estaba, aún no sabía si esa mujer tan bella como manipuladora le daría otra oportunidad o zanjaría el asunto tras lo ocurrido. Tampoco le parecería extraño. Su caprichosa forma de actuar era la de muchos hombres de manera habitual, la suya en alguna ocasión... Ella se comportaba como ellos. Imponiéndose, marcando el territorio. No se trataba de juzgarla, sino de mantenerse a salvo de esos malditos ojos azules que amenazaban con abrasarlo y convertirlo en un completo imbécil... «No te puedes enamorar de esta tía. Ni obsesionarte, ni encoñarte...», se advirtió a sí mismo, sabiendo que ni tomando todas las precauciones podría evitar acudir si ella lo llamaba... De todas formas, eso ya no pasaría ese día, así que, de momento, era mejor que se olvidara de Carlota y tratara de concentrarse en el caso de

Lucía Peña, aunque fuera difícil separarlos siendo la jueza Aguado quien lo instruía. Con todo, tenía que intentar apartarla de su cabeza. Estaba a punto de encontrarse con los de la UCO y no esperaba que lo recibieran con los brazos abiertos.

Sonó el teléfono.

—Roures —contestó el detective sin mirar al dispositivo, al conectarse el Bluetooth del coche.

—Jefe —respondió el Manos—. ¿Estás ahí?

—Sí, Manos, aquí ando. ¿Tienes algo que contarme?

—Mucho.

—Pues dale.

—Para empezar, la clienta, la tal Amanda... Que tiene su punto, ¿no, jefe?

—Al grano, Manos, al grano —se impacientó Roures—. Como esté o no la clienta me importa una mierda...

—Vale, vale... Ya veo que no estamos para bromas.

Y no lo estaba ciertamente. Haber tenido que largarse a medias de casa de la jueza le ponía de mal humor. Y más aún no tener ni idea de cuándo volvería a ver a esa mujer en la intimidad. Le había dejado su teléfono, pero ¿le llamaría? ¿Contestaría a una llamada suya? Tenía que centrarse... por el caso y por su bien.

—Pues, por lo que he podido indagar, la tía lleva una vida de lo más normal, jefe. Parece ser que hubo un momento en el que debió de beber más de la cuenta, e incluso...

—¿Qué tía? —preguntó Roures.

—¿Cómo dices, jefe? ¡Pues la clienta, la clienta...! ¿Quién va a ser si no?

—Continúa —pidió Roures, nervioso—, me he distraído.

—¿Estás bien, jefe? Pareces, fuera de ti.

—Continúa, Manos. Y no me interrogues.

—OK..., pero a ti te pasa algo, jefe... En fin, por lo que he indagado, esta mujer tuvo una vida un poco más movidita unos meses antes de desaparecer su hija. Se le murió un novio y se lanzó a beber y a salir; pero todo eso se acabó cuando la chica desapareció. Desde entonces, se ha dedicado en cuerpo y alma a su búsqueda. Ni tíos, ni alcohol... Nada de nada. Y eso que con la pésima relación con el marido y con toda la presión mediática podía haber acabado muy mal. El que más la ha ayudado a seguir adelante es su hijo. Se rayó mucho cuando desapareció su hermana, y hasta se revolvió contra su madre al principio; pero luego... Dicen que casi la cuida más él a ella que ella a él, de lo responsable que es. Y encima es una lumbrera el chaval. Vamos, que porque ya no se habla del crío en las teles que si no acabaría saliendo alguien para pedir que los videojuegos fuesen obligatorios para los adolescentes...

—¿Y la relación entre el exmatrimonio?

—Igual de mala que siempre. No se pegan un tiro el uno al otro porque no pueden, si no... Ya verás cuando se entere él de que te ha contratado ella, si es que no lo sabe ya... Yo creo que este hombre está obsesionado con su exmujer. A saber por qué. ¿Qué le habrá hecho esa pobre tía? A mí me cae bien, fíjate.

—¿Algo más? —cortó Roures con sequedad.

—Pues sí, lo más interesante: trabaja a escondidas.

—¿Trabaja? ¿Quién? ¿Amanda?

—Sí, hombre, Amanda. ¿Y a que no sabes dónde?

Roures no contestó y el Manos mantuvo el suspense durante unos segundos.

—En la editorial Aglaia —dijo después—. ¿Te suena? Es la de Carlos Rothman...

El detective se quedó petrificado. ¿Que Amanda trabajaba en el grupo de Rothman?

De pronto, todos los protagonistas de aquel caso de dos años atrás se refugiaron en su memoria. Sobre todo Misia Rodríguez de Rothman, la mujer de los ojos violeta y el aroma a juego con la mirada, casada con el poderoso e intachable dueño del grupo mediático más importante de

España, que ocultaba un negocio de trata de mujeres en su trastienda. Su recuerdo aún le hacía daño. Nunca deseó a aquella mujer. Pero tal vez sí la amó en la distancia... Hubo muchos muertos en aquella historia: Armando Artigas, el escritor al que apuntaban las pruebas de los asesinatos en serie, el verdadero asesino, la joven Katia, que le encargó el caso, Isabel... Su Isabel, la mujer con quien compartió tanta vida y tanto sentimiento en África y a la que dejó de amar cuando le obligaron a presenciar su violación veinte años atrás. Isabel salió de todo aquello, muerta sin morir y enterrada en una falsa identidad, para preservar su seguridad, en el estado mexicano de Tabasco.

—¿Estás seguro de eso? —preguntó cuando sus recuerdos se lo permitieron—. ¿Y cómo lo sabes? ¿Quién te lo ha dicho? ¿Quién es su contacto en la editorial?

—Arrea, jefe, ¡se te ha disparado la metralleta! ¡Claro que estoy seguro! He localizado a un tipo que es amigo suyo. Uno que decían por ahí que era más que amigo, pero que no es otra cosa más que amigo; no podía serlo, por otra parte, porque es gay. Aunque de esos gais que no lo parecen, tú ya me entiendes. Supermajo, el tío... En cuanto supo que no era de la prensa y que lo que quería era ayudar a Amanda, se puso a rajar como un loco. Me contó que él es uno de los editores de Aglaia y que la metió allí, de extranjis, hace unos meses, porque estaba fatal... No sé si le pagarán, porque si lo hicieran podría perder la compensatoria de golpe, pero ir allí, va. Todos los días. Y según él, a currar...

—¿Y qué hace exactamente?

—Me dijo que trabaja de lectora... ¿Hay gente que trabaja leyendo? ¿Puede ser?

—Puede, sí. Aunque no sé si necesita ir a la editorial para hacer eso... Otra pregunta. ¿Mantiene la compensatoria y la pensión alimenticia del chico?

—Afirmativo. El chico acaba de cumplir los dieciséis, pero no es independiente económicamente, claro. Estudia, o hace que estudia y eso le corresponde pagarlo a los progenitores. Y como la madre tampoco tiene nada, a todos los efectos, le toca apoquinar al padre.

—Ya veo. Bien, Manos, bien. ¿Algo más?

—Pues… sí.

—Dispara, tío, que voy sin tiempo, joder, y esto parece una telenovela por entregas.

—Los Peña son amigos de toda la vida de tu hermano, jefe —soltó de golpe el Manos.

—Lo sé —respondió Roures con tranquilidad—. Clientes del banco, antes que otra cosa. Me lo dijo mi cuñada.

—Ya, pero es que…

—Qué… sigue, hombre, que voy con prisa…

—¿Sabes quién los puso en contacto?

—¿Quién?

—Un tal Perelló, que tiene centros de *in vitro*… y casa en Costa de los Pinos. Al parecer, Amanda y tu cuñada coincidieron en el de Madrid hace mucho tiempo.

—¡No me jodas! —exclamó Roures—. ¿Y cómo has averiguado eso?

—Pues, por casualidad, jefe. Hablando de pájaros y peces con el tal Pedro y atando cabos. Parece que tu hermano y tu cuñada son muy pero que muy amigos de Javier Peña… No es solo un cliente del banco como decías; y la relación comenzó entre Begoña y Amanda hace mucho tiempo, cuando las dos se pusieron en manos del tal Perelló para tener hijos. Por lo que se ve, Amanda tuvo más suerte que tu cuñada…

—De eso no estoy tan seguro, Manos. La suerte no siempre está en conseguir aquello que deseamos. —El detective hizo una pausa y prosiguió—: Gracias. Está muy bien la información. Sigue investigando. Esto que me has dicho me sirve de mucho. Y cualquier cosa que averigües nos puede dar alguna clave. Y la necesito. Quiero encontrar a esa niña. Como sea…

Roures colgó, extrañado. Así que la conexión de los Peña con su hermano y su cuñada era la clínica de fertilidad... Por eso Begoña odiaba tanto a Amanda: ella sí consiguió quedarse embarazada y encima luego tuvo un hijo de forma natural... Tendría que hablar con ella. Y con su hermano. Allí había algo extraño y no sabía qué era. Lo que estaba claro era que Amanda no lo había relacionado con esos Roures, aunque el apellido no fuera muy corriente en Madrid. Y no era raro. Su hermano era un hombre de éxito, con una bonita casa, una vida convencional y dinero para gastar; y él... era otra cosa. Difícil vincularlos y menos como hermanos, aunque ambos compartieran la misma inconfundible mirada. ¿O sí lo había hecho y conocía el parentesco? Demasiados datos para procesar antes del encuentro con la Guardia Civil. El expediente del caso, el episodio vivido con la jueza y ahora la conexión de la familia Peña con su propia familia... De pronto se sintió muy cansado. Le dolía la cabeza y necesitaba despejarse. Si no, difícilmente podría enfrentarse al comandante que le esperaba. En las inmediaciones del cuartel no estaba permitido aparcar y sospechaba que no le dejarían pasar con el coche, así que buscó un sitio a dos calles y le puso el papelito correspondiente. Lo único que faltaba es que, encima que iba donde iba, le cascaran una multa. Luego caminó hasta el cuartel, inconfundible con sus ventanas verdes y las banderas de España ondeando al viento.

—Vengo a ver al comandante García Perea —dijo al entrar—. Pero... si puede darme usted un vaso de agua antes, se lo agradeceré mucho.

—¿Y quién es usted? —preguntó un guardia muy joven, sin despegar la vista del ordenador.

—Antonio Roures —apuntó el detective—. Me está esperando.

El Guardia Civil levantó la cabeza con curiosidad.

—¿O sea que es usted? ¡Pues vaya! ¡No me esperaba a alguien tan mayor...! Agua tiene ahí —dijo, señalando con la mano a un dispensador—. Cójala, beba y acompáñeme. Pero antes déjeme su carné de identidad.

Roures sacó el documento, se lo dio y luego tomó uno de los vasitos de plástico blancos del lateral de la máquina, sirvió agua y lanzó en ella dos Actrones. Esperó a que se disolvieran ante la mirada impaciente del guardia y se bebió el líquido de un trago. El guardia le hizo una seña entonces para que lo siguiera y Roures obedeció.

—Señor —dijo el guardia tras tocar con los nudillos en la puerta de su superior—, la visita que esperaba.

—Que pase —respondió García Perea—. Y usted puede retirarse. —El comandante miraba por la ventana cuando Roures entró en el despacho. Oyó sus pasos, pero esperó unos minutos para volverse, en los que el detective no pronunció ni una palabra—. Siéntese —dijo, al hacerlo por fin, indicándole una silla frente a la suya, al otro lado de la mesa.

—¿Sin presentaciones? —preguntó Roures, sin esperar respuesta—. Está bien, comandante. Pero quiero que sepa que yo estoy en su lado, no en el de enfrente... Todo sería más fácil si lo tuviera usted en cuenta.

—Los dos sabemos quiénes somos, ¿no? —contestó en tono muy poco amistoso el comandante—. Las presentaciones sobran. Y lo otro... Dígame, ¿qué hace usted aquí? O mejor dicho, ¿qué pretende hacer? ¿Acaso piensa que encontrará algo que nosotros no vimos? ¿Se considera más capacitado que la Guardia Civil? ¿O es que tiene usted alguna prueba y nos la está ocultando?

—Comandante... —empezó Roures.

—Esa estupidez de recurrir a un detective se les ocurre a los familiares de desaparecidos con una cierta frecuencia, ¿sabe? —le interrumpió el comandante—. ¡Con lo pendientes que hemos estado en la Guardia Civil de la madre de la niña! La UCO ha estado en permanente comunicación con ella y con el padre... Pero ya se ve que a la señora no le parece suficiente nuestro trabajo...

—Su hija no ha aparecido, es normal que nada le parezca suficiente, ¿no cree?

—Las investigaciones no concluyen hasta que se resuelven los casos, se lo dijimos…

—Algunos no se resuelven nunca, ¿no? Y a veces las investigaciones quedan estancadas cuando se levanta el secreto de sumario…

—No me dé clases, hágame el favor… Hemos rastreado palmo a palmo esta isla… Y hemos hecho todo lo que estaba en nuestra mano. Aunque es verdad, el secreto de sumario se levantó demasiado pronto y no pudimos concretar varias pruebas después porque nos denegaron algunas autorizaciones para pinchar teléfonos o efectuar registros. Es lo que suele pasar. Por eso, aunque sigamos pendientes de este caso, no será fácil que se resuelva…

—¿Eso quiere decir que tenían algún sospechoso? —se arriesgó el detective.

—Roures —dijo el comandante, mirándole con fijeza—, no me toque los cojones… No le he mandado llamar para contarle lo que tengo yo, sino para prevenirle: no haga nada ilegal, ¿me entiende? Es típico de los detectives de mierda que han visto muchas películas y se creen que se pueden pasar la legalidad por los huevos… Pero, sobre todo, si por azar descubre cualquier cosa, póngala en mi conocimiento. De inmediato… ¿Lo ha entendido bien?

—¿Sabe que esa prevención me llama la atención, comandante? —contraatacó preguntando el detective—. Alguien también me previno dejándome una «simpática» notita en el coche… No sería usted, ¿verdad?

—¿Es usted imbécil? ¿Por quién me toma? —se ofendió el comandante—. ¿Cree que nosotros actuaríamos así? —El hombre se puso en pie y comenzó a caminar de un lado al otro de la habitación con las manos en la espalda—. Mire, Roures, estoy a punto de jubilarme. Y nada me haría más feliz que dejar este caso cerrado. Un caso tan mediático que nos ha vuelto locos… Pero sé que no está fácil, ya se lo he dicho. Y terminar mi carrera sin resolverlo, téngalo muy claro, hace que me lleven los demonios...

—Ahora que lo dice, comandante, no he visto nada sobre los tatuajes de demonios de los chicos que se cruzaron con Lucía la noche de autos... Y parece que hay varios más en la zona que los llevan...

—Roures, Roures, Roures... —dijo el comandante, moviendo la cabeza de un lado a otro con condescendencia—. No sabe lo que me joden los listos. ¿Acaso desconoce que solo las declaraciones que efectuamos en el cuartel pasan al expediente? Hemos hablado con cientos de personas cuyas palabras no figuran en él. Lo harían si tuvieran importancia. Pero esos camellos de poca monta tatuados, que pasan marihuana cultivada en sus casas y algo de hachís, no son más que los integrantes de una banda de rock de Cala Bona. Ya está. ¿Ve qué fácil? Y no hay nada contra ellos... Nada. Cuatro delitos sin condena de cárcel. De trapicheo. Y punto.

—Está bien. ¿Y la gente de Costa de los Pinos?

—¿Qué quiere que le diga? ¿Que hablamos con todos? Lo hicimos. Comprobamos sus conexiones con la familia, sus coartadas...

—¿Y...?

—Nada. No encontramos nada.

—Dígame solo una cosa, comandante, ¿usted cree que Lucía puede estar viva?

El hombre negó con la cabeza.

—No. Esa chica no está viva.

—¿Por qué está tan seguro?

—Porque llevo muchos años en esto. A esta chica la cogió alguien y se la llevó. ¿Por qué? Desde luego no por dinero, así que sería por sexo. Un depravado. Estamos rodeados, se lo aseguro.

—¿Un depravado que no tuviera nada que ver con la chica? ¿Y dónde y cuándo se la llevó? Según los datos que aportó su teléfono, Lucía volvió a Costa de los Pinos antes de ir a Manacor; y eso si es que fue allí…, porque su teléfono llegó apagado a la papelera, ¿no es cierto?

—Roures, no me joda. Todas esas preguntitas que hace usted y mil más nos las hemos hecho nosotros y se las hemos trasladado a otros tantos sospechosos… Usted acaba de llegar a esto. No encontrará nada que nosotros no hayamos encontrado. Y si lo hace porque la casualidad siempre favorece a los nuevos, tendrá que dejar la investigación. Eso es todo a lo que puede aspirar. Si aspira a más, tendrá problemas…

—¿Problemas? —preguntó el detective con cierto retintín—. ¿A qué tipo de problemas se refiere?

—A que cometerá usted un delito. Y… —García Perea hizo una pausa deliberada— ahí ni su amiga la jueza podrá hacer nada por usted.

Roures no se inmutó. Se tomó su tiempo y luego, mirando con fijeza al comandante, le preguntó masticando las palabras:

—¿Mi amiga? ¿Acaso está usted insinuando algo? ¿Cree usted que la jueza hace algo que no debe? ¿Se atrevería a afirmarlo en un tribunal?

—Vamos, Roures —contestó el oficial con una sonrisa torcida—, que no he nacido ayer. La jueza le da a usted una autorización para investigar el caso y luego lo lleva en su coche… ¡No me fastidie!

—Creo que quien tiene que tener cuidado es usted, comandante —respondió Roures, encaminándose a la puerta y volviéndose antes de abrirla—. En este país, aunque algunos se empeñen en lo contrario, lo que hay que demostrar es la culpabilidad, no la inocencia. Y hasta donde yo sé, la jueza o cualquiera pueden hablar o ir en coche o lo que les dé la gana con quienes les dé la gana… Pero… si usted quiere acusar a su señoría de algo, no seré yo quien le frene. Usted sabrá. Eso sí, debo informarle de que a ella tampoco le hizo gracia darme esa autorización. Se decidió porque moralmente creyó que era su obligación para con la madre de la chica…

—Mira qué generosa, hombre —se burló el comandante—. ¿Y no será porque alguien poderoso se lo pidió? Me conozco el percal, Roures. Y con eso no acuso a nadie de nada. Solo digo que, ahora que se han hecho amiguitos, usted puede creer que le protege la mujer gato. Y es mejor que se olvide: si hace lo que no debe, ella será la primera en ponerse seria. Y en enchironarlo si hace falta... La jueza no lleva mucho tiempo en Manacor, pero ya sabemos cómo es. Y no se pringa por nadie...

—Pues muy bien, comandante. Muy bien. Lo tendré en cuenta. Como también que usted quiere resolver este caso antes de que lo haga yo. Le aseguro que lo entiendo, pero... no me persiga. Si le tengo que informar, lo haré; pero si descubro que me anda pisando los talones, yo también me pondré serio. Y tengo la sensación de que a la prensa le podría resultar interesante...

—¿A la prensa, cabrón? ¡Así que es eso! Ya me lo dijo el abogado. Creía que con él se acababa el cuento, pero ya veo que usted anda buscando las luces de los focos como tantos otros...

—El abogado, ¿eh? Ya veo que tiene usted confidentes de peso —dijo con sorna mientras el comandante apretaba la mandíbula. Luego continuó—: Yo no busco las luces de los focos, pero también sé defenderme si hay que hacerlo sacando a la luz lo que haga falta, sin que nadie vea ni mi sombra. Por si no lo sabía (y ya me extrañaría porque estoy seguro de que me habrá investigado), un día fui periodista. Conviene que no lo olvide. Buenas tardes, comandante.

Roures salió del cuartel notando las miradas asesinas de todos los agentes en la nuca. Estaba claro que no les gustaba que se metieran en su territorio. Y lo podía entender. Pero él ya era parte de esa historia y nada le haría abandonarla. Encontraría a Lucía, aunque fuera lo último que hiciese.

22

Los días previos

Julio de 2015

La melena rubísima de Lucía desparramada sobre una de las tumbonas de la plataforma de casa de los Perelló brillaba al sol como si fuera oro puro. Jaime Perelló bajó al borde del mar con su traje de baño azul marino y una camisa abierta. Allí le esperaba la chica, ataviada con un escueto bikini blanco y unas enormes gafas de sol negras.

—Ponte crema, Lucía —advirtió el médico con cariñosa contundencia—. Si no, te quemarás...

—Gracias, Jaime. Me he embadurnado ya por todas partes... Protección cincuenta. Y aun así, es posible que me queme si me quedo mucho rato aquí, a estas alturas de verano... No sé de dónde he sacado yo esta piel tan blanca, de verdad, soy la única de casa...

—No te quejes, Lucía. No todo el mundo puede presumir de una belleza como la tuya, ni en tu casa ni en ningún sitio...

—Gracias. Pero yo cambiaría buena parte de esa «belleza» de la que hablas por un poquito de suerte. O mejor dicho, de buena suerte. Porque la mala es toda mía. Mis padres se separan y se odian, tengo un hermano que es como si no existiera, las chicas del cole me desprecian a menos que me haga la enrollada y les deje hacer fiestas en casa, me pasa «aquello» y me quedo embarazada...

—¿Y crees que eso es mala suerte? Eso es el pan nuestro de cada día. Los matrimonios se rompen, los chicos lo acusan, los adolescentes juegan con fuego y a veces se queman como tú... Deberías estar agradecida a la vida por la propia vida. ¿Y si no hubieras nacido? ¿Y si lo hubieras hecho en otra parte del mundo?

—Pues tal vez no hubiese tenido unos padres como los que tengo y todo sería más fácil. A veces creo que sería mejor apartarme de ellos...

—En eso tienes razón, Lucía. Yo también creo que tus padres no te merecen a ti, que eres un auténtico ángel.

—Bueno —dijo Lucía, sonriendo con picardía—, tampoco es cierto. No te creas, yo también tengo mis cosas... No soy una santa, ¿eh?

—No se trata de que lo seas. Se trata de que encuentres el camino. De que tengas una misión en la vida. No puedes desperdiciar tus dones. Tienes que ayudar a alguien.

—Ojalá. Pero no todos tenemos una vocación tan clara ni un talento como el tuyo. Yo he perdido un curso por todas mis movidas, me queda un año de cole y no sé ni qué quiero estudiar. Medicina no, que son muchos años —dijo, riéndose—. Y eso que me flipa lo que haces, de verdad. Un día me tienes que llevar a ver tus clínicas... Seguro que es una pasada ver cómo se hacen los niños en un laboratorio.

—No es exacto —respondió él—. Los niños se «hacen», como tú dices, en el vientre de las mujeres...

—Ya, pero tú ayudas desde fuera...

—Eso es. Y me encantará que vengas. Incluso podrías ayudarme.

—¿Yo? ¿En qué?

—En muchas cosas... Hasta podrías donar óvulos...

—¡De eso nada! —repuso Lucía a toda prisa—. Eso de donar óvulos me da mucho yuyu. Es como ir dejando niños repartidos por el mundo...

—¿Y no crees que es un acto de generosidad ayudar a otras personas a que sean padres?

—Sí, sí, si lo veo bien… pero yo no lo haría. No olvides que —hizo una pausa antes de seguir—… yo ya he perdido uno.

—No lo olvido —cortó él, tajante y cambiando de gesto—. Pero es mejor que no hablemos de eso. Pensar que engendraste un hijo y luego…

—No había otra alternativa —zanjó ella.

—Siempre la hay, Lucía. No lo justifiques. Además…

—¿Qué? —preguntó Lucía, impaciente.

—Eso lo decidieron tus padres, que tampoco estuvieron atentos a ti… El pecado es suyo. A veces pienso, insisto, que no te merecen.

—De todos modos, hablar de eso no me viene bien. Y ya está hecho, así que…

—Lo sé, Lucía… Lo sé. Dejemos ese tema. Cuéntame, ¿qué planes tienes estos días? Sales mucho más últimamente, ¿no?

—No te creas. Menos que mis amigas. Esta semana no voy a salir hasta el finde. Quiero quedarme en casa en plan leer, hacer ejercicio y ver alguna serie en el ordenador… A ver si consigo pasar algún rato sin pelearme con mi madre y con mi hermano. Sería un milagro, pero…

—Saldrás el fin de semana, entonces —insistió él.

—Sí. He quedado el viernes con Alfonso Hidalgo para cenar algo en Cala Ratjada y tomar algo por ahí con todos luego. Iremos al Pasta Pasta o alguno de esos y luego a Café 3, como siempre. Y hasta es posible que acabemos en Bolero, no lo sé. Me da bastante pereza Alfonso, pero me lo ha pedido tantas veces…

—¿El viernes? ¿Con Alfonsito Hidalgo?

—Sí. ¿Qué pasa? Te parece un poco tonto, ¿verdad? —preguntó la chica, arrugando la nariz. El hombre no contestó—. Pues no es mal chico —siguió ella—. Iba a mi cole. Lo recuerdo de hace años, cuando era gordito… Entonces era muy tímido. Ahora pesa menos y se cree algo y eso que sigue siendo un poquito fofisano... Es un poco pesado, pero me da un poco de pena. Lleva dándome el coñazo desde que llegó... Así que voy a quedar con él.

—Claro, claro... —aceptó Perelló—. Tienes que quedar con chicos y aprender a controlarlos tú. ¿El viernes dices que irás con él?

—Bueno, en principio. A menos que me dé pereza, ya sabes.

—Eso sí que no, Lucía. Si te comprometes, te comprometes...

La chica se levantó las gafas y lo miró con sus ojos clarísimos rodeados de pestañas infinitas.

—Huy, pues fíjate que nunca pensé que me animaras a salir con Alfonsito Hidalgo...

—Pues te animo, ya ves... Tienes que hacer una vida normal y salir con chicos siempre que sepas mantenerlos a raya...

—Tranquilo. Te aseguro que «aquello» no me volverá a pasar...

—Desde luego que no, Lucía. Yo no dejaré que te vuelva a suceder... De ninguna manera. Eso se acabó.

Josu, el filipino que servía en casa de los Perelló, los interrumpió para avisarles de que la comida estaba lista y que la señora les estaba esperando.

—Gracias, Josu —dijo él, poniéndose en pie.

—¿Yo puedo darme un baño rápido y subir? —pidió Lucía—. ¡Me muero de calor! No creo que a Amparo le importe, ¿verdad?

—En absoluto —respondió Perelló con cariño—. Pero no olvides cambiarte para almorzar. Sabes que no le gusta que se coma en traje de baño...

La chica asintió obediente, se levantó de un brinco, saltó de cabeza al agua, nadó unas cuantas brazadas y luego ascendió por la escalera metálica que los Perelló habían fijado en la roca natural. Jaime se volvió y no pudo evitar contemplar con admiración el escultural cuerpo de Lucía, ligeramente dorado, mientras ella se secaba primero con la toalla y luego escurría con ambas manos su larguísima melena. La chica era una obra de arte, sin ninguna duda. Su obra de arte. Por eso tenía que preocuparse de ella y evitar que las cosas siguieran como estaban. Pensó en su madre un instante y recordó lo que a ella le hubiera gustado tener una hija como aquella. O que la hubiese tenido él, su único hijo. Una hija, sensible y delicada, sonriente, con fuerza de voluntad. Y tan rubia como ambos... Aunque, en realidad, él era su padre. El de Lucía y el de otros cientos de niños. Quien había conseguido que estuvieran en este mundo. Esa era su responsabilidad en la vida. La que compartía con Amparo, su mujer, a quien respetaba y quería, por tantas cosas, pero, por encima de todo, porque le entendía a la perfección. Ellos aún conservaban intacta la esperanza de tener un hijo. Amparo acababa de cumplir cuarenta, pero... el momento estaba próximo. El matrimonio Perelló guardaba como un tesoro sus embriones congelados. Fecundaron los óvulos de ella con el esperma de él, justo antes de que ella empezara con un tratamiento de quimioterapia para combatir el cáncer de endometrio. Tuvieron que extirparle el útero completo para evitar riesgos. Nunca podría engendrar un hijo en su vientre, pero... existía otra posibilidad. Ambos lo sabían. Ahora que por fin tenía el alta definitiva, el momento estaba cerca... Amparo incluso se había alejado de su fe, tras años de ser muy creyente al comprobar que la Iglesia condenaba cualquier forma de reproducción asistida, incluso aunque fuera homóloga y se realizara con esperma y óvulos de la madre y el padre. En el caso de que fuera heteróloga y existieran donaciones, la consideraba directamente «adulterio en probeta». Ella pensaba, bien al contrario, que Dios otorgaba el don del conocimiento a algunos hombres bendecidos, para que subsanaran sus renglones torcidos y pudieran proporcionar a aquellos que nacían sin esa capacidad, o se la arrebataba la naturaleza, la gracia de ser padres. Se sentía afortunada al tener un marido que ayudara a tantos a conseguirlo. Ellos, hasta ahora, eran los padres de los niños de Fertiplex; pero pronto tendrían uno propio. De su carne y su sangre. Con su mirada y su aliento. Y serían también hijos de Fertiplex, como la propia Lucía; pero suyos, por completo, sin resquicio de duda.

Al sentarse a la mesa, a Lucía le esperaban, aparte de los Perelló, unos boquerones en vinagre, un gazpacho de fresas y una lubina al horno acompañada del clásico *tumbet* mallorquín. Eran sus platos favoritos.

—¡Qué bueno! —exclamó Lucía al ver los alimentos—. ¡Me mimáis demasiado! A veces… —dijo, casi susurrando y bajando la mirada—, desearía que vosotros fuerais mis padres.

23

Los hijos de tus hijas...

Llevaba pocos días en Costa de los Pinos, pero la intensidad de las historias escuchadas y la preocupación por encontrar la más ligera pista sobre Lucía Peña, sumadas a ese calor apaciguado aunque tan húmedo como en los días previos de más altas temperaturas, tenían a Roures exhausto. Si a eso le añadía la ansiedad que le provocaba su reciente e inesperada obsesión por la jueza Aguado, tenía sobrados motivos para irse a la cama a descansar y no levantarse en una semana. Aunque seguro que Carlota se le aparecería también en sueños. Ella estaba en todas partes. Y su recuerdo era grato, sí..., pero tan profundo y ubicuo que le incomodaba. ¿No era Stendhal quien decía que la gente felizmente enamorada tiene un aire de intensidad? Se rio de él mismo confundiendo un deseo casi adolescente que le había picado como un alacrán, de improviso, inoculándole un veneno mortal, con un peregrino amor. «Amor y deseo son dos cosas diferentes, amigo, no te equivoques —se dijo, evocando a Cervantes—. No todo lo que se ama se desea, ni todo lo que se desea se ama». Roures lo sabía bien. Pero lo cierto era que varios días después de su encuentro sexual, sin noticias de Carlota, el detective empezaba a inquietarse como el enamorado que desconoce si verá de nuevo o no a su amada. Tal vez debería llamarla. O no. Se sentía perdido ante aquella mujer poderosa que parecía querer decidirlo todo, incluso cuando no llevaba la toga puesta.

Había dedicado la mañana a tratar de poner en orden sus ideas, a pensar y a charlar con Rocío, la chica del bar de al lado de su hotel y miembro del grupo de rock Diablos Azules, cuyo tatuaje, idéntico al de los jóvenes que se cruzaron con Lucía en la madrugada de autos, tanto le llamara la atención al verlo por primera vez. Diablos Azules. Era el mismo nombre que eligieron Jimena Coronado, la mujer de Sabina, y su socia Lena Demartini, ambas peruanas, para bautizar su garito de Malasaña. «Te van a dar los diablos azules», se dice en Perú cuando alguien bebe demasiado como para acabar pasando por mil y un estados emocionales: desde la exaltación de la amistad, hasta las peleas o los lloros… A Sabina le pareció poético cambiarle el color a los diablos, rojos desde siempre. Rojos o azules, eran igual de peligrosos. O más, quizás, los azules, con antro literario propio, al que el escritor y poeta Carlos Salem, ese argentino de bandana en la cabeza que volvía locas a las jovencitas, les dedicó una canción. El lugar había cerrado hacía un año, pero no sin dejar el testimonio de que en Malasaña también se necesitaban templos para la poesía… A Roures ni se le ocurrió relacionar a los diablos azules de los brazos de aquellos chicos, rockeros y trapichas, con un bar madrileño, la poesía y Sabina… La música y las letras establecían complicidades insólitas. La prueba era el tatuaje de los brazos de estos chicos. En todo caso, ni los diablos azules de los tatuajes, ni el bar literario, ni la música, ni aquellos jóvenes tenían nada que ver con la desaparición de Lucía Peña. Una falsa alarma despejada gracias al comandante García Perea, quien, para su sorpresa, ni siquiera le caía mal. Era un tipo entregado a su trabajo, cansado ya de tantos años dedicado a perseguir a los malos, pero sin la vocación gastada. Él, su gente y la de la UCO habían hecho un buen trabajo…, solo que a veces eso no bastaba; a veces, se requería que la suerte ayudase en algo. Y en aquel caso, todo el mundo parecía rodeado de mala suerte. Pensó en su cuñada. Y en Amanda. Y en la suerte otra vez. ¿A cuál de las dos le habría sonreído menos? Seguro que Begoña envidiaba la de la chilena de ser madre, pero ¿cómo hubiera sido la vida de Amanda sin hijos? No se le podía decir a un padre que su vida habría sido mejor sin ellos, pero en muchas ocasiones no cabía discusión. Sin hijos, tal vez hubiese abandonado antes al hombre que tanto la despreciaba. Y quizás ese mismo hombre también habría tenido una vida más feliz tras ese abandono de Amanda o del suyo propio... Preparó su mochila a toda prisa. Tenía que volar a Madrid para hablar con Begoña y con Amanda. Y también con Javier Peña y con Maribel. No dejaría el hotel de todos modos. Debía volver a Mallorca. A Costa de los Pinos. Allí desapareció Lucía y allí la encontraría. O eso creía. Además, allí estaba la jueza Aguado. Y Roures quería volver a verla. O mejor dicho, le urgía volver a verla, conocerla más y, sobre todo..., follarla por fin, si llamaba a las cosas por su nombre. Pensó un segundo en el último sentimiento embriagador que dedicó a otra bella mujer a la que jamás creyó que vería desnuda y que jamás se desnudó para él, aunque un día el azar y la desgracia le hicieran verla sin ropa, Misia... Aún le quedaban restos de esa extraña devoción provocada por aquella mujer delicada y sensible, atrapada, sin remedio, en su propia tela de araña... Pero lo que le pasaba por la tripa y por el cerebro con la jueza era algo muy distinto. No tenía ganas de cuidarla ni de protegerla. No era una mujer frágil ni desvalida. No le necesitaría nunca. Era una tía con la que mirarse cara a cara y jugar y..., casi seguro, perder. Sabía que no estaban en igualdad de condiciones. Que ella podía pasar por encima de él como una apisonadora... Pero se arriesgaría. «Todo por reventarla por dentro, maldita sea —se dijo—, el cuerpo y el alma, a ser posible».

Voló a Madrid a las cuatro de la tarde tras zamparse un bocata, adormilado, y sin que se le fuera de la cabeza el recuerdo de aquella real hembra que amenazaba con no dejarle en paz.

Al llegar al aeropuerto de Barajas Adolfo Suárez, le estaba esperando Paco Prieto.

—¿Cómo estás, tío? Qué detalle venir a recogerme.

—Desde luego —aceptó el policía—, agradécemelo porque este puto aeropuerto me pilla a tomar por culo del trabajo..., pero, claro, desde Mallorca no puedes llegar a Atocha en tren... ¿no? —Rieron los dos amigos—. Cuéntame. ¿Cómo va todo? ¿Has visto a los picoletos?

Roures asintió.

—He visto al comandante García Perea —dijo.

—¿Y...?

—Y no es para tanto. De hecho, no me pareció mal tío.

El policía lo miró con los ojos desmesurados.

—Te estás ablandando, amigo.

—Pues... puede ser. La edad, ya sabes..., pero es que entiendo al tipo. Toda la vida en el cuerpo, a punto de la jubilación, y llega un listo que resuelve el caso que le ha traído más loco en los últimos años...

—¿Resuelve? ¿Es que tienes algo para resolver el caso?

Acababan de salir a la calle y Roures se paró, sacó un cigarrillo y lo encendió misterioso. Fumó, tosió y su amigo lo regañó como siempre.

—La mierda del tabaco, tío... Y tú sin dejarlo. Debes de tener los pulmones más negros que el coño de esa tía —dijo, señalando a una vistosa mujer alta y negra que pasó a su lado y los miró con desdén.

El detective movió la cabeza de lado a lado.

—Mira que eres bestia, Paco. Un día de estos se te va a escapar algo así delante de alguna feminista de las de ahora y te vas a enterar.

—Me la pela, tío. Así te lo digo. No hay nadie que valore más que yo a las tías y nadie que haga más que yo por sacarlas de la mierda... ¡Que yo libero a víctimas de trata, joder! Esas por las que todo el mundo siente mucha lástima, pero que, cuando van vestidas de putas, nadie quiere que se acerquen a su lado (a menos que estén sentados en la barra de un club y formen parte de la clientela) y, cuando van de paisanas, no es que no las ayuden, es que ni las miran... Menos yo y cuatro más. El resto, después de piar mucho contra la barbaridad que es lo de la trata (que ahora parece que por fin se empieza a saber), como mucho se ve un documental mientras se toma un *gin-tonic* y la condena cuando habla con los amigos. Así que solo faltaba que no pudiera decir yo lo que me diera la gana... Al menos cuando estamos solos...

Roures rio.

—Ya veo que eres pura valentía. Vamos, que delante de las tías...

—... callado como un muerto —completó mientras imitaba una cremallera cerrándose en su boca—. Por si acaso... Delante de mi mujer, más todavía. Que las que tienen mala leche son muuuy peligrosas...

—Ya. Y también las que más nos gustan, ¿no?

El policía miró con atención a su amigo, que fumaba lento y con ganas, saboreando el humo del tabaco, y descubrió cierto brillo delator en su mirada.

—Me da en la nariz, Roures, que se te ha cruzado una gacela. No sé si quiero que me lo cuentes antes o después de lo que has descubierto del caso...

El detective dio una última calada con la que casi llegó al filtro del cigarrillo, lo apagó en un cenicero de la calle a rebosar de colillas.

—¿Conoces a la jueza Aguado, Prieto? —dijo mientras ambos se encaminaban al aparcamiento—. ¿La has visto alguna vez? Bueno..., no sé para qué te pregunto. Si la hubieras visto, me habrías dicho algo...

Prieto observó con detenimiento la cara de su amigo.

—¿Tan buena está? —respondió, pasados unos minutos.

El detective alzó las cejas y asintió sonriendo.

—¿Y... qué más? ¿No me vas a decir que ella y tú...?

Roures no contestó.

—¡No-me-jo-das, tío! ¡Que es la jueza que lleva el caso que investigas!

—¿Y? ¿Acaso es delito?

—Pues... no creo, pero...

—No hay más que hablar.

—¿Cómo que no?

Roures negó con la cabeza.

—No. Hablemos del caso. De esto no hay nada que comentar...

—Vale, vale... —aceptó Prieto, viendo que el detective quería zanjar el tema—. Cuéntame entonces de García Perea. Insisto en que tienes que tener cuidado. No tengo buenas referencias...

—Venga, Paco. Los picoletos y los maderos nunca os habéis llevado bien... Él está como estarías tú si te calzaran un detective en un caso que llevas investigando años y en el que, encima, el levantamiento del sumario te jodió los pocos indicios que tenías...

—No te digo que no. Y es verdad que ese sumario lo levantaron muy pronto, pero... ¿es que os llevasteis bien?

—En absoluto. Hasta me advirtió que tuviera cuidado, no fuera a acabar en la trena...

—Ah, buena gente, entonces... —repuso con ironía el policía, entrando ya en el coche y conectando el aire acondicionado a tope, para tratar de paliar el seco y sofocante calor de Madrid.

—... Y yo le dije que tuviera cuidado con no fastidiarme, que a la prensa le encantaría saberlo.

—¿¿¿Que qué??? Vaya farol, tío. Con la tirria que les tienes tú a tus excompañeros de los medios.

—Bueno, él no lo sabe, ¿no? De todos modos, aunque no estuvo muy fino en lo de amenazarme, le entiendo. Y creo que tú también. Y lo que yo quiero es encontrar a Lucía, no alcanzar la gloria. Así que si veo que lo necesito, tiraré de él de inmediato para salvar a la niña. Y si le aumentan los galones o le dan una medalla, pues mira..., que se la lleve de recuerdo a casa para que la jubilación se le haga menos cuesta arriba...

—Hablas... como si estuviera viva —dijo Prieto, centrando el asunto.

—¿Y si lo está? —arriesgó Roures—. La falta de noticias apunta a que no, pero ¿y si se hubiese ido por voluntad propia? ¿Y si alguien que conocía la hubiera ayudado a escapar y a cambiar de vida?

—Sabes que eso no es fácil...

—También sé que no es imposible. Y que, por desgracia, muchas chicas desaparecen de sus casas creyendo que van a ir a un lugar mejor y luego...

—¿Hablas de trata? —apuntó el policía—. Era una de las posibilidades que se barajó en su día. Pero entonces no sería nadie de su entorno...

—¿No? ¿Y por qué no? ¿Cómo sabemos que en su entorno no hay alguien que esconde algo oscuro y terrible? ¿Acaso en el caso de Artigas no descubrimos esa relación impensable entre el poderoso grupo mediático Rothman, estandarte de los altos valores morales del país, y la trata de mujeres?

Prieto asintió pensativo.

—En efecto, así fue. Y te recuerdo que le costó la «vida» a Isabel y a mí casi me cuesta el cargo. Y, por si fuera poco, no pudimos hacer nada por falta de pruebas: esa red de servicio de chicas para ejercer la prostitución a la carta, que usan tantos países de Europa, incluido España, sigue funcionando y me temo que, por muchos clubes que desmantelemos e incluso aunque quitemos de en medio a algún proxeneta que trabaja sin intermediarios, siempre aparecerán nuevos locales que demanden chicas a estos rufianes que las venden al mejor postor.

—Lo sé. Y también que siempre dijiste que con salvar a una bastaba. De hecho, por eso sigues en la UCRIF, ¿no? Por salvar a las que puedas. Yo quiero salvar a Lucía. Y si ya no fuera posible, al menos querría salvar a Amanda...

—Vaya, así que tu clienta te ha conquistado.

—No es eso. Pero no me gusta que la mala suerte cerque a nadie si puedo evitarlo. Amanda me oculta algo, pero intuyo que siempre ha actuado en defensa propia contra la vida.

El teléfono de Roures los interrumpió.

—Begoña —dijo al ver el nombre de su cuñada en la pantalla—. Veo que leíste mi mensaje. ¿Puedo ir a verte? Es urgente. E imprescindible, diría yo... Necesito hablar contigo. A solas.

—¡Vaya! ¿Tan importante es...? —preguntó sorprendida—. Está bien. Ven a casa. Tu hermano no llegará hasta la hora de cenar.

—En media hora estoy allí.

El detective colgó y recibió una furtiva mirada de su amigo.

—¿Hablabas con tu cuñada? —preguntó el policía, sorprendido—. ¿Estás... retomando las relaciones familiares?

Roures negó con la cabeza.

—Aunque no lo creas, amigo, estoy casi seguro de que Begoña me va a proporcionar alguna pista.

—¿De Lucía Peña? —volvió a preguntar con asombro el policía—. Pero... ¿cómo es posible?

—Déjame armar el puzle antes de contarte... Necesito hablar con varias personas antes de volver a Mallorca. Y pensar. Darle vueltas a todo lo que tengo en la cabeza. Luego te contaré y te pediré ayuda...

Prieto no insistió y llevó a su amigo a su casa, para que él pudiera ir a Las Rozas en su coche.

Roures ni siquiera subió a su guarida a dejar la pequeña mochila antes de dirigirse a la casa de su hermano.

Ya en el vehículo, la imagen de la jueza, desnuda, arrodillada frente a su sexo, volvió a asaltarlo. Y también sus ojos azules y brillantes. Y su sonrisa. Conectó el iPhone al vehículo para poder escuchar a los Flamin' Groovies. Empezó por el tema *Shake Some Action*, de sonidos sesenteros y no pudo evitar relacionar la letra con ese sentimiento contradictorio que le provocaba el recuerdo de la jueza: «Voy a encontrar una manera/para llegar a ti algún día/

pero tengo tanto miedo. Voy a caer, sí...». En la siguiente canción, *Werewolves of London*, los cantantes imitaban aullidos de lobos y él hizo lo propio de manera inconsciente, sin dejar de pensar en la jueza. Al llegar a la versión de la magnífica canción de Dylan, *Absolutely Sweet Marie*, escuchó el estribillo. «¿Dónde estás esta noche, dulce Marie», y, sin intención, le colocó a la tal Marie, el rostro de la «dulce» Carlota Aguado. ¿Dónde estaría la jueza en ese momento? ¿Qué llevaría puesto? ¿Quién la acompañaría? Le daban ganas de aullar, y sabía que estaba a punto de caer..., si no había caído ya. «Tranquilízate, Roures —se dijo—, no puedes estar así por una mamada...». Pero era incapaz de sacársela de la cabeza. A la felación, a la ejecutora de la misma y a sus renovadas ganas: esas ganas de veinte años en un cuerpo de sesenta...

Aparcó en la puerta de la casa de su hermano y llamó al timbre. Contestó la propia Begoña.

—Adelante, cuñado, te estaba esperando. Me tienes en ascuas... Te espero dentro, que tengo puesto el aire acondicionado.

Roures recorrió el jardín hasta llegar a la blanquísima casa de diseño, sin ningún elemento fuera de su sitio de los Roures. «Un hospital con varios quirófanos donde operar», recordó que solía decir su ex, Belinda, cuando ella y Tony los visitaban estando aún casados.

—Tú dirás —dijo Begoña, haciéndole un gesto para que se sentara en uno de los grandes sofás blancos del salón.

—¿Cómo estás, Begoña? ¿Cómo te trata la vida, además de perdonarte el calor gracias al aire acondicionado?

La mujer hizo un mohín que denotaba impaciencia.

—Tony, no me fastidies y ve al grano, ¿no lo haces siempre? Sea lo que sea, quiero saberlo ya.

Roures la miró con detenimiento buscando en ella algo que recordara a la chica atractiva y sonriente de años atrás. Entonces, algo entradita en carnes y con cierto complejo, sin duda equivocado, por sus bien repartidos kilos de más, miraba con sus grandes y expresivos ojos verdes con entusiasmo y curiosidad. Desde que se convirtiera en la mujer delgadísima que siempre soñó ser, parecía haberse marchitado. Alta y flaca como un palo, con la misma rigidez de movimientos y un marcado rictus de amargura que trasladaba a su seco carácter, su mirada de ahora era inquisitiva y suspicaz.

—Dime, Begoña —soltó el detective como una bala certera—, ¿cuándo y dónde conociste a Amanda Varela?

Begoña se revolvió en el asiento y miró a Roures desafiante.

—Es la mujer de Javier Peña, cliente del banco de tu hermano. Ya lo sabes —mintió ella, sin decir nada que no fuera verdad.

—No me jodas, Begoña —respondió el detective, clavando sus ojos en los de ella.

Begoña se levantó y fue caminando hasta los grandes ventanales del salón que daban al porche y al jardín. Pegada al cristal, con la mirada perdida en el infinito, permaneció en silencio unos minutos.

—¿Y bien? —insistió Roures, intentando que no se trasluciera su impaciencia.

—Yo siempre he querido a tu hermano, también lo sabes, ¿verdad?

—No tengo por qué dudarlo —contestó él.

—Habríamos sido más felices si hubiésemos tenido hijos, pero... No fue posible. Ni siquiera con una inseminación... Antes de meterme en aquel lío, como no me quedaba embarazada de forma natural, me hice todo tipo de pruebas... Y no tenía nada. Estaba perfecta. No se me ocurrió imaginar siquiera que el problema podía ser de Enrique. Pero así era. Empecé a sospecharlo cuando falló la primera inseminación. Entonces me informaron de que Enrique era estéril. Ahí fue cuando...

—¿Cuando intentaste que me acostara contigo?

Ella asintió con la cabeza evitando mirarle.

—Yo... pensé que si me quedaba embarazada de ti, sería como si el niño fuera suyo... Genes Roures, ¿no?

—Ya.

—Fue en esos días cuando conocí a Amanda. Era una chica pequeñita, pero guapa y curvilínea, sin un gramo fuera de su sitio. Y estaba como yo: no se quedaba embarazada, aunque, según todas las pruebas, estaba perfecta...

Begoña detuvo el relato y tragó saliva.

—Continúa —la animó Roures, viendo que le costaba seguir.

—Perelló nos ofreció a las dos la posibilidad de una donación de esperma... Yo le pedí que volviera a analizar el de Enrique, por si acaso, pero... el resultado fue el mismo. Y no quise decírselo. De hecho, él sigue pensando que soy yo quien no puede tener hijos...

—Si él no sabía nada y creía que el problema era tuyo, ¿por qué no te planteó la posibilidad de recurrir a óvulos donados?

—Porque me quería y sabía que me hubiera inquietado tener unos hijos biológicamente suyos, pero no míos... ¿Tan raro te parece? Yo estoy segura de que él habría reaccionado como yo, descartando tener hijos míos pero no suyos. Por eso preferí ocultarle la realidad. Además... qué sé yo, Tony, pensé que si Enrique descubría que era él quien no podía tenerlos...

—¿Qué?

—¡No sé! —gritó ella—, que me engañaría con otras con más facilidad. ¿No lo hizo al mes de casarnos? No quería ponérselo fácil.

Roures se quedó en silencio. Pensativo. Nada tan peligroso como la inseguridad. No es que pensara que la verdad fuera indispensable hasta sus últimas consecuencias. Era consciente de que a veces la verdad mataba de manera innecesaria. Pero mentirse a uno mismo era otra cosa. Querer creer que se ocultaba la verdad por generosidad cuando se hacía por miedo era un disparate.

Begoña se volvió entonces hacia Roures y lo miró fijamente, con ira.

—Si tú hubieras aceptado, las cosas habrían sido diferentes. ¿Acaso no hubiese sido más hijo suyo con tu esperma que con el de otro?

—Desvarías, Begoña. Y no recuerdo que me pidieras mi esperma: pretendiste que me acostara con la mujer de mi hermano…

—Porque en España no es legal elegir el esperma del donante, como en el Reino Unido. Allí muchas británicas recurren hasta al de sus suegros, pero aquí no se puede. Y aunque hubiera convencido al doctor Perelló de hacer la vista gorda, él sabría que ese hijo no era de tu hermano, sino tuyo… Si tú hubieses aceptado mi propuesta, no habría necesitado la complicidad de nadie que no fuera de la familia, como Amanda…

—¿Cómo dices?

—Lucía Peña no es hija de Javier, Tony. No lo es. Y él no lo sabe.

Roures miró a su cuñada frunciendo el ceño y escudriñando sus ojos. Esa era una acusación muy grave.

—¿Estás… segura?

Begoña volvió a asentir, esta vez acompañando su movimiento de cabeza con un hondo suspiro.

—Creo que solo lo sabemos Jaime Perelló, Amanda… y yo.

—Pero ¿cómo te enteraste?

—Escuché una conversación entre Perelló y Amanda. Ella estaba dispuesta a todo con tal de tener un hijo.

—¿Y por qué te lo callaste?

—Porque lo había escuchado tras una puerta entreabierta… Y porque Amanda sabía que era Enrique quien no podía tener hijos, se lo conté en un momento de desesperación… Se lo habría podido decir en cualquier momento si yo…

Roures se levantó y caminó por la habitación con los brazos en jarras. Todo aquello era, era… Mejor no pensar en lo que atañía a su familia, a su hermano..., pero en cuanto a Lucía Peña, ¿y si el marido de Amanda llegó a enterarse en algún momento? ¿Tal vez la presión que ejerció sobre la niña se debía precisamente a eso, a que el padre había descubierto el secreto? Incluso...

—¿Por qué odias tanto a Amanda, Begoña?

—No, no, no...

—No me digas que no. Cada vez que te refieres a ella lo haces con desdén. Incluso diría que con asco. ¿Por qué? —Roures se acercó a su cuñada y la agarró por los hombros con firmeza enfrentando su mirada—. Tienes que decirme la verdad.

—¡Suéltame! —exclamó ella, zafándose de él—. ¿Te crees que me puedes exigir algo? Tú, que no haces nada por nadie...

—Por ti hice más de lo que debía, no te delaté...

—Muchas gracias, querido cuñado —dijo ella con sorna. Y añadió—: ¿Crees que tu hermano te hubiera creído? ¿A ti? ¿Al tipo sin principios ni escrúpulos que se tiró a todas las tías que pudo durante años? ¿Te recuerdo cómo eras tú entonces? ¿Las historias que contabas de la guerra? ¿De las tías? ¿O te vas a hacer ahora el buenecito? Lo único que me preocupó cuando te propuse aquello fue que me pegaras alguna mierda, no las tenía todas conmigo...

Roures la miró extrañado. Qué le pasaba a su cuñada. En qué se había convertido.

—Háblame de Amanda —le pidió con suavidad.

—Amanda, Amanda... ¡Traicionó la confianza de su marido! ¿No te das cuenta? Le calzó un hijo que no era suyo por interés, para tenerle bien atado.

—Lo que tú querías hacer...

—¡Déjame en paz! —chilló Begoña furiosa—. Ella le engañó de otra manera. Y por interés, no por amor. Es... muy distinto. Y luego, luego... la muy puta ¡tuvo un hijo de los dos! ¿Cómo puede ser? ¿Y por qué no me pasó a mí? ¿Por qué no me atreví a hacer lo que hizo ella? —se preguntó entre sollozos—. Yo hubiera sido una buena madre. Ella… ni siquiera fue capaz de retener a su marido y ¡mira lo que le pasó a su hija! ¡Desaparecida! ¡Por su culpa!

—¿Algo más?

Begoña negó con la cabeza.

—¿Sabes, Begoña? Creo que si se lo hubieras contado a mi hermano, él no habría tenido inconveniente en que te quedaras embarazada con esperma donado…

—Vete, Tony —dijo Begoña con la mirada fija en el jardín, de nuevo, detrás de los cristales—. No tengo nada más que contarte. Y no quiero hablar más contigo. Quiero quedarme sola…

Roures recogió su mochila y se dirigió a la puerta. La abrió, salió y caminó despacio por el jardín. Begoña salió también y corrió hasta alcanzarlo.

—Tony —imploró—, no le digas nada a tu hermano, yo…

El detective la miró compasivo.

—Descuida, no lo haré. Creo que tú tienes ya suficiente penitencia. Y no creo que a él la información le sirviera de nada. Pero…

—Dime —inquirió ella, ansiosa.

—Procura hacerle feliz. No te escudes en la falta de hijos para joderle la vida…

Begoña dibujó un gesto de dolor y volvió hacia la casa.

Roures se subió en el coche y ni siquiera la bofetada de calor le desvió los pensamientos hacia otro lugar. Secretos y mentiras. En todas partes. En casa de su hermano, en su vida y en la de todos. También en la de Amanda Varela, a quien necesitaba ver lo antes posible. Antes intentaría visitar al padre de la chica. Bueno, al padre. Sí, al padre. ¿Era o no el padre aunque no llevara sus genes? ¿Por haberla alimentado y educado? ¿Por haberla querido? ¿Lo había hecho? Los hijos, los hijos… Esos que, según sus padres, los volvían mejores. Los mismos que podían desembocar en amores buenos y amores enfermos y también desencadenar odios con los que masacrar a diestro y siniestro. A los propios hijos o al progenitor de enfrente o compañero de paternidad, fuera o no padre biológico. Cuestión de propiedad. Más de veinte años después de las experiencias de su cuñada y de Amanda Varela, al haberse postergado tanto la maternidad por cuestiones sociales y económicas, cada vez era más frecuente que las mujeres recurriesen a esperma u óvulos donados, o a los dos, si tenían problemas para concebir. Los hombres, por su parte, también aceptaban ya con más facilidad hijos que genéticamente no fueran suyos. La reticencia de años atrás había ido desvaneciéndose según la gente se acostumbraba a los avances de la ciencia, siempre rechazados al principio. Los hijos se admitían como propios también en el caso de parejas homosexuales que obligatoriamente tenían que recurrir a una donación. Lo curioso era que, en muchas de esas parejas, los dos hombres proporcionaban su esperma en las gestaciones subrogadas y no querían saber si era el de uno o el de otro el que finalmente fecundaba el óvulo donado. En cuanto a las mujeres lesbianas, una ponía los óvulos, se fecundaban con esperma donado y luego el embrión se implantaba en el útero de la otra. Se conocía como el método ROPA. Una manera de que las dos tuvieran algo que ver en el proceso y el bebé fuera de ambas. No importaba la sangre… pero importaba. Claro que importaba. Como importaba la propiedad.

¿Y el derecho a saber quién era uno? ¿Importaba también? ¿Estaba refrendado por la ley? Roures se desvió al arcén, frenó en seco y buscó información en internet.

En Suiza, el derecho del niño a conocer su herencia genética, fuera por donación o no, figuraba en la Constitución. En Reino Unido, Austria, Países Bajos, Suecia, Nueva Zelanda y el estado de Victoria, en Australia, se exigía que se facilitara información sobre la identidad del donante si la solicitaban los padres o el niño. En Estados Unidos algunos niños nacidos por donación podían encontrar información en internet sobre la identidad del donante e incluso saber sus características. Hasta existían ciertas páginas web de donantes donde informaban de su deseo de conocer a los futuros niños... En el Reino Unido se obligaba a los donantes a redactar una carta con un mensaje de buena voluntad para el niño que naciera de su donación, además de su descripción personal. ¿Y en España? Roures buscó en varias páginas hasta encontrar primero un artículo de *La Vanguardia* de 2015 y luego diversos sitios especializados que también parecían fiables, con informaciones más o menos de la misma fecha. Si las cosas no habían cambiado desde entonces, no existía obligación de informar para el donante, ni posibilidad de saber sobre él para quien nacía de lo donado. En ninguna parte. Nada: la donación de óvulos y espermatozoides para reproducción asistida no era investigable en España... En veintinueve años —¡veintinueve años!— ni siquiera había existido registro de esas donaciones, ni tampoco de los nacimientos por reproducción asistida. Solo quedaban recogidos en las historias clínicas de las madres, pero no estaban disponibles para nadie. Y menos aún para los hijos. De hecho, los centros solo guardaban información de las donaciones durante algún tiempo, por si luego esas mismas parejas regresaban en busca del mismo esperma o los mismos óvulos para darles un hermanito a sus hijos que compartiera características genéticas —la sangre no importaba, pero importaba...—; pero después todo desaparecía. En cuanto al propio material genético, lo único que quedaba especificado era que las muestras de semen o los óvulos donados debían destruirse tras nacer seis hijos de un mismo donante, para evitar casos como aquel de Holanda, del donante, padre biológico de cien hijos. «Media Holanda en relación incestuosa y sin saberlo», pensó Roures. Aunque..., si no se guardaba la información, ni las clínicas se la intercambiaban y no existía registro alguno de todo aquello, ¿cómo saber que los donantes decían la verdad cuando ofrecían sus servicios y que no habían donado previamente en otros centros y eran progenitores biológicos de más de seis hijos? Además, los padres de hijos nacidos por cualquier medio de reproducción asistida que requiriera la colaboración genética de un tercero casi siempre optaban por protegerse y proteger a sus vástagos de la curiosidad ajena, y preferían no revelar si sus hijos eran biológicos o no; así que, si no había registro ni se guardaba la información pertinente, no resultaba descabellado pensar que dos «hermanos» se pudieran encontrar a lo largo de la vida, sin saberlo... Roures estaba estupefacto. Siguió buscando y encontró algunas informaciones más recientes que se replicaban en varios diarios como el *ABC* o *El País*, según las cuales, en 2017, tras infinitas demandas desde todos los ámbitos, se estaba ultimando, por fin, ese registro informático para controlar las donaciones y la consanguinidad... «¿Por fin? Entonces, si hasta ahora todo había dependido de la buena voluntad de los donantes, tantas veces necesitados del dinero que recibían por las donaciones por escaso que fuera —se dijo Roures—, en un país como España, con las más altas tasas de reproducción asistida de Europa... ¡un donante de semen podría haber cedido su herencia genética en un centenar de ocasiones, como ocurrió en Holanda! Menos, tal vez, en el caso de donantes de óvulos, porque las molestias y los riesgos son mayores, pero... ¿quizás más de seis, si las donantes se hubieran animado a donar varias veces por razones altruistas o económicas?».

Donación de óvulos, esperma, embriones, vientres de alquiler —aunque los últimos no fueran legales en España—... todo un negocio alrededor de los hijos que nacían, no por la generosidad de sus padres, biológicos, medio biológicos, adoptivos a través de óvulos o espermas ajenos, o de cualquier otra modalidad, sino por su necesidad de procrear, de sentir que poseían la vida de otro, y que ese otro, hijo de su sangre —siempre que fuera posible— o de sus cuidados, guardaría su memoria cuando ellos desaparecieran…

Buscó en un cuadernito que llevaba en la mochila el teléfono de Javier Peña. Miró la hora en su reloj de Corto Maltés. Eran las siete y media de la tarde. No era mala hora para llamar. Marcó el número esperando la reticencia de Javier Peña en cuanto descolgara y preparado para responderle con la misma moneda.

—Dígame —respondió un hombre de voz neutra.

—Buenas tardes —dijo el detective—. ¿Javier Peña?

—Soy yo, ¿quién habla?

—Soy Tony Roures.

El silencio ocupó la línea por unos instantes, hasta que Peña retomó la palabra.

—¿El detective?

—En efecto.

—Estaba esperando su llamada…

—Me gustaría hablar con usted, lo antes posible, ¿podría ser?

—Desde luego. Incluso ahora mismo, si quiere —respondió Peña con una amabilidad que no resultaba falsa.

—Pues… precisamente estoy en Las Rozas. No sé si exactamente por la zona donde usted vive, pero…

Al otro lado de la línea sonó un amago de risa.

—Supongo que sabrá exactamente dónde vivo, ¿no, detective? De todos modos, si no le importa, preferiría que quedásemos en otro lugar.

—Como quiera. Usted dirá.

—¿Le parece la Cúpula Café?

—Me parece muy bien. Desconozco la zona y ese lugar en concreto ni me suena, pero Google me ayudará a encontrarlo. Salgo para allá.

—Nos vemos entonces en… ¿quince minutos?

—Perfecto.

El detective llegó antes que el padre de Lucía. Seguía haciendo un calor delirante, así que lo mejor sería entrar en el local y refugiarse bajo el aire acondicionado, pero casi mejor cuando llegara el interfecto. Mientras, aprovecharía para fumar un cigarrillo en la terraza del local, no demasiado concurrida para el mes de julio, acaso por las altas temperaturas de aquel verano. Poco después apareció Peña, ataviado con un pantalón chino de algodón beis y un polo azul marino, de los del cocodrilo de toda la vida, y un Rolex sobrio, de esfera negra, en la muñeca. Le sorprendió. Al natural era un hombre mucho más atractivo de lo que parecía en las fotos o en la televisión. Muy moreno, de ojos y tez oscuros, alto, delgado, con aspecto deportivo. Ni rastro de ese «monstruo» de mirada furibunda que se pintaba desde algunos medios.

—No me ha dado tiempo ni a fumarme el cigarrillo —dijo Roures, extendiendo la mano.

—Mejor para su salud —repuso Peña, apretándola con decisión—. De todos modos, no me importa esperar a que lo haga…

Roures encendió un cigarrillo, le dio un par de intensas caladas, tosió hasta el fondo del pulmón y luego tiró el pitillo.

—Entremos —dijo—. El calor aquí fuera es insoportable.

El local era algo pretencioso, con una decoración retro demasiado marcada y el inevitable Chester al fondo de la estancia, sobre una tarima de madera oscura. Una decoración más de invierno que de verano, pero al menos sin alfombras que pudieran dar sensación de más calor. Se sentaron en una de las mesas más alejadas de las ocupadas. Y el camarero, solícito, corrió a atenderles de inmediato.

—¿Qué quieren tomar?

Roures cedió el turno de palabra a Peña con un gesto.

—¿Es hora para tomarse una copa?

—Yo me tomaré un ron. Con hielo. Un Appleton si tienen, o un Matusalem —pidió el detective.

—Havana Club —respondió el camarero.

—Sea —aceptó Roures con resignación.

—Lo que mienten las pelis… —dijo Peña. Y añadió—: Yo quiero un *gin-tonic*. De Beefeater, por favor.

—¿Lo decía usted por lo de beber estando de servicio? —preguntó Roures cuando se fue el camarero—. Pensé que sabría que eran pamplinas. Al fin y al cabo, ya ha tratado con detectives…

—Pues… aunque no se lo crea, yo no. A los detectives de los que habla los contrató Maribel, mi actual mujer (aunque no estemos casados). Ella es quien se maneja en esos asuntos. Para mí son, como le decía, cosas de película… En su caso, de la nueva película de mi exmujer, incapaz de aceptar, por lo que se ve, que nuestra hija esté muerta.

—¿Por qué lo aceptó usted casi desde el principio? No es habitual.

—Porque yo hago caso a quienes saben, no como ella. Nada más.

—Dígame, ¿cómo era la relación con su hija?

—¿Cómo son las relaciones entre los padres y las hijas adolescentes cuando los padres no quieren que hagan lo que les dé la gana? Complicadas, ¿no cree? Mi hija era una niña maravillosa. Pero de carácter débil, como su madre, y tendente al desorden vital. Por eso yo pensaba que había que marcarla más de cerca. Por desgracia, en las separaciones, ya se sabe…

—Bueno, en las separaciones y en los malos matrimonios…

—Tiene razón —aceptó Peña sin variar el tono—. Y el nuestro, sin duda, fue uno de ellos. Nunca debimos casarnos, pero… a veces las presiones familiares contribuyen a los grandes errores.

—¿Por eso odia a Amanda? —disparó Roures a bocajarro.

—No… la odio —titubeó Peña—. Aunque hubiese preferido que no formara parte de mi vida, es cierto…

—¿No tiene cierta obsesión por ella o contra ella y por eso pretende quitarle todo y destruirla?

—¿Usted cree que una mujer sana que puede ganarse la vida por sus propios medios debe depender para siempre de su exmarido? ¿Las compensatorias deben durar toda la eternidad?

—Depende, si las mujeres han tenido que trabajar en casa todos esos años de matrimonio y tienen que buscarse la vida cuando ya la edad les impone una barrera añadida al sexo, creo que la compensatoria debe durar lo que haga falta… Pero mi opinión importa poco.

—Mire, Roures —dijo Peña con gesto serio—, usted no sabe el daño que me ha hecho esa mujer. Por muchas cosas.

—La principal porque le alejó de su amor actual, ¿no? —atacó Roures de nuevo.

La mirada de Peña se volvió turbia durante unos segundos. Luego el hombre regresó a su gesto amable y conciliador.

—Detective —dijo al fin—, no juzgue tan a la ligera. Mi relación de ahora es mi relación de ahora. Indague y verá que las infidelidades tienen mucho que ver con Amanda. Y… no deje de lado su obsesión por mí. ¿Le ha dicho Amanda que me llamaba todas las noches cuando nos separamos? ¿Y que, en alguna ocasión, estando ya liada con mi socio, me mandaba WhatsApps diciendo que me echaba de menos? ¿Qué le parece?

—Me parece que le dejó usted sin dinero en la cuenta…

—¡Sin mi dinero! —exclamó él—. Del que sigue comiendo, le recuerdo…

—Bien. Dejemos eso. ¿Cómo era la relación de Lucía con usted y su nueva pareja?

—Difícil. Como casi todas las de los hijos de padres separados con los novios o novias de sus padres… Pero le aseguro que yo siempre intenté mediar entre ambas. Y si Lucía no hubiera estado tan mediatizada por su madre…

—¿Quería usted a su hija? —cortó el detective.

—¿Qué pregunta es esa? ¿Acaso algún padre no quiere a sus hijos?

—Muchos. La historia está llena de casos…

—Pues no es el mío. Yo quería a Lucía. De hecho, el único escollo en mi relación con Maribel era ella y yo no quería prescindir de la presencia de la niña. Maribel… no tiene hijos propios, no sabe lo que se siente por ellos y… así como a mi hijo lo soporta (siempre que no esté demasiado presente), con Lucía la relación era imposible. Dos gatas, ya sabe…

—No, no sé… —dijo Roures con extrema frialdad.

—Muy bien —respondió Peña, viendo que la complicidad no era posible y poniéndose nervioso—. ¿Quiere saber algo más? ¿Ha descubierto algo interesante? ¿Tiene alguna evidencia de que el destino de Lucía haya sido diferente al que señalan que pudo haber sido desde la UCO?

—Bueno, ya sabe que de todo eso a quien deberé informar es a mi cliente…

—… que le paga con mi dinero, ¿no?

—Eso a usted no le interesa. Pero no se preocupe, si encuentro algo, tendré que compartirlo con la UCO, así que serán ellos quienes le cuenten lo que consideren oportuno contarle.

—Pero… —insistió él— ¿no me puede adelantar nada? ¡Soy su padre! Me gustaría saber qué pasó con Lucía. Le aseguro que la quería más de lo que nadie podría imaginar. Tal vez ni ella misma. Quizás tendría que haber estado más pendiente de ella cuando nos separamos, sabiendo que su madre…

—¿A qué se refiere?

—Pues a que Amanda bebía y llevaba una vida que…

—¡Ah! Era eso… —exclamó Roures con tono de cansancio—. Ya. Bueno, usted sabrá. Le dejo el trabajo a su conciencia. Pero ¿se ha planteado que quizás la apartó de las mejores compañías pensando que eran las peores? Y no estoy hablando de su madre. La guerra entre ustedes es más vieja que el mundo. Y me aburre. Lo terrible es que casi todos los padres se odian a través de los hijos...

—Le prohíbo que me juzgue como padre... —amenazó él, alzando ligeramente la voz—. ¿Qué se ha creído? ¿Tiene usted hijos? ¿Es mejor padre que yo?

El detective negó con la cabeza con más cansancio aún. Resultaba patético que los padres intentaran justificarlo todo aludiendo al amor a sus hijos, que consideraban que les hacía mejores, más sabios, más generosos...

—No los tengo —respondió al fin Roures—. Y dudo que le juzgara aunque los tuviera. Solo lamento que los errores de los padres multipliquen la vulnerabilidad de los hijos. Solo eso... Tengo poco más que hablar con usted, solo... dígame, ¿por qué no ha querido que nos viéramos en su casa?

Peña dudó antes de responder.

—Creo... creo que a Maribel no le hubiera parecido bien que hablara con usted y...

—¿Y?

—Yo... no quiero dejar de hacer nada que pueda ayudar a saber algo más de Lucía. ¿Me entiende?

El detective asintió.

—Me hubiera gustado hablar con ella... Verla al menos.

—Llámela, si lo desea. ¿Quiere el teléfono? No sé si le recibirá o si podrá aportar algo a su investigación, pero ya le digo que la visión que le ofrecerá de Lucía no será nada objetiva. No se llevaba bien con ella, no... la quería.

—¿Le obligó a elegir entre ella y la niña?

—No hubo necesidad. Lucía desapareció. Pero no le niego que hubiese podido ocurrir. Y tampoco que es posible que yo hubiera apostado por Maribel, aun sin desentenderme jamás de las necesidades de mi hija. Un hombre no puede renunciar dos veces a su destino...

—Es sorprendente su sinceridad, señor Peña —dijo Roures, mirándolo con sorpresa—. No muchos padres serían capaces de reconocer algo así y menos con su hija desaparecida...

Los dos hombres abandonaron el local sin que fluyera entre ellos ni un átomo de empatía. A Roures le producían alergia los tipos como aquel. Pero debía reconocer que le desconcertaba su aparente sinceridad en todos los temas tratados. De lo que estaba seguro tras esa conversación era de que él ignoraba que Lucía no fuera sangre de su sangre... Tampoco creía que ni él ni nadie de su familia tuvieran que ver con la desaparición de Lucía. ¿O sí? ¿Y si era un grandísimo actor que conocía a la perfección el arte del engaño? En cuanto a la tal Maribel... sin conocerla, tenía muchas dudas. Quitarse de encima a Lucía y encima hundir a su madre podía haber sido una jugada maestra. Solo que su intuición le decía que Lucía había desaparecido por su voluntad de la mano de alguien conocido, pero también querido. Alguien de su confianza. De lo que ya no estaba tan seguro era de si ese alguien la habría ayudado por cariño, amistad o complicidad con la niña o por satisfacer algún tipo de interés personal... Necesitaba hablar con Amanda. Una conversación con su cliente aclararía muchas de sus dudas. Eran las nueve de la noche. ¿Estaría disponible? Decidió probar. Marcó el número y esperó la señal. Nadie contestó. «Mala suerte», se dijo, encaminándose al coche. Al segundo su teléfono sonó. Era Amanda.

—Perdón, Roures —dijo—. Estaba leyendo y tenía el teléfono en silencio. He visto su llamada de casualidad. ¿Alguna novedad?

—¿Leyendo? ¿Por trabajo? ¿Qué está leyendo?

—Por... ¿trabajo? ¿A qué se refiere? —preguntó Amanda, extrañada.

—A... nada. Dígame, ¿qué lee?

—A Marías. *Berta Isla*. Fascinante, ¿lo ha leído?

—Sí —respondió él—, me gusta esa reflexión que hace sobre los narradores de las novelas; algo así como «Se ignora por qué saben lo que saben, omiten lo que omiten y callan lo que callan», ¿no?

—Vaya. Qué memoria… Pensaba que ya no quedaban hombres que leyeran novelas.

—Pues ya ve… Aunque es cierto que cada vez leo más ensayo e historia. Y cada vez releo más. Me da pereza lo nuevo. Y a veces también me da pereza la ficción…

—Bueno, «La ficción es historia, historia humana. O no es nada…».

—Conrad sobre Henry James —reconoció el detective—. Muy agradablemente sorprendido, Amanda.

—No se lo esperaba, ¿eh? Las rubias también leemos, ¿sabe, detective? Aunque algunos no lo crean.

—Y aunque sean de bote, ¿no?

—¿Es usted así de ordinario solo por ser detective? —preguntó Amanda, molesta—. Tuve una bisabuela rubísima… Y tengo una hija rubia como el sol, ¿recuerda?

—Y yo tengo un tío segundo en Cuenca… —contestó él, haciendo evidente su sorna—. ¿Podemos vernos? Necesito contarle cosas y sobre todo que me cuente usted… Es muy importante para mi investigación. Más si no me miente…

—No sé a qué se refiere —contestó ella, impertérrita—. Pero da igual. Cualquier cosa que sirva para encontrar a Lucía me parecerá bien. Venga a casa. Vivo en La Moraleja, como sabrá. Lo sabe toda España. Es la casa más hecha polvo de toda la urbanización…

—Estoy en la otra punta de Madrid, pero no creo que tarde mucho si cojo la M-40. Póngale media hora, ¿le parece muy tarde?

—La hora de cenar. No se espere mucho: una tortilla de patata que he hecho por mi hijo, algo de embutido y una ensalada… Y vino blanco. No tengo ni tinto ni cerveza, advertido queda.

—Metidos en el laberinto, lo mismo da blanco que tinto...

Amanda no rio el chistoso refrán.

—No estamos para laberintos, sino para encontrar salidas...

—En eso tiene toda la razón, Amanda. Y no hay peor laberinto que la mentira...

Colgaron y Roures se dirigió a casa de Amanda. Estaba agotado. El viaje, los sobresaltos, las conversaciones... Le quedaba lo fundamental: lograr que Amanda le dijera la verdad. Lo que le contara sería definitivo para sus próximas pesquisas. Aunque dudaba que nada le resultara ya más impactante y clarificador aquel día que la confesión de su cuñada. Begoña se equivocaba. Si Enrique Roures hubiera sabido que la «culpa» de no tener hijos era suya, probablemente, habría aceptado esperma ajeno y una paternidad no biológica; pero, de no hacerlo, quizás sí se hubiese apartado de su mujer para no condicionar su camino. O sea que, de alguna manera, Begoña tenía razón: se hubiera jugado el matrimonio. Pero no porque su marido, al saber que no se complicaría la vida en una relación de infidelidad, pudiera engañarla con más facilidad, sino porque su generosidad de hombre bueno le impediría ser el causante de su desdicha. Eso creía. Más que por amor de hermano, por el código de los valores inculcados en la familia que él se había saltado alguna vez, pero Enrique jamás. Estaba seguro de que por eso Enrique soportaba a Begoña con su carácter agriado después de tantos años: él no abandonaría a su mujer sabiendo que tenía la «desgracia» de no tener hijos. Y, mira por dónde, si lo hiciera por buscar la paternidad, se llevaría una sorpresa... Ahora que lo pensaba, su hermano siempre quiso hijos propios, pero ni se planteó adoptarlos... La sangre importaba. Y de qué manera. Begoña no desveló el secreto de Amanda, pese al odio, la rabia y la envida, para que Amanda no revelara el suyo. Aparte de esa reflexión que concernía a los de su familia, estaba la relativa a Amanda. Y a Javier Peña. Y a Lucía. Roures conducía nervioso. No le gustaba que los asuntos personales empañaran los casos. Lo complicaban todo. Y en este aparecían como las setas tras de la lluvia. La relación de la familia de su hermano con la de Amanda, la suya con la jueza… ¿Relación? ¿Cómo relación? ¿A una mamada la llamaba «relación»? ¿Desde cuándo? Qué hija de puta, la tía. Seguro que se estaba partiendo la caja sabiendo que él sería incapaz de pensar en otra cosa, que la tendría veinticuatro horas al día en la cabeza. Con esa actuación estelar suya no solo quiso dejar claro quién mandaba, sino más aún que con ella solo se haría lo que ella quisiera… Y lo consiguió. Era un modo de sometimiento típico masculino. Muy característico. Algo que millones de mujeres aceptaban de forma inconsciente. Carlota lo sabía y por eso dejaba bien claritas sus reglas del juego, contrarias a las habituales, para que nadie dudara de quién llevaba las riendas…

Las luces de los coches, la propia carretera, los árboles de La Moraleja y hasta el aire parecían impregnados del perfume de Carlota. No de ese almizcle blanco que desprendía su melena oscura, sino de las feromonas que destilaba su piel. Recordó a Uma Thurman convertida en Poison Yvy, esa supervillana que aparecía en una peli de Batman y que reducía a los hombres de su alrededor soplándoles feromonas primero y regalándoles un beso mortal después. Parecía que la jueza Aguado había esparcido feromonas por toda su piel para que no pudiera dejar de pensar en ella en ningún momento… Ni siquiera en ese, decisivo, en el que su intuición empezaba a apuntar a algún insólito sospechoso.

Aparcó en la puerta de la casa de Amanda y entró en cuanto ella le abrió la puerta. Un perro blanco, sin raza definida y con una mirada más inteligente que la de muchos humanos, salió a su encuentro.

—Aparta, Idéfix —dijo Amanda.

Roures revisó su aspecto. Amanda parecía distinta. Vestida con unos pantalones cortos, una camiseta muy holgada y unas sandalias planas, sin maquillaje y con el pelo recogido en una coleta, su imagen era mucho menos sensual de la que él recordaba. Casi juvenil e inocente.

—¿Idéfix? —preguntó el detective, acariciando la cabeza del animal—. ¿Como el perro de Obélix? —Amanda asintió—. Hubiera jurado que no era devota de *Astérix*, Amanda.

—No lo soy. No lo leí de niña y de mayor apenas he hojeado algún volumen. Pero Lucía, sí. Y fue ella quien encontró al perro abandonado, a dos calles de aquí, cuando era un cachorrito, justo el mismo año en que nació Carlitos. Ella lo bautizó. Está muy mayor, el pobre. Y echa mucho de menos a la niña. Aunque mi hijo le hace bastante caso. Más que a mí, diría yo.

—¿Dónde anda su hijo? ¿Está en casa? —preguntó Roures.

—Sí, ahora saldrá de su guarida… Aunque no creo que le apetezca cenar con nosotros. Se ha pedido una *pizza* y seguro que querrá comérsela solo en su habitación.

—¿Sabe quién soy?

—Desde luego, ¿por qué habría de ocultárselo?

—No lo sé. Ignoro cómo funcionan las relaciones entre madres e hijos. —Hizo una pausa y luego atacó de nuevo—: ¿Lucía también sabe… lo suyo?

—¿A qué se refiere? —preguntó Amanda, frunciendo el ceño y poniéndose en guardia. Roures no contestó y se quedó mirándola, esperando…—. ¿Se le ha comido la lengua el gato? —volvió a preguntar Amanda con cierto enfado—. Le he preguntado que a qué se refiere… —Ahora la pausa la hizo ella, sin dejar de sostener la mirada de Roures—. No será a que fue concebida por fecundación *in vitro*, ¿no? ¡Vaya descubrimiento, detective! ¡Salió en toda la prensa! ¿Cree que si le hubiera ocultado esa información a mi hija habría permitido que apareciera en los medios? Además, ¿por qué tendría que ocultársela? Vaya tontería...

—¿Sabe que no es hija de su padre? —soltó como si fuera un dardo envenenado el detective.

El rostro de Amanda perdió el color. La mujer, envejecida de pronto, se desplomó sobre el sofá. Roures se sentó frente a ella.

—¿Cómo... cómo sabe eso?

—¿Importa?

—Claro que importa —dijo ella con rabia—. Eso es algo que nos pertenece a Lucía y a mí. Y a nadie más.

—¿A Lucía también? ¿O solo a usted, Amanda? Algo me dice que esta información no la compartió nunca ni con ella ni con su exmarido ni con el hermano de la chica.

—¿El hermano? ¡Carlos!

Amanda se levantó asustada y corrió a cerrar la puerta del salón, no sin antes cerciorarse de que el chico seguía en su cuarto.

—Joder, Roures, si mi hijo llega a enterarse de esto por usted, le juro que lo mato.

—Tranquila, los detectives sabemos guardar secretos.

—Ya. Pero podía haber estado escuchando tras la puerta, ¿sabe?

—Pues compruebe que no viene, Amanda. Tenemos que hablar de eso y de otras muchas cosas... Es importante

El timbre de la puerta sonó en ese momento. Amanda abrió, pagó y recogió la *pizza* que había encargado su hijo. Luego fue a la cocina, puso la *pizza* en una bandeja con una Coca-Cola, una servilleta y unos cubiertos y se la llevó al chico a su cuarto. Él continuaba frente a la pantalla, absorto en un juego nuevo, con los cascos puestos y jugando *online.*

—¿Vienes a saludar, hijo?

—Luego, mamá, luego... Me queda un rato para terminar. Luego voy, te lo prometo.

Amanda cerró la puerta con cuidado y regresó al salón, cuya puerta también cerró.

—Vamos a la cocina, Roures. No quiero que Carlos nos sorprenda en medio de alguna conversación poco adecuada para él…

—¿Poco adecuada para él o poco conveniente para usted? Está bien, como quiera.

De nuevo en la cocina, Amanda cerró la puerta tras entrar ambos. La parte de arriba era de cristal, así que si Carlos se aproximaba lo vería y no la sorprendería contando algo que no quería que supiera.

—Quiero que me diga cómo sabe eso, Roures.

El detective negó con la cabeza.

—Eso da igual. No procede.

—Solo hay dos personas en el mundo que lo saben, aparte de mí.

—Pues… saque sus conclusiones.

—Espere —dijo de pronto Amanda, dibujando un gesto de asombro y de iluminación—. ¿Enrique Roures tiene algo que ver con usted?

—Bueno, el apellido es el mismo, ¿no…?

—Es cierto, pero no pensé… no relacioné… Hace mucho tiempo que no veo a los Roures. Yo dejé de tratarme con Begoña hace casi veinte años. Solo coincidíamos en algún cóctel del banco, alguna cena de empresa… Mi marido debió de continuar la relación por su cuenta, pero nosotras…

—Es mi hermano, Amanda. El otro engañado, como sabe, aunque sea en sentido contrario.

—¡Maldita zorra! —exclamó entre dientes Amanda, mientras se levantaba, cogía una botella de vino blanco de la nevera y la descorchaba. Luego colocó dos vasos en la mesa y cuando los iba a servir, Roures la frenó.

—¿Cree que puede beber sin emborracharse? Necesito que me aclare varias cosas…

Amanda apartó la mano con furia.

—¿Pero de qué va, Roures?

—No me toque las narices, Amanda. Sé que ha tenido serios problemas con la bebida. No sé en qué punto está ahora.

La mujer se dirigió a la nevera de nuevo, sacó unos hielos y los puso en su vaso, luego sirvió ambos y bebió del suyo.

—¡Pues claro que los tuve! —exclamó furiosa—. Hubo un tiempo en que tuve problemas con todo, ¿lo entiende? Mi matrimonio, que nunca había sido feliz pero era a lo único que tenía, se rompió, la guerra con mi exmarido se desató, me quedé sin pasta, el único hombre que creo que me ha amado de verdad murió... Sí, me pasé con la bebida. ¿No le ha ocurrido nunca? Por suerte, no llegué al alcoholismo. Y, desde que desapareció Lucía, aun estando en el pozo más oscuro de mi vida, jamás me he pasado de copas. ¿Sabe por qué? Porque quiero encontrarla. Y porque quiero que cuando vuelva esté orgullosa de su madre. Por eso...

—Por eso trabaja...

—Por eso estoy de lectora en una editorial, sí..., pero no percibo ningún salario, si es lo que quiere saber.

—Amanda —dijo Roures con cierta condescendencia—, yo no soy su enemigo. A mí me da lo mismo. Es más, me gustaría que pudiera ganarse la vida por sí misma y que se liberase de...

—Lo conseguiré —cortó ella—. Algún día. Ya lo verá. Usted y el mundo... Incluido mi exmarido.

—Su marido no me cae bien, Amanda. Pero tampoco sé si tenía derecho a encasquetarle a una hija. Tampoco a encasquetarle a una hija un padre, haciéndole creer que es el suyo... De todos modos, no la juzgo. Me temo que eso es algo más frecuente de lo que se piensa en gestaciones naturales o artificiales. Ya sabe lo que dice el refrán: «Los hijos de tus hijas nietos tuyos son; los hijos de tus hijos lo son o no lo son». Lo que sí tengo claro es que parece que su cómplice, el tal Perelló, se pasa la ética por el forro de los cojones... Y encima es el padrino de la niña. Sin comentarios.

—Él... —empezó Amanda—, él... lo único que hizo fue exponerme que existía la posibilidad de tener un hijo con esperma donado. Y yo, bueno, yo... se lo dije a Javier y se puso como loco... ¿El padre de un hijo mío que no fuera suyo? Yo quería un hijo más que nada en el mundo y, de pronto, no podíamos tenerlo y... Bueno, hice lo que hice y ya está. Jaime me ayudó a guardar el secreto. Y en cuanto a Begoña, también tenía algo que ocultar y pensé que no me delataría nunca...

—Lo sé. También su secreto ha quedado al descubierto. Pero no la culpe. Ni piense en devolvérsela. No le he dejado otro camino. Y le aseguro que le habría gustado encontrarlo. Para ella ha sido muy duro tener que confesarme que... Bueno, eso es lo de menos y no pertenece a esta historia. Lo importante es que es posible que esta información nos conduzca hasta su hija.

—¿A qué se refiere?

—¿Y si ella se hubiera ido por propia voluntad? Los problemas familiares, la violación, el aborto... quizás ella...

—¿También sabe eso? ¡Cómo es posible!

—Veamos, Amanda, ¿quería que investigase o no? Me asombra que se asombre. Si no me hubiese contratado, no me habría enterado de nada...

—Está bien —aceptó ella con resignación—, pero descarte esa posibilidad, por favor: Lucía no quería irse. No se hubiera marchado, además, ni aunque hubiese querido. Después de «aquello», necesitaba más protección que nunca para reconstruirse. Ni siquiera se iba a dormir a casa de sus amigas... Y le aseguro que... nosotras nos queríamos, ¿sabe? Ella... me protegía a mí.

—¿Y Perelló? ¿No le daba él cobertura? Era su confidente, ¿no? Tal vez usted desconocía cómo era su relación...

—Jaime y Amparo siempre estuvieron pendientes de ella. La querían como a una hija. Si hubiesen sabido el mal trago que pasó mi pobre niña…

—¿Y quién le dice que no lo sabían?

—Lucía no se lo contaba a nadie. Era un asunto de familia…

—Se equivoca, se lo contó a sus amigos… A los únicos que lo habían sido de verdad. No puede descartar que Perelló lo supiera, siendo su confesor…

—Y si lo sabía, ¿qué? ¿Cree que se iba a meter en un lío solo para ayudar a la niña a desaparecer? ¿Está mal de la cabeza? Perelló es un tipo de prestigio, con dinero, con un negocio que funciona en todo el mundo…

—¿En todo el mundo? Pensaba que solo tenía clínicas en España.

Amanda negó con la cabeza.

—Qué va. Al menos, tiene una en México. Hace muchos años, cuando las clínicas de fertilización aún no estaban tan bien vistas y no era fácil encontrar un lugar donde se permitieran todas las opciones de reproducción asistida, él abrió una allí. Sé que la tiene en Tabasco, porque en alguna ocasión me habló de ella… En España, cuando la reproducción asistida se empezó a aceptar con normalidad, abrió muchas más (al principio solo tenía la de Barcelona), porque precisamente nuestras leyes son lo suficientemente laxas como para que haya mucho «turismo reproductivo». Eso se dice en Europa. Pero creo que la mexicana es una de las más rentables.

Roures se quedó pensativo. Que Perelló fuera el nexo de unión entre los engaños sobre hijos tampoco quería decir nada. No necesariamente, pero… ¿por qué intuía que ese hombre tenía algo que ver con la desaparición de Lucía si ni siquiera aparecía en el expediente del caso? Estaba claro que, aunque la UCO lo hubiera investigado, no encontró ningún motivo para interrogarlo formalmente, pero… seguro que ellos no llegaron a enterarse de lo que él sabía. Era un secreto guardado por dos mujeres que comprometía a ambas y que ninguna hubiera revelado, de no ser por él... Si realmente nadie sabía aquello más que Jaime Perelló, Begoña, Amanda y ahora él, no podía existir ninguna indagación previa. Sonó el teléfono de Amanda y la mujer salió de la cocina para hablar en privado. Mientras lo hacía, Carlitos entró y se presentó.

—Hola —dijo el chico mientras abría la nevera y cogía el kétchup—, ¿usted es el detective?

—En efecto —respondió Roures.

—No tiene pinta.

—Lo sé... eso hace que mi trabajo sea más efectivo, ¿no crees?

El chico se encogió de hombros.

—¿Ha descubierto algo de mi hermana? Mi padre dice que está muerta...

—Bueno, es posible... Pero no está probado.

—No quiero que mi madre se haga ilusiones y lo pase peor, ¿sabe? No pude cuidar de mi hermana, pero me gustaría no fallarle a mi madre...

—¿Cuidar de tu hermana? No creo que te correspondiera a ti...

—Yo... era el único hombre de la casa y...

El detective escrutó al chaval, tenía los rasgos idénticos a los de su padre, pero suavizados por los de su madre y una mirada limpia. La carga genética era tan visible que, en su caso, no cabían dudas de paternidad. ¡El hombre de la casa! Estaba claro que, aparte de la genética, el machismo de su padre había dejado huella en él y le hacía seguir creyendo que el rosa era para las niñas, el azul para los niños y que ellas debían ser sensibles, abnegadas y delicadas como una flor, y ellos, duros, con voz de mando y propietarios, pero también responsables de los destinos de las chicas. Pobre chaval. Sufrir *La guerra de los Rose* en carne propia y soportar la desaparición de una hermana no debía de ser fácil. Y si se culpabilizaba, mucho menos.

—Eras y eres un niño —dijo Roures—. Y no está mal que entiendas que si ahora le dices eso a una chica, te la cargas: ellas quieren cuidarse solas, ¿sabes? Te diga lo que te diga tu padre… —Carlitos sonrió apenas. Y el detective atisbó un destello de preocupada tristeza—. No creerás que tú tienes alguna responsabilidad en la desaparición de tu hermana, ¿no?

El chico dudó antes de responder.

—Bueno. Yo siempre estaba allí, ¿sabe? Cuando le pasó «aquello», el día que desapareció… Si mi padre hubiera estado con nosotros, no…

—¿… habría pasado lo mismo? —acabó la frase el detective—. ¿Lo dices en serio? Ni tu padre, ni tú, ni nadie controla el destino. Además, tú eras un chaval y te tocaba que te cuidaran a ti y no lo contrario. Aunque fueras «el hombre de la casa». Aunque estuvieras allí… Y ¿sabes qué? Creo que, aun siendo un chaval, estás consiguiendo que tu madre se cuide y pueda cuidarte. —Hizo una pausa antes de proseguir—. ¿Y sabes algo más? Si Lucía está viva, la vamos a encontrar. Para que podáis cuidaros el uno al otro…

24

Doble engaño

Agosto de 1995

Amanda Varela estaba a punto de llegar a la consulta de Fertiplex, en Barcelona, sola, como de costumbre. El empeño de esa mujer en tener un hijo era manifiesto. También quedaba claro que su marido no tenía el mismo interés. Desde que Amanda le dijera el año anterior en Costa de los Pinos que llevaba tiempo intentando ser madre sin conseguirlo y que estaba dispuesta a cualquier cosa para lograrlo, Perelló empezó a pensar en ella como la candidata perfecta. Cuando varias inseminaciones con el esperma de su marido fallaron, estuvo seguro. Antes de decidirse, le ofreció que tratara de quedarse embarazada con esperma ajeno, pero ella consultó a Javier Peña y él, como era de esperar, rehusó. «¿Estás loca? Yo quiero un hijo mío de verdad. De ninguna manera un hijo de otro, que es al final lo que me estás proponiendo. No todo vale, Amanda, no todo vale…». Amanda comenzó a desesperarse. Su vida sin hijos no tendría sentido. Y según el ginecólogo, el semen de su marido estaba tan bajo de espermatozoides que… ¿Qué podía hacer? Perelló le ofreció la solución: «Dile a Javier que según los análisis ese brusco descenso de espermatozoides ha sido puntual. Que lo podéis volver a intentar. Y no le especifiques que el esperma que utilizaremos no será suyo. No tiene por qué saberlo. Normalmente tratamos de elegir donantes que tengan características físicas parecidas, o que coincidan en el grupo sanguíneo con los padres; pero, en cualquier caso, sé por experiencia que los hijos acaban pareciéndose a quienes los atienden. Es cuestión del roce. Son los gestos, la forma de mirar la vida…».

Amanda apenas se lo pensó y aceptó su sugerencia. Y si ella consentía y engañaba a su marido…, ¿por qué no engañarla a ella también? La mujer convertiría a su esposo en padre y él haría realidad el deseo de ambos, aunque fuera mayor por parte de ella. Solo que… lo haría a través de un hijo suyo, ni más ni menos. Suyo y de la preciosa Hasija. Ella tenía derecho a vivir una segunda vida a través de una descendencia que le fue negada. Sería un tributo al recuerdo de su piel blanquísima, sus brillantes ojos azules, su rubísima melena y su sonrisa cándida de niña atormentada. Un soldado de la OTAN la rescató junto a su hermana, un par de años antes de que Amanda acudiera a su clínica por primera vez, cuando ambas huían del campo de concentración ubicado en el hotel Vilina Vlas, en Visegrád, y las llevó a Sarajevo. Allí, en un hospital improvisado, se encontraba Jaime Perelló, trabajando con Médicos del Mundo. Su madre, Danica Draskovic, fallecida en accidente en su niñez, era de la antigua Yugoslavia. Nació en Belgrado, la capital en ese país artificial que reunía tantos estados multiculturales y federativos —Bosnia y Herzegovina, Croacia, Eslovenia, Serbia, Macedonia y Montenegro— que no compartían ni etnia, ni religión, ni economía, ni historia. Pero vivió varios años en Sarajevo hasta que visitó Mallorca un verano, conoció a su padre, renunció a su fe musulmana, nunca demasiado arraigada en su familia, y se casó con él, en la basílica de Santa María, en Palma. La diosa Fortuna tuvo a bien alejarla a tiempo de ese territorio minado por las distintas ideas e intereses y predestinado al conflicto, donde ya tras la dictadura del mariscal Tito, en 1980, comenzara a surgir la idea de la Gran Serbia por un lado y la de la independencia por otro. Una década más tarde se iniciaron las guerras. La primera, la de Eslovenia, en 1991, fue una guerra exprés que duró tan solo diez días, al no haber mucha mezcla étnica. Luego fue Croacia la que declaró su propia independencia y las cosas empezaron a complicarse. Al año siguiente, Bosnia decidió declararse independiente también, pese a la objeción de los ortodoxos que aún seguían soñando con un país unificado y con la Gran Serbia, y proclamar la República independiente de Srpska, una especie de Serbia, dentro de Bosnia. A partir de ahí y hasta el final de la guerra en 1996, Sarajevo —donde, curiosamente, tuvo lugar el atentado contra el archiduque de Austria y su esposa, detonante de la Primera Guerra Mundial— fue una ciudad sitiada, en la que los musulmanes bosnios sufrieron lo indecible. No les ayudó que la ciudad se encontrara en el fondo de un valle y rodeada de montañas; en ellas se instaló el ejército Serbio para poder tener una perfecta visión de cuanto ocurría en aquel Sarajevo, epicentro del horror hasta el fin de una guerra, donde los civiles padecieron aún más que los militares. Y más, si cabe, las mujeres. Perelló había trabajado como cooperante en distintos lugares del mundo y quiso ir a Sarajevo en homenaje a su madre. Y allí se encontró con una guerra más dolorosa que ninguna, demasiado cercana y con protagonistas demasiado parecidos a su madre y a él mismo. Entre ellos, esas dos adolescentes huidas de Visegrád, donde doscientas niñas fueron violadas, en muchas ocasiones hasta la muerte, a excepción de varias que se suicidaron y seis que lograron escapar. De esas seis, dos hermanas privilegiadas, que de momento salvaban la vida y evitaban el martirio de las violaciones diarias. Leila, la mayor, de diecisiete años, murió a los pocos días. Tenía una herida abierta en la vagina que no paraba de sangrar, pero se negaba a que se la vieran. No quería que nadie volviera a tocarla jamás. La herida se infectó y la chica murió a causa de una septicemia. Su muerte le provocó tal pavor a su hermana pequeña, Hasija, de quince años, que por fin se dejó examinar. Tenía la vagina destrozada, un pecho salvajemente mutilado y estaba embarazada de siete meses. «Me dijeron que tendría un niño serbio», contaba la chica llorando. «Tendrás un hijo tuyo —le decía el ginecólogo—, tuyo y de nadie más». «No lo quiero, no lo quiero», repetía ella asustada. Aquella chica preciosa, demasiado joven para verla como una mujer, ya había sido torturada y violada como lo serían tantas mujeres durante la limpieza étnica organizada por el líder serbio Slobodan Milosevic. Era el arma de guerra más contundente. No solo provocaba el horror de las víctimas, sino también su estigmatización y la de sus familias para siempre. A Hasija la violaron por primera vez mientras degollaban a su hermano de tres años. Luego, con las pupilas aún dilatadas por el espanto, se la llevaron con su hermana al hotel de Visegrád. Desconocía cuál habría sido el destino de sus padres, pero ¿qué más daba? De estar vivos, mejor que no supieran nada de ella, para evitarles la vergüenza de llevar en su vientre sangre serbia. Si tenía que tener ese hijo, se ocultaría en los arrabales de Sarajevo, donde nadie la conociera, y juraría que el padre del niño era el buen musulmán con el que se había casado antes de estallar aquella guerra.

—Eso no será necesario, Hasija —le aseguró Perelló—. Te sacaré de aquí. Te apartaré de toda esta mierda.

El médico hizo falsificar papeles y compró voluntades hasta que logró llevarse a Hasija de Sarajevo a Barcelona. Allí, sin la más mínima intención de tener otra relación más que la filial con ella, se casó con la chica en cuanto pudo, para asegurar la legalidad de sus documentos y propiciar que ella y su hijo pudieran acceder a una vida normal. Sin embargo, el embarazo no llegó a término y el bebé ochomesino nació muerto. Hasija, liberada del horror, pero sin vínculos familiares de ningún tipo, lloró amargamente la pérdida de aquel niño del que en principio renegaba, e incluso había llegado a pensar en abandonarlo cuando naciera, como hacían tantas otras musulmanas, madres de bebés serbios por violación. Ella, en ese otro mundo apartado del conflicto y de su país, hubiera querido tener a ese hijo, porque era parte de ella y de sus padres y de sus hermanos. Lo único que le quedaba de una familia casi por completo exterminada. «Mala suerte», se dijo Perelló, y más al diagnosticarle a la niña un cáncer de cuello uterino muy invasivo tras la pérdida.

Por entonces, Fertiplex, tres años después de su apertura, funcionaba a pleno rendimiento y ya utilizaba con éxito la congelación y descongelación de embriones para las fecundaciones *in vitro*. Perelló no dudó en ofrecerle a Hasija una esperanza, antes de someterla al agresivo tratamiento de quimioterapia que, casi con total seguridad, afectaría a la producción de óvulos de sus ovarios.

—Si te extraigo óvulos y los fecundo con mi propio esperma, luego podré congelarlos y..., si logramos salvarte el útero, más adelante, cuando tú quieras, podremos realizarte una fertilización *in vitro* para que seas madre como deseas.

La niña no entendía nada.

—Eso de hacer los niños fuera de los cuerpos debe de ser pecado, ¿no?

Perelló sonrió a la pequeña con dulzura. Era duro tener que explicarle todo aquello a una chiquilla, pero Hasija había sufrido episodios mucho más dolorosos en su vida, así que él la consideraba preparada para afrontar también aquel.

—No te preocupes, Hasija. El islam acepta la fertilización *in vitro* siempre que se realice entre los miembros de un matrimonio, con su material genético propio... Y nosotros estamos legalmente casados.

La niña lo miró, sin entender, con una fijeza que dolía.

—Pero no seremos marido y mujer nunca porque a mí nadie me volverá a tocar...

—Lo sé —aceptó él—. Y yo no quiero hacerlo. Pero sí devolverte a través de la ciencia la posibilidad de ser madre. Creo que la mereces.

La niña asintió esbozando una blanca sonrisa.

—Lo que tú digas.

Con ese consentimiento de Hasija, Perelló le extrajo los óvulos que fueron fecundados con su esperma y posteriormente congelados... Por desgracia, en cuanto comenzaron el tratamiento, comprobaron que no sería eficaz y tuvieron que practicarle una histerectomía y quitarle el útero. Ya jamás podría gestar ese embrión. La joven se resignó. Estaba acostumbrada a su mala suerte. La misma que le arrebató la vida, por sorpresa, un mes después, valiéndose de una infección mortal.

Jaime Perelló acusó un grueso dolor por su ausencia. Una injusticia más de la naturaleza, de Dios o de lo que fuera, que repartían la suerte como les venía en gana. A él, sin embargo, le había correspondido una dosis de fortuna mayor de la habitual, que le capacitaba para reparar, en cierta medida, los vaivenes del azar. De hecho, además de la investigación y de su actividad profesional, tras la desaparición de Hasija, utilizó en varias ocasiones su propio esperma para fertilizar óvulos de mujeres con maridos con problemas reproductivos e incluso de alguna que quería ser madre en soledad. ¿Cómo demandar la donación de esperma a otros y no donar el suyo? Ninguno de ellos lo sabría jamás, desde luego, gracias a la protección de la legislación española. Y él olvidaría que era padre biológico de los hijos de varias mujeres; pero contribuiría a que alcanzaran su sueño de maternidad. No vería, nada más que si la casualidad lo determinaba, a ninguno de esos niños nacidos con su ADN, salvo al que naciera de los embriones de Hasija y suyos, que decidió no destruir a la muerte de la chica. Sería la única excepción que haría. Sabía que, a los ojos del mundo y de su propia descendencia, ni él sería el padre del bebé que naciera de esos embriones, ni Hasija, la madre; pero en él quedaría la impronta de aquella bella niña bosnia de tan mala suerte. Sería una callada manera de honrar su memoria. Cuando realizó la FIV de Amanda, decidió transferirle los dos únicos embriones de Hasija y suyos con viabilidad, de los cinco resultantes de la FIV, y destruir los otros tres de menor calidad. Si aparecía otra mujer en su vida, querría tener sus propios hijos... Diez años después, el destino quiso que se enamorase de una joven y bella mexicana a quien otro cáncer dejó su útero inservible. Perelló lo consideró una señal. La prueba irrefutable del sentido que tenía que él posibilitara que las mujeres sin útero pudieran ser madres a través de uno ajeno.

25

Los mil hijos de Wiesner

Roures se levantó pensando en la mala suerte y en las casualidades. La noche anterior, al llegar a su casa, la migraña le mataba. Ni siquiera los Actrones hicieron el efecto a la velocidad que debían. El dolor provocó que se le cerrase el ojo derecho y que se le paralizase el cuello. Durante un momento pensó que tendría que acercarse al hospital a pedir un cóctel-bomba de analgésicos en vena, como en alguna otra ocasión. «No te lo puedes permitir —se dijo—. Intenta relajarte y aguanta». Luego eligió *Kind of Blue,* de Miles Davis, un álbum de estudio grabado en 1959 acompañado por grandes monstruos del jazz como John Coltrane y Paul Chambers, y colocó la aguja directamente sobre el tercer tema, *Blue in Green*. La música siempre había sido su elixir mágico de la tranquilidad. Quizás le ayudaría a cercar al dolor para poder dormir. Si no, le esperaba una noche larga… El arranque del piano le alivió, pero la entrada de la trompeta le reventó y tuvo que quitar el disco. «Maldita sea», se dijo dando un puñetazo a un muro de carga y haciéndose daño en los nudillos. Revolvió cuanto había en el armarito del cuarto de baño con desesperación y encontró un Tranxilium. Con un poco de suerte, lo tumbaría en ese día en el que ni la música más triste lo consolaba. Se desvistió y se tumbó sobre la cama esperando que llegara el sueño y le arrancará el dolor. Se quedó dormido.

Por la mañana se levantó de golpe y con resaca. El efecto de la pastilla, sin duda. Pero en la cabeza le martilleaba algo más. Tabasco. Amanda había dicho que la clínica de Perelló estaba en Tabasco. ¿Tabasco? ¿De verdad Tabasco? ¿Ese lugar en el culo del mundo que Isabel se había visto obligada a elegir para desaparecer? ¿Cómo era posible? ¿Por qué Tabasco?

Buscó Fertiplex en Tabasco y encontró, en efecto, la dirección de la clínica exactamente en Villahermosa, el destino de Isabel. Luego exploró más sobre el asunto de la reproducción asistida allí, para saber por qué Perelló podía haber elegido ese lugar, y apareció una ristra de noticias sobre otras clínicas cerradas por cometer irregularidades sanitarias o carecer de licencia... Lo habitual en un país repleto de miseria e inseguridad como México, donde un fajo de billetes compraba casi cualquier cosa... Incluso..., vaya, vientres de alquiler. Resultaba que, aunque acabara de dejar de serlo, al menos legalmente, Tabasco había sido durante años el paraíso de la gestación subrogada. Los vientres de alquiler estuvieron allí, al alcance de cualquiera, ¡desde 1997 hasta hacía unos cuantos meses! ¡Vaya! Para rematar, en 2013, el estado de Tabasco se convirtió en el corazón de esa práctica de reproducción asistida, después de que India, el destino que más facilidades y mejor precio ofrecía, revisase sus leyes y cerrase sus puertas primero a personas homosexuales y luego a futuros padres extranjeros. Tailandia siguió sus pasos en 2015, tras los escándalos de un padre japonés que engendró allí a dieciséis niños de diferentes mujeres y de una pareja australiana que abandonó a uno de sus hijos recién nacido de un vientre de alquiler tailandés, por tener síndrome de Down, y solo se llevó a su hermana gemela, sana. La floreciente industria de vientres de alquiler tailandesa, que se resistió a que su lucrativo negocio se esfumara, no pudo hacer nada para evitarlo, aunque los «expertos» aseguraban que se había reciclado en un inevitable mercado clandestino. Un año después, le tocó modificar la ley a Tabasco, donde también se contaban casos de abandono de bebés, como el de los gemelos que nacieron contagiados de VIH. De los tres lugares «estrella» de la gestación subrogada, el último en imponer condiciones precisas y en dejar de beneficiarse de tan rentable negocio; pero tras la reforma, también Tabasco vio cómo la práctica quedaba restringida a padres mexicanos y heterosexuales que demostrasen una incapacidad médica para la gestación por parte de la madre de intención. Eso sí: seguía existiendo la posibilidad de realizar allí la fecundación del óvulo y la congelación del embrión, a un precio asequible, para trasladarlo luego a alguno de los estados de Estados Unidos donde se permitía la gestación subrogada, pero a precios desorbitados.

Sin embargo, eso no dejaba contentas a muchas de las mujeres que ya habían cedido sus vientres o pretendían hacerlo por primera vez, que se quejaban de que les cerraran esa puerta tan productiva, en el estado con menos oportunidades y la tasa de desempleo más alta de México. Los funcionarios justificaban su postura alegando que los extranjeros habían abusado del sistema, e incluso llegaban a afirmar que algunos padres tenían la intención de traficar con los órganos de sus hijos o de usarlos para pornografía, pero se traslucía que la realidad era que, sobre todo, no querían permitir que las parejas homosexuales contratasen los vientres de mujeres tabasqueñas... Para evitar que nadie se saltara la ley, las autoridades, desde el mismo momento en que entró en vigor, dejaron de emitir las actas de nacimiento e incluso asustaron a las madres subrogadas investigándolas por tráfico de menores, pero en un país donde la corrupción era incontrolable y cualquier acto delictivo se conseguía con un puñado de pesos, ¿se acabaría con un negocio tan boyante? También aquí se clandestinizaría... ¿Cómo no? Máxime al quedar en manos de funcionarios, tantos de ellos más que sensibles a las sempiternas y habitualísimas «mordidas».

¡Qué extraño todo! Perelló tenía una clínica de reproducción asistida en un estado famoso por su laxitud legal en cuanto a la gestación subrogada. ¿Querría decir eso que también se ocupaban en su clínica de esa pata del negocio de la paternidad/maternidad? ¿Por qué, si no, habría elegido ese estado? Era raro; pero también lo era que coincidiera con el estado donde se encontraba Isabel, y eso solo podía ser pura casualidad, pero le parecía una señal.

Marcó el número de Prieto.

—Dime, Roures —contestó el policía.

—Necesito verte, amigo. Necesito tu ayuda y tu consejo. Y que me digas si estoy loco. Puede. Pero también puede que no. Es urgente e importante. Ambas cosas.

—Coño, ¿las dos? Eso es mucho. ¿Dónde andas?

—Estoy en casa. Anoche me mató un dolor de cabeza de los míos. Ando recuperándome como puedo mientras trabajo en el caso. Pero mi casa, ya lo sabes, es un buen sitio para las confidencias.

—Me escapo y me acerco. ¿Te llevo unos churritos? ¿O mejor unas porras? De lo que se come se cría.

El detective rio la broma mientras colgaba. Al segundo sonó el timbre de su teléfono.

—¿Has abandonado el caso, Mallorca y a mí?

El número que aparecía en la pantalla era desconocido, pero la voz era inconfundible. El detective notó una emoción extraña. Contestó sonriendo.

—Solo la segunda y por unos pocos días. Nada más, señoría. Lo juro.

—No he tenido noticias tuyas. Pensé que nuestro encuentro no había sido de tu agrado —dijo ella.

—Nada más lejos de la realidad... La única pega es que nos faltó tiempo para... «contarnos» más —contestó el detective, intentando disimular su inoportuno nerviosismo.

—Ya. ¿Y tienes algún tipo de problema para marcar los números en tu móvil? ¿O tal vez necesitas que sea la parte contraria quien tome siempre todas las decisiones?

—Te aseguro —respondió él con rapidez— que estoy deseando tomarlas yo. Pero tuve que venirme a toda prisa a Madrid. Te contaré cuando te vea. Si quieres.

—¿De manera oficial? —preguntó ella.

—No. Todo muy extraoficial.

—Mejor. Mucho mejor… ¿Cuándo estarás aquí?

—Mañana, si nada se complica.

—Está bien, resérvate la noche. Tienes un compromiso que no olvidarás.

—No me cabe ninguna duda —repuso él.

Roures colgó el teléfono desconcertado. Escuchar la voz de Carlota casi le había provocado una erección. Todo aquello era absurdo, pero agradecía que le ocurriera a su «provecta» edad. Se fue directo a la ducha. Allí podría apagarse los fuegos y ponerse presentable para cuando llegara su amigo. Cuando al cabo de más de veinte minutos salió —una ducha larga y reconfortante en todos los sentidos—, su cabeza, de nuevo, se encontraba ocupada por completo por la imagen de la jueza Aguado. «Tente, tío. Que esta mujer no deje tu lucidez fuera de juego». Se vistió con una estúpida sonrisilla colgada de los labios. Carlota producía el mismo efecto que un taco de revistas porno a los catorce años. Solo pensar en ella le ponía cardiaco. A su edad… Preparó un café para recibir a su amigo. Al poco llegó él. Cargado de porras.

—Mira qué belleza —dijo al entrar Prieto—. No me digas que no tienen un buen tamaño… —El detective alzó las cejas y le rio la gracia a su amigo mientras movía la cabeza de lado a lado—. Espera un momento —volvió a hablar Prieto, escudriñando el rostro del detective—. ¿Y dices que has pasado una noche de dolor de cabeza? Hacía tiempo que no te veía tan buena cara. Estás… contento, amigo… O lo pareces. ¿Qué ocurre?

—Déjate de leches, tío —respondió Roures—. No tengo tiempo para hablarte de lo bueno… Ya… ya habrá ocasión. Ahora tenemos que centrarnos en el caso de Lucía Peña.

Verás, he descubierto algo muy extraño —dijo, sirviéndole el café—. ¿Cortado?

El policía negó con la cabeza.

—Solo y sin azúcar.

—Pues estará malísimo, porque lo he hecho yo…

Prieto sonrió y le instó a seguir.

—Tira. Y cuéntame, Roures. Me tienes con el alma en vilo.

Roures se puso serio antes de comenzar a hablar.

—Verás, amigo. Tú mejor que nadie sabes que, a veces, la posibilidad de que una investigación salga adelante depende de una nimiedad, incluso de una casualidad o de una carambola. El asunto del que te voy a hablar no es nimio. O sí. Tampoco lo sé con certeza. No quiero valorarlo. Pero, como siempre, esconde engaños que hay que esquivar para alcanzar la verdad…

El policía lo miraba sin pestañear.

—Continúa, tío, no me jodas. Es la primera vez que te veo dar tantos rodeos…

—Lucía Peña no es hija de su padre —disparó Roures.

Prieto parpadeó desconcertado.

—Dos preguntas, ¿cómo te has enterado de eso? Y ¿eso qué tiene que ver con su desaparición? Porque anda que no hay hijos que no son de sus padres en este país y en el mundo entero… Si se hicieran pruebas de ADN con regularidad, las sagas familiares tendrían más agujeros negros que el queso gruyer.

—Tienes razón. Los hombres y mujeres del mundo se empeñan en asegurar su sangre y sus apellidos y, al final, lo único real, lo que de verdad importa es el roce de la piel. Pero, curiosamente, cuando uno cree que está fabricada con la misma carne, la defiende de una manera más irracional. Hay cosas que no tienen discusión: los hijos no se buscan por generosidad y el amor paterno filial nace del cuidado, no del ADN.

—Bueno, eso de la generosidad…

—Seamos serios, amigo. ¿Tú por qué tuviste hijos?

Prieto frunció el ceño y sorbió un poco de café.

—Supongo que porque tocaba —dijo después de unos minutos—. Porque quería mi mujer. Porque quería mi madre… Porque si no tienes hijos, eres un bicho raro. Como tú…

—Es decir, no por ellos, que antes de nacer no existen…

—Pues… claro, no, por ellos, no… Pero luego no veas la lata que dan y lo que te exige ser padre.

—No lo dudo. En especial, ser buen padre. La generosidad famosa de la que tanto habláis los progenitores tiene que ver con mantener el compromiso, las obligaciones, los lazos…, pero no con el deseo de ser padres a cualquier precio.

—Vale. Pero no me líes y vuelve al caso, tío…

—Peña no es el padre de Lucía —disparó Roures a bocajarro—. Tampoco sé quién lo es. Ella nació en una *in vitro*…

—… Lo sé —interrumpió Prieto—. Eso se filtró en la prensa. Como si importara tener los hijos con más o menos ayuda…

—¿No importa? ¿Cuánta ayuda aceptarías tú? ¿Accederías a tener hijos con los óvulos de tu mujer y esperma de otro? Biológicamente serían suyos, pero no tuyos… ¿Y al revés?

El policía se acarició la barbilla, pensativo.

—No te lo puedo decir con seguridad. Puede que sí. Y puede que no. Depende de en qué momento del matrimonio me pillara. Supongo que cuando uno está bien… Lo que tengo claro es que cuando los hijos están aquí…

—¿No importa si son tuyos o no? ¿Y si tu mujer hubiera necesitado un tratamiento de fertilización y sin tu consentimiento hubiese concebido gracias a otro esperma?

—Vamos a ver, Roures. Es que eso es otro tipo de cuernos. Y unos cuernos que se llevan de por vida. Porque los hijos son para siempre.

—Y la falta de ellos también —dijo, pensando en la mentira de su cuñada a su hermano—. El caso es que Lucía Peña no es hija de Peña y Peña no lo sabe. Tampoco lo sabía Lucía.

—¿Y?

—Amanda no «trabajó» sola esta mentira. Su cómplice fue el médico que le realizó la *in vitro.*

—¿Cómo sabes eso?

—Porque alguien más demandó su complicidad y le instó a que callara que su infertilidad no se debía a sus problemas, sino a los de su marido... No me preguntes quién. Ni por qué lo hizo. No te lo puedo decir. El caso es que los oyó planear.

Prieto abrió los ojos con desmesura.

—Buff... ¿Quieres una porra? —preguntó, partiendo un trozo y llevándoselo a la boca. Roures negó con la cabeza—. O sea —continuó Prieto—, que este pavo del que me hablas juega con el «material sensible» como le da la gana... Porque una cosa es lo que mientan ellas, pero está claro que, sin su connivencia, difícilmente podrían contar tantas milongas, ¿no?

—Así es —asintió Roures.

—¿Y quién es este pieza?

—El dueño de Fertiplex, Jaime Perelló.

—Madre de Dios. Si hay un Fertiplex en cada provincia de España...

—Y no solo aquí.

—¿Tiene más?

—Al parecer, Jaime Perelló tiene más clínicas por el mundo. No sé dónde están las demás, pero tiene una en Tabasco.

—¿Tabasco? ¿México?

—En efecto. Concretamente en Villahermosa. Aunque daría igual cualquier otra localidad, lo curioso es que en cualquier parte del estado de Tabasco el negocio de la reproducción asistida ha estado durante mucho tiempo en los vientres de alquiler, más que en ningún otro sitio.

—Sigo sin comprender qué me quieres decir, Roures. Entiendo que este es un pájaro de cuidado, que debería estar sin duda en la cárcel. Y más si maneja el asunto de la gestación subrogada del modo que sea. Yo por ahí no paso…

—Yo no lo juzgo —cortó el detective—. ¿Por qué condenar que alguien alquile su vientre y no que alguien «venda» sus óvulos o su esperma? ¿Solo porque alquilar el vientre le ocupa más tiempo a la mujer que lo hace y conlleva más incomodidades? Se dice que las donaciones de óvulos son altruistas porque las donantes perciben una compensación económica, digamos, simbólica. En España solo se trata de ochocientos euros. Por las molestias… Pero en Estados Unidos la «gratificación» es de entre cuatro mil y diez mil dólares. Y tanto en un lugar como en otro hay muchas donantes que sienten la «necesidad altruista» de donar una y otra vez, con lo incómodo y arriesgado que es… Esos óvulos dejan de ser suyos para toda la vida. Y se convierten en la mitad de los hijos de otro… ¿Por qué una cosa sí y la otra no? ¿Y si hablamos de los embriones, que son óvulos fecundados, y también se donan?

—¿En serio? ¿La gente dona… embriones? ¿El «bicho» completo que una vez en el útero de quien sea se convierte en… ¡su hijo!?

Roures asintió.

—Lo hacen, y a veces no tienen otro remedio… Y también en esas donaciones, de alguna manera, hay dinero de por medio. Si los donantes no ceden los embriones sobrantes de sus *in vitro* a una receptora o a la ciencia, tienen que pagar por mantenerlos congelados durante diez años, es obligatorio. Eso les cuesta unos cincuenta y cinco euros al mes, más o menos. En el presupuesto de una pareja con el sueldo estirado hasta el infinito para poder cubrir los gastos habituales, es mucho dinero… Solo pueden deshacerse de ellos en el caso de que la madre haya finalizado su vida reproductiva o aporte el testimonio de dos especialistas que certifiquen que un embarazo podría poner en peligro su integridad física. Es decir, que, aunque haya tenido seis hijos, si tiene embriones sobrantes, no puede destruirlos si tiene opción de volver a quedarse embarazada... Las parejas no perciben un duro por cederlos, pero dejan de pagar por la conservación de sus embriones congelados un dinero cuyo pago muchas veces ni pueden afrontar. Y en cuanto a la clínica, su negocio es redondo: sin hacer nada, porque esos embriones son producto de otro proceso de embarazo anterior, pagado por supuesto, los implantan en pocos minutos y se llevan entre mil novecientos y cuatro mil euros por hacer viable la «adopción». O sea, por implantárselos a otra tía y convertirlos en los hijos de otra familia que, por cierto, raras veces le cuenta a nadie, incluidos esos hijos, que no son genéticamente suyos. Esa diferencia de pasta hace pensar que hay bastante beneficio para la clínica, ¿no? Y eso en España; en Estados Unidos se multiplica.

—¡Madre mía! —exclamó Prieto—. ¡Vaya negocio!

—Así es. Por eso, francamente, no encuentro la diferencia entre utilizar una técnica u otra siempre que todos estén de acuerdo. El resto..., los derechos del niño a saber su procedencia, si los padres serán los adecuados y se comportarán con la generosidad que exige criar a un hijo..., pues casi es una lotería para el que nace y dependerá de los progenitores legales que le toquen, como en cualquier otra circunstancia. Porque es cierto que en las gestaciones subrogadas hay tarados que, si sale un hijo con problemas, no lo quieren o mujeres que por portar el material genético de otros deciden que las madres son ellas; pero anda que no hay padres biológicos que abandonan a sus hijos, que los maltratan o les joden la vida, o que deciden apartarlos del otro progenitor de manera deliberada... Yo no me siento moralmente capacitado para juzgar a quienes eligen este modo de tener descendencia en vez de otro. Y tampoco para decidir si es mejor o peor vender veinte veces tus óvulos o tu semen (aunque el semen se paga mucho menos, claro, por razones obvias), para conseguir un dinero que necesitas o te viene bien, o elegir ser una madre de alquiler para ganar más dinero con un esfuerzo descomunal. Me creo lo mismo el «altruismo» del que proporciona material genético que del que cede su propio cuerpo. Y el que recurre a una técnica o a otra…, pues igual. ¿Por qué hay que pensar que uno es mejor que el de al lado o que cualquier padre biológico o de adopción? A mí todo eso me da igual. Lo único que censuraría, engaños aparte, es que alguien se viera obligado a algo de todo eso, sin querer: a ceder sus óvulos, sus embriones, su vientre o a sus hijos por voluntad de otros en vez de por voluntad propia…

—Es que ese es el problema: seguro que hay mujeres por ahí alquilando su útero, igual que otras lo hacen con su coño en un puticlub, mientras otros se llevan el beneficio.

—Ya. Pero la diferencia es que alquilar el útero es fastidioso y arriesgado…, pero no parece nada indigno ni sucio, ni conlleva vejar a la mujer. Simplemente realizarle unas técnicas determinadas. Igual que a la que dona óvulos. Porque ser madre sustituta tiene más peligro (aunque donar óvulos también tiene sus riesgos), pero ejercer de puta debe ser un poco más asqueroso. Digo yo. Vamos, que no creo que sea lo mismo llevar un hijo en la tripa, traerlo al mundo y contribuir a la felicidad de una familia que tener que lamerle los huevos a un cerdo maloliente y distinto cada día… ¿Que a una mujer le duele entregar un hijo que ha llevado en su vientre? ¿Y un óvulo? ¿Y un embrión? ¿Y dar en adopción a su hijo? Pues todo eso se hace también, así que… De todos modos, insisto: yo me resisto a juzgar. Si lo hiciera, tendría que pensar en por qué algunos padres traen hijos al mundo cuando no tienen la más mínima posibilidad de ofrecerles una vida siquiera un poquito digna… Así que no juzgo. Solo me preocupa que haya algún aventado que se crea Dios y decida utilizar el material con el que se fabrican los bebés como le dé la gana. En los últimos tiempos se ha vuelto a hablar del tipo de Holanda que inseminó a cien tías con su semen, pero ¿sabías que un tal Bertold Wiesner, director de una clínica de fertilidad británica, engendró cientos de hijos? Según los más conservadores, podrían ser entre trescientos y seiscientos, de los mil quinientos bebés concebidos en su clínica mientras estuvo abierta desde los años cuarenta hasta los años setenta; aunque hay quien dice que es más probable que fueran mil...

—Joder. ¿En serio? ¡Es la hostia!

—Lo es... Por eso en Reino Unido no se permiten las donaciones anónimas. Y de ahí mi reflexión: ¿no crees que un tipo que es capaz de controlar la reproducción puede acabar tan grillado como para pensar que puede hacer lo que quiera, que es Dios? Esa sensación me dio Jaime Perelló. Y él es artífice de la concepción de Lucía Peña, el cómplice del engaño de Amanda a su marido y el propietario de una clínica de fertilidad en un lugar donde la legislación es (o lo fue durante años) tan laxa como para poder jugar a fabricar vida a su antojo...

—¿En qué estás pensando, Roures?

El detective se levantó, se metió las manos en los bolsillos y empezó a recorrer él la habitación de una punta a la otra...

—¿Y si este tal Perelló hubiera creado un mercado negro de reproducción asistida? Se supone que en todos los casos de donaciones se intenta que haya algún tipo de rasgo genético parecido con los receptores; pero imagina que pudieras elegir a la donante de óvulos o al de esperma. O que incluso, si quisieras, pudieras conseguir que la madre de alquiler no fuera una oronda morena y latina, como tantas mexicanas, sino una princesita rubia y atlética como Lucía Peña. ¿No se elige a veces a las cuidadoras por su presencia física? Pues... con mayor motivo...

—Pero ¿qué estás diciendo, Roures? Todo eso que me cuentas es una locura…

—¿Lo es? ¿Cómo lo sabes? ¿Dónde está Lucía? ¿Por qué no hemos sabido nada más de ella? ¿Por qué volvió a Costa de los Pinos aquella noche? ¿Con quién lo hizo? ¿Se marchó después a Manacor o solo llevaron allí su teléfono para despistar? Cabe la posibilidad de que a la novia de Peña le apeteciera quitar de en medio a Lucía, pero… ¿se la jugaría? Porque el padre legal es un machito de mierda, pero yo creo que ni siquiera es tan mal tipo como supuse al principio. Solo uno con mala suerte. Como tantos.

Prieto se levantó y se puso a pasear de un lado a otro de la pequeña habitación como si fuera una pantera enjaulada.

—En realidad —dijo cuando finalmente paró de ir de izquierda a derecha—, a mí no me sorprende nada del ser humano… Pero dime, Roures. ¿Por qué la UCO no sospechó de Perelló? Son profesionales, tienen equipos, técnicas, experiencia, intuición…

—Porque —repuso él al instante— hubieran necesitado conocer esos dos datos que solo yo sé. El primero, que Peña no solo no era el padre de Lucía, sino que fue el propio médico quien posibilitó que su mujer le hiciera creer que lo era; y el segundo, que la mentira era algo habitual en el trabajo de Perelló… Engañó a dos maridos, ¿a cuántos más? ¿Y a cuántas mujeres?

Roures no quería decirle nada más a su amigo. No quería delatar a su cuñada y menos revelar ningún dato sobre la intimidad de su hermano. Pero esa le parecía la pista definitiva: si Perelló engañaba de manera habitual, ¿por qué no pensar que también podía haber mentido en la desaparición de Lucía Peña y no solo en su nacimiento?

—Amigo —continuó el detective—, necesito ponerme en contacto con Isabel. Que ella esté en el mismo lugar donde se encuentra la clínica de Perelló es una señal. Necesito…

—Ponerla en peligro de nuevo, ¿no? —preguntó el policía, adivinando lo que iba a pedirle su amigo.

Roures agachó la cabeza.

—Creo que ella querrá ayudarme —murmuró.

—Bien... Tú sabrás, Roures. Tú sabrás. —Hizo una pausa—. Han pasado solo dos años desde tu otro caso. No creo que la seguridad de Isabel esté garantizada. En México no se andan con chiquitas, lo sabes bien. Si alguien les hace un encarguito, tardan minutos en llevarlo a cabo. De todos modos, puedo hacer que se pongan en contacto con ella. Pero creo que sería mejor si fueras allí a visitarla.

—Me temo que a México tendré que ir de cualquier manera. Aunque, antes me voy a Mallorca. Necesito resolver un asunto que no me deja vivir...

—¿Del caso?

—No, amigo, no.

26

La cárcel de metal

31 de julio de 2015

El auto apenas se detuvo unos minutos para recoger a la chica en aquella carretera sin tránsito. Ella accedió al vehículo reconfortada tras el último sobresalto.

—De verdad que no te esperaba... —dijo Lucía, sonriendo agradecida al subirse al coche—. Siempre apareces cuando más te necesito. Pero... ¿de dónde has salido esta vez?

—Estaba inquieto por ti, Lucía —respondió él sin mirarla—. Me dijiste que irías a Cala Ratjada sola con ese chico y... de pronto pensé que si volvías a tener problemas, no lo soportarías. Me preocupé. Así que le dije a un amigo que estaba cenando en Cala Ratjada que echara un vistazo en Café 3. Sabía que estarías allí hasta tarde, como hacéis todos los jóvenes, antes de ir a Bolero. Me has contado tantas veces vuestro recorrido...

—¿Y? —preguntó Lucía extrañada.

—Y... pedí que te vigilaran y me dijeran cuándo volvías y en qué condiciones.

—¡Que me vigilaran! —exclamó Lucía, sin saber muy bien a qué venía todo aquello—. ¡Vaya! Esto me lo esperaba aún menos que encontrarte... Creía que tú confiabas en mí. ¿Acaso te lo pidió mi padre?

—No seas niña, Lucía. Tu padre no tiene nada que ver en esto. Ni siquiera es… —Calló de golpe y tardó unos segundos en volver a despegar los labios—: Verás, mi amigo me dijo que ese mismo cerdo que te había estado intentando tocar toda la noche era quien te llevaba de vuelta a casa. Entonces me preocupé más, salí a esperarte y me fui a la esquina de tu calle. Me paré allí junto a la rotonda para poder seguir a Alfonso Hidalgo cuando entrara por tu calle y estar atento por si el chaval te incomodaba. Para mi sorpresa, cuando apareció su coche, vi que el chico iba solo. Me sorprendió mucho, así que supuse que algo había ocurrido. Volví y… ¡te encontré! Eso es todo.

—Todo esto me parece bastante raro, ¿sabes? —dijo Lucía extrañada—. ¿Y me puedes decir por qué no estamos yendo a mi casa? ¿Adónde se supone que vamos?

El coche había dejado atrás esa primera rotonda desde la que se accedía a la calle del Golf, donde vivía Lucía, y había continuado por la avenida del Pinar hasta la segunda rotonda. Lucía supuso que giraría allí para bajar por su calle, pero, en vez de hacerlo, el vehículo subió por la anterior, la de la Ermita, alejándose de su domicilio. Estaba claro que no la llevaban a su casa…

—¿Acaso no confías en mí? No te inquietes. Debería haber hecho esto mucho antes… Así no habrías pasado por lo que has pasado. Yo soy quien más te quiere, Lucía. Tu creador, pequeña. Sin mí, no existirías…

Lucía lo miró recelosa. Todo era extraño, pero esa última frase… Algo no iba bien. Lo intuía.

—Llévame a casa. Por favor —pidió, con la mirada fija en la carretera y un tono mucho más imperativo que de súplica.

Él, en vez de hacerle caso, sacó de la bandeja lateral del coche una jeringuilla, por sorpresa, la destapó y, antes de que la chica pudiera evitarlo, clavó la aguja en su hombro hasta el fondo. Ella chilló e intentó en vano abalanzarse sobre él, que mantuvo firme la mano en la jeringuilla hasta que descargó todo su contenido. Al retirarla dio un volantazo mientras Lucía gritaba y se agarraba el hombro con un gesto de dolor y sorpresa.

—Pero ¿qué es esto? ¿Qué me has hecho? —preguntó, sollozando e intentando lanzarse de nuevo sobre él para golpearlo. Él, en respuesta, la abofeteó en la cara con el dorso de la mano, con tal fuerza que la cabeza de la chica rebotó contra el cristal de la ventanilla del coche.

Lucía se quejó apenas, antes de notar un repentino e intenso mareo y luego una sensación parecida a la de levitar y caer de golpe sobre una nube de algodón. Ya no tenía sensación de dolor, ni de molestia siquiera, y hasta le parecía bien ir a donde fuera que la llevaran. ¿Era la casa de él? Sí. Haciendo un ligero esfuerzo para enfocar, la reconoció y vio cómo se abría el conocido portón y el coche entraba despacio en el garaje. Pocos minutos después ya estaba profundamente dormida.

Se despertó muy mareada. Abrió los ojos, pero no consiguió ver bien nada de cuanto había a su alrededor. Todo parecía brumoso. No sabía dónde estaba. Intentó mover las manos, pero no pudo. Estaba prácticamente paralizada. Trató de recordar y solo logró que se sucedieran vagas escenas en su memoria de la discoteca de Cala Ratjada. Luego... se vio a ella misma bajando de un coche, caminando rumbo a casa, un tatuaje de Hades y... Imposible. No recordaba nada más. Su memoria estaba vacía. Se sintió muy cansada y cerró los ojos de nuevo. Le dolía la mano derecha. Notaba algo raro en ella... Despegó de nuevo los párpados, apenas un segundo, con mucha dificultad y vio, muy borroso, un pequeño artefacto blanco en el dorso. Le molestaba. Parecía una vía intravenosa. Hizo un esfuerzo más y creyó adivinar un tubito que llevaba desde el artilugio hasta una bolsa con líquido transparente. Podía ser suero o cualquier otra cosa. ¿Estaba en un hospital? ¿Había sufrido un accidente? ¿Por qué no recordaba nada? ¿Por qué no podía ver? Una puerta se abrió de pronto y alguien entró en el pequeño habitáculo en el que se encontraba. El suelo parecía moverse en una especie de suave balanceo. Forzó la vista cuanto pudo para poder observar al visitante, que se acercó a ella y revisó sus ojos casi ciegos y después tocó algo de la bolsa de líquido.

—¿Puedes oírme? —dijo—. ¿Sabes quién soy?

No podía contestar. Quería decirle que no le reconocía. A quien fuese. Que le escuchaba, pero que veía manchas borrosas, nada más..., pero solo pudo balbucear sonidos ininteligibles.

—Bien —aprobó la persona que estaba con ella—, así debe ser. Cuanto menos consciente estés, mejor. Ya queda menos para que puedas comenzar el viaje.

¿Viaje? ¿Qué viaje? ¿Adónde se iba? ¿Dónde estaba? ¡Lucía casi no recordaba ni quién era!

—No te inquietes —susurró la misma voz que parecía masculina en su oído—, tras el viaje, tu vida empezará a tener una razón de ser. Sabrás que estás en el mundo con una misión... Ya está bien de descuidar una vida regalada como la tuya. A partir de ahora, tú conseguirás que se cumplan los sueños de los demás. Tendrá sentido haberte traído al mundo...

Mientras le contaba todo eso, la persona que se movía junto a ella se acercó a la bolsita de suero o lo que fuera e inoculó algo con una aguja. Quizás. No podría jurarlo, apenas distinguía las formas y los movimientos. Creyó ver varias arañas recorriendo la pared. Eran grandes..., pero tampoco la asustaron. Al poco, todo se fue oscureciendo hasta apagarse por completo de nuevo.

—¿Cuál es el plan? —preguntó la mujer que acompañaba al captor de Lucía—. No podemos alimentarla y sedarla por vía parenteral durante mucho tiempo...

—No te preocupes, querida. Esto solo durará hasta mañana. En cuanto lleguemos a Valencia, la trasladarán al almacén de mercancías de los Pérez-Salta. Allí es donde guardan todas las piezas delicadas que viajan a sus hoteles de México: obras de arte, prendas de vestir de lujo para los escaparates de sus tiendas... Les he pedido que me hagan un hueco en uno de sus contenedores para trasladar una máquina muy frágil. Me han dicho que tenían previsto cargar uno de cuarenta pies con tres esculturas grandes y que, si no era demasiado grande y pesada, tenía espacio más que suficiente para albergarla. Ni que decir tiene que no me han hecho preguntas. Conocen nuestro negocio allí, lo celebran y ahora mismo son los más interesados, ya lo sabes... No saben si quiero cargar una máquina o qué, pero...

—¿No sospechan nada?

—Desde luego que no. Y además, jamás se preocuparían, ni intentarían saber... Son mis socios, mi amor. Y además mexicanos. Están más que acostumbrados a que las cosas nunca sean del todo legales... Y ya conoces su devoción desde el nacimiento de su hija Virginia y la gemela que murió...

La mujer, inquieta, recorrió la habitación de un lado a otro un par de veces y luego volvió a preguntar:

—¿Cuándo salimos?

—En cuanto anochezca.

—¿Tardaremos mucho?

—Lo de siempre, no quiero ir más rápido de lo normal. Unas seis horas y media. A ojos de todos será un viaje más de los tantos que hago cada verano para atender a alguien en el centro de Valencia. Incluso tengo una cita organizada... El capitán bajará a Lucía en el puerto deportivo y él mismo la llevará al almacén en el coche que está aparcado frente a nuestro barco. Pertenece al primer oficial del carguero, el mismo que me informó el domingo de los pasos de Lucía después de sus vacaciones pagadas en Cala

Ratjada. Él (que voló ayer a Valencia) y el capitán serán los encargados de atenderla durante el viaje. La alimentarán y le irán pinchando la ketamina mezclada con midazolam para que haga todo el trayecto drogada. Si todo sale bien, llegará en buenas condiciones.

—¿Y su teléfono? Ya sabes que es lo primero que buscan... No podemos dejarlo en cualquier parte.

—No te preocupes. Ayer lo tiré en una papelera de Manacor. Lo limpié bien y luego utilicé guantes quirúrgicos para manipularlo. Así que no hay huellas. Despistará a la Guardia Civil, si es que lo encuentran allí. Les hará mover la zona de búsqueda más allá de Costa de los Pinos. Aunque no les será fácil, porque lo apagué en cuanto llegamos a casa. Tienen trabajo. Sobre todo porque si no lo descubren en la papelera, tendrán que buscar en el vertedero y eso no es fácil... No me importa que sepan por el teléfono que Lucía pasó por Costa de los Pinos. Así pensarán que volvió a casa y se fue de nuevo. Incluso es posible que crean que lo hizo por propia voluntad.

La mujer guardó silencio mientras miraba al suelo con preocupación. Al poco levantó la vista y clavó sus pupilas en las de su marido.

—Estamos haciendo bien, ¿verdad?

—Por supuesto, querida. Nos lo merecemos. Y tú más que nadie. Me hiciste prometértelo cuando te conté la verdad. Y Lucía ya tiene dieciocho años. Vale la pena que su vida tenga un sentido, que sirva para algo. Quizás ella nació precisamente porque tenía esta misión.

A las nueve de la noche del lunes 3 de agosto, aún sin haber oscurecido del todo, el *Vida Nueva*, una Riva Perseo 76, zarpó desde Costa de los Pinos rumbo a Valencia, a velocidad media. En su interior, en el camarote principal, completamente drogada, amnésica y con leves alucinaciones, viajaba Lucía Peña. Sus captores habían actuado con mucha calma y, mientras la Guardia Civil aún continuaba con las entrevistas a la familia e iniciaba las primeras investigaciones, sin haber pasado setenta y dos horas desde la denuncia de su desaparición, la chica se alejaba más y más de su libertad.

La buena mar posibilitó una navegación tranquila y que se cumplieran los horarios previstos. A las cinco y media de la madrugada del martes 4, el barco llegó al puerto deportivo de Valencia. El capitán atracó en un amarre perteneciente a los dueños de la embarcación, mientras estos retiraban la vía de la mano de Lucía y se la maquillaban para que el moratón provocado por el artefacto resultara imperceptible, le colocaban un almohadón pegado con cinta aislante bajo un vestido premamá, para simular un embarazo, y una peluca de pelo corto y oscuro para cambiarle el aspecto. Luego la montaron, inconsciente, en una silla de ruedas y el propio capitán, con quien estaba a punto de comenzar otro viaje, la bajó a tierra atravesando la pasarela del barco. No había nadie en el puerto. Ni siquiera el personal de seguridad. Nadie lo vio subir a la chica a un coche aparcado casi enfrente del propio amarre. Las precauciones para que no fuera reconocida resultaron innecesarias. El capitán y la falsa embarazada dejaron el puerto deportivo y pusieron rumbo a un almacén de carga. En media hora llegaron a su destino. Los recibió el primer oficial del carguero al que irían destinados los tres contenedores que se encontraban en el recinto. Los dos primeros, de veinte pies, ya estaban cerrados. El último, más grande, de cuarenta pies y con dos enormes esculturas de bronce que representaban dos árboles en su interior, además de un colchón, dos mantas, treinta botellas de agua de plástico de un litro, una bolsa de pan de molde, varios cubos con tapa, diez rollos de papel higiénico, esperaba recibir la última parte de su mercancía: una chica inconsciente.

Ese receptáculo sería la «estancia» en la que viajaría Lucía Peña. Su cárcel de metal durante diecisiete días.

27

Raíces

Tras la visita de Prieto, Roures fue a ver a su madre. De pronto la echaba de menos tanto que le angustiaba. Aunque sabía que cuando estuviera con ella aún la extrañaría más. Era duro no sentirse reconocido por una madre. Pensar que cuando ella miraba no recordaba los abrazos, las broncas, las risas o los miedos compartidos. La suya se dejó tragar por el olvido al poco de morir su padre. O se cayó en él sin poder evitarlo. Fue como si ya no le interesase vivir y se refugiara en ese extraño vacío desmemoriado del que tan poco se sabía. Algunos aseguraban que los enfermos de alzhéimer sentían hasta el final de sus días, sin expresarlo. Pero no lo parecía. La sensación del visitante era la de estar frente a un invidente insensible a su presencia. Alguien que no solo no reconocía, sino que parecía no ver. Así era desde hacía más de una década, un par de años después de la muerte de su padre. Si lo pensaba, era posible que su madre ya esbozase algún síntoma previo, pero se dejó arrastrar por el alzhéimer, de golpe, cuando le faltó su marido. Roures se enfadó. Entendía su pérdida, pero no que su madre los abandonase. Pobre mujer. Como si tuviera alternativa. Belinda seguía yendo a visitarla incluso con su nuevo marido y su hijo. Y Begoña también. A su hermano y a él les costaba más. Les dolía más también. Tal vez por eso, sobre todo Tony, cada vez espaciaban más sus encuentros con ella. Aquel día, sin embargo, necesitaba su compañía. Acariciar sus manos suaves, repletas de manchas de edad, y rebuscar en sus ojos verde claro el reflejo de algún recuerdo de antaño al que agarrarse en ese tiempo de turbulencias.

Cuando llegó, encontró a su madre sentada tras la ventana del jardín circular que rodeaba la residencia. El establecimiento era bastante correcto. No resultaba lóbrego ni tristón como tantos otros, al contrario: entre la luminosidad que proporcionaban los grandes ventanales, el verde del exterior, la jovialidad de los trabajadores y la vitalidad de muchos de los ancianos, el lugar parecía más alegre que tantos restaurantes de Madrid, donde las parejas, muertas en vida, ni siquiera se dirigían la palabra.

Su madre, ataviada con una pulcra camisa blanca, una falda azul marino a media pantorrilla, sobre la que descansaban sus manos, y la blanquísima melena recogida en un moño, miraba a ninguna parte.

—Tiene un pelo tan bonito que da gusto peinarla —le dijo su cuidadora.

Roures sonrió mientras miraba con ternura a su madre.

—Déjenos a solas, si es tan amable —pidió el detective.

—No salga fuera —advirtió la mujer mientras se alejaba—. Aún es temprano, pero ya hace demasiado calor…

—Descuide.

Roures se sentó al lado de la anciana y le agarró una de las manos. La mujer la retiró con timidez, sonriendo casi con picardía.

—Perdón —dijo él—, siempre se me olvida que no me reconoces, mamá. —La mujer frunció el ceño e hizo un gesto de extrañeza—. ¿Sabes? —empezó Roures, seguro de que ella no le entendería—, he venido a verte porque tengo casi la certeza de que de Palma iré a México. Y es posible que allí me juegue la vida… Eso creo. Sí. Pero algo me dice que es en Tabasco donde se encuentra la verdad. Y, a lo mejor —rio—, hasta me toca el premio gordo de salvar a una chica… —Hizo una pausa—. No te creas que quiero ser un héroe, mamá, pero he visto sufrir y morir a tanta gente a mi alrededor… No sé, tengo sesenta y dos años… Es un buen momento para empezar a coleccionar buenas acciones.

La mujer alargó la mano por sorpresa y, mirándolo con ternura, le acarició el pelo.

—Mi pobre niño —dijo de pronto—, siempre buscando un camino que no encuentra…

Roures la miró desconcertado. Tuvo la sensación de que, durante un instante, ella volvía a saber quién era y se le empañó la mirada. Un segundo después, los ojos de su madre se vaciaron de nuevo. Ambos permanecieron en silencio un rato largo. Con la vista fija en el jardín o más allá de él. Luego Roures avisó a la cuidadora de que se iba, se levantó y se marchó. Antes de irse se acercó al oído de su madre y le susurró:

—No te preocupes, mamá. Tampoco me pasará nada esta vez. Solo me estaba haciendo el interesante. Te quiero.

La mujer ni se inmutó y continuó mirando con los ojos vacíos.

Roures salió y se encendió un cigarrillo justo en la puerta. La tos pareció arrancarle un trozo de pulmón.

—Pero, hombre de Dios —dijo un anciano—, deje de fumar ya y viva la vida que le queda con calidad.

El detective aspiró el humo de nuevo y lo devolvió al aire sin toser esta vez.

—Gracias, hombre. Prefiero una vida más corta pero empañada por el humo. Aunque tosa. La realidad sin filtros me hace más daño a la vista que el tabaco a los pulmones.

El hombre se encogió de hombros mientras Roures se subía al coche y ponía rumbo a su casa. Quería sentarse delante del ordenador y revisar algunas informaciones. Y además llamar a Maribel Sánchez, la novia de Peña, por si tenía a bien verle. En cuanto llegó, marcó su número. La mujer descolgó de inmediato…

—¿Sí?

—¿Es usted Maribel Sánchez?

—Sí.

—Soy Tony Roures...

—Ah... —dijo ella, alargando la vocal—, el detective con nombre de productor catalán millonario... Me dijo Javier que me llamaría, pero supúse que no lo haría. No sé de qué quiere hablar conmigo.

—Si me concede audiencia, se lo cuento...

—Solo tengo un hueco al final de la mañana. Y de quince minutos. Tengo mucho trabajo hoy y no puedo perder el tiempo.

—Aprovechemos ese hueco, entonces.

—De acuerdo. Le espero en mi despacho. Velázquez, 12. Tercer Piso. Sánchez y Vargas. No tiene pérdida.

Aprovechó el tiempo que le quedaba para observar con atención las fotos de la clínica de México. Era enorme. Un conjunto de edificios modernos e impecables de diseño funcional, cuyas instantáneas aparecían junto al elenco de profesionales del centro, así como de una foto de un precioso bebé rubio y con ojos azules, bajo el que aparecía el nombre de la clínica y una leyenda: «Tú también puedes ser madre». La página se iniciaba con un breve resumen de los servicios de la clínica: «El centro de cirugía reproductiva y ginecológica Fertiplex, de alta especialidad en problemas de infertilidad, cuenta con tecnología de vanguardia en fertilización *in vitro*, ICSI, determinación de fragmentación de ADN espermático, selección magnética de gametos, donación de óvulos, madre subrogada...». ¡Maternidad subrogada! ¡Estaba seguro! Necesitaba hablar con Isabel. Ojalá pudiera hacerlo pronto. Solo ella podría conseguirle alguna prueba... Preparó sus cosas para volverse al día siguiente a Mallorca y salió hacia el despacho de la abogada.

Aunque llegó con algo de anticipación, Maribel Sánchez no le atendió hasta la hora convenida.

—Quince minutos, Roures. Ni uno más.

—Se lo agradezco —repuso él, mirando de reojo a aquella mujer de físico anodino e indumentaria discreta.

—Dígame, ¿conoce usted a Jaime Perelló?

Ella alzó las cejas, asombrada, y luego frunció el ceño.

—¿Perelló? Desde luego. Mi hermano es ginecólogo. Hace años que trabaja con él en Barcelona. ¿Por?

—Sabía que era el padrino de Lucía Peña.

—Por supuesto. Seguramente la única buena influencia que tuvo esa niña desde la separación de sus padres…

—¿Y no cree que pudo haberla ayudado a huir? A México, por ejemplo, donde está su primera clínica internacional.

Maribel resopló.

—Pero ¿qué dice? ¿Está loco? ¿Por qué iba a hacer semejante idiotez Perelló? Es verdad que la niña los tenía camelados a él y a su mujer…, pero Jaime no es imbécil, ni se metería en un lío solo porque una niñata se lo pidiera… ¿Y por qué a México? Tiene más clínicas fuera…

—Cierto. Pero hasta donde sé es allí donde ofrece cualquier servicio de reproducción asistida a gusto del consumidor, incluida la maternidad subrogada…

—¿Ah, sí? No tenía ni idea… Pero ¿qué me quiere usted decir con eso?

—Tengo la sensación de que el señor Perelló ha contado algunas mentiras arriesgadas a la familia Peña. Mentiras que juraría que usted también desconoce… Si alguien le ayudó a llevarse a esa niña…

—¡Ah…! Es eso. Usted se cree que yo pude tener algo que ver. —La mujer sonrió con desprecio—. No se crea las milongas de Amanda, detective. Me aborrece. Sabe que Javier siempre me quiso a mí y eso le escuece. Le encantaría cargarme con este mochuelo, porque sabe que no descansaré hasta dejarla en la ruina, que es lo que merece.

—¿Le puedo preguntar por qué?

—No tengo que darle explicaciones, amigo, pero créame, yo no tenía necesidad de quitarme a Lucía de encima. Le podría haber dicho a Javier que no quería verla más y él hubiera aceptado. No puede vivir sin mí.

—Tanta seguridad resulta abrumadora, señora mía —dijo Roures, sosteniendo su mirada—. Le diré que he conocido a varias personas que me han dicho lo mismo a lo largo de mi vida poco antes de romper sus relaciones. Que no digo que le vaya a pasar, claro…, pero un padre es un padre y si llega a enterarse de algo extraño…

—Lucía está muerta, detective. Eso cree la Guardia Civil y eso pensamos nosotros también. Y Jaime, como todos los del entorno de Lucía, fue investigado en su día. Así que deje de marear la perdiz solo para sacarse un dinerito. Por cierto, ¿quién le paga? Porque no puede ser Amanda…

—Yo tampoco tengo que darle a usted explicaciones, «amiga».

La abogada se puso en pie, enfadada.

—Lárguese —dijo con sequedad—. Ya han pasado los quince minutos. Y… no vuelva loco a Javier con estas cosas, se lo advierto. En cuanto a Jaime, tenga cuidado, es un hombre poderoso y le puede borrar del mapa. Hay demasiada gente que le debe sus hijos aunque lo niegue… Le recomiendo que, antes de acusarle de algo, compruebe que sus argumentos tienen algún peso…

Roures salió. Algo le extrañaba en aquella mujer. No le caía bien, pero además… En el mismo momento en el que el detective atravesaba la puerta, Maribel, nerviosa, marcaba un número de teléfono. El de Roures sonó avisándole de que había recibido una comunicación de WhatsApp. Se extrañó. No lo usaba nunca. No le gustaba dejar nada escrito. Así que no contestaba, con lo que nadie solía escribirle ya. Era un número desconocido y largo, parecía de fuera... Lo abrió.

> *Facetime a tus 15.00 y mis 8.00. Lástima que no podamos volver a compartir unos mejillones cara a cara, como en nuestro último reencuentro.*

El detective no dudó en la procedencia del mensaje, aunque no llevara firma. «Isabel», Roures pronunció en un murmullo inconsciente el nombre de su excompañera de fatigas de guerra, su amor de horas extremas, de quien tantos años estuvo alejado tras ser obligado a presenciar su violación colectiva en Sierra Leona. Volvió a su vida por un breve espacio de tiempo, para desaparecer de nuevo al destapar el oscuro negocio de trata de mujeres, oculto tras el más prestigioso grupo mediático español y encubierto por la moral intachable de su propietario, que la obligó a fingir su desaparición y a refugiarse en una nueva identidad. Llevaba dos años en Tabasco. En Villahermosa. Y la casualidad había querido que allí se encontrara la clínica de Perelló; o tal vez todo tenía su lógica. Aquel lugar tuvo una de las legislaciones más laxas respecto a reproducción asistida durante años, posiblemente por eso lo eligió Perelló en su día; y continuaba siendo un destino entre la legalidad y el delito, como casi todo México, donde siempre existía un espacio para moverse con dinero.

Miró su reloj. Quedaba muy poco tiempo. Poco más de una hora. Y quería hablar desde su casa... Salió corriendo para allá, paró en el bar de abajo, se pidió un pepito de ternera y subió a esperar la llamada zampándose el bocata de carne acompañado de una cerveza que tenía en la nevera. Estaba deseando hablar con Isabel. Necesitaba su colaboración, aunque eso supusiera ponerla en peligro una vez más. Terminó de comer y fue a prepararse un café. Justo en ese momento sonó el teléfono y en la pantalla apareció una Isabel irreconocible...

—Hola, Tony.

Roures la miró desconcertado. La mujer que estaba viendo no podía ser Isabel. Tenía el pelo muy corto, completamente blanco. Y aunque conservaba en la mirada cierto brillo encantador, las arrugas se arremolinaban de manera severa en torno a sus ojos. Era como si en un par de años se le hubiese caído encima una década.

—¿Cómo... cómo estás, Isabel? —preguntó él, tratando de no delatar su impresión.

—Mariana —repuso ella con tranquilidad—. Me llamo Mariana.

—Entendido...

—Estoy bien, aunque mi aspecto no sea el mejor... —dijo Isabel, adivinando los pensamientos de Roures—. Dejando pasar los días y las noches. Trabajando en la tele local como si fuera una becaria y bebiendo demasiado tequila a solas... ¿Y tú? ¿Cuál es el motivo de tan imperiosa necesidad de contactarme? Debe ser algo muy importante, cuando te advirtieron de que hacerlo podría ponerme en peligro.

—Yo, bueno... —titubeó él.

—No digas nada, Roures. Ni de mi «buen» aspecto, ni de lo otro. Agradezco que me trates como querrías que lo hicieran contigo. Si yo no quisiera, no estaríamos hablando. Así que, al grano...

—Verás —dijo él, sin querer inventar excusas que sabía que Isabel no creería jamás—, necesito que me ayudes... Hay una clínica de FIV donde tú vives, de un español, Jaime Perelló. Se llama Fertiplex y... querría que la investigaras. Sé que en el estado de Tabasco las leyes en torno a la gestación subrogada han sido muy laxas casi hasta ahora, pero... Me gustaría saber cómo funciona la clínica, quién acude a ella, quiénes son los donantes de óvulos y esperma, las madres de alquiler...

—Tienes suerte. Hace unos cuantos meses, precisamente cuando empezaron a recortarse las posibilidades de la maternidad subrogada por aquí, el tema se puso de moda y se habló mucho de él. Y yo lo seguí bastante por pura curiosidad. Aquí, como en el resto del mundo, el asunto de los niños es un negocio, con todo el «altruismo» que se quieran inventar a través de las leyes de los países más desarrollados. Suelen denunciar que en los países pobres se compran y se venden niños (por cierto, ¿en el nuestro no sigue vigente el escándalo de los niños robados?), pero en los suyos se compran y se venden óvulos y esperma e incluso se alquilan vientres... Mejor fabricarse un niño a medida, con algo de uno de los padres, que llevarse el de otros. Y si lleva algo de algún otro, cuanto más se pueda saber de él mejor. Hay países en los que se sabe más, porque las donaciones no son anónimas, pero aquí en México, al menos en Tabasco, la única información como en tantos otros lugares es la imprescindible: color de ojos, piel, altura... Y ya ves tú, si con eso vale... ¿Recuerdas a nuestro amigo Marco, rubio de ojos azules e hijo de una espléndida cuarterona nigeriana? Si donara semen sin decirlo, imagínate una vuelta atrás en la genética. Pues con esa información, los futuros papás eligen a la carta. «Lo quiero rubio, moreno, con ojos verdes, azules...». Los que tienen más sentido común escogen sus propias características, pero los hay que no se resisten a la posibilidad de tener un bebecito rubio de ojos azules... El caso es que el tal Perelló, que aquí se mueve mucho con la gente poderosa, salió en la tele defendiendo todas las técnicas reproductivas y en especial la gestación subrogada. Decía que las madres sustitutas, cobrasen emolumentos o no, eran muy generosas por ceder sus vientres a los hijos de otros... Al parecer, de su clínica han salido muchos niños de vientres de madres «generosas» desde que abrió sus puertas en el año noventa y ocho, que, según él, han hecho muy felices a sus papás y que a él le deben de haber reportado una fortuna. Insistió en la belleza de la madre gestante o sustituta (la gestante, ya sabes, es la que además de su útero ofrece sus propios óvulos) como ser humano… No sé, me sonó un poco a Dios.

Roures escuchaba con mucha atención. De todo lo que estaba contando Isabel, lo que más le interesó fue su percepción. Ella era una mujer observadora e intuitiva. Si a ella Perelló le sonaba a Dios…

—Isa…, perdón, Mariana —se apresuró a corregir Roures—. Necesito que me hagas un favor. ¿Podrías acercarte a esa clínica e indagar cómo son las mujeres que donan óvulos para ella o las madres de alquiler para sus clientes? Me gustaría saber qué tipo de mujeres son, qué vida llevan… ¿Crees que podrás?

—Claro. Ni siquiera me parece una tarea difícil. Puedo encargarme hoy mismo. Robarle unas horitas a mi trabajo de reportera de «noticias importantes». Cosas fundamentales como: «Lo que hicieron los aguaceros con el techo de una escuela de Tolima», o «Lo marranos que eran los motociclistas que viajaban con un cerdo por el centro de Villahermosa»… Solo dime, ¿quieres saber sobre este asunto por alguno de tus casos de cuernos o por algo más comprometido?

—No quiero decirte nada para no… —empezó Roures.

—No me fastidies con esa manía tuya de protegerme de los malos, Roures… —cortó ella tajante.

—Pero… —dudó él, antes de continuar y soltar la información de golpe—: Bien. Estoy investigando la desaparición de Lucía Peña. Y tengo indicios que me llevan a pensar que el dueño de Fertiplex puede tener algo que ver.

Se hizo un silencio al otro lado de la línea.

—Vaya —dijo, al cabo de unos minutos, Isabel—, eso no es ninguna tontería de tochos… ¿Crees que está muerta?

—La única posibilidad que encuentro de que no lo esté es… México. Por eso te necesito.

—Entiendo. Te cuento en cuanto sepa algo… Por cierto, Roures, tienes buen aspecto. Yo cada segundo más vieja y tú rejuvenecido… ¿Andas tirándote a alguna jovenzuela?

Roures sonrió. Se despidió de Isabel, colgó la videollamada, dejó el teléfono sobre la mesa y volvió al ordenador. Buscó fotos de Perelló. Le resultaba un tipo inquietante. Con esos dientes tan blancos, tan falsos... También había fotos con su mujer. Rubia y de ojos azules, ¡cómo no! Y... mexicana. Impecable para el negocio.

Estuvo trabajando toda la tarde con cierta ansiedad. Quería que pasara el día y llegar a Costa de los Pinos. Estaba deseando volver a visitar a Perelló y presentía que estaba sobre la pista, pero también iba a reencontrarse con Carlota y eso era un premio gordo, aunque pudiera tener trampa.

Al día siguiente, se levantó sofocado. En sus sueños había vuelto a aparecer aquella chica croata de Vukovar. Le recordaba tanto a Lucía Peña... Se dio una buena ducha y se dirigió al aeropuerto. Una vez allí pasó de manera mecánica el control entre guiris en chanclas y voló con una excitación inesperada. La jueza no se le iba de la cabeza... Al llegar a Palma, volvió a alquilar un pequeño coche para poder moverse por la zona y, sin pasar por el hotel, puso rumbo a la casa de los Perelló. En el camino, buscó Radio 3 en el dial, su emisora preferida. Comenzaba *Saltamontes*, con una canción que reconoció: *One Hundred per Cent Satisfaction*. Al acabar, Ángel Lobo, el director y presentador, contó que pertenecía a John Grimaldi, alias Studebaker John, el cantante y guitarrista de Chicago más conocido en el mundo del blues. Lobo anunció que el programa estaría lleno de blues y rythm & blues y dejó sonar una nueva canción de Studebaker John: *Missing You*. Roures no prestó demasiada atención. Solo tenía cabeza para Perelló y para la jueza Aguado. Más ahora para ella. ¿La echaba de menos? Necesitaba verla. Aunque le inquietaba. Su recuerdo era tan nítido que no podía ser real. Debía de estar imaginándola más que recordándola. A ella dedicaría la noche, pero antes, Perelló...

Llegó a Cala Bona a punto de acabar el programa. Lobo se despedía después de una hora de buena música, con un tema de Velma Power & Bluedays titulado *Blues to the Bone*... Tristeza hasta el tuétano. Eso era lo que sentía, de pronto, al pensar en Lucía, la chica clónica del ángel croata de Vukovar. La misma a quien él pretendía viva, pero a la que buscaba sin más armas ni pistas reales que la pura intuición. ¿Estaría viva? ¿Lograría salvarla? Llamó al timbre de los Perelló, sintiendo el peso del húmedo calor, y al poco apareció el solícito filipino con su pantalón negro y su camisa blanca.

—¿Está el señor Perelló?

—No, señor, los señores no están. Se han marchado.

—¿Me podría decir sobre qué hora volverán?

—No, señor. Los señores no vuelven. Los señores estar en México toda la semana. Se fueron ayer.

—¿En México?

El filipino asintió con la cabeza.

—Muchas gracias.

Estaban en México, pero ¿no le dijo Perelló que no pensaba moverse más que si le requerían de alguna de sus clínicas? ¿Incluía la de México? Seguro que ya cuando habló con él sabía que se iría...

Condujo molesto hasta Cala Bona. Le irritaba no haber encontrado a Perelló y le intranquilizaba que estuviera en México. Tras aparcar en una de las zonas sin ORA de Cala Bona, se dirigió a su hotel. El pesado y húmedo calor del que no se estaba a salvo más que bajo el chorro del aire acondicionado le golpeó como si fuera un bate de béisbol mientras caminaba escasos metros bajo el sol. Antes de llegar al establecimiento, se encontró con Sandra Garau.

—¡Detective Roures! —exclamó ella con sorpresa—. Creía que te habías evaporado. Como hace tanto calor...

Roures sonrió.

—Perdóname, Sandra. Las cosas están yendo más deprisa de lo que preveía y... no he tenido tiempo ni de llamarte para agradecerte...

—¿... que te llevara a Manacor? ¡Ya ves qué tontería! Por cierto, ¿qué tal con la jueza?

Al detective se le cambió la cara. Solo que le mentaran a Carlota le devolvía la obsesión. Sandra la advirtió en su mirada.

—Ya veo —dijo la mujer con cierto deje de tristeza—, tú también has caído en sus redes... Esta mujer embruja a los hombres. Creo que la envidio. —El detective no contestó. Sabía que no podía mentir. Que, aunque lo hiciera, ella no le creería—. Bueno —prosiguió Sandra—, espero que eso no altere tu sagacidad ni tampoco nuestra reciente amistad...

—Nada estropeará nuestra amistad, Sandra. Eres una gran mujer. Y una buena persona.

Sandra amagó una carcajada rota.

—Gracias, amigo, aunque ¿cómo era eso? «Las mujeres buenas van al cielo y las malas a todas partes». A veces preferiría ser perversa... En fin, ya me contarás, Roures.

La mujer se despidió con dos besos y el detective, casi derretido por el insoportable calor, aun a la sombra, continúo hacia el hotel no sin antes volver la mirada un segundo hacia Sandra con cierta melancolía de lo que pudo haber sido y no fue. Ya en la recepción recogió la llave y subió a su habitación, pensando de nuevo, con desmedida ansiedad, en Carlota.

Dejó la pequeña mochila de nailon que siempre llevaba consigo, sacó su ordenador y, antes de abrirlo, buscó la tarjeta de la jueza. No había grabado su número en su móvil, así que, si no la encontraba, no tendría más alternativa que la de esperar su llamada. Por suerte, estaba en su cartera y pudo marcar su número con incontenible impaciencia.

—Roures —contestó Carlota de inmediato—. ¿Estás aquí ya?

—En Cala Bona —respondió él.

—Qué detalle que hayas venido en viernes. Te recojo a las nueve y media en la farmacia donde nos conocimos. Nos vamos a Palma. Tenemos... cosas que hacer.

—Noto que una vez más lo tienes todo previsto…

—Digamos que lo tengo todo… imprevisto. Entre tú y yo hoy puede pasar cualquier cosa… o no pasar nada.

Cuando colgaron, Roures se sintió desconcertado e incómodo. No podía volverse una peonza en manos de aquella mujer. De ningún modo. Y estaba claro que ella lo pretendía… ¿Qué escondía Carlota Aguado para necesitar dejar tan claro quién mandaba?

Encendió el ordenador y buscó información sobre ella. No aparecía nada. Apenas una breve noticia con una foto junto a abogados y funcionarios de su juzgado en el acto de bienvenida a la magistrada a Manacor, como sustituta del juez Pérez Llorens… Por lo demás, Carlota Aguado no existía. Ni en Google, ni en redes… Nada.

Roures intentó dejar de pensar en la jueza, que lo eclipsaba todo, y trató de concentrarse en el caso. La cabeza le dolía ligeramente, así que para evitar que el dolor se incrementara, disolvió dos Actrones en un vaso de agua y se tragó el ya acostumbrado brebaje. Cerró los ojos y se mantuvo en estado de duermevela, dándole vueltas a toda la información que había ido recopilando en los últimos días, pero el inminente reencuentro con Carlota le distraía. A la hora adecuada para tener tiempo para asearse y llegar puntual a la cita se metió en la ducha. Estuvo bajo el chorro de agua veinte minutos. Luego salió y se miró en el espejo un segundo. El pelo, ya con entradas y lleno de canas, cortado al uno, casi al estilo militar, la barba muy recortada, con el bigote algo más gris, pero casi blanco, las arrugas señalando su cara como cicatrices, empezando por la del entrecejo… Y esas dos tiras en el cuello, como cuerdas de guitarra que cada año se marcaban más. «Tampoco estás tan mal —se dijo el detective, tan compasivo consigo mismo como nervioso—. Al menos estás delgado». De pronto recordó de forma inconsciente aquella famosa frase de Manuel Vicent: «A partir de determinada edad hay que estar delgado o no estar…» y no pudo evitar una sonrisa.

A las nueve menos cuarto de la noche, Roures bajaba las escaleras del hotel, atravesaba la recepción y salía hacia la farmacia donde había quedado con Carlota Aguado. Aún no había anochecido, pero la luz ya no era tan desalmada y el brillo que proporcionaba al agua de la bahía la vestía con un reflejo plateado. Demasiado ruido y tumulto en la calle, pero bien disimulado por la belleza del horizonte. Seguía haciendo calor, aunque algo más soportable. Roures se remangó las mangas de su camisa celeste mientras caminaba. Llegó en menos de cinco minutos. Diez antes de la cita. Ella apareció con cinco minutos de adelanto, en la lejanía, caminando. Iba vestida muy sencilla, con un vaquero muy desgastado y con una camiseta de tirantes verde militar, escotada en la sisa, sobre la que colgaban varios collares hippies de colores, que también aparecían enrollados en una de sus muñecas. Un cinturón color cuero y unas sandalias planas, también del tono de la piel, completaban el atuendo de la jueza. Nada especial ni llamativo, pero ella parecía una diosa. La piel dorada, la melena azabache y larguísima con ondas perfectas, los ojos brillantes y azules incluso en la distancia. Definitivamente, no creía haber visto ninguna otra mujer tan bella jamás. Antes de llegar, al verlo, le hizo una seña para que se acercara él.

—Hola, detective —saludó la jueza, sonriendo ligeramente y sin besarlo al saludarle.

—Hola, señoría —respondió él—. Es usted aún mejor de lo que recordaba…

—Roures, por favor… ¿no dijimos que los piropos estaban fuera de época? —le riñó ella, fingiendo enfadarse—. Te he dicho que vinieras porque tengo el coche ahí, mal aparcado. Y no es cosa de que le pongan una multa a la jueza, ¿no te parece? Anda, sube. ¿Tienes cosas que contarme?

Roures cerró la puerta del coche antes de contestar.

—Puede. Pero no creo que sea el momento. No se las contaría a la jueza, en todo caso. Al menos, todavía.

—Te recuerdo, amigo, que tienes la obligación de poner en mi conocimiento cualquier prueba…

—Lo sé. Pero las intuiciones no son pruebas y las deducciones tampoco. De todos modos, te diré algunas cosas que tengo en la cabeza, si me desvelas los planes que tienes para hoy.

—¿Chantaje? ¿A una jueza?

—En efecto.

Carlota rio y sus dientes blancos brillaron.

—Te llevo a cenar a un sitio peculiar de Palma. Y luego, a otro más peculiar a tomar una copa… y…

—¿Y después?

—Después, si te portas bien, te llevaré a un lugar en el que podamos estar más… tranquilos… o menos…

—De acuerdo. Todo me parece bien, si me permites hacer una cosa.

—¿Qué? —preguntó ella con rapidez y curiosidad.

—Que me ocupe de la música. ¿Me dejas conectar mi móvil a tu coche?

Ella lo miró con sorpresa.

—Claro. Todo tuyo.

—Bien. Te voy a poner un grupo nuevo con un español a la cabeza que no lo parece…

Al poco sonaba la música de Ramírez Exposure.

I never met a girl like you
And let me tell you I'm so scared
This kind of thing never happens to me

Canturreó el detective… Ella sonrió mientras escuchaba la letra.

—¿Así que me tienes miedo? ¿Tú? ¿Un hombre con tantas guerras sobrevividas?

Roures sonrió.

—Solo tiene miedo a la vida el que ha vivido. Si no has vivido, no sabes el riesgo que implica vivir, ni lo que puedes perder si no sobrevives…

Ella le devolvió la sonrisa.

—Dime, filósofo, ¿qué es esto que suena? No lo conozco.

—*Hazel Love*, un tema que Víctor Ramírez, el solista español del grupo, grabó con Ken Stringfellow. Está en el disco que vamos a ir escuchando y que tengo entero en mi teléfono: *Young Is the New Old*.

—Buen título. Me gusta que me descubras cosas, detective…

—Me alegra saberlo. Vengo dispuesto a sorprenderte. Al menos en la música, ya que no puedo hacerlo con dos lunas, crecientes o menguantes, como las que cuenta Corto Maltés que se vieron entre las estaciones de Martínez y San Isidro, un 13 y un 20 de junio… Tal vez un día vayamos a Buenos Aires mientras…

El detective subió el volumen y los temas de los Ramírez Exposure sonaron hasta que estacionaron en un *parking* subterráneo. Después continuaron caminando hasta llegar al restaurante que ella había elegido para cenar. El lugar se llamaba Canela y estaba en el centro de Palma. Era muy acogedor y parecía contar con varios ambientes. El primero recordaba a un *bistró* parisino con pequeñas mesas a ambos lados del espacio y paredes decoradas con interesantes obras de arte.

—Esto era una antigua tienda de especias que han convertido en un restaurante muy recomendable. La comida es fusión asiática-mediterránea… Te gustará.

Roures se encogió de hombros.

—Soy más de huevos fritos con patatas.

—Lo imaginaba, pero… hoy mando yo.

—No —contestó él, mirándola con fijeza.

—¿Cómo dices? —preguntó ella sorprendida.

—Que hoy no mandas tú. O no en todo… —Hizo una pausa para observar con detenimiento la divertida sorpresa en los ojos de la jueza—. En el menú de la cena, desde luego.

Carlota pidió varios platos para compartir —unos rollitos vietnamitas, unas endivias con espuma de stilton, un *tataki* de atún y un tartar de avestruz— y tras la comida —excesiva para Roures—, se empeñó en pedir uno de los postres caseros de la casa: puro chocolate con sal de Es Trenc. Antes se habían acabado una botella de verdejo, de Belondrade y Lurton, que cayó justo antes de que llegara el chocolate.

—¿Un licor de hierbas para acompañar el dulce? —propuso ella.

—Un orujo… —eligió él—. Hay que ver lo bien que me comes Carlota —dijo Roures, jugando con el doble sentido—. No sabría decir dónde lo metes.

—¿Tienes dudas? —inquirió la jueza antes de proseguir y luego añadió riendo—: En el cerebro. Lo meto todo en el cerebro…

—Buena respuesta —afirmó Roures, alzando ligeramente el brazo para pedir la cuenta.

—¿Me vas a invitar?

—Claro. Trabajo tanto últimamente que no tengo posibilidad de gastarme mi «inmensa» fortuna… Y me gustaría hacerlo antes de palmar. Y más aún tener algún recuerdo tuyo que me haga sonreír melancólico bajo la mascarilla de oxígeno… Esa sonrisa, por ejemplo.

—Pobre ancianito —dijo ella con sorna—, te queda tan poco tiempo… Vayámonos, anda. Visitemos El Clandestino antes de morir.

Cruzaron la calle, en medio de la algarabía propia del verano mallorquín, y entraron en el local de enfrente, no sin antes fumarse un cigarrillo que a Roures, como siempre, le hizo toser, pero, por suerte, solo ligeramente.

—¿Un cóctel? —preguntó ella una vez dentro, indicándole que se sentara en una de las mesas.

—Un ron. Appleton, si es posible.

Carlota pidió las copas y volvió con ellas. Mientras esperaba en la barra, no pudo evitar revisar su espalda y la continuación. Verdaderamente era una real hembra. Además de una tipa interesante a la que le gustaría lobotomizar para saber qué escondía en ese cerebro bien alimentado. Cuando volvió y puso las copas sobre la mesa, el escote de la camiseta cobró algo de holgura y no pudo evitar ver el arranque de sus bonitos pechos. Se estaba poniendo malo.

—¿Nunca pensaste en quedarte en alguno de esos destinos malditos de tus guerras? —inquirió la jueza.

Él negó con la cabeza.

—No. Colecciono pasajes de vuelta.

—Gran frase. ¿Es tuya?

Volvió a negar con la cabeza.

—Graham Greene. *El tercer hombre*... Estaba pensando en que si ahora te pidiera matrimonio, tú tampoco sabrías ni de qué color tengo los ojos...

Ella lo miró traviesa y luego habló.

—Pardos, detective. Entre marrón y verde. Del color de una botella de cerveza si le plantan detrás una aceituna. Yo también observo. No es patrimonio único de los detectives.

Carlota miró el reloj repentinamente. Eran las dos y media de la mañana.

—Vamos a coger un taxi —dijo mientras marcaba un número de teléfono y paraba uno. Una vez dentro, le indicó una dirección, muy próxima, y mientras llegaban, pidió a través del teléfono que bajaran a abrirles. No tardaron más de cinco minutos en acercarse a una puerta cerrada a cal y canto que finalmente abrió el mismo joven en vaqueros y camiseta que les invitó a pasar.

—Muy pronto llegas hoy...

—Tengo prisa.

—Ya...

Subieron unas angostas escaleras y accedieron a un local muy oscuro con una gran barra en el centro.

—Ponme un *gin-tonic*, un Appleton con hielo y... uno —dijo, encendiéndose un cigarrillo.

—¿Cómo se llama este sitio? ¿Se puede fumar aquí? —preguntó Roures.

—Se llama Raíces. Y, sí..., aquí se puede hacer casi de todo... —repuso ella, pasándole el cigarrillo encendido.

Cuando llegaron las consumiciones, el detective observó con sorpresa que, en una maniobra poco discreta, el camarero le pasaba a la jueza una papela de coca.

—Tráeme el datáfono —ordenó ella—, te lo pago todo con la tarjeta.

¡Iba a pagar la consumición y la coca con la visa!

Carlota metió la papela en el bolso, le dio un par de sorbos a su *gin-tonic* y luego se volvió al detective.

—¿Nos vamos? —dijo, tras introducir el número secreto y quedarse con la copia de lo gastado.

Roures asintió.

Salieron y otro taxi los dejó en el hotel Saratoga, donde la jueza había reservado una habitación. Subieron sin palabras, mirándose con ansia. Al entrar, ella corrió al aparador que había sobre la tele, sacó la papela, hizo dos gruesas rayas con una tarjeta de unos grandes almacenes y buscó en su bolso hasta encontrar una pajita cortada con la que aspirar la droga. Se retiró la melena hacia un lado e inhaló el polvo con la soltura de quien está acostumbrado y luego le invitó con un gesto a que él hiciera lo propio. Hacía años que Roures no se metía una raya. Una tal vez no le fuera mal para el sexo, más de una podría dejarle inservible...

—No, gracias —respondió el detective—, toda para ti.

—No me hagas eso, Roures. Vamos a pasarlo bien —pidió ella con voz insinuante.

El detective conocía bien a quienes se metían coca. Los había de diario y de fin de semana u ocasiones especiales, como parecía ser el caso de la jueza. Pero todos tenían algo en común: querían compartir su vicio con quienes les acompañaban. Y no solo para estar en la misma onda. Era algo parecido a establecer un código de complicidades que les uniría para siempre. Sabía que si no esnifaba aquella raya, difícilmente podría estrechar el vínculo y habría un retroceso en el acercamiento. Así que… una raya no le mataría. Solo una. Se acercó a la mesa y esnifó la droga. De inmediato un chute de fuego le subió al cerebro. En pocos segundos notó que se le despejaba la nariz y una excitación que le recorrió el cuerpo. Se sintió despierto y en plena forma. Pero sabía que no era más que parte del espejismo de la coca. La euforia que provocaba durante el tiempo de ir en el coche de caballos de Cenicienta, que luego, más que volver a su estado de calabaza, se convertía en un guisante podrido. Ella se acercó a él para besarlo y él decidió aprovechar esa rápida alteración de la realidad que producía la coca y que intensificaba las percepciones y la atrajo hacia sí, para responder a su beso metiendo las manos bajo su camiseta, por detrás y acariciándole primero la espalda y luego los pechos firmes, sin contener en ningún sostén. Ella se dejó hacer jadeando como un animal en celo y él aprovechó de nuevo para despojarla de la prenda y lamerle los pezones enhiestos. Luego la empujó sobre la cama, le desabrochó el pantalón y se lo quitó junto con las bragas hasta dejarla desnuda por completo. Después se desnudó él también, con rapidez, separó las rodillas de ella con decisión y se lanzó sobre su sexo. Primero lamió sus ingles, luego metió la lengua en su vagina sin prisa y la volvió a sacar repetidas veces, notando la humedad creciente; más tarde se centró en su clítoris, que chupó y mordisqueó con delectación hasta que ella comenzó a gritar en el primer orgasmo, mientras él notaba cómo se corría en su boca y sentía crecer su miembro, sin dejar de trabajar sobre su clítoris, que siguió lamiendo alternando brusquedad y suavidad, al tiempo que metía dos de sus dedos en su vagina. Carlota volvió a correrse, casi sin pausa entre un orgasmo y otro, y de nuevo chilló sin control mientras su pecho subía y bajaba como un tobogán, acompasado por la fogosidad y los jadeos. Roures aprovechó para girarla, como si fuera una muñeca, sin dejarle opción a resistirse, abrió sus piernas de nuevo y la lamió a conciencia el interior de las nalgas mientras ella gemía y gritaba. Luego la puso a cuatro patas y le penetró la vagina por detrás, agarrándola por las caderas. La coca le alargaba el tiempo de penetración sin eyacular, así que esperó a que ella explotara en su tercer orgasmo para voltearla de nuevo, tumbarla boca arriba, doblarle las piernas, que ella enroscó en su cintura, y penetrarla ahora mirándole a la cara, cubierta de sudor, con la melena revuelta y más bella aún si cabía. Entró y salió de ella una y mil veces hasta que le reventó la sangre en el miembro y en el cerebro y sintió cómo ella se volvía a correr de nuevo con él, en el mejor polvo de sus últimos años. Al terminar, los dos tumbados, desnudos y sudorosos el uno junto al otro, exhaustos, permanecieron un buen rato quietos, como si estuvieran muertos... Luego ella saltó de la cama y se dio una ducha rápida. Volvió unos minutos más tarde secándose ligeramente con una toalla que tiró sobre una silla. Desnuda por completo, sin ningún pudor, fue a encenderse un pitillo, mientras él se duchaba también. Poco después él regresó, se acercó a ella y la besó con suavidad.

—No ha estado mal, detective.

—Gracias. Lo mismo digo...

—Pero no te relajes, aún queda mucha noche... ¿quieres otra raya?

—No. Preferiría dormir un rato y volverte a follar cuando me despierte... Soy mayor, ya sabes.

Ella se hizo otra raya y la esnifó.

—Durmamos, pues —dijo, tumbándose en la cama para sorpresa del detective—. Y no me mires así, la raya de antes de dormir, cuando la coca es buena, es la que mejor me sienta...

Ante el estupor del detective, la jueza cerró los ojos al instante y se durmió. Quiso disfrutarla un rato, mirarla mientras dormía, pero también a él le venció el cansancio, sin que la coca se lo impidiera, y se durmió.

Unas cuantas horas después, no demasiadas, Roures despertó al escuchar el pitido que indicaba que había recibido un mensaje. «Mierda —se dijo—, olvidé dejarlo en silencio». Era del Manos: «¿Qué pasa que no contestas, jefe? Llámame, que tengo información…». Dejó el teléfono sobre la mesilla procurando no hacer ruido. Junto a él, de lado, con sus dos manos bajo su cara, como si fuera una niña buena, dormía Carlota. Profundamente. Su precioso pecho oscilaba al ritmo de su respiración. Su cuerpo interminable y dorado brillaba como si alguien lo hubiera patinado. La melena desordenada se repartía entre sus hombros y la almohada. Era perfecta. Sintió un intenso dolor de cabeza, al mismo tiempo que una llamarada de deseo. Se levantó con cuidado, fue al minibar y abrió una botella de agua que vertió en un vaso junto a dos Actrones. Se bebió el mejunje y se acercó a la jueza. Sin despertarla, se pegó a su lado, introdujo su sexo entre sus piernas, tras separarlas ligeramente y empezó a penetrarla de nuevo, acariciando al tiempo su clítoris con contundente delicadeza. Ella empezó a gemir hasta que de nuevo estalló en un grito… al unísono con el gruñido del detective. Luego, aún sofocada, se volvió hacia él y lo besó.

—Estás en plena forma, Roures. A tu edad… que ahora es la mía, ¿no?

—Digamos que en este momento me gustaría que así fuera… ¿Desayunamos? —preguntó, apoyado de costado sobre el codo—. Querías que te contara cosas…

La jueza se puso seria. Se hizo un nudo en el pelo y se irguió, sentándose como los indios. La acababa de follar y seguía encontrando tan deseable ese mínimo triangulito oscuro que cubría la parte superior de su sexo como para querer volver a hacerlo.

—Dime algo del caso. Antes de desayunar.

Roures se enderezó y se apoyó sobre el cabecero.

—Verás, Carlota. He descubierto cosas sorprendentes. Algunas no pretendo que se conozcan nunca, a menos que fuera imprescindible para la investigación, cosa que no creo. Pero conducen a una sospecha inevitable. ¿Sabes quién es Perelló?

—Desde luego —repuso ella con gesto serio—. Fue investigado de manera exhaustiva durante la búsqueda activa de Lucía. Todo menos ser interrogado formalmente, que yo recuerde.

—Pues parece que este reputado médico contribuye al engaño de sus pacientes. Y esto me lleva a pensar que incluso podría engañarlas a ellas…

—Al grano, Roures.

—Lucía Peña no es hija de su padre. Y él nunca lo ha sabido. El médico propició el engaño e incluso lo certificó. Y no es el único caso que conozco de mentiras de las que forma parte…

—Ya.

—Además, tenía una relación estrecha con Lucía desde que era una niña y no sé, es extraño, pero creo que…

—¿Qué?

—Que tienen cierto parecido. ¿Y si él fuera su padre? O quisiera tener, gracias a ella, el hijo que aún no ha tenido. No sé… Juraría que hay algo extraño.

—Pero ¿tienes alguna prueba de esto que me cuentas?

—No. Solo los engaños, una clínica suya en Tabasco donde la legislación sobre las FIV y los vientres de alquiler ha sido la más laxa del planeta durante años y… su discurso de iluminado. Todo eso me da mala espina. Por lo que he averiguado, no ha sido el primero de su sector que decide jugar a su antojo con el material de fabricar la vida. Y eso…

Carlota se levantó y comenzó a caminar por la habitación desnuda, sin vergüenza, y se encendió un cigarrillo. Por lo que se veía, la jueza fumaba tanto como el detective, pero le sentaba mejor.

—¿Y qué vas a hacer? —dijo, expulsando el humo hacia el techo—. Porque, que yo sepa, Perelló tenía una coartada que certificaron su mujer y la persona del servicio. Y su conducta con Lucía y la familia siempre fue intachable...

—Eso parece, pero... ¿es lícito engañar a un padre y colocarle a un hijo que no es suyo? ¿Y por qué tanta relación con ese hijo después? ¿No es extraño? ¿Y si Lucía se hubiera ido con él por propia voluntad, para escaparse de su vida y luego...? No sé. Algo me dice que si Lucía está viva podría estar en México. No sé en qué condiciones, tal vez viviendo la vida loca, pero ¿y si se la llevaron contra su voluntad por alguna razón y aún sigue viva, pero cautiva, por algo que tenga que ver con la fertilidad? Si así fuera, me gustaría salvarla. Esta chica ha sufrido ya bastante: esos padres peleándose y desatendiéndola por mucho que la quisieran, una violación, un aborto... lo que le haya pasado después... Y todo con los dieciocho recién cumplidos. Veinte tendría ahora si estuviera viva. Ya es mala suerte.

La cara de la jueza se ensombreció.

—¿Ocurre algo?

—No lo sabía.

—¿Lo de la violación? Nadie lo sabía. Solo tres amigos y sus padres. Y el culpable, claro. Se echó tierra sobre el asunto. Lo hizo sobre todo Javier Peña, que, como tantos, ni creía que se le pudiera considerar violación al «no» de una chica a su novio, ni quería que el tema hiciera ruido...

—Bueno, eso es tan habitual... —Carlota fue caminando hasta el ventanal pensativa. Roures percibió que algo ocurría. Se acercó a ella, levantó su melena y le besó la nuca.

—¿Qué pasa, Carlota? —preguntó luego con suavidad.

La jueza descorrió las cortinas con brusquedad. La habitación miraba hacia unos jardines, con el puerto al fondo. El deslumbrante sol mallorquín iluminaba el cielo azul sobre las palmeras, los pinos y los barcos. Pegada al cristal, como una niña, Carlota Aguado comenzó a relatar su historia al detective.

Carlota era de una familia pudiente de Madrid. De padre ingeniero y madre ocupada en sus labores y en compartir con él una tan ordenada como aburrida vida. Ella y su único hermano, un año mayor, tuvieron una infancia normal, tranquila y feliz, como la de todas sus compañeras del colegio de monjas al que iba ella y de curas al que iba él. Cuando contaba doce años, sus padres se separaron. Su madre, para sorpresa de todos, abandonó a su padre de la noche a la mañana y se largó a vivir a París con su profesor de tenis, casi la única actividad que realizaba fuera de su casa. No se llevó dinero, apenas sus cosas..., pero jamás volvieron a saber de ella. Se desvaneció. Su hermano y ella, que estaban muy unidos, se refugiaron en la música y montaron un grupo de pop con algunos amigos algo mayores. Se reunían en el garaje de su casa y componían, tocaban y cantaban a diario. A su padre no le importaba; si cuando su madre aún vivía con ellos él casi nunca estaba en casa, ahora era todavía más difícil que coincidieran con él. Quizás por eso hacían lo que les daba la gana. Empezaron a beber y a fumar muy pronto. Tabaco y canutos... Y, de pronto, sin que ella supiera quién le había metido en eso, sin haber cumplido diecisiete años, su hermano empezó a pincharse heroína. Ella intentó apartarlo de aquello, pero... fue imposible. Con solo dieciséis años, se convirtió en un experto en mentir y robar... y se transformó en una persona desconocida. Murió de sida con una rapidez que ahora parecería insólita, pero que en aquellos primeros años de la enfermedad era muy frecuente. Ella apagó su soledad saliendo y entrando con los otros chicos del grupo y con el resto de los amigos de su hermano, menos con uno, que también se pinchaba como él y que moriría años más tarde. A él lo odiaba porque fue quien metió en la droga a su hermano... Pero los demás eran su familia. Andaba todo el día con ellos, fumaba con ellos, bebía con ellos... Y se acostaba con ellos... Se quedó embarazada a los dieciséis. No sabía de quién. Su padre, que era muy religioso, como toda su familia, se escandalizó. «Has salido a la puta de tu madre», le decían las mismas tías que jamás les prestaron atención a su hermano y a ella tras irse su madre. Como el aborto estaba prohibido en esa familia y la vergüenza también, la ocultaron en la casa que tenían en un pueblecito de Asturias, de donde no salió más que para dar a luz en una pequeña clínica de la zona, donde ya lo tenían todo arreglado. Cuando nació el niño, ella lo tuvo en sus brazos casi un día entero. Luego se lo arrebataron y le dijeron que había muerto. Su padre también quiso evitar el ruido. O más ruido, en una familia con la madre fugada con un amante y un chico muerto por la droga. Aún lo recordaba en su pecho... Al parecer lo dieron en adopción y lo sumaron a la nómina de los niños robados. O «donados» por algún piadoso miembro de la familia de las madres. No hubo ni registro de su parto, ni nada de nada... Pasados los años, intentó..., pero todo fue inútil. El resto... Estudió como una loca, se convirtió en jueza para tratar de que el mundo fuera menos injusto... Y olvidó. Pero no perdonó. A su padre lo dejó de ver en cuanto tuvo independencia económica. Igual que al resto de la familia. Los tachó a todos, para siempre. Y decidió no tener hijos ni otras responsabilidades que no fueran las laborales. Haría lo que le diera la gana, con quien le diera la gana, el resto de su vida... Como lo habían hecho todos los de su alrededor. Pero no haría daño a nadie... Y menos a sus hijos.

—Como ves, no solo Lucía Peña ha tenido mala suerte. Son tantas las mujeres dañadas porque les hicieron un hijo en su contra, porque lo perdieron, porque se lo robaron, porque no lo pudieron tener... Nada hace más vulnerable a una mujer que un hijo. Aunque no nazca. Aunque lo abandone... —Tras esa frase, Carlota cambió el tono melancólico por el suyo de siempre, duro como el acero, y añadió—: Lo de mi hermano fue peor, así que... Yo al menos estoy aquí. O sea que *carpe diem*.

—¿Por eso tomas coca? —preguntó Roures.

Carlota dibujó un gesto de aburrimiento en su rostro.

—¿Me vas a reñir? ¡Es un divertimento más! ¿O acaso crees que estoy enganchada? Vi morir a un hermano de sida, ¿sabes? Diferencio unas drogas de otras. No me pincharía jamás, pero la coca... Trabajo mucho, cumplo con mis obligaciones y después me divierto. Como me da la gana. Ayer, por ejemplo, me divertí mucho...

—¿No es muy arriesgado que una jueza compre coca... en un garito? —volvió a preguntar Roures.

—¿Tú crees? Mucho menos que hacerlo en cualquier otro lugar y pagarla soltando billetes... De todos modos, no voy más que los fines de semana. Y no todos —explicó Carlota, justificándose, como todos los consumidores de coca—. Además, no es delito consumir, aunque esté feo... ¿Te creías que los jueces eran santos? Pues yo me he tirado, como mínimo, a dos muuuy bien casados. Y alguno más, con una colección de hijos bien peinados, me ha tirado los tejos a mí...

—No los culpo...

—Pues entonces tampoco me juzgues —zanjó—. Y tengo los vicios controlados. ¿Acaso tú no tienes vicios? ¿El tabaco, el alcohol... el sexo?

—Mi verdadero vicio son los analgésicos, ya lo sabes... Lo único de lo que de verdad no podría prescindir. Y... tal vez la lealtad.

—Compartimos el último —se apresuró a asegurar la jueza.

—De alguna manera, lo sabía. Creo que compartiremos más cosas, señoría. Si usted quiere...

Carlota le miró satisfecha.

—Hoy, de momento —dijo, acercándose y besándole en los labios—, solo el coche de vuelta. Tengo cosas que hacer. Y..., si es posible, salva a esa chica, Roures. Yo no sé nada de lo que me has contado, porque todo ha sido extraoficial. Pero cuando me lo cuentes en el juzgado, te pediré evidencias para cualquier actuación. Mi recomendación es que, cuando llegues al punto no de que yo como jueza pueda creer demostrado lo que me cuentas, sino de que la Guardia Civil pueda considerarlo, le pidas ayuda y trabajes con sus agentes. Solo así conseguirás salvarla, si es que no está muerta.

Roures esperó a estar solo para llamar al Manos. Tenía una resaca monumental y el exceso de movimiento en el sexo le había dejado de recuerdo un bonito dolor de espalda, que no mermaba en absoluto su satisfacción ni le salvaba de esa ridícula sonrisilla que no podía hacer desaparecer de sus labios.

—Manos, ¿qué pasa?

—Hola, jefe. A lo mejor es una tontería, pero ayer vi en la 2 un programa sobre la guerra de los Balcanes y ¿sabes quién aparecía en Sarajevo, en un campamento de Médicos del Mundo? El amigo Perelló. Será una chorrada, pero como tú también estuviste por allí, igual os cruzasteis, ¿no? El tipo salía en un reportaje que comentaban luego los protagonistas. Contó que estuvo allí atendiendo a muchas bosnias violadas por serbios, que abandonaron a sus hijos al nacer…

El detective permaneció en silencio unos instantes. Pensó en Lucía Peña. Se parecía a la chica croata. Aunque las distintas etnias se sintieran diferentes, en realidad, los de la zona se parecían. Entre todos los eslavos había mucho rubio de ojos azules. ¿Por qué le recordaba tanto Lucía Peña a aquella chica del hospital? ¿Tal vez el esperma era de alguien de allí? ¿Serbio? ¿Bosnio? ¿Croata…? ¿Y si…?

—Manos, averigua de dónde es la madre del doctor Perelló.

—Lo sé —repuso él—. En el reportaje dijo también que había ido para hacerle un homenaje a su madre, serbobosnia, que vivió en Sarajevo hasta que conoció a su padre en

Mallorca y se casó con él… Es más, investigando más, descubrí que Perelló estuvo casado con una chica bosnia; su mujer actual es su segunda esposa…

—¿En serio? Gracias, Manos.

Roures colgó. Ahora estaba seguro: Perelló era el padre de Lucía. Y por eso se la llevó, pero… ¿para qué? ¿Dónde estaba Lucía? Pensó en ella y en su mala suerte. Y en la mala suerte de las mujeres bosnias. Y de Amanda y de Carlota, y de Isabel… Pero ¿y él? ¿Cómo andaba de mala suerte? Estaba claro que la mala suerte acechaba a los seres humanos. Y tal vez en algún momento de la vida, nadie se libraba de ella, solo porque tocaba… Aunque ¿cómo era aquello que decía Hawkins? «Incluso los que creen que su vida está predestinada miran antes de cruzar».

28

VIAJE INFERNAL

Agosto de 2015

Antes de cerrar el contenedor y precintarlo, el capitán Alfonso Marín volvió a pinchar a Lucía la dosis indicada para que se mantuviera drogada e inconsciente el tiempo necesario y el barco zarpara sin problemas. El almacén no estaba lejos del puerto de Valencia, así que el cargamento no tardaría mucho en llegar a la terminal Noatum. Tanto el contenedor en el que iría escondida la chica como los otros dos, procedentes de la misma nave y pertenecientes al mismo dueño, tenían prioridad por urgencia, según habían especificado los consignatarios en el plano de estiba correspondiente; y salvo desastres, el TTNU 9843 20 0, donde viajaba Lucía, estaría en cubierta en muy poco tiempo. La documentación, el *bill of lading*, también había sido entregado con anterioridad, así que, a menos que el diablo o Dios, quién sabe, señalara ese *container*, nadie tendría por qué sospechar de él o abrirlo. En realidad, solo se revisaba el uno por ciento o el dos, como mucho, de cuantos se cargaban; así que era muy difícil que se produjera la hecatombe. Además, el primer oficial, cómplice y amigo, Manuel Quintana sería el encargado de estar atento a que se siguiera rigurosamente el plan de estiba y el contenedor de Lucía, destinado a los hoteles Salta, viajase en el lugar acordado. Era importante que quedara ubicado exactamente donde pretendían, para que pudiesen acceder a él sin que nadie de la tripulación se percatara. Se trataba de un barco pequeño, dentro de las dimensiones de los cargueros del siglo XXI. Desde que a aquel talentoso camionero, Malcom McLean, se le ocurriese un día, mientras esperaba para entregar su carga en la zona portuaria de Carolina del Norte y observaba el enorme esfuerzo de los estibadores al traspasar los fardos de algodón de los camiones al buque, que sería mucho más fácil desmontar la caja de su camión y ponerla sobre la cubierta, y diecinueve años después, en 1955, lo consiguiera, los buques habían ido creciendo hasta convertirse en auténticos monstruos que transportaban toneladas y toneladas de carga en sus metros y metros de cubierta. El *Transerk Orion*, de los barcos más pequeños de la Transerk Maritime Co., solo tenía doscientos diez metros de eslora. En la planta séptima, la más alta de la habilitación —la torre donde vivía la tripulación—, situada casi en el centro del barco, se encontraba el puente de mando. Pero ni desde él, ni desde ningún otro sitio se podría ver más que el techo de los contenedores y, de ninguna manera, los laterales por los que se abrían, máxime si se colocaban en el lugar adecuado, con extrema exactitud. Y menos aún aquel en el que viajaba Lucía, porque estaría bajo los otros dos del mismo cargamento. Para que todo saliera a la perfección, emplazarían a setenta metros de la habilitación el de la chica, de cuarenta pies, y los otros dos, de veinte pies cada uno, sobre él, conformando la misma medida y apariencia que el grande. De este modo, el de Lucía quedaría encima de la bodega número cuatro, sobre la propia cubierta, lo que permitiría que se pudiera acceder a él a través del pasillito lateral de metro y medio, sin que nadie lo pudiese advertir desde ninguna parte, salvo que fuera específicamente a aquel punto del barco, tomando la banda de estribor desde la habilitación y girando a la izquierda en ese preciso corredor. Y eso no sucedería, porque el primer oficial daría las órdenes pertinentes para que los marineros se abstuvieran de pasar por allí y los mantendría siempre en popa, pintando los mamparos picados del barco, quitando lo oxidado y quemado y ocupándose de aplicarle la pintura nueva, para que quedara lustroso y aparente a ojos de todos, en esa parte que señalaría como la más necesitada del trabajo de los hombres. La única complicación estribaba en poder abrir la puerta del contenedor quitando los flejes y los precintos cada vez que fuera necesario, pero Quintana estaba más que acostumbrado: no era la primera vez que tenía que ocuparse de una carga viva. Por eso sabía al detalle que era imprescindible contar con precintos falsificados para cuando llegaran al puerto que tocara, en esta ocasión el de Veracruz, y era capaz de desmontarlos con soltura al igual que los flejes. Fue Quintana quien recibió el cargamento en el barco y quien se encargó de que el plan de estiba se realizara a la perfección, mientras el capitán Marín, algo más nervioso, al ser su primera fechoría delictiva, se ocupaba de cargar más botellas de whisky escocés de las habituales en un pequeño maletín y lo subía al barco con disimulo. A la hora prevista, el mercante zarpaba rumbo a México. Lucía, en el interior del contenedor, drogada, no sabía que le esperaban diecisiete días en el infierno. Veinticuatro horas más tarde, el calor abrasador de un agosto ardoroso despertó a la chica, aunque, por suerte para ella, no del todo. Tenía el cuerpo sudoroso, se había orinado encima y se encontraba en un estado de semiinconsciencia que no le permitía siquiera plantearse dónde estaba, ni qué había a su alrededor. La oscuridad, casi completa, tampoco le ayudaba a ubicarse. Sin embargo, una sed acuciante hizo que el instinto de supervivencia la obligara a arrastrarse por el suelo del contenedor y a descubrir una de las botellas que habían cargado para ella. La destapó como pudo y bebió casi medio litro de agua. Sintió una náusea inmediata, mientras respiraba con dificultad. Fue gateando por el suelo, tratando de reconocer el lugar, hasta que se topó con una masa dura. Era una las dos esculturas de bronce que la acompañaban en el viaje. Intentó adaptar sus ojos a la oscuridad, ponerse de pie y tratar de ver algo. Aunque el contenedor tenía unas pequeñas rendijas, la luz que se colaba por ellas era mínima y el aire que dejaban pasar se calentaba dentro de tal manera y se volvía tan espeso en el interior del receptáculo que casi la ahogaba al inhalarlo y exhalarlo. Lucía, muy fatigada por los efectos de la droga y muy débil por no haber recibido alimentación sólida desde el día del secuestro, apenas podía tenerse en pie y menos aún caminar. Aun así, con el pánico controlado por los restos de las sustancias que corrían por su sangre, trató de entender dónde se encontraba. Fue tanteando las paredes del contenedor largo y estrecho hasta cerciorarse de que estaba encerrada en un espacio reducido. Luego, rastreando con las manos, descubrió el pan de molde, los cubos y el papel higiénico en la oscuridad. Tenía hambre, pero también unas enormes ganas de orinar, así que utilizó uno de esos cubos para hacerlo primero y, tras cerrarlo, abrió la bolsa de plástico y devoró varios panes. El estómago se le revolvió tanto que tuvo que volver a abrir el cubo para vomitar. Luego volvió a comer. Algo más consciente, aunque no del todo, hizo un amago de golpear el contenedor y de gritar, pero las pocas fuerzas que le quedaban y el calor insoportable se lo impidieron. Tropezó con el colchón y cayó sobre él. Se quedó dormida. Muchas horas después, quizás un día, no lo sabía, el calor se convirtió en frío y comenzó a tiritar. En sus sueños solo veía insectos que recorrían las paredes. Y luego la cara de su madre y la de su padre y la de su hermano...

—Mamá —dijo en una especie de duermevela sin que nadie la escuchara—. ¿Dónde estoy? ¿Dónde estás?

Un día más tarde, exhausta, escuchó algo de movimiento en el otro lado del espacio en el que se encontraba, que seguía sin reconocer, e intentó aproximarse palpando la pared y sorteando esas esculturas de árboles que ni veía ni sabía qué eran. Manuel Quintana abrió la puerta y Lucía recibió un soplo de aire fresco en el rostro.

—Por favor, por favor, ayúdeme —dijo la chica con un hilo de voz, al intuir más que ver al hombre.

El oficial no contestó. Tiró en el suelo del contenedor unas mantas, una barra de pan entera con embutido en el interior y unas manzanas y luego sacó de la zamarra una jeringuilla. Incorporó a Lucía sin que ella opusiera resistencia, la agarró por el brazo, clavó la aguja en el hombro y descargó el contenido hasta el final. La chica comenzó a sollozar quedamente.

—Dígame dónde estoy, por favor... Qué me están haciendo, qué quieren de mí.

—Cállate —ordenó él—. Si quieres llegar viva, come y bebe. Y haz tus necesidades en los cubos. Y no intentes nada. Aquí no hay nadie. Nadie te puede oír, aunque grites... Y ahora disfruta de tu dosis...

—¿Pero qué me ha pinchado, qué es esto? —preguntó ella, tratando de acercarse a él.

El hombre la empujó sobre las mantas, cerró el contenedor y todo se volvió oscuridad de nuevo para Lucía. Todavía tenía hambre, así que se comió parte del inmenso bocadillo y una manzana. Después, arrastrándose, logró llegar hasta las botellas de agua. Bebió y empezó a perder la consciencia nuevamente. Unas horas más tarde, tal vez un día, empezó a imaginar unas arañas enormes que caminaban por su ropa. Era el efecto secundario de la droga que le estaban inoculando. Pero ella no lo sabía. Empezó a chillar y a sacudirse de manera incontrolada y al ponerse de pie tropezó y se golpeó la cabeza contra una de las esculturas de bronce. Cayó redonda al suelo con una herida abierta en la frente.

Dos días más tarde Quintana volvió a abrir el contenedor y la encontró inconsciente. Le tomó el pulso y comprobó que estaba viva. La alumbró con la linterna y descubrió la herida de su frente…

—Mierda —exclamó, cerrando el contenedor después de soltar otra barra de pan con fiambre de carne y unas manzanas. Volvió a la torre y llamó al camarote del capitán, situado en la primera planta bajo el puente de mando. Justo en la de más abajo estaba el suyo y el de los segundos oficiales. Según se iba bajando de rango se iba descendiendo de planta hasta la última, a la altura de las máquinas, donde se encontraban los electricistas y engrasadores. En total, veinte personas en un barco, pequeño para ser de carga, pero inmenso, en realidad.

El capitán abrió y le hizo un gesto con la cabeza para que pasara rápido.

—¿Qué ocurre?

—La niña, joder. Se ha dado un golpe en la cabeza. Dame algodón y betadine. Tengo que limpiarle la herida. Si se le infecta, estamos listos.

El capitán dibujó un gesto entre la preocupación y el horror.

—Y llevabas dos días sin ir… Ayer te dije que fueras a comprobar cómo estaba. No puede pasar tanto tiempo sin que vayas a verla… Además, no hay que dejar tanto espacio entre dosis y dosis de droga y hay que tener cuidado con mezclar la ketamina y el midazolam, tal y como nos indicaron para que no sufra alucinaciones y…

—No me toques los cojones, capitán —se encaró el oficial—. ¿Por qué no preparas las jeringas tú? ¿Eh? ¿Y por qué no vas tú a pincharla? ¿Eh? Anoche llovía fuerte. Y no me gusta moverme entre los contenedores cuando cae tanta agua. Me la juego, ¿sabes? Y no sé si este encargo vale lo que me pagas…

—Quintana, un trato es un trato…

—Y lo cumplo, pero como me sale de los huevos. Voy cuando me parece y ya está… ¿Está claro? Más no voy a hacer. Y ya me jode salir ahora para limpiarle la frente a la chica…

El primer oficial salió del camarote del capitán y se encontró con uno de los segundos oficiales que subía al puente a hablar por teléfono con su novia y echarse un pitillo.

—¿Qué pasa tío? ¿Dónde vas?

—El maniático del capitán —respondió Quintana con tranquilidad—, que le gusta mandarme a controlar los contenedores. Como si alguien los fuera a tocar, ya ves... Es más bien cosa de dar por culo, ya sabes.

El segundo oficial enarcó las cejas asintiendo y salió hacia el otro lado de la banda, mientras Quintana se dirigía de nuevo al contenedor. Al llegar lo abrió otra vez y arrastró a la chica hasta la puerta para que le diera un poco el aire. Tenía la melena enredada y no olía bien, pero al iluminar su cara para limpiarle la herida, Quintana se asombró de su belleza, ni siquiera reducida con el moratón del golpe.

—Qué guapa eres, jodía —dijo entre dientes mientras le echaba un buen chorro de betadine en la herida para desinfectarla.

Lucía abrió sus inmensos ojos azules y miró sin ver a su eventual enfermero. El hombre no pudo evitar inquietarse, al tiempo que admirarla.

—¿Dónde estoy? —susurró la chica.

El hombre no contestó y siguió observando a Lucía. Sus larguísimas piernas quedaban por completo al descubierto al habérsele subido un poco el vestido premamá con que la disfrazaron al llegar al puerto de Valencia desde Costa de los Pinos.

—¿Qué les habrá hecho esta cría? —se preguntó en voz baja el hombre, mientras ella parpadeaba—. Qué cabrones... Venga, chica, que ya queda menos, haz un esfuerzo... —la animó después.

Lucía parpadeó, intentando ver y agradeciendo la brisa marina de la noche. Al poco Quintana la empujó adentro y sacó la jeringuilla de ketamina de su bolsillo y destapó la aguja.

—Te tengo que pinchar otra vez, lo siento —le dijo el hombre, descargando la jeringa esta vez en su muslo.

Ella respondió con un quejido de dolor. Antes de cerrar, Quintana vio cómo corrían las lágrimas por las pálidas mejillas de porcelana de Lucía.

Al llegar de nuevo a la torre, el capitán salió a su encuentro.

—Pasa a mi camarote, acompáñame. Me estoy bebiendo un whisky. —El marino aceptó la invitación—. Dime, ¿cómo está la chica? ¿Está bien? No le habrá pasado nada.

Quintana se sirvió un generoso whisky con calma y bebió antes de empezar a hablar.

—Se ha dado un buen golpe. Dentro del contenedor la oscuridad es casi total y ella está colocada constantemente, así que... Por suerte, le he limpiado la herida y no parece gran cosa. Mañana me llevaré una tirita y se la colocaré. Hoy estaba más consciente, porque llevaba un día de retraso en la droga... llorosa y eso...

—Si es que te he dicho que hay que pincharla cada veinticuatro horas...

El marino se acabó el whisky de un trago y se sirvió otro.

—Escúchame bien —dijo, mirándole impertérrito—. Yo quedé en ocuparme y lo haré a mi manera. Voy a tratar de que esté lo menos consciente posible... Pero también es necesario que coma y que beba. Y eso a lo mejor solo lo hace si tiene el pedo un poco pasado, ¿entiendes? De todos modos, lo que tampoco voy a hacer es jugarme la vida si hay temporal, ya te lo he dicho...

—Ya —respondió nervioso el capitán—. Mañana habrá mala mar todo el día. Eso dice el parte. Y agua. En fin... Para qué me metería yo en esto...

Quintana apuró su whisky.

—Para ganar una pasta, ¿no, capitán? Déjate de remordimientos. Ya está hecho. Lo que hay que conseguir es que la chica llegue lo mejor posible a Veracruz. No sé cuál es el efecto de casi veinte días de la mezcla explosiva de la ketamina con esa otra mierda... Supongo que no le será fácil recuperarse… Y… No te quiero preguntar nada, porque no quiero saber más. Ni siquiera quiero que me digas qué van a hacer con ella, pero… ¿tú la has visto? Es una belleza de criatura.

El capitán asintió.

—Lo es, sí. Lo sé… Ya conoces el refrán, ¿no? «La suerte de la fea, la bonita la desea».

Al día siguiente, en efecto, la mar se levantó furiosa y la navegación fue complicada bajo una lluvia veraniega y torrencial. El barco se movía como una cáscara de nuez y los ruidos entre los contenedores resultaban aterradores. Dentro del suyo, Lucía, en una realidad paralela, temblaba de miedo. El temporal tardó dos días completos en amainar. Al tercero, ya de noche, Quintana volvió a acercarse a ver a la chica. Al abrir la puerta y alumbrar con la linterna, se la encontró tumbada e inmóvil, con los ojos cerrados. Se acercó a ella con preocupación y, justo cuando se agachó sobre ella para comprobar que seguía viva, Lucía abrió los ojos y le agarró.

—Dígame dónde estoy, por favor. Y quién es usted. Qué quiere de mí… No puedo más.

La chica rompió a llorar y le soltó. Dentro del contenedor el ambiente era asfixiante. El marino ayudó a la chica a incorporarse para acercarla hasta la puerta para que le diera un poco el aire. Tenía mala cara, el moratón del golpe se había vuelto entre verde y amarillento y le había bajado a uno de sus preciosos ojos azules. Bajo ellos, unas marcadas ojeras señalaban su rostro demacrado, medio tintado con el betadine. La herida parecía estar mejor. El hombre sacó una tirita de silicona y se la puso en la brecha para que cicatrizase mejor. Aunque seguro que se quedaría señalada.

—No te puedo contar nada —le dijo—. Lo siento. Ni siquiera sé qué quieren hacer contigo… Come un poco, anda. Te he traído algo de carne y pan. Y una botella de agua fría. Te sentará bien.

La chica tenía hambre. En los últimos días, la droga no le había permitido comer. Se lanzó sobre los alimentos y comió con ansia. Luego bebió también de manera compulsiva. Quintana sacó la jeringuilla y ella le miró con lágrimas en los ojos...

—No, por favor, otra vez no... Veo arañas y bichos y cosas raras y paso mucho miedo... No me pinches más, no me pinches más...

—Tengo que hacerlo. Estarías peor ahí dentro, a oscuras y consciente de todo.

Lucía trató de resistirse, pero no tenía fuerzas. El marino pinchó de nuevo su brazo ya amoratado. La empujó con suavidad dentro y cerró el contenedor. Era un hombre acostumbrado al sufrimiento, duro, sin compasión... Coleccionaba malas acciones e incluso algunos actos delictivos, pero... Era una niña. Preciosa. Dulce. Y... Bueno, cada vez quedaba menos. Y no era asunto suyo lo que fuera a pasarle.

Los días siguientes fue religiosamente a alimentar y pinchar a la niña cada veinticuatro horas, con lo que Lucía no estuvo consciente ni un solo segundo. Cuatro o cinco días más tarde, al ir a repetir la operación, se la encontró con unas extrañas convulsiones, casi al fondo del contenedor. Asustado, tomó a la niña en sus brazos y la llevó hasta la puerta para que recibiese el aire fresco de la noche, pero los espasmos no paraban. Hacía gestos raros con la lengua, así que metió la mano en su boca para sujetársela y evitar que se la tragase y esperó junto a ella a que las sacudidas fueran suavizándose. Cuando al fin pararon, Lucía pareció desmayarse. Quintana le echó agua por la cara para despertarla y la hizo beber y beber hasta que pareció recuperarse.

—Vaya susto me has dado, pequeña —dijo—. No te me puedes morir a mí. Eso no. Lo llevaría sobre la conciencia.

Le dejó, como de costumbre, un bocadillo, pero no la pinchó. No quería arriesgarse. Y fue directo al camarote del capitán.

—Estoy preocupado —le comunicó al llegar—. La chica ha tenido un síncope o algo parecido. Parecía que estuviera epiléptica. Le caía la baba por un extremo de la boca y parecía que fuera a tragarse la lengua. Yo creo que va muy pasada de droga. Son muchos días ya... No soy médico y no controlo, así que no sé cuánto tiempo puede estar una persona metiéndose eso en el cuerpo, pero se la ve muy mal. Quedan tres días de viaje... No le pincharé más droga hasta que estemos a punto de llegar a Veracruz.

—¿Estás loco? —dijo el capitán—. Y si se pone histérica y chilla y alguien la oye...

—No pasará nada de eso. Ella no tiene fuerzas ni para gritar. Y ni siquiera sabe dónde está. De todos modos, tendría que tocar la trompeta para que se la escuchara en el otro lado del barco... Y no está lo que se dice en plena forma para intentar escaparse ni ninguna otra tontería... Quieres que llegue viva, ¿no?

El capitán asintió con contundencia.

—Sí. Si no, solo recibiríamos la mitad de la pasta... tú y yo...

Quintana se acercó al capitán con cara de pocos amigos y le cogió por la pechera de la camisa.

—A mí, pase lo que pase, me das la pasta que me has prometido... ¿Me has entendido? Que soy yo el que se la está jugando de verdad, mientras tú pintas la mona haciendo de buen capitán en el puente... Pero descuida —dijo soltándolo—, no dejaré que la chica muera. Y no por tu pasta, sino porque ya tengo bastantes cosas de las que arrepentirme en la vida... Una pregunta, ¿adónde se llevan a esta niña? No la querrán para puta, ¿no?

—No —contestó el capitán—. Me dijeron que la querían apartar de la mala vida. Que tenía una misión importante. Que era crucial en la vida y en la carrera de... quien me encargó que la lleváramos a México.

—¿Apartarla de la mala vida? ¿A una chiquilla de dieciocho años? ¡Qué de hijos de puta hay por el mundo...! Lo dicho. No la pincho más hasta que estemos llegando.

Veinticuatro horas después, Quintana fue a ver a la niña. Llevaba un bocadillo de carne, manzanas, limones cortados por la mitad, agua y también unas galletas. Cuando abrió el contenedor, Lucía, casi en la puerta, se puso de pie y lo abrazó llorando. El marino se enterneció.

—Vamos, vamos —dijo, separándola para poder entregarle la comida—. ¿Cómo te encuentras? Ayer estabas regular... Mira, te he traído también limones. Si chupas los gajos y te los pasas por los dientes, los sentirás más limpios.

—Estoy, estoy... tan sucia —contestó, amagando una sonrisa tan triste que parecía el inicio de un llanto—. Y... tengo tanto miedo... Ahí dentro hace calor y frío y no se ve y se respira muy mal, ¿sabes?

El marino asintió.

—Ya no te queda mucho tiempo. Te voy a dejar mi linterna para que te alumbres si lo necesitas. Pero lo mejor es que intentes dormir todo lo que puedas y no pensar. No te voy a inyectar más droga de momento... Aunque, si me lo pides, lo haré...

La niña se sentó junto a la puerta para respirar el aire fresco de la noche y empezó a llorar en silencio mientras masticaba...

—¿No sabe qué va a pasar conmigo? ¿Dónde iré después de aquí? ¡Ni siquiera sé dónde estoy!

El hombre negó con la cabeza.

—No te puedo decir nada. Ya te lo he dicho, pequeña. Y ¿dónde estás? Esto es un barco, de contenedores. Inmenso. En este lado cabría un pueblo entero. Y nadie viene por aquí. —Quintana exageraba, porque no era un carguero tan grande, aunque sí era cierto que difícilmente nadie de la tripulación fuera a pasar siquiera cerca de donde estaba la chica. Estaban ocupados en la popa del barco y era imposible ver justo ese contenedor, cuando detrás de él, hacia el puente, había varias filas de contenedores apilados, conformando torres de mucha más altura.

—¿Por eso suenan esos ruidos tan horribles?

—Los contenedores se mueven y tiemblan. Como tú. De ahí esos sonidos. Le dan miedo a todo el mundo, no te creas, no solo a ti.

—¿Y usted? —preguntó ella, soltando un momento el bocadillo para recogerse la melena haciendo un nudo con el pelo—. ¿Por qué está haciendo esto? ¿Por qué se encarga de mí?

El hombre revisó sus ojos transparentes y ojerosos y su cara inocente con gesto adusto.

—Por dinero. Podría decirte otra cosa, pero… Me van a dar mucho dinero y así igual dejo de viajar. Y estoy más con quien tengo que estar…

—Ya.

Lucía se quedó pensativa mientras bebía un poco de agua.

—¿Puedo saber cómo se llama?

El hombre negó con la cabeza.

—¿Sabe cómo me llamo yo?

Volvió a negar. Aunque mentía. Toda España conocía ya su desaparición. Había ocupado horas y horas en todos los medios.

—Me llamo Lucía… Por lo menos —añadió con los ojos llenos de lágrimas—, que sepa usted mi nombre, ¿no?

—Venga —dijo él—, coge la linterna y vete para dentro. Tengo que cerrar.

Lucía se separó un poco de la puerta para que Quintana pudiera volver a encerrarla. Luego exploró con la linterna todo el contenedor. Revisó las dos esculturas con árboles, cerró bien los cubos con residuos y los dejó bien al fondo y se llevó el colchón, las mantas y la comida y bebida que tenía cerca de la puerta. Había muchas botellas de agua, así que utilizó una para lavarse las manos y la cara y se las secó con el papel higiénico. Justo en ese momento el viento azotó los contenedores y el suyo pareció tambalearse y llorar como los otros. Lucía se envolvió en una manta y se cubrió incluso la cabeza para no escuchar esos ruidos terribles. Estaba muy débil. Muy cansada. Se quedó dormida. Soñó con su madre y con su padre. Con los días más felices de su infancia cuando ellos le demostraban su cariño e incluso Carlitos no era tan huraño. La carita morena de su hermano pequeño aparecía junto a la de su padre y su madre. También la de Mario, Enric y Fernando y las de Virginia y Marina... Soñó con todos ellos. Era un sueño dulce, donde todos parecían felices. Ella también, junto a todos, incluido su querido Jaime Perelló. De pronto, el rostro de su padrino se transformó en el de un demonio, ¿Hades, quizás? Las arañas lo invadieron todo de nuevo... Gritó dormida. Y se despertó... Debía de ser de día, porque por las rendijas, además de una mísera cantidad de aire, se filtraba algo de luz. Se quitó las mantas y sintió los muslos pringosos. Se alumbró con la linterna y vio que se había puesto mala. Lloró de nuevo. De asco, de rabia, de impotencia, de miedo, de soledad, de angustia. Luego cogió uno de los rollos de papel higiénico y una botella de agua y trató de limpiarse y de fabricarse una compresa, aunque sabía que se empaparía enseguida. Sus reglas siempre fueron abundantes y esta vez no sería distinto. Orinó en uno de los cubos y lo tiñó todo de sangre. Se volvió a limpiar, se fue a la mitad del contenedor y esperó a que pasaran las horas tratando de no moverse como si así fuera a sangrar menos. Por la noche, como de costumbre, Quintana llegó con comida de nuevo.

—Venga, acércate a la puerta —dijo al abrir.

—No —respondió Lucía—, no quiero. No puedo.

—¿No? ¿Cómo que no? ¿No quieres respirar un poco? Necesitas algo de aire. El de ahí dentro está muy contaminado. —La chica rompió a llorar desconsolada—. ¿Qué pasa? —preguntó él—. Ya te queda muy poco. Tienes que ser fuerte.

—Me ha bajado la regla —explicó con vergüenza—. Lo estoy llenando todo de sangre.

«Vaya —pensó él—, con esto no habíamos contado... Qué estupidez. Era lógico que pudiera pasar, pero...».

—No..., no puedo hacer mucho —dijo Quintana, embarazado—. Mañana intentaré traerte algodón y veré si encuentro algo de ropa para que puedas... No sé...

—No quiero acercarme a usted. Váyase —repuso ella—. Déjeme ahí la comida y váyase...

El hombre obedeció.

—Está bien, como quieras... No te preocupes. Mañana te traeré... Usa, usa... el papel higiénico. Pusieron mucho, ¿no? No sé...

La puerta se cerró y Lucía volvió a llorar hasta desencajarse. ¿Quién le estaba haciendo eso? ¿Y por qué? ¿Qué había hecho ella?

Trató de recordar el último día de Costa de los Pinos, Cala Ratjada, el coche, el tatuaje, el paseo hacia su casa bajo la luz de la luna llena... Hacía mucho calor aquel día. O tal vez lo sentía más al estar consciente. También el pánico se multiplicaba. ¿A dónde la llevaban? ¿Quién? Cerró los ojos. De pronto un flash de memoria invadió su cerebro. Fue como una luz. Y en ella apareció él. Pinchándola. Abofeteándola. Recordaba cómo su cabeza había rebotado contra la ventanilla del coche. Y su mirada extraviada. Era él, él, él, quien estaba detrás de todo...

Intentar lavar la sangre de su regla y fabricarse compresas con el papel higiénico fue tan humillante como desagradable para Lucía. Alumbrada por la linterna, que colocó en el suelo, de pie, se quitó las bragas, las enjuagó como pudo, las colgó de una de las esculturas para ver si en unas horas se secaban y, después de limpiarse ella misma como pudo, permaneció inmóvil, esperando, horas y horas, tratando de recomponer el puzle, de averiguar el significado de aquellas palabras que solo recordaba a medias. ¿Qué quería él de ella? ¿Por qué le habló así aquella noche de hacía...? ¿Cuánto tiempo había pasado? ¿La estarían buscando?

—Mamá, mamá, mamá —dijo en voz alta sollozando—, encuéntrame, mamá, por favor... No me dejes aquí...

Por la noche, Quintana volvió. Llevaba comida, agua, un paquete de algodón hidrófilo y una de sus camisas, limpia y planchada.

—Acércate, chica. Tienes que respirar un poco. Hoy hace buena noche y nos queda poco tiempo para llegar... Te he traído todo esto. Quiero que comas, que bebas, que te cambies, si quieres, y que hagas lo que te parezca bien, mientras yo estoy aquí. Luego tendré que pincharte y ya...

Lucía asintió.

—De acuerdo —aceptó, cogiendo lo que el hombre le traía—. Déjeme que me cambie primero...

La chica se fue al fondo del contenedor para tirar el papel higiénico que había utilizado como compresa en uno de los cubos que usaba para sus necesidades. Ya no distinguía los olores, pero todo le provocaba una inmensa repugnancia. Cambió su vestido por la enorme camisa del hombre y utilizó el algodón para su regla. Se sentía un poco menos sucia. Se lavó las manos y se acercó a la puerta, como un fantasma, para respirar un poco y comer algo junto a ese tipo cruel, pero no tanto, que justificaba sus actos con su falta de dinero, con su vida mediocre y sin oportunidades... Lucía había adelgazado mucho, tenía las ojeras marcadas hasta el infinito y el pelo enredado y atado en un nudo para sobrellevar algo mejor el insoportable calor, pero su belleza eslava y pálida seguía siendo imposible de ocultar.

—¿De dónde eres? —preguntó Quintana.

—De Madrid.

—Cualquiera lo diría. Pareces del norte. Pero de mucho más arriba de los Pirineos...

—Sí —dijo ella, intentando alargar la conversación que sabía que finalizaría con el pinchazo y la droga y las alucinaciones y los bichos...—. Siempre me lo dicen. Yo creo que es porque tengo una bisabuela en Chile muy rubia, como yo...

—Será —concluyó él. Y luego añadió—: Tengo que marcharme, ¿sabes? Ya no volveremos a vernos. Siento, siento..., yo..., me gustaría que todo acabara bien. A lo mejor es así..., me dijeron que harás cosas importantes...

Ella no contestó. Solo asintió mirando al suelo y sin poder evitar que las lágrimas volvieran a sus ojos.

—¿No me puede decir adónde voy?

El hombre se restregó la cara con las manos, nervioso.

—A México —dijo finalmente—. Vas a México. En breve llegaremos a Veracruz… No creo que pudieras, porque te voy a pinchar y ni siquiera estarás consciente, pero será mejor que evites intentar nada. No sé exactamente dónde vas, pero sí que si algún pinche mexicano de los de la aduana viera a una chica tan hermosa como tú, no dudaría en hacer negocio contigo, después de divertirse un rato, así que…

Lucía asintió en silencio.

—Píncheme en la pierna, por favor, los brazos me duelen más.

El hombre sacó la jeringuilla y descargó su contenido por completo, una vez más, en el muslo de Lucía. La chica se acurrucó sobre su colchón y Quintana la miró con congoja. Nunca más se volverían a ver. Cerró el contenedor, colocó los precintos falsificados clónicos de los auténticos y se fue hacia su camarote. Pronto llegarían a México y habría de ocuparse de que la desestiba se realizara correctamente para que el contenedor de Lucía llegase a su destino lo antes posible.

A una hora de la llegada del barco al puerto, se realizó la correspondiente comunicación.

—Prácticos de Veracruz. Prácticos de Veracruz. Prácticos de Veracruz.

—*Transerk Orion*, ¿cuánto te queda para llegar?

—Estoy a hora y media.

—Llama cuando estés a cinco millas.

El buque fue acercándose al puerto, mientras Lucía, de nuevo perdida en el delirio, navegaba entre sensaciones extrañas alejadas de la realidad. A la distancia prevista, los prácticos y amarradores fueron a buscar la embarcación para posibilitar su atraque. En el muelle ya esperaba una enorme grúa pórtico para desestibar los contenedores. En poco tiempo, el habitáculo en el que Lucía llevaba encerrada diecisiete días se encontraba en el almacén del puerto, esperando al transportista acreditado para llevárselo a su destino. Una vez sobre el camión destinado a tal fin, el conductor se dirigió con rapidez a la salida del recinto, tal y como le habían indicado; el aduanero adivinó su prisa y vio que tal vez podía sacar un beneficio extra.

—¿Los papeles?

—Está todo entregado y en regla.

—Ya. Pero... —contestó con un inequívoco gesto de querer sacar tajada de aquel trance.

—Tengo prisa, amigo. No me hagas perder el tiempo —dijo, entregándole un grueso fajo de pesos.

El tipo cogió el dinero y abrió la barrera sin rechistar.

Cinco horas y media más tarde el destinatario final, el hotel Salta de Villahermosa, recibía su preciosa carga. Allí, el propio encargado del establecimiento liberó el contenedor de los precintos falsos y de los flejes y dejó solo al hombre de confianza de Jaime Perelló, para que pudiera abrirlo y sacar la carga sin testigos. Así le había encomendado que lo hiciera Vicente Pérez-Salta, propietario de la cadena hotelera, socio de Perelló en Fertiplex y devoto del trabajo del ginecólogo desde que se ocupara del tratamiento de fertilidad de su mujer con éxito y ella lograra concebir, tras años de intentos fallidos, dos preciosas niñas, una de las cuales falleció pocos meses después. Nadie sabría, pues, excepto él —ni siquiera el propio Vicente Pérez-Salta—, lo que escondía aquel enorme recipiente procedente de Valencia.

En el suelo del contenedor, desmayada, deshidratada por el calor y la falta de bebida durante varias horas de semiinconsciencia, se encontraba Lucía Peña. El hombre la miró con disgusto y preocupación mientras la sacaba en brazos, la colocaba tumbada en el asiento trasero de su todoterreno, le ataba las manos, ponía cinta aislante sobre su boca y la cubría con una manta. La chica no estaba en las mejores condiciones. Y sabía que la tenía que entregar viva.

29

Más allá de la intuición

Todos los caminos llevaban a México. Si Lucía continuaba con vida, tenía que estar allí. Y si no..., tal vez también. Roures estaba convencido de que Perelló era su padre. No sabía si se habría llevado a la chica para poder estar por fin con ella como padre e hija, para ayudarla a cambiar de vida y abandonar un entorno en el que no estaba a gusto o para qué, pero ellos se parecían entre sí y Lucía era la viva imagen de la chica de Vukovar. Aquello no podía ser casualidad... Si Perelló tenía un lado eslavo reconocido, juraría que Lucía Peña tenía uno clandestino. Y tenía que ser por parte de padre, porque, desde luego, Amanda carecía de él.

El teléfono se encendió de pronto y anunció un mensaje: «Llámame en una hora, Roures. Por Facetime. Tengo información valiosa para ti».

Roures miró el reloj para controlar el tiempo y decidió acercarse a la farmacia. Se había dejado el Actrón en el hotel donde compartió la noche con la jueza y empezaba a dolerle la cabeza. Bajó las escaleras a toda prisa, corrió a la farmacia y pidió el medicamento. La chica que se encontraba ese día tras el mostrador se lo trajo al segundo. El detective salió con el paquete, compró una botella de agua en el bar de al lado, vertió el agua, arrojó en ella las dos pastillas y en cuanto se disolvieron se bebió el mejunje. Luego volvió a su hotel. Ya habían pasado casi dos días y por su cabeza no dejaban de sucederse imágenes de la jueza. Su sonrisa, su cuerpo, sus orgasmos. Le costaba trabajo centrarse en el caso y no regodearse en esa noche inolvidable. Pero era lo que tocaba. Ya habría más noches. O eso esperaba, aun cuando ella no hubiese dado señales de vida.

Sacó su libreta y esperó ansioso a que pasara esa hora para poder telefonear a Isabel.

—Is... Mariana —dijo Roures al escuchar su voz al otro lado del teléfono.

—Roures. Escucha con atención. En esa clínica pasan cosas raras. Una limpiadora, a la que he conseguido sobornar con un puñado de pesos, asegura que hay chicas embarazadas que viven allí. Son madres sustitutas. Y eso no parece raro porque, hasta hace poco más de un año, era una práctica legal y para cualquiera de aquí o extranjero. Ahora las cosas han cambiado y solo pueden beneficiarse de ella los de la tierra, aunque ya sabemos que en México saltarse la legalidad a veces no es más que cuestión de plata. Pero hay algo más extraño: esas chicas embarazadas no son mexicanas. Son todas rubias. Y casi ninguna habla español. ¿Qué te parece?

—¿Son libres? Quiero decir, ¿están allí por propia voluntad?

—Eso parece. Pero, según mi confidente, se paga mucho dinero por la gestación subrogada. Mujeres que ella conoce han podido comprarse una casa y pagarle los estudios a sus hijos gracias a prestarse a ella... Se supone que ahora la gestación es altruista; pero ya sabes la cantidad de «altruismo» que puede caber en los recovecos de un contrato.

—¿De Lucía Peña sabemos algo?

—Esta mujer no sabría ni quién es la chica... Pero dice que hay una estancia que no limpian ni ella ni sus compañeras y que siempre está custodiada por un guardia. Igual allí duerme el propio Perelló, vete a saber, pero..., desde luego, allí no pasa nadie...

—Esto es más que suficiente. Déjalo ya. No te toca hacer más. Y creo que Perelló está por allí, así que hay que tener más cuidado. Y… creo que nos veremos pronto. ¿Podrás?

—Supongo que no debería, pero… nos veremos, claro que sí. Una cosa más. Por si te sirve. La clínica da muchos puestos de trabajo y cuenta con un extenso plantel de guardias de seguridad contratados. Muchos de ellos expolicías y otra gente peligrosa. En el registro no figura solo a nombre de Perelló. Tiene un socio: Pérez-Salta.

¡Pérez-Salta! El todopoderoso dueño de los hoteles del mismo nombre y vecino de Costa de los Pinos del ginecólogo. Roures colgó y se encaminó hacia el cuartel de la Guardia Civil. La conversación con el comandante García Perea no había sido precisamente amistosa, pero algo le decía que aquel hombre atendería a lo que le tenía que contar. Ni siquiera llamó. Decidió presentarse en el cuartel. Tal vez él supiera algo que él desconocía… Sabía bien que buena parte de sus investigaciones y conversaciones no habrían quedado reflejadas en el expediente. Quizás las piezas del puzle se armaran gracias a sus informaciones.

Al llegar al cuartel, le atendió el mismo joven guardia de la entrada. O si no era él, se le parecía mucho. Los uniformes igualaban tanto a las personas que era fácil equivocarse.

—¿Le puede decir al comandante García Perea que quiero verle?

—¿Tenía usted cita con él?

El detective negó con la cabeza.

—Me temo que no. Pero me urge verlo.

—Usted es el detective, ¿no? El comandante estaba a punto de marcharse. No sé si querrá recibirlo…

—Pruebe a ver…

El agente desapareció y regresó al cabo de unos minutos.

—Sígame.

Al entrar en el despacho del comandante García Perea, lo encontró sentado frente a su mesa mirando papeles. No se levantó ni le tendió la mano.

—Siéntese, Roures —dijo sin moverse—. ¿A qué debo su visita? Si es para hablarme otra vez de aquella estúpida nota que le dejaron en el coche, que sepa que fue el no menos estúpido del abogado de su clienta.

—No estaba en Mallorca. Lo sé porque me llamó desde Madrid...

—Cierto. Pero tiene sus amigos por la zona. Recuerde que pasó mucho tiempo por aquí. Pero, vamos, se lo puede usted creer o no, a mí me da lo mismo...

—Le creo, desde luego. Y espero que usted me crea a mí en lo que voy a exponerle... Sin usted será muy difícil que...

—¿Me está pidiendo ayuda?

—En efecto —aceptó Roures, sosteniendo la mirada fija del comandante—. Verá. En estas dos semanas una serie de informaciones me han conducido directamente a un sospechoso.

García Perea frunció el ceño y lo miró con otro interés. No se esperaba que Roures llegara con aquello.

—¿A quién?

—No tengo pruebas, solo ciertos indicios y la intuición a punto de nieve, pero... Hay un tipo muy relacionado con la familia y con esa niña que no ha dicho toda la verdad.

—Dispare ya, Roures.

—Me refiero a Perelló —lanzó Roures, esperando ver alguna reacción en el rostro de García Perea que pudiera indicar que tal vez ellos ya habían sospechado del tipo alguna vez. El comandante le escrutó impertérrito—. Verá, comandante. Perelló no solo es el buen padrino de Lucía Peña, además es un hombre cuya actividad creo que habría que investigar, más allá de este caso. Hasta donde yo sé, es capaz de proponer a sus pacientes que mientan...

Lucía Peña no es hija de Javier Peña. Creo que es imprescindible que usted sepa esto, aunque, con el debido respeto, hay que evitar que trascienda. Si se supiera, sería muy grave para toda la familia…

—¿Acaso cree que yo filtro alguna información? No sea imbécil, Roures.

—En este caso…

—… se conocieron muchos datos de la familia, lo sé… Pero se los contaron los padres a distintos periodistas para intercambiarse dagas entre ellos. No se equivoque… Pero vayamos a lo importante. ¿Está usted seguro de eso? Esa información es absolutamente confidencial y…

—Le aseguro que es cierta —insistió el detective—. Entiendo que nadie haya llegado a ella, porque yo tampoco lo hubiera hecho de no ser por una persona muy cercana a mí (permítame que no le revele quién es), que fue testigo en su día de lo que pasó y me la reveló. Luego la he comprobado.

—Ya. ¿Pero eso qué prueba?

—Prueba que Perelló no dice la verdad ni a sus pacientes. Y he estado investigando su clínica de Fertiplex en México, de la que por cierto Pérez-Salta es socio. ¿Sabía usted que hasta el año pasado, la gestación subrogada casi de cualquier modalidad era legal y pan comido en el estado de Tabasco? Pues allí, donde se encuentra la clínica, hay madres gestantes que no son mexicanas; me atrevería a conjeturar que son bosnias, o serbias, o croatas… De aquella zona. Como la madre del propio Perelló. Como su primera esposa…

—Continúe.

—¿Se ha fijado usted en los rasgos de Lucía Peña? ¿Cree usted que recuerdan a los de su padre…? ¡Ni siquiera se parece a su madre! Y, sin embargo, ¿no guarda cierta semejanza con el propio Perelló?

El comandante se levantó y caminó de un lado a otro en silencio.

—Qué más —dijo, de pronto inquieto.

—¿Y si Lucía fuera hija de Perelló? ¿Y si la hubiera ayudado a escapar de su vida? ¿Y si se la hubiera llevado por algo o para algo? En la clínica de México hay una habitación entre las de las madres subrogadas cerrada a cal y canto y custodiada por guardias de seguridad.

El comandante se mantuvo en silencio unos segundos. Parecía estar repasando mentalmente algunos datos. Luego volvió a hablar.

—Cuando comenzamos a investigar el caso, prestamos mucha atención a ese tipo. De hecho, era tan cercano a la familia y a la chica que sospechamos de él de inmediato; pero tenía coartada en la noche de autos, que certificó su mujer y hasta el filipino de su casa y… aunque luego vigilamos sus movimientos, no encontramos nada raro. Salvo que yo…

—¿Usted?

—Yo también reparé en lo poco que se parecía esa niña a sus padres; y en la manera en la que hablaba de ella el artífice de la fecundación *in vitro* de la chica. Sabía que Perelló, a los tres días de la desaparición, viajó a Valencia con su barco, pero como suele hacerlo de forma habitual en verano para atender a alguna paciente no pensé… Más tarde, sin embargo, seguía dándole vueltas al personaje y llegamos a valorar la posibilidad de pinchar su teléfono, pero no obtuvimos consentimiento por parte del juez. Luego se levantó el secreto de sumario y ya fue imposible, pero… siempre tuve mis dudas por la manera en la que hablaba el tipo de la niña y de su familia y… no sé…

—Comandante, he venido a verle, aun sin saber si usted podrá actuar. Sería necesario que la jueza reabriera la causa, supongo, y luego…

—Y luego, si lo que usted dice tiene alguna fiabilidad, deberíamos ponernos en contacto con nuestros agregados policiales en México.

—Comandante —dijo el detective—, estoy dispuesto a irme allí. Incluso a trabajar al borde de la legalidad, si eso nos conduce a alguna pista concreta que facilite su intervención…

—No —zanjó él—. Creo que con esto podré convencer a la jueza de que reabra el caso y hablar con nuestra gente allí para que al menos investiguen.

—Entretanto, comandante, yo me voy a México…

—Usted no puede ni debe hacer nada… —le espetó, rotundo—. No tiene competencia.

—Lo sé —dijo Roures, mirándole con fijeza—, pero creo que ambos queremos recuperar a Lucía, viva o muerta. Y si es para lo primero, los segundos corren, usted lo sabe bien. Además, Perelló está en México. Así que… me voy de… «vacaciones». ¿Le parece bien? Deme su teléfono particular. Estaremos en contacto.

Roures salió con prisa hacia su coche. Le urgía llegar al hotel, pedirse un billete y largarse a México en cuanto le fuera posible. Tenía un presentimiento y sabía por experiencia que a veces tenían más valor que las evidencias. Desde su habitación llamó a la agencia con la que siempre trabajaba. No había vuelo directo a Villahermosa desde Palma y llegar hasta allí le costaría casi un día entero. Antes tenía que volar a Madrid. Pidió que le hicieran la reserva lo antes posible y llamó a la jueza.

—Dime, Roures.

—Carlota, me voy a México. Sé que te pedirán que reabras el caso de la chica, pero yo, de momento, me voy para allá a continuar con mis pesquisas. Creo que no debo perder tiempo… En cuanto a vernos…

—Está bien, detective. De lo oficial hablaré cuando sea oficial. Y de lo otro… Esperaremos a tu vuelta para vernos de nuevo… Lo pasé bien la otra noche.

—Yo también, señoría. Muy bien.

Roures colgó con la extraña sensación de que aquella mujer ya formaba parte de su vida. Su relación no sería solo sexo, como previó en un principio… Pero no tenía tiempo para analizar sus sentimientos. Y menos aún los de ella, seguro, más complejos. México le esperaba y tal vez Lucía Peña también.

30

Una clínica con trastienda

Agosto de 2015

La clínica de Fertiplex de México era una de las más grandes y ostentosas de toda la cadena. Remodelada en varias ocasiones, contaba con un lujoso recibidor, estupendas habitaciones de descanso para las pacientes antes y después de las punciones, sala para los hombres con televisión con películas X y revistas inspiradoras para la posterior recolección del esperma…, un bonito espacio para las reuniones y conferencias de los profesionales, un completo laboratorio y unos cómodos despachos administrativos. Fertiplex México albergaba también un pabellón extra, que no existía en sus clínicas españolas, donde algunas madres sustitutas se alojaban durante el final de sus embarazos. Era un lugar parecido a los de retiro de ejercicios espirituales femeninos, donde convivían en armonía las mujeres que habían aceptado concebir a los hijos de otros. En tal pabellón había seis habitaciones con sus baños correspondientes, una cocina y una sala de estar común. Allí algunas de las madres sustitutas se quedaban en la clínica en los meses previos a los partos, y era una buena medida, porque el centro ponía a su disposición a profesionales de la psicología que, en el caso de alguna duda o angustia, les ayudaban a atravesar el trance de la mejor manera posible para todos. Su estancia la pagaban los futuros padres, que, de este modo, se aseguraban así las condiciones de salubridad de sus hijos, guardados en los vientres de desconocidas. Aparte de aquel pabellón, existía en Fertiplex México otro, más alejado, con ocho cuartos independientes, con sus cuartos de baño y una salita con cocina cada uno. En estas minisuites de la clínica, solían pasar sus embarazos completos algunas mujeres que no querían que nadie se enterase de que habían aceptado ser madres gestantes, amén de otras a las que el dueño de Fertiplex, Jaime Perelló, no quería enseñar al mundo. Se trataba de mujeres bosnias a las que el ginecólogo había rescatado de su propio infierno, violadas de niñas en la guerra y con la vida rota desde entonces. Perelló, tras su visita durante la contienda y su breve relación de purísimo amor sin contacto con Hasija, volvió a Sarajevo en diversas ocasiones, una vez acabado el conflicto. Donó dinero a un orfanato situado a un par de horas de Sarajevo, en Tuzla, y conversó y ayudó a aquellos chicos, producto de la salvaje guerra, que sufrían la carencia de sus padres, además del modo en el que habían sido concebidos. Las ONG estimaban que miles de niños nacieron de aquellas agresiones, pero no se sabía cuántos de ellos podían estar vivos, porque muchos fueron abandonados o incluso asesinados por sus propias madres. Perelló se ocupó también de buscar a las víctimas de las violaciones de guerra y algunas de ellas, devastadas, le contaron al médico sus atroces experiencias. Una le relató que, aun habiendo cuidado a su hijo con amor al nacer, pese a los recuerdos, a la vergüenza y a su trágica vida señalada, no pudo evitar matarlo un día en que los nervios le traicionaron; otra, que dejó a su niño en el orfanato y tardó años en reunir algo de dinero y recuperar el coraje necesario para llevarlo a su casa y ser capaz de vivir con él, con la promesa de no hablar jamás del padre... Muchas le refirieron cómo los entregaron a quienes pudieron para que se los llevaran lo más lejos posible y acabaron en el norte de

Europa. Y unas cuantas le confesaron que los dieron en adopción allí mismo, a cualquiera, sin pararse a pensar que sufrirían lo indecible cuando llegara el día en que se enteraran de su procedencia, el mismo en que serían conscientes de que sus madres rechazaron cualquier contacto con ellos y entenderían el porqué de los apodos despectivos de sus compañeros de escuela.

Perelló escuchó durante horas a esas madres deshechas, torturadas por la culpa, muchas de las cuales no habían vuelto a tener hijos y sentían el vacío de haberlos abandonado a su suerte o incluso eliminado. Y fue cuando se le ocurrió aquella idea que tantos beneficios le reportaría. Tanto las madres como sus vástagos nunca supieron cómo entender el mundo. Estaban todos tocados por la desgracia y parecían no encontrar redención en ninguna parte; pero, gracias a él, podrían cambiar el rumbo de sus vidas y darles sentido. Invitó a algunas de esas mujeres desheredadas a convertirse en madres de los hijos de otros, a expiar su culpa de maternidad fallida, ofreciendo a una familia la felicidad que ellas no pudieron conseguir. Eso, por otra parte, les supondría unos ingresos notables, que les proporcionarían la posibilidad de buscar a sus propios hijos si lo deseaban o de tratar de reconducir sus vidas con cierta dignidad.

Muchas de ellas, solas y apartadas, con la carga del sentimiento de culpa desde esa niñez que les arrebatara la violencia y con la angustia de una vida que no sabían cómo vivir, aceptaron. Y fueron las «invitadas» del doctor Perelló en su clínica de México durante el tiempo que duraba el periodo de concepción, embarazo y entrega del niño. Luego, en cuanto se encontraban recuperadas, viajaban de nuevo a sus lugares de origen, con sus estigmas algo borrados al pensar que habían hecho algo bueno para alguien (era el argumento que Perelló les trasladaba) y con un dinero que cambiaba la vida de sus familias. Según fue pasando el tiempo, Perelló también buscó para la misma tarea a las hijas nacidas de las violaciones, que se sentían hijas del mal y sabían cómo entender el mundo y para las que tener una «misión» era casi tan importante como el dinero que recibían por llevarla a cabo. Perelló siempre las elegía rubias, de piel blanca y ojos claros. Las que no podía encontrar como madres sustitutas ni gestantes en México. Y fue una idea magnífica, porque para los clientes especiales, los que estaban dispuestos a pagar su paternidad a precio de oro, eran vitales las características del vientre de alquiler. De hecho, los rasgos eslavos fueron tan decisivos en las maternidades subrogadas practicadas por él que pronto decidió también ofrecerles a las mujeres más jóvenes la posibilidad de incrementar sus ingresos con donaciones de óvulos e incluso llegó a contactar con hijos varones de las violaciones, también destruidos por la pobreza y el estigma, y organizó viajes a sus clínicas para que donaran su valioso esperma eslavo. Así sus clientes podían elegir a la carta, además del sexo —si pagaban, por qué no iban a poder decidirlo—, esos atributos físicos tan deseados de los donantes que, en definitiva, señalarían los de sus hijos.

Su clínica se convirtió en una de las más prestigiosas del circuito y la visitaban pacientes no solo mexicanos, sino de cualquier lugar del mundo y tanto heterosexuales como homosexuales, pero todos con los bolsillos bien llenos y dispuestos a pagar lo que fuera con tal de conseguir el sueño que la naturaleza les había negado. Entre las parejas heterosexuales las había incluso sin ningún problema para procrear, pero que preferían hacerlo a través de una madre sustituta para evitarse las molestias y que las madres biológicas estropearan sus cuerpos.

Fertiplex México ofrecía todas las modalidades siempre que los clientes estuvieran dispuestos a pagar.

Si en las clínicas españolas Perelló repartió su esperma, en México, donde también podía llevar a cabo legalmente maternidades subrogadas, dio un paso más y se convirtió en una especie de dios que no solo proporcionaba todas las posibilidades para alcanzar la paternidad soñada, sino que ofrecía madres sustitutas de características físicas tan elegidas como las de los donantes tanto de esperma como de óvulos.

¿Acaso no era justo que el propio Jaime Perelló alcanzara la paternidad anhelada, después de haber ayudado a tanta gente a lograrla a la medida?

Desde luego que sí. Por él y por su mujer, que había sufrido mucho. Un cáncer de endometrio muy agresivo que obligó a un tratamiento durísimo previo al cual se extrajo óvulos, los fecundó con el esperma de su marido y tras perderse alguno más, consiguió ocho embriones congelados; sin embargo, no se los pudieron implantar luego en su propio útero porque el cáncer se extendió y debió ser extirpado... Durante años, hasta que los médicos no le dijeron que estaba curada por completo, decidió no hacer nada con ellos. Amparo no quería que sus hijos solo tuvieran padre en el caso de que ella muriese... Finalmente, cuando por fin le diagnosticaron que estaba limpia, fue ella quien decidió que la madre sustituta fuera Lucía. La hija de su marido. Así, el proceso no sería tan aséptico e incluso ese mínimo tanto por ciento que la madre gestante aportaba por pura epigenética tendría que ver con ellos mismos, con su carne, su sangre y su historia... Si alguna vez tuvo dudas, desde el mismo momento en que conoció los problemas de la chica en esa familia suya desestructurada y sobre todo su embarazo y posterior aborto, se le disiparon. Como Jaime decía, ella tenía que devolver el regalo de su propia vida... Y ninguna manera mejor de hacerlo que gestando otra vida para quien se la había dado a ella.

En la suite más grande y confortable de todas las de Fertiplex México fue encerrada Lucía Peña. La joven llegó en un estado de salud lamentable, aunque poco a poco fue recuperándose, al menos en lo físico. Sin embargo, durante dos o tres meses sufrió insomnio, pesadillas y alucinaciones que obligaron a que el médico mexicano encargado de su cuidado —el mismo hombre que fue a sacarla del contenedor para llevarla a la clínica— tuviera que inocularle calmantes a diario. Él mismo fue quien le proporcionó libros para que su estancia fuera más agradable y una pantalla de televisión, sin acceso a la programación, en la que solo se podían ver DVD de series y películas y una elíptica para que pudiera hacer ejercicio a diario. Y también quien le llevaba los alimentos de las tres comidas diarias. Lucía trataba de sonsacarle información cada vez que lo veía, pero el hombre, de pocas palabras, no contestaba a ninguna de sus preguntas. Tardaron más de medio año en poder retirarle los tranquilizantes. Cuando por fin lo consiguió, Perelló hizo su aparición estelar.

—Lucía, querida, ¿cómo estás? —dijo el hombre cuando entró en la alcoba de su prisionera, como si la hubiera visto el día anterior.

Lucía clavó sus iris azules en los también azules de él, como si lo hiciera en los de un fantasma. Era la primera vez que alguien le dirigía la palabra con normalidad en muchos meses. Y no era una persona cualquiera. Era Jaime Perelló, el hombre en el que más había confiado a lo largo de toda su vida. El mismo que, sin que supiera la razón, había decidido secuestrarla.

—¿Cómo quieres que esté, Jaime? Viví un auténtico infierno en aquel barco. Y ahora, aunque con más comodidades, sigo encerrada y volviéndome loca, pero... esto es lo que tú querías, ¿no? Solo dime por qué.

El hombre recorrió paseando la habitación de un extremo al otro un par de veces con mucha tranquilidad antes de contestar.

—Hay cosas que no debes saber y no te diré —avanzó, misterioso, Perelló—. Sin embargo, otras es preciso que las sepas para que elijas si quieres colaborar o si nos obligarás a hacerlas por la fuerza.

—¿A qué te refieres? —preguntó Lucía, escamada.

—Mira, Lucía —dijo el médico mientras continuaba caminando de un lado al otro del cuarto—, decidí traerte aquí porque estabas desperdiciando tu vida. Tu familia no te ayudaba pero tú, desde los catorce años, estabas equivocando el camino. Un embarazo adolescente, un aborto... Soy responsable de tu vida, Lucía, y...

—¿Cómo puedes decir eso? —interrumpió Lucía—. Sabes bien que me violaron... Pero, además, ¿te consideras responsable de mi vida por haberle hecho una fertilización *in vitro* a mi madre? Estás loco, Jaime.

—¡No me hables así, Lucía! —dijo Jaime, mirándola con ira—. Hay cosas que desconoces. Y que seguirás sin saber, porque no llevan a ninguna parte y porque sé que te obligarían a considerarlo todo de distinta manera en vez de como hay que hacerlo. Lo mismo te ocurrió con esa... «violación». ¿Violación? Fue más bien un error de conducta tuyo que una violación, ¿no? Eso pensó tu padre según me contaste y a mí no me pareció descabellado. Y ¿quién lo pagó? Ese bebé que no llegó a nacer. Ni siquiera tuviste la valentía de traerlo al mundo. ¿Sabes cuántas mujeres han sufrido violaciones terribles, de verdad, y han dejado que sus hijos nacieran? Creo, por muchas razones, que es el momento de que tú ayudes a otra persona a traer un hijo al mundo... Me lo debes. —Perelló hizo una pausa—. A mí y a... —Perelló volvió a quedarse en silencio recordando a Hasija. Ella hubiese querido al hijo de su violación y más aún al que podría haber llegado de ese amor filial entre ellos, a Lucía, pero... Hasija murió y Amparo, su mujer, su compañera, su cómplice, su amiga, que conocía la verdad de su historia y esperaba desde hacía mucho esa maternidad tan anhelada, deseaba que Lucía, y no otra, fuera la madre sustituta de su bebé—. Amparo no puede tener hijos como sabes... —añadió finalmente—. O mejor dicho, no los puede tener de manera natural. Pero tú la ayudarás.

—¿Qué... qué... quieres decir, Jaime? —preguntó, asustada, Lucía.

—Es muy sencillo. Amparo ya no tiene útero. Sin embargo, su capacidad afectiva para ser madre y su inteligencia emocional no solo están intactas, sino que son dignas de mención, tú lo sabes bien... Ella siempre rechazó que cualquier madre albergara ninguno de los embriones que surgieron tras fecundar con mi esperma sus óvulos y congelarlos, antes del tratamiento de cáncer al que tuvo que someterse para salvar la vida. Quería esperar a estar sana del todo y... a que pudieras ser tú. Le prometí que cuando llegara el momento tú serías la madre sustituta. Ya tienes dieciocho años y me lo debes, Lucía. No te puedo explicar por qué, pero me lo debes. Y si decidiste acabar con la vida de un hijo, te sentirás mejor si ayudas a traer otra vida al mundo...

Lucía miraba a Perelló sin dar crédito a sus palabras. ¿Ese hombre era el mismo al que le había confiado sus secretos toda su vida? ¿El que alguna vez deseó que fuera su padre? ¡Estaba completamente loco!

—¿Te refieres a que utilicéis mi vientre? ¿A que yo traiga al mundo a vuestro hijo? —Perelló asintió—. Y ¿no podrías habérmelo pedido? Tal vez... No sé —dijo mientras se llevaba las manos a la cabeza y cerraba los ojos.

—No me podía arriesgar, Lucía... Tus padres también habrían opinado y... ellos no tienen derecho, así que... Además..., tampoco quiero que nadie sepa que recurrimos a una madre sustituta...

—Y entonces, ¿qué pasará conmigo cuando nazca ese bebé vuestro que queréis que yo traiga al mundo? ¿Me, me... mataréis?

Perelló volvió a recorrer la estancia con las manos en los bolsillos.

—Qué cosas dices, Lucía. Ya veremos lo que hacemos. Depende de ti. De momento, lo importante es que te podamos implantar nuestro embrión. Y que el niño nazca, claro. Luego... ya se verá. Dime, ¿querrás ayudarnos?

Lucía se levantó y se acercó hasta él, despacio, mirándolo con furia.

—¿Estás loco? Haré todo lo posible para que ese bebé no nazca, ¿lo entiendes? No dentro de mí...

Perelló descargó una bofetada sobre el rostro de Lucía con tal fuerza que la chica cayó al suelo.

—Qué curioso —exclamó—. Eres como «tus» padres. Muy poco generosa. No deberías haber salido así... De todos modos, no tienes elección —añadió mientras abría la puerta de la habitación, tras la cual estaba apostado un guardia de seguridad—. Si no colaboras conmigo, todo será más difícil. Empezaremos enseguida con la intervención. Te aseguro que lo tengo todo controlado. Esto es México, ¿sabes? Aquí, con el dinero suficiente es fácil comprar silencios y voluntades. Y a mí el dinero me sobra, ¿recuerdas?

31

MÉXICO LINDO

Siempre le gustó México. Aunque más el D. F. que cualquier otra plaza. O la Ciudad de México, como se llamaba ahora. No lo entendía como lugar de vacaciones ni aunque recordara las pelis que grabara Elvis Presley en Acapulco y sus playas fueran las más recurrentes en los catálogos de las agencias de viajes; México para él era más bien un país de realidades duras, donde cada uno interpretaba la vida a su modo. En el medio de todo, entre Estados Unidos y el resto de la América Latina, México arrastraba las miserias de ambas partes y posiblemente también su fortaleza. Los mexicanos se debatían entre el narcotráfico, la emigración, la delincuencia y la dicha de saber celebrar y vivir la vida hasta su confín y ese orgullo patrio que incluía el obligatorio odio al conquistador. México no dejaba indiferente a nadie y recorrerlo siempre suponía una aventura. Peligrosa. Era preciso saberlo. Porque las reglas establecidas solo servían para unos pocos. Los demás se las saltaban. El viaje, en turista, se le hizo interminable. Más aún por tener que volar de Palma a Madrid, de Madrid al D. F. y de allí a Villahermosa. Sabía que el estado de Tabasco había aparecido reseñado como el primer lugar de secuestros de México. Solo en el año en curso habían sido denunciados sesenta y nueve, diez menos, por suerte, que en el mismo periodo del 2016. Y, de hecho, Villahermosa, en el sur, estaba considerada como la nueva capital del crimen en México y lideraba la tabla de las ciudades donde las personas se sentían más desprotegidas. La «Esmeralda del Sureste», como llamaban los propios habitantes a Villahermosa, cada vez era más insegura. Y donde la inseguridad era mayor todo se conseguía con dinero. De hecho, en Villahermosa era frecuente observar cómo los ricos viajaban en sus grandes coches todoterreno con personal de seguridad cargados de armas de asalto dispuestos a seguir su destino a costa de borrar del mapa a quien interfiriese en él para cambiárselo, ya fuera por maldad o por necesidad.

Ya en el hotel Hyatt (un establecimiento de cinco estrellas y céntrico, por seguridad, ya que en México se podía pagar), Roures trató de ordenarse. Lo más fácil hubiera sido ir a Fertiplex y presentarse como un potencial padre feliz. Solo se imponían límites de edad a las madres, así que la suya, avanzada, no sería un inconveniente. Con la nueva legislación no era posible que un hombre solo contratara a una madre gestante, ni siquiera que lo hiciera una pareja si no disponía de la nacionalidad mexicana, pero tampoco creía que la legalidad, en un país donde pocos años atrás un cártel como el de los Zetas controló un penal y lo convirtió en un búnker donde se asesinaba y se deshacía de los cuerpos de las víctimas, fuera un inconveniente para casi nada. En realidad, casi no lo era en ninguna parte, si se analizaban las corrupciones internacionales, incluidas las españolas. Luego se juzgaban, y algunos, muy pocos, las pagaban, el resto... Quería ir a esa clínica, recibir la información adecuada y buscar a Isabel, mientras esperaba noticias del comandante García Perea... Pero Perelló estaba allí. Si le veía, sospecharía y todo podría irse al garete. Tendría que montar guardia en la clínica y esperar al ginecólogo para poder controlar sus pasos. Si lo veía entrar o salir, podría reaccionar. Localizó la dirección de Fertiplex, se cambió de ropa y se puso un traje para tratar de tener el aspecto de alguien con buena posición social y pidió al hotel que le llamaran un taxi. En una ciudad tan insegura, mejor no arriesgarse a pararlo en la calle. Al llegar al establecimiento, en las afueras de la ciudad, se encontró con un inmenso complejo. No es que fuera la clínica de La Paz en Madrid, porque solo constaba de dos plantas, pero los edificios eran varios y se encontraban enclavados en un terreno muy extenso del que no se veían los límites.

Le dijo al taxista que quería esperar allí en el interior del coche.

—Bien —dijo el hombre—. El contador no se para...

Roures miró a la entrada, a donde se acercaba un lujoso cuatro por cuatro que casi parecía un tanque blindado, del que salieron dos hombres armados, abrieron la puerta del coche y se colocaron uno a cada lado. Justo entonces salió Perelló, acompañado de su mujer. Ambos se montaron en el vehículo, que se alejó calle adelante. Eso sí que era suerte. Era el momento de entrar en la clínica. Pagó el taxi, empujó la puerta giratoria custodiada por otros dos guardas de seguridad y se encontró con un espacio blanco y armonioso en el que una señorita rubia, de grandes ojos verde claro, con el cabello recogido en una coleta larguísima, recibía a los clientes tras un mostrador. Detrás de ella, a ambos lados, de pie, pegados a la pared y con cara de pocos amigos, se podía ver a otros dos hombres con uniforme.

—Bienvenido, señor —le dijo desde el otro lado del mostrador, con un levísimo acento de no se sabía dónde—, ¿en qué puedo ayudarle?

—Vera, señorita. Necesito información sobre fertilizaciones *in vitro*. Mi mujer, ¿sabe?

—Oh, sí, cómo no. Ha venido usted al lugar adecuado. Enseguida le atenderá uno de nuestros médicos y le proporcionará la información adecuada.

—Está bien —respondió él—. Espero. Pero... una pregunta, por curiosidad, ¿de dónde es usted?

La chica sonrió con dulzura.

—Nací en Gorazde, a una hora y media de Sarajevo. ¿Me lo ha notado por el acento? ¡Si llevo aquí muchísimos años!

—Ya —repuso Roures, sonriendo a la chica—, pero su físico tampoco es precisamente el más mexicano. Y tampoco puede llevar tantos años. Es usted una niña…

—No se crea. Ya estoy cerca de los treinta… Pero mire, ya está aquí el doctor Fernández.

—Buenos días —dijo el médico, tendiéndole la mano—, si me acompaña…

Caminaron juntos hasta el despacho del hombre. Mexicano, según parecía, pero de piel muy clara y pelo castaño claro.

—¿En qué puedo ayudarle?

—Verá —empezó Roures—. Mi mujer tiene ya cuarenta años. Lo hemos probado todo para tener hijos, pero… parece que no tenemos suerte. Por lo que nos han dicho, el asunto está complicado. Parece que sus óvulos no funcionan.

—¿Qué es lo que buscaban, una FIV con donación de óvulos, entonces?

—Pues… me temo que eso tampoco nos serviría. Necesitamos… algo más. Su útero también está estropeado, ¿sabe? Requeriríamos la ayuda de una madre sustituta. Pero no querríamos sus óvulos, preferiríamos los de otra mujer (de rasgos definitivamente blancos: rubia, ojos azules…), en una madre sustituta, a ser posible, de las mismas características, junto a mi esperma… Llevo mucho leído sobre esto y… creo que eso sería lo idóneo.

El médico se atusó el cabello antes de contestar.

—Verá, señor…

—… Vega del Río —inventó Roures, tratando de que el apellido sonara a grande de España y persona de posibles.

—Señor Vega del Río, es usted español, ¿verdad? No sé si usted sabe que cambió la legislación en nuestro país hace muy poco. Antes podíamos ofrecerle la gestación subrogada entre nuestros servicios a los extranjeros, y vinieron muchos españoles, pero ahora…, con respecto a los óvulos no habría problema, porque además nosotros contrastamos mucho los rasgos físicos de nuestras donantes, para que los hijos se parezcan a los futuros padres, aunque usted…

—Por mí no se preocupe… —se apresuró a contestar Roures—. Mi parte genética estará presente… Y mi mujer es joven, rubia y de ojos azules. De Centroeuropa, ¿entiende? Por eso necesitaríamos un óvulo con esas características.

—Ya. Pues, como le decía, el problema es que si su útero no funciona… Nosotros ya no podemos ofrecerle servicios de gestación subrogada. Ahora lo prohíbe la ley.

—¿La ley? —preguntó Roures, esbozando una sonrisa de complicidad—. ¿Y eso cuánto dinero más me va a costar?

—No, señor, no, es que…

—Tengo… —Roures hizo una pausa— muuucho interés. Tanto como para pagar una fortuna por esto. Pero quiero ser padre, ¿me entiende? Y quiero que mi hijo sea mío.

—Y… ¿por qué ha venido aquí?

—Me lo recomendaron. En España. Permítame que no le diga quién. Pero sepa que son clientes de esta clínica. Tienen dos rubísimas hijas preciosas… De vientre de alquiler.

—Gestación subrogada, por favor.

—Gestación subrogada… Como quiera. Pagaré lo que haga falta. Y no aceptaré un no por respuesta. No quiero ir a una clínica americana. Quiero hacerlo aquí. En una clínica española, aunque esté en México…

—Ehhhh, bien. Déjeme un número —dijo finalmente el médico—. Veré lo que puedo hacer, pero…

—Venga, anímese. Seguro que se le ocurre algo. Mientras, ¿me enseña la clínica? Me dijeron que es una maravilla…

El médico paseó a Roures por las instalaciones, le enseñó las salas de punción, el laboratorio… Los dos flanqueados por guardias de seguridad. Al otro lado de las cristaleras del edificio principal, atravesando un patio, se veían varias construcciones más. Como si fueran bungalós. También vigilados por otro par de hombres.

—¿Y eso? —preguntó Roures, señalando a los edificios de enfrente.

—Son las dependencias de nuestras madres gestantes, ahora solo para padres de nacionalidad mexicana. Para algunas es más cómodo estar durante el final del embarazo con nosotros y los padres también lo prefieren para que estén más controladas, así que…

Una puerta se abrió y de ella salió una chica atlética, alta y rubia con una considerable barriga.

—Pues no parece que sean mexicanas…

—No sería necesario que lo fueran, ahí la ley tiene una laguna. Aunque también las hay mexicanas. En todo caso, a esa chica se le implantó el embrión de los padres de intención en diciembre de 2016, antes de que se aprobara la ley. Le quedan pocas semanas de gestación. Y tendremos que ver si la administración no pone pegas para conceder los papeles oportunos… De todos modos, debo decirle que en México también hay mujeres güeras de ojos claros… En Monterrey, las hay a montones. Eso sí, casi siempre pertenecen a la alta sociedad.

—Entiendo… Bien, debo irme. Consulte mi propuesta con quien tenga que hacerlo. Y páseme un presupuesto. Mi mujer llegará en un par de días… En cuanto lo haga, me pasaré por aquí. Piénselo bien. Podría pagar casi cualquier cifra.

—Sí, señor —respondió el médico sin inmutarse—. Aunque ya le digo que no es sencillo. Pero, descuide, le procuraré información. Y si aquí no se puede por lo que le comenté de la ley, tal vez le pueda indicar otro lugar…

El hombre se justificaba, por si acaso, pero dejaba el asunto abierto. No le causaba extrañeza que le preguntaran directamente. Ni tampoco que alguien hablara de cifras extraordinarias para alcanzar la paternidad. Aquella lujosa clínica respiraba negocio. Las estancias de las madres gestantes parecían habitaciones de prostíbulos puestas en limpio. Estaba claro que las mujeres elegían prestarse a la maternidad subrogada por su futuro o por el de sus familias por voluntad propia, pero era difícil pensar que alguna lo hiciera sin tener necesidad. Como a tantas mujeres prostituidas, la precariedad las tenía secuestradas. Siempre habría excepciones, mujeres altruistas y generosas que lo hicieran por... alguien cercano a quien querían; también existían en la prostitución aquellas a las que la «profesión» les gustaba, o eso decían... De cualquier modo, la prostitución no era comparable a la maternidad subrogada, aunque en ambas se alquilase carne propia. Pero cada una de las dos tareas tenía lo suyo, porque si no debía de ser fácil compartir prácticas sexuales de todo tipo, llevar en el cuerpo al hijo de otros tampoco debía de ser sencillo, por lo emocional e incluso por lo físico. Parir era una burrada. Incluso cuando tenía la compensación del amor... Aunque la historia recogía casos de millones de mujeres pobres que habían concebido hijos para familias poderosas. Hijos que jamás volvían a ver. Y era peor, porque esos hijos eran de su carne y de su sangre. Algunas incluso los ofrecían, aunque no se los hubieran encargado, para procurarles una vida mejor o para que el resto de la familia pudiera vivir una vida más digna a costa del hijo perdido. A otras se los arrebataron... Los niños, ese objeto de deseo. El mismo al que unos adoraban y otros maltrataban.

Salió de aquel lugar limpio y pulcro que le provocaba náuseas. No juzgaba los deseos de unos y otros de ser padres de cualquier manera y a cualquier precio. Quizás en poco tiempo la ciencia decidiría el número de niños y la forma de fabricarlos. Y quién debía o no ser padre. Pero no le gustaba el negocio en torno a la vida ni lo vulnerables que se volvían los seres humanos a costa de los hijos. El deseo de tenerlos a cualquier precio podía conducirlos a las máximas bajezas y el de protegerlos, a la debilidad más absoluta. ¿Qué no haría un padre por un hijo si incluso para concebirlo era capaz de cualquier cosa? ¿Qué no haría por él, si sentía su dolor en la propia piel, si le amaba más que a sí mismo, si gracias a él conseguía sentir ese amor sin límites que parecía no tener retorno, pero por el que el padre experimentaba la gracia de sentirse un ser humano más completo?

Volvió a la realidad al marcar el teléfono de Isabel. Necesitaba hablar con ella y saber qué había averiguado.

—Sorpresa —le dijo cuando ella contestó—. Estoy aquí.

—¿Aquí?

—En Villahermosa… En el Hyatt. ¿Crees que te supone algún riesgo verme?

—No. Me preocupa casi más hablar por teléfono contigo que verte. Nadie me sigue aquí. Ni por mi nombre ni por mi aspecto… Soy… otra persona. Así que creo que estoy bastante segura en este lugar, que es de los más inseguros del planeta. Tiene gracia…

—Dónde nos vemos entonces —preguntó Roures, yendo como de costumbre al grano—. Necesito hacerte un par de preguntas.

—Como siempre, Roures, como siempre… Cenemos, pues. A las siete en Morena Mía. Está cerca del hotel. Comida mexicana y picante. De la que te gusta. Y… ve con cuidado. Esta ciudad es complicada. De las que también te gustan.

Roures aprovechó que el horario lo permitía para telefonear al comandante García Perea.

—Comandante, soy Roures.

—Esperaba su llamada, ¿alguna novedad?

—¿Ha conseguido que la jueza reabra el caso?

—Sí. Y ya nos hemos puesto en contacto con el agregado de Interior allí, en México. Alguien de la UCO se desplazará. Como observador. Si hay que llevar a cabo alguna operación, tendrá que ser la Policía Federal Mexicana la que se ocupe, a través de su fiscalía. Espero por el bien de todos que sus informaciones sean ciertas, si no...

—Créame, comandante, en esa clínica, aparte de no sé cuántos guardias de seguridad vigilándolo todo, hay gato encerrado. Y dudo de que el gato sea solo Lucía. Esta noche obtendré más información. Le tendré al tanto.

Horas más tarde, Roures salía rumbo al restaurante. Por lo que había podido ver, estaba a menos de un kilómetro de distancia del hotel, pero aun así era conveniente mantenerse ojo avizor. Las tiendas, no demasiadas en la zona, estaban abiertas todavía. El restaurante se encontraba en una animada plaza, junto a otros locales gastronómicos, y era agradable y colorido. Roures llegó un poco antes de la hora y esperó fumando un cigarrillo en la puerta a que apareciera Isabel. Hacía un calor húmedo pegajoso. El aire olía a tormenta y el cielo auguraba agua. Al cabo de unos minutos comenzó a llover con suavidad. Isabel llegó caminando bajo esa leve llovizna como si cayera sobre otro. Roures reconoció su impactante silueta, delgada y armoniosa, dibujada en su metro ochenta. Sin embargo, Isabel había dejado de teñirse y su cabello, muy corto, casi como el suyo, tenía las mismas canas. Su rostro, apenas dos años atrás casi liso y solo marcado por la expresión, se había convertido en un enjambre de arrugas. Dos años de angustia y soledad dejaban muchas huellas, máxime cuando se estaba cerca de los sesenta como ella. Roures lo sabía por experiencia. Solo que él era un tío y las arrugas en su piel estaban mejor vistas... Isabel, como de costumbre, adivinó su pensamiento.

—Debí buscarme un arqueólogo para casarme con él —dijo al besarlo en la mejilla—. Así cuanto más vieja me hiciera, más encantadora me encontraría...

—Tú siempre serás encantadora... —empezó Roures.

—Ya. Es un problema de verbo. No es lo mismo ser que estar... La frase no es mía, Roures, sino de Agatha Christie, que no tuvo nunca una apariencia encantadora, pero sí dos maridos y el segundo mucho más joven que ella y totalmente devoto, arqueólogo... Me alegra que, por una vez, no te sepas una cita. Debes de estar perdiendo facultades.

—No lo dudes —asumió él—. ¿Entramos?

—Claro.

Ya en la mesa, Isabel se empeñó en pedir y encargó unos tiraditos de atún, un aguachile de ribeye y dos margaritas.

—Muy adecuado —aceptó Roures—, muy mexicano todo. Hasta el nombre: Mariana.

—Me gusta mi nombre, ¿sabes?

—Te sienta muy bien, como el pelo corto...

—No me fastidies, Tony. Guárdate las mentiras para las mujeres a las que quieras conquistar. —Roures sonrió primero y luego frunció el ceño—. ¿Perplejidad o dolor de cabeza?

—Lo segundo —dijo él, sacando el Actrón del bolsillo.

—Vaya, has cambiado de pastillas.

—Sí. Todo cambia. Todo envejece y hasta desaparece y la Neocibalena dejó de fabricarse... —dijo mientras diluía los dos comprimidos en lo que le quedaba de margarita y se lo bebía de un trago.

—No empecemos con las nostalgias... A mí ya ni me quedan. Dos años en esta tierra me las han borrado por completo. Pero no te lloraré más, no vaya a ser que me compadezcas... Sabes que no lo soporto. Prefiero que me «utilices» como informante. Me gusta tener la sensación de que aún puedo valer para algo.

—Isabel...

—Mariana...

—Está bien, Mariana. No me hubiera puesto en contacto contigo de no ser por la gravedad de este caso. Prieto me dijo que...

—Prieto es demasiado cauto y se equivoca. Yo ya no estoy en el punto de mira de nadie. Tal vez si volviera a España, las cosas cambiarían. O incluso si me fuera a Argentina; pero aquí no corro ningún peligro. O no por aquel asunto.

—Bien —aceptó Roures—. Hablemos de Fertiplex, entonces. ¿Tienes más información?

—Sí. Mi contacto, la que limpia allí, me ha dicho que, sin duda, hay alguien encerrado en la estancia principal. Alguien que lleva mucho tiempo, casi dos años. Por fechas cuadraría con la desaparición de la chica. Pero, además, dice que una de sus compañeras vio cómo llevaban a una chica dormida desde esa habitación a las salas de punciones o de transferencias, no sé. Vamos que no sé si lo que hicieron con esa chica dormida fue extraerle óvulos o transferirle embriones o ambas cosas… Dulce María dice que solo vieron que sacaban a una chica en camilla de la habitación. Inconsciente. Y eso es lo raro. Las chicas van por su propio pie a estas cosas. Les dan medicación para prepararlas, pero no cuando van a entrar en las salas…

Roures miraba a Isabel con atención. Físicamente parecía otra persona, pero su energía vital era la misma. Pasado el pánico de saberse en el punto de mira, ahora había recuperado su aplomo y su valentía casi temeraria. Lo que le estaba contando era la prueba definitiva. Lucía estaba allí, pero ¿qué le estarían haciendo?

—¿Por qué tu contacto no le ha contado nada a nadie?

Isabel lo miró con asombro.

—¿Estás loco? Ni aunque supiera que tienen a una persona secuestrada diría algo. No hay nada más valioso en Villahermosa que un trabajo con el que ganarse la vida. Ella mantiene a su mamá, a sus dos hijos… Y está sola, claro. Su pinche marido la abandonó hace mucho. Comen todos de ella, y de milagro. Y sabe que un paso suyo en falso… Los dueños de la clínica son ricos y poderosos y tienen una banda de expolicías trabajando en su seguridad. Aquí la vida vale muy poco y alguien inconveniente puede acabar *balaseado* y con el cuerpo en una cuneta en un santiamén. Sin que nadie diga nada, sin que ni siquiera el hecho produzca extrañeza. Esto es México lindo, amigo. Que no se te vaya de la cabeza.

Tras un mucílago de cacao que Isabel se empeñó en compartir con el detective junto con otro margarita, salieron a la calle e Isabel le insistió en que se subiera a su *pick up* desvencijado para llevarle.

—Te aseguro que este carro no llama la atención. Y eso es lo más importante en esta ciudad.

Antes de despedirse, la mujer le contó sus planes.

—Dulce María necesita quedarse con su hijo pequeño unos días, porque le van a operar. No sabía cómo decirlo en el trabajo. Cualquier cosa menos arriesgarlo... Le he dicho que la sustituiré yo. Y que le pagaré por ello. Así que está que no se lo cree, loca de alegría. Me he pedido vacaciones en mi canalcito de tele y no hay problema, así que, desde mañana, mis próximos quince días serán como limpiadora en la clínica Fertiplex. Te aseguro que me enteraré de todo...

—No, Isa..., Mariana, no —le dijo Roures con preocupación—. Con la información que me has proporcionado no me quedan dudas. La Guardia Civil ya se ha puesto en contacto con la policía mexicana, y si su valoración de los indicios es positiva, puede que preparen una operación de asalto. No se pueden arriesgar a que descubran sus intenciones y se lleven a la chica. O a que la maten... No te metas ahí, por favor. Es peligroso.

Isabel lo miró con ternura y sonrió. En aquella sonrisa Roures vio el reflejo de la mujer con la que compartiera guerra y cama. La misma a la que el horror hizo que dejara de amar... Una mujer sola desde entonces, sin esperanza, sin suerte...

—No me queda otro remedio, Roures, ya me conoces. Quiero ver qué pasa ahí dentro. Y se lo he prometido a Dulce María... Si algo me ocurre, quiero que mis pocas cosas sean para ella. ¿Te ocuparás? Por lo que parece, se va a quedar sin trabajo... Y eso sí que no me lo voy a poder perdonar...

—No me jodas, Isabel —respondió él.

El detective se despidió de su amiga en la puerta del hotel con un beso en la mejilla. Sabía que era imposible tratar de convencerla. Marcó el teléfono del comandante García Perea. La información que iba a darle era más que suficiente para que empezaran a tomarse decisiones.

32

Dos años de encierro

Lucía había inventado una rutina para no volverse loca: una hora de aseo personal, dos horas de elíptica, dos horas de lectura, dos horas de tele… El resto era comer, dormir y escribir un diario en el que iba encerrando todos sus pesares. Una infección intestinal severa tras su viaje en el contenedor, aparte del tratamiento con ansiolíticos de su ansiedad alucinatoria, provocó que fuera indispensable retrasar su primera transferencia embrionaria más de seis meses. Fue entonces cuando, tras la preparación pertinente, le implantaron dos embriones de Jaime Perelló y Amparo. Cuando el embarazo no prosperó a causa de una toxoplasmosis —un guardia estúpido, al que por supuesto ya habían despedido, le trajo un gatito recién nacido que fue el foco de contagio—, Lucía pensó que Perelló desistiría de su empeño y que no la obligaría a gestar en su vientre a su hijo. Sin embargo, no fue así. Perelló insistió mucho en el deseo de su mujer de que ella fuera la madre sustituta. «¿Por qué?», preguntó Lucía mil veces, hasta que él por fin respondió: «Porque llevas mi sangre en tus venas y nos perteneces». Perelló era su padre. O eso le contó. Eso y otras historias horrendas sobre una madre muerta que tampoco quería que fuera la suya. Mientras se recuperaba del embarazo fallido, le extrajeron óvulos para donaciones, sin darle otra opción. «Tú más que nadie estás obligada a ser generosa con los otros. Tu vida es un regalo.

Un inesperado milagro que no te hubiera correspondido de no ser por mí». Lucía se preguntaba muchas veces qué pasaría con esos óvulos, quién los fecundaría, en qué vientre se gestarían, quiénes serían los padres de sus hijos, de esos niños con su material genético y sus gestos impresos en su rostro... Serían unos padres verdaderos. Tanto como los suyos, a los que les unía el amor, aunque no la genética. Pero ¿por qué no le habían dicho ellos nada de todo aquello? «¿Quieres saberlo? —le preguntó Perelló riendo—. Porque se engañaron entre ellos y yo decidí engañarlos a ambos. Tu madre le dijo a tu padre que eras su hija... Y yo le dije a tu madre lo mismo... No eres mi única hija en el mundo, Lucía, mi esperma viaja en muchos otros seres humanos a los que yo he ayudado a ser padres; pero tú eres hija también de Hasija..., aquella niña sin suerte... Por eso viniste al mundo. Luego vi tu comportamiento, el de tu familia y... cuando le conté la verdad sobre ti a Amparo, ella, con todos sus problemas reproductivos y de salud, pero la mente tan lúcida, me dio la solución: tú tenías que ser la gestante de nuestro hijo...».

Las palabras de Perelló se quedaron impresas en el cerebro de Lucía. Entonces, ¡sus padres no sabían quién era! Y ella ya tampoco. Ni siquiera sabía si quería volver a casa. ¿La querrían cuando descubrieran que llevaba otra sangre? Le habían dicho que en pocos días le transferirían otro embrión. De hecho, el médico que la visitaba con regularidad le comunicó que Perelló estaba a punto de llegar y que en esta ocasión también vendría la madre de intención: Amparo. «Espero que sepas comportarte con ella. Si no, habrá consecuencias. Te lo aseguro». Le dijo la última vez que la vio el ginecólogo. «Pero ¿qué harás conmigo cuando tengas a tu precioso bebé?», preguntó ella. «Ya lo pensaremos, Lucía. Ya lo pensaremos». Quedaban muy pocos días para que se realizara la nueva transferencia. Luego llevaría un bebé en su vientre, de nuevo. Que no sería suyo más que mientras estuviera en su interior y que le quitarían cuando naciera... Y después... Tal vez acabarían con ella o... ¿la harían volver a ser madre gestante? ¿Eso iba a ser su vida? ¿Cómo era posible que nadie la hubiera encontrado? Sus padres ¿pensarían que estaba muerta? ¿Se seguirían considerando sus padres si supieran que ella...?

Miró a través de la ventana enrejada y cerrada que daba a un patio interior, grande, de unos veinte metros, lleno de plantas, al que la dejaban salir a tomar el aire. Se fijó en una mariquita roja, con puntos negros, y sonrió. En todo ese tiempo se había acostumbrado a la cautividad. Y valoraba cualquier cosa. Esa mariquita, por ejemplo, le parecía un presente de la naturaleza. Algo extraordinario. Solo echaba en falta a su familia y... ¡poder conversar! Con quien fuera. Sus guardianes le hablaron poco desde el principio de su encierro, pero menos aún desde el incidente del gato. Tenían prohibido relacionarse con ella. Siempre había uno en la puerta. De día y de noche. No eran ellos, sino su médico quien le llevaba la comida, pero él... casi no le dirigía la palabra. Como mucho, contestaba de manera lacónica a alguna de sus preguntas o le proporcionaba el libro que pedía o un cuaderno nuevo donde seguir escribiendo sus pensamientos. En casi todas las páginas repetía una y otra vez: «Te quiero, mamá», «Te quiero, papá», «Te quiero, Carlitos»... Nunca pensó que los quisiera tanto a todos. Y menos sabiendo que ni siquiera eran su verdadera familia. Aunque claro que lo eran. ¿Acaso la familia no es aquel grupo humano con quien uno se cría? Qué curioso. Esa era la filosofía de Perelló. La esencia de lo que hacía en sus clínicas de fertilización con donaciones de esperma, de óvulos y hasta de embriones, con vientres de alquiler, con paternidades y maternidades de todos los tipos posibles... Y, sin embargo, a la hora de gestar a su hijo, no solo quería el óvulo de su mujer y su propio esperma, sino que el vientre que lo albergara llevara su propia sangre... Se preguntaba a cuántas personas más habría engañado con su esperma o el de otros, con óvulos de unas u otras mujeres, con embriones de otras parejas. Y también cuántas personas dejarían de querer lo que querían a los suyos si descubrieran que no son suyos del todo, o cuántos vivían felices creyendo que eran hijos de sus padres y sus madres sin serlo... ¿Daba lo mismo la sangre? ¿Solo contaba el roce y el cariño? ¿Qué era mejor, saber o no saber? ¿Era obligatorio contar? ¿Los médicos a los padres? ¿Los padres entre ellos? ¿Los padres a los hijos? ¿Todos? ¿Ninguno? Llevaba dos años de encierro y cada vez tenía más preguntas formuladas en su diario, pero ninguna respuesta. Daba igual. Posiblemente nunca llegara a planteárselas a nadie y nunca nadie, salvo Perelló, que solo le ofrecía información sesgada, se las contestaría. Posiblemente, su vida acabaría allí, pero antes —y ahora sabía que lo quería— volvería a llevar en su vientre un bebé y, esta vez, le daría la vida...

33

La transferencia

Jaime Perelló y su mujer llegaron a México a bordo de su jet privado. Aunque la competencia había crecido de manera considerable desde que el ginecólogo abriera su primera clínica en Barcelona, tenía tal cantidad de ellas en España que solo gracias a sus beneficios podría haberse permitido cualquier capricho o excentricidad. Pero, además, poseía diferentes bancos no solo de esperma, sino también de óvulos. Solo el de Barcelona contaba con diez mil unidades acumuladas. Y tenía unos cuantos repartidos por Europa que le servían para no quedarse sin existencias. Todo era cuestión de «empaquetarlos» bien. Las bombonas de nitrógeno líquido evitaban que se perdiera la temperatura óptima y aseguraban que la supervivencia a la descongelación continuara siendo casi del cien por cien. Se suponía que era necesario respetar las legislaciones y que los óvulos de un país como España, por ejemplo, donde la gestación subrogada no estaba permitida, no podían ir a otro donde fuera legal. Aunque, al final, el control sobre el material genético era casi nulo. Incluso ahora que distintos países, incluido México, habían endurecido su regulación respecto a la gestación subrogada. Perelló, en su día, abrió el primer banco de óvulos y esperma en Sarajevo. El único que existía hasta el momento. Cómo no. La patria de su madre. Donde él reclutaba a las chicas para «ayudarlas», aunque luego a más de una la convenciera e incluso la obligara a permanecer en México unos cuantos embarazos más de los deseados y cobrasen mucho menos de lo que les correspondería. Aun así, era una fortuna para ellas. Tanto para las madres gestantes sustitutas o gestantes subrogadas bosnias, como para las mexicanas.

México era, de entre todas las clínicas, la niña de sus ojos. No solo era cuestión de los pingües beneficios que le había deparado, sino que también le gustaba el país. Tenía una espléndida casa en Villahermosa, un campo con ganado y por supuesto contaba con la doble nacionalidad, que obtuvo cuando se casó con su mujer. Así que no habría problema con la gestación subrogada entre los mexicanos incluso con la legislación actual. Se encontró con algún momento delicado para sus clientes —sobre todo homosexuales—, al no haber llegado a término el embarazo de sus madres gestantes cuando se aprobó la ley; pero todo se arregló finalmente y los hijos estaban con los padres de intención. De todos modos, tenía tan controlados a los funcionarios del estado de Tabasco y tantos contactos al máximo nivel que estaba seguro de poder encontrar la manera. Y estaba también esa posibilidad, a medio camino, de realizar la FIV y la transferencia de embriones en México y el resto en Estados Unidos. Así se podían ofrecer precios más competitivos. Qué estupidez la de los dirigentes mexicanos. Un estado como aquel, sin capacidad para dar trabajo y con una pobreza de tal magnitud entre la mayoría de sus habitantes, poniendo barreras a una de sus fuentes de riqueza... En todo caso, para él, solo con las peticiones de los ricos mexicanos de gestación subrogada era más que suficiente para ganar una fortuna al año. Le gustaba su trabajo, y su poder, mayor que el de cualquiera, solo comparable al de Dios. Y en cuanto al dinero, tenía de sobra para vivir varias vidas en la mejor situación. Solo le faltaba... ese hijo. Más por Amparo que por él. Él se consideraba un padre global. Aunque a un año de cumplir los cincuenta y cinco le gustaba pensar que el también lograría el regalo de ese bebé tan deseado... Esta vez saldría todo bien. El único problema era Lucía. Después de que tuviera al bebé... ¡No podía dejarla volver a España! Además, Amparo decía que, si todo salía bien, quería más de un hijo, así que tendría que esperar para tomar una decisión a que naciera el primer niño. Y luego... Tal vez no quedara más opción que la de hacerla desaparecer. Perelló estaba tan acostumbrado a jugar con la vida, que no consideraba nada descabellada una muerte necesaria. Y menos la de Lucía, «que vive gracias a mí y que tal vez vino a este mundo con la misión de engendrar a nuestros hijos», le aseguraba a Amparo. No se lo dirían a ella. La chica tenía que estar feliz, transmitir lo mejor al bebé que portaría en su vientre, pero...

Al llegar a su preciosa casa de México, los Perelló se vistieron para la ocasión y se dirigieron a la clínica. Querían ver a Lucía. Saber cuál era su disposición. Y Perelló tenía que organizarlo todo con minuciosidad para la transferencia diferida de sus embriones congelados. La preparación del endometrio de Lucía estaba siendo observada de manera muy rigurosa. Se le había administrado la medicación hormonal entre el primer y el tercer día de su ciclo, a partir de la bajada de la menstruación. En esta ocasión, todo estaba resultando más fácil porque la chica no mostraba oposición como la primera vez y había aceptado tomar anticonceptivos orales. Llevaba haciéndolo doce días y, según los resultados ecográficos, la evolución de la capa uterina del endometrio determinaba que ya estaba en perfecto estado para efectuar la transferencia. Lucía llevaba recibiendo también progesterona por vía vaginal desde hacía dos días, así que con dos más se encontraría en el momento perfecto para realizar esa transferencia en las condiciones adecuadas y favorecer su implantación... Estaba todo listo. En cuarenta y ocho horas el embrión estaría en el útero de Lucía y el bebé se empezaría a gestar.

Al llegar a la clínica, el ginecólogo y su mujer fueron directamente a visitar a Lucía. La chica, en buena forma física por su disciplina, se había cortado la melena con unas tijeras de uñas. Le costó deshacerse de su espectacular cabellera en varias tonalidades de rubio hasta dejar su cabeza casi como la de una presa de un campo de concentración..., pero así se sentía y así quería estar. A Jaime y Amparo les sobrecogió su imagen.

—Pero ¿qué te has hecho? —dijo Perelló, espantado—. Qué estropicio...

—Me daba calor —repuso ella con indiferencia—. Y no me ve nadie, así que... Estaré más cómoda.

—¡No tenías derecho! No te perteneces... —empezó Jaime furioso.

—Da lo mismo —cortó Amparo. Y luego, con una dulzura que a Lucía le repelió, preguntó—: ¿Cómo estás, Lucía? ¿Cómo te encuentras? ¿Estás preparada? ¡Eso es lo importante! Tu pelo ya crecerá...

—Sí. Ya os lo dije... Esta vez no he puesto inconvenientes a nada. Y estoy siguiendo todos los tratamientos. Estaréis contentos...

—Esa ha sido una decisión muy inteligente, Lucía —aseguró Perelló, más calmado—. Ahora vas a vivir el bonito proceso de un embarazo. Llevarás en tu seno a tu hermano. El hijo de dos personas que siempre te han cuidado...

Lucía torció el gesto.

—Llevaré a vuestro bebé. Es lo único que sé... ¿Cuándo se hará todo?

—En un par de días. Esta vez lo haremos sin anestesia. En quince o veinte minutos todo quedará resuelto. Solo tengo que introducirte los embriones en la vagina con una cánula. Lo hago mirando el ecógrafo y sin posibilidad de error. No te alteraré la cavidad uterina al hacerlo. Es importante que bebas y tengas la vejiga llena para que pueda ver mejor tu útero... ¡Y poco más!

—Bien —aceptó Lucía—. Tal vez llevar otra vida en el vientre me alegre la mía.

—Pues claro, niña, ¿cómo crees? —dijo Amparo—. Eso es así, no hay duda. Serás muy feliz durante el embarazo. Te envidio mucho. Pero luego, además, traerás un hijo para nosotros. Será muy generoso y bello...

—Una generosidad más bien forzada, ¿no crees?

—No pensemos más en eso, Lucía —añadió Perelló—. Estos dos años pasaron volando. Y los nueves meses correrán aún más rápido, ya lo verás. Y luego...

—¿Luego? —preguntó ella, ansiosa.

—Volverás a tu casa, claro —respondió el médico—. Si es eso lo que deseas... Si no, podrías estudiar en algún sitio bonito del mundo, tener la vida que quisieras. No te faltaría de nada.

—Me faltaría mi familia —dijo ella con los ojos empañados.

—Bueno, bueno —intervino Amparo—, ya arreglaremos... Todavía queda tiempo y alcanzaremos la mejor solución. Para todos... Además, tu familia somos nosotros...

Los dos días pasaron a enorme velocidad y sin que Lucía se diera cuenta llegó el momento de la implantación. Esta vez salió por su propio pie de ese espacio que no había abandonado en dos años más que dormida, rumbo a una sala de punción. Iba escoltada por dos guardias de seguridad. Era muy pronto, aún no se habían abierto al público las puertas de la clínica. Isabel, que ese día tenía turno de mañana, limpiaba en silencio cuando, a mitad de recorrido entre el cuarto de la chica y su destino, la vio pasar. Apenas la miró un segundo. La chica le devolvió una mirada vacía y triste. Su rostro era tan perfecto que ni siquiera la tristeza o ese corte de pelo a trasquilones le robaban la belleza. Isabel controló su propio gesto de sorpresa, para no delatarse. No había duda, era ella. Mientras Lucía finalizaba el recorrido y se encontraba con Perelló, que sería quien realizara la intervención, en la misma sala de punción, Isabel sacó el móvil del bolsillo con disimulo y escribió un WhatsApp a Roures.

Es ella, Roures. La chica encerrada de Fertiplex es ella… La acaban de llevar a la parte de la clínica. No sé qué van a hacerle. Pero es ella, te lo aseguro. Es Lucía Peña.

34

Todas las sangres

El desagradable sonidito de la notificación recibida de WhatsApp se clavó en el oído de Roures como un puñal certero. Estaba profundamente dormido. Eran las siete de la mañana en México, pero las doce de la noche en Madrid y aunque el *jet lag* afectaba más en sentido contrario, nadie le quitaba el cansancio de las horas de diferencia entre ambos destinos, a sumar al habitual de los años cumplidos. A punto estuvo de darse la vuelta y esperar a que le sonara la alarma una hora más tarde, pero la inquietud se lo impidió. Isabel estaba en Fertiplex y solo ella le mandaba WhatsApps. Miró la pantalla del móvil. En efecto era un mensaje de Isabel. Pulsó su nombre y enseguida apareció el contenido. Lo leyó dos veces para cerciorarse de que no se equivocaba. Luego sacudió la cabeza, comprobó la hora y acto seguido marcó el número de Diego Carreras, el capitán de la Guardia Civil del grupo de personas de la UCO que había llevado desde el principio el caso de Lucía Peña. Carreras se había desplazado a México tras reabrirse el caso y ponerse él mismo en contacto con el agregado de Interior en el país para tratar de coordinar las actuaciones. El comandante García Perea le había proporcionado a Roures su teléfono indicándole que se pusiese en contacto con él en cuanto tuviera algo que comunicarle. Así lo hizo.

—¿Dígame?

—¿Capitán Carreras?

—Al aparato. ¿Quién habla?

—Soy Tony Roures, capitán.

—Señor Roures, esperaba su llamada. ¿Tiene más información? El agregado está al tanto de todo y anda haciendo las gestiones pertinentes. Y supongo que la jueza ya habrá cursado una comisión rogatoria al juzgado de Villahermosa, pero... eso llevará su tiempo y nosotros..., hasta que no tengamos algo más concreto, creo que no podremos hacer nada.

—Tenemos algo más, capitán —soltó como una bomba Roures—. La persona infiltrada en la clínica, de la que seguro le habrá hablado el comandante García Perea, me acaba de certificar que la chica que tienen bajo llave y custodiada en Fertiplex es Lucía Peña.

La línea del teléfono se quedó muda.

—¿Está usted seguro, Roures?

—Sin ninguna duda. Esa persona es de mi absoluta confianza. Sabe lo que hace y lo que dice. Y es bastante temeraria, porque..., si atiendo a la cantidad de guardias de seguridad que vi en esa clínica con mis propios ojos, creo que ella también debe de estar jugándose la vida.

—¿También? ¿En qué condiciones se encuentra Lucía Peña?

—Hace unos minutos a Lucía Peña la estaban trasladando desde su encierro a la parte de la clínica donde realizan los tratamientos. Es obvio que algo quieren hacer con ella. Seguro que nada que a la chica le guste, si la custodian dos hombres armados y..., cuando hay una persona secuestrada, los segundos cuentan, usted lo sabe mejor que yo. En un instante, por algún motivo indeterminado, el secuestrador puede cambiar de opinión y...

—Tiene razón —aceptó el capitán—. Ahora mismo me pongo al habla con el comisario de Villahermosa. Haré mía su certeza, detective. De otro modo, será imposible que la Federal se decida a actuar. ¿Puede usted venir a contarnos cómo es la clínica donde presumimos que se encuentra la chica y cuántos hombres armados nos encontraremos allí? A la sede de la Policía Federal en Villahermosa. Calcule unas tres o cuatro horas. Yo estoy en el D. F., pero iré para allá en el primer vuelo. Antes intentaré que el agregado de Interior arregle lo que tenga que arreglar con la Policía Ministerial para que se encargue de este asunto un comando del GOPES, el Grupo de Operaciones Especiales; tienen que estar al tanto porque el agregado ya se puso en contacto con la PGR, la Procuraduría General de la República.

—Bien. Entretanto, yo intentaré hablar con mi contacto para recabar más información.

—Buen trabajo, detective —dijo el capitán—. Espero su llamada...

Roures colgó y escribió a Isabel. No se atrevía a llamarla. Si la descubrían... No quería ni pensarlo. A los pocos minutos recibió un mensaje de vuelta de ella, instándole a que la aguardara en el bar del hotel veinte minutos después de las dos de la tarde. A esa hora en punto acababa el turno de mañana que había empezado a las seis. Y en veinte minutos le daría tiempo a llegar.

Roures esperó como un león enjaulado, paseando la habitación de hotel de un lado a otro, hasta diez minutos antes de la hora señalada. Entonces bajó, se pidió una cerveza y, mientras tomaba el primer sorbo, vio llegar a Isabel con la cara desencajada.

—La he visto, Tony. Apenas unos segundos. Pero era ella. Sin ninguna duda. Le han cortado el pelo como a las presas de antes... Cualquier mujer estaría espantosa, pero esta chica... Tiene cara de ángel. Caminaba con la vista de sus hermosos ojos perdida en un punto indeterminado. Parecía muy triste... No sé qué iban a hacerle, qué le habrán hecho ya, pero... hay que sacarla de allí.

Isabel pronunció la última frase casi con desesperación. Ella también vivía encerrada aunque fuera sin barrotes.

Y también perdió parte de su vida antes de eso... Pero, al menos, tuvo tiempo de vivir episodios inolvidables, muchos compartidos con Roures. Y Lucía Peña era tan joven... Nadie tenía derecho a robarle su juventud. Ni su vida.

—Tranquilízate, Isabel. Estamos en ello.

Ella ni siquiera le corrigió el nombre esta vez. Y volvió a la carga.

—Tienes que sacarla de ahí, Roures. Cuanto antes.

—Necesito que me digas a qué hora se despeja la clínica. Las madres gestantes viven allí, lo sé, lo vi; pero sería mejor que no hubiera otras pacientes. No quisiera echarme ninguna víctima inocente a la espalda.

—A las nueve ya no queda nadie en la clínica —contó Isabel—, salvo las limpiadoras del turno de noche. Yo misma, a partir de mañana...

Roures dibujó un gesto de incomodidad en el rostro. Le preocupaba que Isabel estuviera el día que entraran los GOPES. Sabía bien que en las operaciones especiales volaban las balas y cualquiera podía caer. No quería que le pasara nada a su amiga.

—No pongas esa cara, Tony. Si yo estoy dentro, podré dirigir a los hombres hacia la habitación de Lucía. Y yo me sé cuidar... En peores garitos hemos hecho guardia, ¿no? ¿No dice eso siempre tu amigo Prieto?

El detective acarició la cara de Isabel con cariño. Ella mostraba una de esas sonrisas suyas, infinitas, que lo iluminaban todo, hasta su rostro marchito. Ninguno de los dos habló. Antes de irse, Isabel abrazó a Roures. Un millón de recuerdos de tiempos pasados afloraron a la mente del detective.

—Ten cuidado —le dijo.

Ella asintió mientras se alejaba.

Al poco de irse Isabel, Roures se dirigió a las dependencias de la Policía Federal. Allí le esperaban el capitán Diego

Carreras junto al teniente Antonio Corrales, ambos de la Guardia Civil, y el comisario mexicano Jorge Aguilera.

—Acomódese —le dijo el segundo—. Es imprescindible que nos ofrezca detalles, si los tiene.

—Todo lo que puedo decirle es que mi contacto es una mujer de ascendencia española a quien conozco de hace muchos años. Tras todos los indicios que me condujeron a Perelló y me trajeron hasta aquí, ella me ayudó a recopilar más información y me ha confirmado hoy mismo que Lucía Peña se encuentra en la clínica.

—¿Podría hablar ella con nosotros? —preguntó el capitán Carreras.

—Negativo. Ella no hablará con nadie, excepto conmigo.

—¿Se da cuenta de su responsabilidad, amigo? Si no nos está diciendo la verdad, el problema será muy gordo para todos —apuntó el comisario.

—Creo que el problema será mucho mayor si no se lleva a cabo la operación, pero... ustedes sabrán.

—El tal Perelló es un hijo de la gran chingada —retomó la palabra el comisario—. Lo sabemos bien. Hace lo que se le apetece, que para eso tiene amigos influyentes... Pero ¿estamos seguros de lo que nos cuenta de la desaparecida? ¿Su amiga la vio con sus ojos?

—Comisario —intervino el capitán Carreras—, es difícil estar más seguro de algo que cuando hay un testigo ocular y tenemos tantos detalles... Le rogaría que nos pusiéramos en marcha cuanto antes, estoy con Roures en que esperar nos puede traer más de un disgusto. Además, sé que la PGR ya ha dado la orden. Lo que me gustaría saber es cuántos hombres nos vamos a encontrar allí...

—Creo que unos diez —dijo Roures—. Dos en la entrada, dos en recepción, cuatro en las dependencias de las gestantes y otros dos, según me ha dicho mi contacto (yo no los vi) delante y detrás de la habitación cerrada, donde se encuentra Lucía Peña. Lo más importante es que la operación se realice después de las nueve de la noche, cuando la clínica cierra sus puertas. Entonces ya no queda nadie más que el personal de seguridad y las limpiadoras del turno de noche. Y es posible que en ese momento, dos de esos diez hombres, los de recepción, se hayan ido también.

—Está bien. Anoto los datos. Y les informo en cuanto sepa algo —se comprometió el comisario.

Los dos efectivos de la Guardia Civil acompañaron al detective fuera del edificio.

—Mi amiga corre peligro, señores —dijo Roures—. No puedo darles información sobre ella porque es la superviviente de un asunto turbio de trata y si alguien llega a enterarse de que se encuentra aquí, no me extrañaría que vinieran a buscarla. Es una víctima más. Entenderán que no pueda añadir nada. —Los dos hombres asintieron sin palabras. Roures continuó—: Quisiera..., me gustaría avisarla, si fuera posible. O estar cerca cuando se realice la operación... No... no quisiera que le ocurriese nada. Y si la Federal entra allí con tanto guardia de seguridad armado, eso puede convertirse en un polvorín.

Carreras miró a su compañero y luego se dirigió al detective.

—Quedan muy pocas horas, Roures. Dígale a su amiga que se prepare.

Roures volvió a su hotel. Sentía cierta angustia. Tal vez era el tener que depender de un operativo tan ajeno a él lo que le inquietaba. O quizás fuese que Isabel volviera a estar en medio de todo... Sabía que aquel día no sería el de la operación, porque en este momento andarían comprobando cuanto pudieran de lo que él les había contado. Pero el siguiente o el otro podían ser los días D... El detective decidió que montaría guardia frente a la clínica cada tarde, a partir de las ocho. Al empezar a hacerlo, con sumo cuidado de que Perelló no descubriera su presencia, comprobó que, a diario, cuando el establecimiento cerraba sus puertas, el ginecólogo y su mujer acudían al centro. Allí pasaban poco más de una hora y luego se marchaban.

Ninguno de ellos, ni tampoco Lucía sospechaban lo que estaba a punto de acontecer.

El 10 de agosto de 2017, a las nueve de la noche, la clínica Fertiplex cerró sus puertas como cada día. Isabel, en el turno de limpieza de tarde, vio cómo Jaime Perelló y su mujer, como de costumbre, se dirigían a ese edificio siempre cerrado y custodiado del que ella había visto salir a Lucía Peña pocos días atrás. Era el ritual que el matrimonio repetía cada noche desde el día de la transferencia, cinco jornadas atrás. En dos o tres más sabrían si Lucía estaba embarazada. Querían vigilar su estado físico al detalle. Sabían que sufriría pequeños sangrados amén del intenso flujo vaginal debido al nivel hormonal y a la progesterona administrados por vía vaginal y también que estaría cansada, tendría náuseas y alguna molestia en la zona abdominal y lumbar por las hormonas de la estimulación ovárica o de la preparación del endometrio. Todo eso era normal. Pero si se producía algún otro tipo de trastorno, querían estar allí para poder controlarlo. Amparo le había rogado a su marido que durante aquellos días no prestara atención a otra cosa. Estaba obsesionada. Como todas las madres. Más en su caso particular y después de todo lo acaecido con Lucía. Tras tantos avatares, incluida esa absurda toxoplasmosis en una chica encerrada a cal y canto, aquello ya parecía pan comido. Jaime sabía que su mujer estaba muy nerviosa, así que decidió ocultarle que Maribel Sánchez había llamado para advertirle de que Roures acechaba.

—Creía que teníais controlado el asunto de la chica —le dijo a Jaime—. Nosotros cumplimos con nuestra parte hace mucho…

—Y eso a tu primo y a ti os supuso un buen dinero, Maribel, y a ti, además, mucha tranquilidad, no te quejes.

—No hubieras podido hacer nada sin un capitán de la marina mercante en el ajo, querido…

—Ni tú hubieras podido librarte de Lucía sin mí, ¿no? Déjame tranquilo. Lo tengo todo controlado. Aunque Roures viniera aquí y traspasara la puerta de mi clínica, jamás vería a Lucía, ni sabría nada de ella. No hay ningún sitio mejor para ocultarla que este, te lo aseguro.

—A estas alturas, pensé que ya no habría nada que ocultar. Pensaba que ya la habrías utilizado para lo que quisieras y la habrías hecho desaparecer…

—Las cosas de la vida y la muerte, Maribel, llevan su tiempo… No tengas tanta prisa.

—¿Prisa? He dejado de vivir media vida. Tengo mucha prisa. No quiero dejar de vivir ni un minuto más del resto de mi vida…

Perelló no estaba preocupado. No en México. Allí no llegaría Roures ni nadie. No existía ninguna pista. Nadie sabía nada. Los Pérez-Salta, sus socios en la clínica, creyeron, cuando les pidió sitio en su contenedor para traer a Lucía, que se traía maquinaria delicada para el centro que no quería declarar; los dos cómplices del carguero, el capitán, primo de Maribel Sánchez, y el primer oficial, se llevaron una recompensa que les haría guardar silencio para siempre y Maribel era la primera interesada en que nadie volviera a saber nada de la chica. Ni ella ni nadie, solo Amparo y ahora la propia niña conocían la verdad sobre su ADN común… Nadie podría vincularlos. Ni sospechar. Y si lo hacía el propio Roures, lo tomarían por idiota. ¿Con qué base se podría pensar que su padrino, el hombre que mejor la había tratado, la podía querer a ella para una maternidad subrogada? ¿Cómo alguien podría sospechar sin saber que Lucía era su propia hija? ¿Por qué creería que iba a tomarse tantas molestias sin tener conocimiento de que Hasija era la madre? Si de algo estaba seguro era de que Amanda siempre guardaría el secreto de ese engaño que solo conocía a medias. O mejor dicho a tercios: porque Amanda creía que ella era la madre de la niña… Perelló no podía imaginar, ni por asomo, que existiera alguien partícipe del secreto del engaño de Amanda. Y menos aún que esa mujer, a la que él mismo facilitó que también mintiera a su marido, era la cuñada de Roures...

Perelló estaba muy tranquilo. Aunque, de todos modos, en cuanto el embarazo de la chica se concretase, la trasladaría de encierro. Ya pensaría a qué clínica la llevaba. De momento, lo importante es que se concretara su estado.

Cuando Jaime y Amparo Perelló entraron aquel 10 de agosto de 2017 en Fertiplex a las nueve, como cada día desde el de la transferencia de sus tres embriones al útero de Lucía, los dos vigilantes de recepción, los únicos que no se quedaban durante la noche en el establecimiento, andaban recogiendo sus bártulos. El resto, los dos de la puerta de la entrada, los cuatro repartidos por el espacio de los dormitorios de las madres gestantes y los que custodiaban la puerta y el ventanal enrejado de la parte de atrás de las dependencias de Lucía Peña, ocho hombres en total, continuaban en sus puestos.

A las nueve y cuarto, después de que saliera todo el personal a excepción del de seguridad y las dos mujeres del turno de noche de limpieza —una de ellas Isabel—, el grupo GOPES, portando sus Berettas ARX-260, inició el asalto a la clínica Fertiplex. Los guardias de la entrada no tuvieron tiempo para reaccionar. Uno de ellos apuntó con su arma, una AK47, a los policías y recibió a cambio una ráfaga de disparos. Se desplomó. Muerto. El otro alzó las manos y fue inmovilizado con unas esposas, mientras se continuaba la acometida. Isabel oyó los disparos mientras limpiaba en las salas de punción y corrió hacia el lugar de los tiros. La otra mujer de la limpieza, que faenaba en la entrada, se escondió bajo el mostrador de recepción. Isabel hizo señas a los policías indicándoles los edificios de enfrente y, en concreto, el cerrado en donde se encontraba Lucía. Para acceder a él, los hombres tenían que atravesar el patio al que daba el pabellón de las madres gestantes, donde los esperaban cuatro guardias armados, ya en alerta tras haber escuchado el tiroteo inicial. Al ver la sombra de los policías, los hombres se pusieron a cubierto y comenzaron a disparar. Todos eran conscientes de las actividades delictivas de esa clínica y de su complicidad. O escapaban o, si salían vivos de allí, les esperaba la cárcel, así que tocaba defenderse. Como fuera. Uno de ellos, parapetado tras unos grandes tiestos de cerámica ubicados junto a las puertas de los cuartos, disparó y acertó a uno de los policías en un brazo. El hombre se quejó al tiempo que se revolvía y disparaba a su agresor entre los ojos. Cayó muerto. Mientras los tres compañeros del muerto corrían por el recinto tratando de esquivar los disparos de tres de los seis policías, los otros tres miembros del grupo especial se deslizaban como sombras por las esquinas, para sorprender a los dos guardianes habituales del cuarto de Lucía, apostados uno en la puerta de un lado y el otro en la ventana del otro, ambos armados con metralletas y dispuestos a disparar. En el interior de la habitación, Perelló sacó su Beretta 92 de 9 mm, la pistola que siempre le acompañaba cuando se movía por México, le indicó a Amparo que se situara tras él y agarró a Lucía por el brazo con la pistola en la mano apuntando a su cabeza. Después de varias ráfagas de disparos intercambiadas entre los policías y los guardias de seguridad, no parecía que nadie respirase. Se hizo un enorme silencio. Las madres gestantes aguardaban acontecimientos en sus cuartos, calladas como muertas; Isabel, oculta en un rincón cercano a la habitación de Lucía, le indicó por señas a uno de los agentes que uno de los guardias se hallaba escondido frente a ella... El hombre disparó y le reventó la cabeza. El que quedaba salió con los brazos en alto.

—No me maten, por favor, no quiero morir —dijo, sollozando, el hombre—. Tengo una mujer y dos hijas... No me maten.

Uno de los policías le hizo un gesto para que guardara silencio, pero el hombre no calló. El policía le atizó un golpe con la culata de su arma y lo dejó inconsciente.

Solo parecía quedar armado uno de los dos custodios del dormitorio de Lucía, que, preso del pánico, probó a escapar, lanzando una ráfaga de disparos. La respuesta, inmediata, le costó la vida. Uno de los GOPES derribó la puerta de una patada. Allí se encontró a Perelló, a su mujer y a Lucía. El ginecólogo los recibió a él y a sus compañeros con extraordinaria frialdad.

—Buenas noches, caballeros —dijo mientras introducía el cañón de su Beretta en la boca de Lucía—. No quiero ser descortés con ustedes, pero o nos dejan salir a mi esposa, a la chica y a mí, o acabaré con la vida de Lucía. Tengo el coche aparcado en la puerta. Y el avión en el aeropuerto. Es muy sencillo, si ustedes nos permiten ir, no morirá nadie. Si no, no dudaré en acabar con la vida de esta preciosa chiquilla.

—Tranquilícese, señor. Sabe que su huida es imposible —intervino uno de los policías.

—¿Imposible? Desconozco esa palabra. De hecho, voy a empezar a moverme y ustedes se apartarán. ¿Verdad que lo harán? Amparo, pégate a mí... Y tú, Lucía, ni media tontería.

La mujer, aterrorizada, hizo caso a su marido, al igual que Lucía. Comenzaron a avanzar muy despacio, entre la sangre, los cuerpos y todos los destrozos materiales cuando, de pronto, uno de los guardias de Fertiplex que estaba tirado en el suelo del patio y parecía muerto en el suelo se irguió, ensangrentado, disparó sin ver y alcanzó sin intención a la mujer de Perelló, antes de volver a caer ya sin vida. Ella se desplomó como una muñeca rota. Perelló gritó su nombre con dolor, sacó el cañón de la pistola de la boca de Lucía y apuntó hacia el lugar de donde había venido la bala que había acabado con la vida de su mujer. En el camino, como si estuviera escrito, como si fuera el momento ya, encontró el pecho de Isabel, que observaba los acontecimientos en silencio. La mujer profirió un grito desgarrador antes de derrumbarse sobre el blanco suelo y derramar su sangre sobre él. Perelló soltó la pistola mientras se tiraba sobre el cuerpo sin vida de Amparo, llorando a lágrima viva, y Lucía corría hacia los policías.

La clínica blanca, impoluta, llena de vida y posibilidades de vida, de todas las vidas, estaba teñida de rojo. La sangre lo inundaba todo. Todas las sangres. Entre ellas, la de Isabel…

Epílogo

Varios días después de su vuelta de México, Roures aún andaba con el *jet lag* a cuestas, aturdido, y con la pena inmensa que le producía el vacío de la desaparición de Isabel. Antes de marcharse, el detective buscó a Dulce María para entregarle los pocos enseres de Isabel, como era su deseo. No tenía que haber muerto, pero... La mala suerte quiso que Isabel, que ya no era Isabel sino Mariana, perdiera la vida en aquel trance. Su único consuelo era saber que ella siempre quiso morir con las botas puestas. Y vaya si lo hizo. Mientras esperaba en El Capricho de Abascal, miraba distraído la tele. Desde el rescate de Lucía Peña no se hablaba de otra cosa en España. La historia de Perelló había dado la vuelta al mundo. Un nuevo padre de cien mil hijos. Nadie sabía cuántos llevarían su sangre. Pero la historia tenía otros sustanciosos ingredientes: la polémica de la gestación subrogada, la maldad de la novia del padre, cómplice de Perelló, la conchabanza del millonario Pérez-Salta... En cada una de las televisiones se analizaban al detalle los perfiles de cada uno de los implicados (incluido el del primo de la ínclita Maribel Sánchez, el capitán mercante Alfonso Marín, y el de su primer oficial, Manuel Quintana, a quien no se había podido detener por desconocerse su paradero) y se repasaba también, como era de esperar, a la propia familia Peña Varela, que, para sorpresa de todos, empezando por el propio Roures, se había unido como una piña. «¿No le preocupa pensar que su hija, concebida a través de una FIV en Fertiplex, pueda no ser realmente su hija?». «Lucía es mi hija, lleve la sangre que lleve», respondió con contundencia Javier Peña en la rueda de prensa que ofrecieron a los dos días de llegar sana y salva la chica. Y añadió: «Y Amanda su madre». A su lado, Amanda sonreía satisfecha mientras ambos abrazaban a Lucía, preciosa con su pelo cortísimo y embarazada de gemelos según se había hecho público, que agarraba con fuerza la mano de su hermano Carlos, con la cara pixelada por ser aún menor. La viva imagen de una familia feliz. «Cosas veredes», se dijo el detective, que esperaba que de verdad fueran felices y comieran perdices, aunque no las tenía todas consigo... Roures aguardaba en ese local a Amanda Varela, a quien no había visto aún tras el feliz desenlace. La mujer, que ya había pagado sus honorarios, quería darle las gracias en persona. El detective miró su reloj de Corto Maltés y vio que se retrasaba. No le hacía gracia. Tenía una cita después, allí mismo, y no quería testigos. Pocos minutos más tarde. Amanda cruzó la puerta, se acercó a Roures y le dejó un beso en cada mejilla.

—Gracias, detective. De corazón.

—De nada —respondió él—. Es mi trabajo. ¿Me permite que le pregunte a qué se debe ese repentino «amor familiar»?

Amanda sonrió con su boca grande y magnífica.

—Es un milagro, Roures. Javier es otro y... todos estamos tan contentos... Hemos recuperado... lo que nunca tuvimos. No es que vayamos a vivir juntos de nuevo, claro, pero seguro que a partir de ahora nos relacionaremos mejor. Y todo gracias a usted. Bueno y también a la persona que me puso en contacto con usted. La misma que pagó su trabajo... Mire.

En ese momento, Roures, de espaldas a la puerta, percibió un inolvidable aroma a violetas. Se giró y vio, como una aparición, a la misma mujer a quien dos años atrás sacó desnuda de la habitación de su amante muerto, el escritor Armando Artigas; la esposa del más poderoso magnate de la comunicación español: Misia Rodríguez de Rothman. Dos años más bella, ataviada con un pantalón negro, camisa de seda blanca, salones de tacón altísimo y un inconfundible bolso rojo de Chanel; su melena rubísima y brillante flotaba con delicadeza sobre sus hombros, mientras sus ojos tristes, color violeta, lo miraban con fijeza.

—Buenos días, detective. Sabía que no me defraudaría —dijo la mujer, esbozando una sonrisa perfecta enmarcada por unos labios pintados en un suave color rosa.

—Misia —acertó a balbucear él.

Ahora todo estaba claro. Misia era la persona poderosa que le pidió a la jueza que le diera el permiso; ella misma colocó a Amanda en la editorial Aglaia y también ella..., bueno, Rothman pagó su factura. El detective cerró los ojos con resignación. De nuevo el dinero sucio se lavaba con una buena obra. Sonrió. Así era la vida...

Una vez más, como aquel día ya lejano, Misia plantó un primoroso beso en su mejilla. Luego ambas mujeres se marcharon charlando como buenas amigas. El olor a violetas se mantuvo en el cerebro de Roures durante unos minutos y le hizo recordar cómo le hubiera gustado cuidar a una mujer como aquella. Por suerte, tenía otros planes. Miró el reloj con impaciencia. Levantó la vista y se encontró con Prieto.

—¿Qué haces aquí, amigo?

—Joder, Roures, ¿ahora que los picoletos han reconocido que les echó una mano un «misterioso» detective y te has vuelto importante no quieres verme?

Roures rio.

—No es eso, pero... es que tengo un compromiso —dijo, señalando con el mentón hacia la puerta que estaba a punto de atravesar Carlota Aguado, imponente con un vaquero, una camisa masculina azul celeste, remangada, y unas sandalias planas.

El policía lo miró con ojos asombrados.

—Jo-der… ¿Esa es su señoría?

El detective le guiñó un ojo a su amigo y corrió al encuentro de la jueza.

Aravaca, 15 de abril de 2018

UNAS CUANTAS PREGUNTAS SIN RESPUESTA...

Llevo muchos años reflexionando sobre el asunto de la maternidad/paternidad. Más allá del indudable amor de los padres a sus hijos o, mejor dicho, antes de que exista, se encuentra el amor a sí mismos que tantas veces les conduce, por motivos diversos, a convertirse en progenitores, sea o no el momento adecuado para los propios hijos. La obsesión por la maternidad/paternidad es consustancial al ser humano, pero si durante siglos dependió en exclusiva del instinto, a partir de que el hombre delimitara los plazos y descubriera los diferentes métodos para contrarrestar las carencias impuestas por la naturaleza, las cosas cambiaron. Las distintas maneras de convertirse en padre y madre, a través de los infinitos métodos al alcance, sobre todo, de quienes los pueden pagar, cuestionan en ocasiones, como casi todos los descubrimientos científicos, la ética; pero sobre todo ponen sobre la mesa el complicado asunto de los derechos de los padres y los hijos a no engañarse, a informarse entre sí, a ser informados, a decidir... Además, los numerosos fallos en las regulaciones del proceso podrían haber dejado como legado actuaciones irresponsables e ilícitas que, de conocerse, nos desconcertarían y colocarían en situación de alerta.

El hecho de que hasta octubre de 2017 no se decidiera poner en marcha en España SIRHA —el primer sistema de información en reproducción humana asistida, para conectar a los cuatrocientos centros de reproducción asistida del país— lleva a pensar que tal decisión se tomó con casi tres décadas de retraso, teniendo en cuenta que la primera ley de Reproducción Asistida española reclamó este registro informático en 1988 y que una legislación posterior volvió a exigirlo en 2006. Nadie sabe las consecuencias de esta demora, aunque sí que ahora, gracias a SIRHA (Sistema de Información en Reproducción Humana Asistida), se podrá garantizar por fin el rastro de las donaciones realizadas en España y en Europa. Las tres patas de SIRHA, que son el Registro Nacional de Donantes, el Registro Nacional de Actividad y Resultados y el Registro de Centros y Servicios de Reproducción Humana Asistida, hablan de un control actual que durante muchos años no existió...

Por otro lado, los registros pueden garantizar el control de la trazabilidad y evitar ciertas perversiones de poderosos del sector con mentes retorcidas, pero no todas, y tampoco el negocio en torno a la maternidad/paternidad en el mundo entero (con prácticas legales o ilegales en mayor o menor medida, dependiendo de las normas de cada país), ni tampoco los vacíos legales con respecto a las necesidades de saber de tantos niños engendrados a través de las mil y una maneras posibles en la actualidad, que garantizan unas legislaciones y prohíben otras.

No hay mejor padre o madre que los que se tienen. Y no es más padre o madre el que lleva más o menos sangre de su hijo, que el que lo cría y lo cuida. Todo lo contrario. La paternidad/maternidad no debería medirse en aciertos, porque los niños no vienen con manual de instrucciones y hasta los padres más entregados se pueden confundir, pero sí en amor. Y ese amor debería ser incondicional, pero también responsable e independiente de las virtudes o defectos del niño. Entonces, ¿se debería poder elegir el sexo, las características físicas y psíquicas o no? Y, si la respuesta es sí, ¿no llevaría todo eso a «crear» niños perfectos? ¿No somos únicos porque somos diferentes? ¿Acaso no queremos permitírselo a nuestros hijos? ¿Por ellos o por nosotros?

Por otro lado, ese mismo amor ¿no debería garantizar que queramos a nuestros hijos «pese a sus defectos y nuestros reproches», que diría Wilde, e incluso tanto como para no traerlos a este mundo si el momento no es el adecuado o si la forma en la que podemos hacerlo nos lleva a defender nuestros derechos por encima de los suyos?

Hay quienes critican unas formas u otras de alcanzar la paternidad/maternidad; pero la realidad es que fuera de los métodos tradicionales todos —incluida la adopción— conllevan muchos gastos e incluso a veces cierta locura y hasta un grado de amoralidad. ¿Sabían ustedes que en nuestro país hay seiscientos mil embriones abandonados, sin destino, con los que no se puede hacer nada? Se podrían donar para investigación, pero como ahora se investiga con células madre, tal investigación no se da; o donarlos para otras mujeres, pero solo se permite si las donantes tienen menos de treinta y cinco años y casi todas las mujeres que se someten a este tipo de tratamientos exceden esa edad. Y mientras se espera a que acabe la vida reproductiva de la donante —que es lo que exige la ley—, muchos padres se desentienden para evitar pagar los costes del mantenimiento... ¿Qué pasará entonces con ellos? Dejo esa cuestión en el aire. Daría para otra novela.

Agradecimientos

A Miguel Ángel Rodríguez Zambrano, jefe de Obstetricia y Ginecología en HM Hospitales, además de lector voraz y grandísimo amigo, al que estuve consultando mil y una dudas mientras escribía esta novela y a quien pedí que la leyera a toda velocidad y antes que nadie, para revisar todos los detalles relacionados con su especialidad.

A mi querida Silvia Soler, amiga de los veranos en Costa de los Pinos desde hace tantos años, abogada y cómplice en mis creaciones literarias, que puso sus conocimientos de Derecho, de Mallorca y de la vida a mi disposición, como también a algunos de sus mejores amigos que ahora, ya, también lo son míos.

A José Ignacio Herrero, «Chiqui» para los amigos —entre los que ya me cuento—. El brillante abogado que tanta luz arrojó en las investigaciones posibles o no de Roures y en otras disquisiciones relacionadas con el mundo del Derecho y la Justicia que él tan bien conoce.

A Roser Fuster, también abogada y amiga, que me descubrió distintos puntos de vista sobre algunos asuntos que aparecen en la novela y más aún sobre la propia Mallorca mágica, que no tiene secretos para ella.

A Javier Gómez Bermúdez, magistrado en excedencia y ahora abogado, que es, además de un pozo de sabiduría, un hombre encantador que tuvo a bien contestar a mis mil y una preguntas con rigor y paciencia.

A Santi Pedraz, juez reconocidísimo, pero sobre todo gran amigo, al que adoro, que también me atendió todas las veces que lo llamé para preguntarle y repreguntarle...

A José Ignacio Sáenz de Miera, mi mejor amigo de toda la vida y para siempre. Una de las personas que más quiero en este mundo y que da la casualidad de que, siempre que necesito algo, tiene el contacto adecuado para facilitarme la vida...

A Juan Antonio Carmona, amigo de José Ignacio Sáenz de Miera y práctico del puerto de Valencia, gracias al que pude conocer los mil y un secretos de los barcos de carga y construir, de manera verosímil, una parte fundamental de esta novela.

A Vicente Capilla, Responsable Nacional de la División Perecederos de TIBA SPAIN, S.A.U., también amigo de José Ignacio Sáenz de Miera, gracias a quien pude conocer los tipos de contenedores, sus tamaños y sus formas y elegir ese en el que viajaría Lucía Peña.

A Rafael Rodríguez Valero, exdirector general de la Marina Mercante. Un hombre con tantas historias para contar que, además de ayudarme a escribir la mía con corrección en lo relativo a asuntos náuticos, me incitó a pensar en otras muchas (suyas) que algún día conseguiré que me cuente para poderlas contar yo.

A Sonia González, extraordinaria anestesista y mi hermana pequeña y del alma, que me ayudó a drogar con verosimilitud a la protagonista de mi novela.

A Lorenzo Silva, que me abrió las puertas de la UCO, que es su casa, y al teniente coronel Jesús García-Fustel, que me paseó por la UCO y me hizo descubrir que no solo estamos cuidados por personas profesionales, sino que, además, son inteligentes, encantadoras y con un enorme sentido del humor. Gracias a todos, y en especial a Félix y a Lumi y a Diego... En fin, a todos...

A Chema y Pepe, mis confidentes en *A menos de cinco centímetros* y en *La mala suerte*. Los que me despejan todas las dudas sobre los malos y las maldades..., qué sería de mí sin ellos.

A mi querida Carmen Orellana, amiga filóloga y devota de la lectura a quien le leo en alto mis novelas para saber si de verdad nos gustan a las dos...

A Toni y María, por quienes siento una inmensa simpatía y a quienes reinterpreté con todo mi cariño en esta novela, a modo de homenaje.

A mis hijos, Ramón (actor y de la edad de los jóvenes de esta novela), Miguel (*skater* y de la edad de los adolescentes de esta novela) y Luis, mi pequeñín, y el más listo de todos nosotros, experto en videojuegos como el hermano de Lucía Peña. Los tres me asesoraron en vocabulario, comportamiento y mil cosas más de los personajes de sus edades de esta novela. Sin ellos, nada sonaría igual, ni en esta novela ni en mi vida.

Y a Luis, siempre, por la música que le pone a mi vida...